KB100333

밤의 대통령

밤의 대통령 4부 1

이원호 장편소설

초판 1쇄 찍은 날 § 2016년 4월 25일
초판 1쇄 펴낸 날 § 2016년 5월 4일

지은이 § 이원호
펴낸이 § 서경석

편집책임 § 고승진
디자인 § 신현아
마케팅 § 서기원

펴낸곳 § 도서출판 청어람
등록번호 § 제387-1999-000006호
등록일자 § 1999. 5. 31
어람번호 § 제8-0071호

주소 § 경기도 부천시 원미구 부일로 483번길 40 서경B/D 3F (우) 14640
전화 § 032-656-4452 팩스 § 032-656-4453
http://www.chungeoram.com
E-mail § chungeorambook@daum.net

ISBN 979-11-04-90764-7 04810
ISBN 979-11-04-90763-0 (세트)

4부

1

밤의 대통령

이원호 장편소설

개정판

도서출판 청람

CONTENTS

제1장

혼돈의 밤

밤의
대통령

이동천은 앞에 앉은 강일도를 똑바로 바라보았다.

"블라디보스토크의 모든 운송 체계를 지배하고 있는 코사크 마피아가 한국에 진출할 것은 틀림없습니다. 아니, 진출할 곳이 한국밖에 없다고 봐도 됩니다."

강일도가 잠자코 있자 그가 다시 말을 이었다.

"일본의 야쿠자와 러시아의 마피아가 한국에서 부딪치게 되겠지요. 한국에는 이미 야마구치조(山口組)는 물론이고 스미요시 카이(住吉會), 아이즈 고데츠(會津小鐵)까지 기반을 굳히고 있으니까요."

강일도가 입맛을 다셨다. 그는 서울 지검 특수2부 부장으로 이동천의 직속 상사이다. 눈부신 햇살이 비치고 있는 5월의 나른한 오후였다.

"글쎄, 그건 나도 알아. 이 검사, 하지만 지금은 시기가 아냐."

자리를 고쳐 앉은 그의 얼굴이 딱딱하게 굳어졌다.

"지난번에 내가 보고한 서류도 아직 총장 책상 위에 그대로 있어. 서두르지 마."

"정치권에서 보류시키는 겁니까?"

"한일 간, 또 한러 간의 정치적인 문제가 얽혀 있어."

이동천이 입가를 비틀며 쓸쓸하게 웃었다.

"말하자면 일본이나 러시아의 정치인들이 야쿠자와 마피아의 조종을 받는다는 말씀이군요?"

"그리고 놈들은 한국에 합법적인 투자를 하고 있단 말이야. 우리 측에서 보면 그놈들의 범법 사실은 찾기 힘들고."

"그놈들과 연계한 한국인들을 찾으면 됩니다. 그자들을 캐면 분명히 범법 행위가 나옵니다."

그러자 강일도가 천천히 머리를 저었다.

"시기가 아니라고 하지 않았나, 이 검사?"

"말하자면 한국인들도 정계에 배경이 있다는 말씀이군요."

"너무 깊게 들어가지 말게."

"지금 한국은 조선조 말기의 혼란기와 다름없습니다. 러시아와 일본의 세력이 침투해 오는데 관리들은 제각기 친일, 친러로 나누어져서……"

"아직 친러는 없어."

강일도는 웃으면서 소파에 등을 기대었다.

"이 검사는 논리의 비약이 심하구만. 너무 예민해."

"한국에 김원국 같은 보스가 없다는 것이 유감입니다."

"밤의 대통령 말인가?"

강일도가 다시 웃었다.

"그자는 죽었어. 아니, 죽지 않았더라도 이제 다시는 나타나지 않아."

"그런 사람이 밤의 세계를 확실하게 장악하고 있다면 러시아와 일본을 경계하지 않아도 될 겁니다."

"하긴 그렇지. 우리 걱정거리도 덜 것이고."

잠시 방 안에 정적이 흘렀고 그걸 견딜 수 없는 듯 이동천이 자리에서 일어섰다.

"그럼 저는 가보겠습니다."

"그래, 이 검사."

머리를 끄덕인 강일도가 이동천과 시선이 마주치자 웃어 보였다.

"기다려, 나서지 말고. 알아듣겠나?"

서른두 살의 이동천은 검사 경력 5년째였다. 그는 대전과 수원의 지방검찰청에서 근무하다가 특수부에 온 지 6개월이 조금 넘었다.

당당한 체격에 사내다운 용모의 그는 성격이 대담했다. 처음 부임해 간 대전에서 상사의 압력을 거부하는 바람에 수원으로 밀려났는데 그곳에서 직속상관인 강일도를 만나게 되었던 것이다.

강일도는 그의 의기를 높이 평가해 주었고 서울 지검으로 영전해 가자 곧 그를 서울로 끌어올렸다. 말하자면 강일도는 이동천의 후견인이나 마찬가지였다.

강일도의 방을 나온 이동천이 자신의 214호 검사실로 들어서자 박인규가 머리를 들었다. 그는 이동천의 사무장으로 40대 후반의 사내였다.

　"검사님, 김양호 씨가 기다리고 있습니다만."

　이동천이 시계를 내려다보았다.

　"내가 조금 늦었구만, 들어오라고 해요."

　강일도와의 이야기가 생각보다 길어졌던 것이다.

　박인규가 밖으로 나가더니 곧 50대의 말쑥한 차림새의 사내와 같이 들어섰다. 사내는 얼굴에 웃음을 띠고 있었는데 조금도 위축된 기미가 보이지 않았다.

　"처음 뵙습니다, 검사님. 저, 김양호올시다."

　"앉으세요."

　인사를 마친 그들은 책상을 사이에 두고 마주 앉았다.

　김양호에게서 풍기는 향수 냄새가 은근했는데 이동천은 그게 기분 나쁘게 여겨지지 않았다. 옷차림이나 용모, 매너가 세련돼 보여서 호감이 가는 사내였다. 그는 외무부 국장 출신으로 지금은 국제호텔의 대표이사이다.

　이동천이 부드러운 표정으로 말했다.

　"바쁘실 텐데 이렇게 뵙자고 해서 미안합니다. 몇 가지 여쭤볼 것이 있어서요."

　"예, 말씀하십시오."

　"일주일 전에 국제호텔에 투숙했던 일본인 다섯 사람에 관해서인데요."

　"일본인 말입니까?"

김양호가 눈을 껌벅이며 그를 바라보았다.

"그렇게 말씀하시면, 하루에도 100여 명의 일본인이 체크인하고 그 숫자만큼 나가고 있습니다."

"오다, 가네다, 오쿠보 등의 가명을 쓴 다섯 명인데 아래층 카지노에서 거액을 잃었지요. 그러면 기억나실 법한데."

"글쎄요, 저는 도무지……. 카지노의 지배인에게 물어보면 혹시 알지도 모르겠군요."

"이미 불러서 물어보았습니다."

"……."

"오다, 오쿠보 등의 이름과 인상만 기억할 뿐이지 뭐 하는 자들인가는 모르고 있더군요."

그러자 김양호가 얼굴에 웃음을 띠었다.

"그도 모르고 있는데, 제가 알 리가 있겠습니까? 그런데 그자들이 무슨 문제가 있습니까?"

"…야마구치조의 중간 간부들이지요. 카지노에서 거액을 잃지 않았다면 모르고 지나칠 뻔했는데, 국제호텔에 닷새 동안 머물다가 이틀 전에 출국했습니다."

"글쎄요, 그건."

"혹시 그자들을 만나지 않았습니까?"

"아니, 내가 왜 그자들을?"

김양호의 얼굴이 비로소 딱딱하게 굳어졌다. 그러자 전혀 다른 사람으로 보였다.

"검사님, 말씀이 지나치지 않습니까?"

"국제호텔의 소유주는 양승일 회장이시고, 김 사장께서는 그와 친분이 있으시지요?"

그러자 김양호는 굳어진 얼굴로 그를 바라볼 뿐 아무 대답도 하지 않았다.

"외무부에 계실 때 일본 대사관의 총영사까지 지내시고, 그때 많은 일본 사람들과 교우 관계를 맺으신 걸로 알고 있습니다만."

"대답할 가치가 없는 이야기요."

김양호가 딱딱한 목소리로 말했다.

"더 이상 이야기를 비약시키기 전에 내가 일어나는 것이 낫겠소."

"그런 인연으로 양승일 회장께서 김 사장님에게 호텔 경영을 맡기신 것 아닙니까?"

김양호가 자리에서 일어섰다.

"내가 잘못 왔군. 이런 대접을 받을 줄 알았으면 오지 않았을 거요."

"야쿠자가 활개를 치고 다니게 할 수는 없습니다, 김 사장님."

따라 일어선 이동천이 그를 향해 손을 내밀었다.

"오늘은 그걸 말씀드리고 싶었습니다. 그것이 뵙자고 한 이유였습니다."

*　　　　*　　　　*

드럼통 두 개만 한 체격의 주대홍이 번뜩이는 회칼을 들고 다가가자 앞쪽에 나란히 앉아 있던 한 사장 일행이 일제히 말을 멈추었다.

체격도 그렇지만 얼굴만으로도 가슴이 서늘해지는 용모였다. 울퉁불퉁한 얼굴 표면에다 소처럼 큰 눈 밑으로 주먹만 한 딸기 코가 매달려 있었고 설상가상으로 꾹 다문 넓고 굵은 입술을 보면 바로 절 문간에 세워 놓은 사천왕이었다.

그러나 그는 서진호텔 일식부의 주방 과장이다. 흰 가운에 끝이 부푼 빵처럼 생긴 주방 모자를 쓰고 있는 그가 지금 상대하려는 것은 도마 위에 놓인 광어였다.

그는 한쪽 손바닥으로 아직도 살아 펄떡이고 있는 광어를 부드럽게 덮었다. 그러고는 칼날이 눈에 보이지 않을 정도로 빠르게 움직였다. 한 사장 일행은 홀린 듯이 그의 손끝을 바라보았다.

순식간에 껍질이 깨끗이 벗겨진 광어는 가지런히 썰려 도마 위에 놓였는데 아직도 머리와 꼬리는 꿈틀거리고 있었다.

"기가 막히군."

일행 한 명이 감탄을 했다. 벗겨낸 껍질은 종잇장처럼 얇았고 흠집 하나 없었던 것이다.

"주 과장의 솜씨는 서울에서 제일이라네."

자랑하듯 한 사장이 말했다. 그의 말대로 주대홍의 칼질 솜씨는 서진호텔 일식부의 명성을 높여 주고 있었다.

작년에 죽은 그의 스승 박 부장도 칼질 솜씨만은 주대홍을 당해내지 못했던 것이다. 그가 한 발 물러서자 보조가 다가와 고기를 접시에 옮겨 담았다.

그때 프런트에 앉아 있던 미스 장이 이쪽으로 다가왔다.

"주 과장님, 전화예요."

주방에도 전화가 있었지만 벨이 울리지 않는다. 주대홍은 주방 안쪽의 전화박스로 다가가 전화기를 들었다.

"여보시오."

자신의 목소리가 워낙 크고 굵은 것을 아는지라 그는 한껏 소리를 낮추어 말했다.

—형님, 고덕균이오.

저쪽에서 소리치자 주대홍은 주위를 둘러보았다. 이쪽에 신경을 쓰는 사람은 아무도 없다.

"너, 시방 어디여?"

—세차장이오. 가만, 여기가 삼성동인가?

"빌어묵을 놈."

—빌어먹지 않으려고 이럽니다, 형님.

주대홍이 쩍 소리를 내며 입맛을 다셨다.

고덕균은 그의 친동생이나 다름없는 후배였는데 하는 일이 자동차 절도였다. 그는 지금 훔친 차를 팔아넘기기 전에 세차를 하고 있는 것이다.

—형님, 오늘 저녁에 시간 있어요?

고덕균이 들뜬 목소리로 물었다.

—내가 한잔 살 테니까 나오슈. 한번 깨지게 먹어 봅시다.

그보다 두 살 아래인 고덕균은 스물일곱이었다. 그는 중학교 때 가출을 해서 이곳저곳을 떠돌며 고등학교와 야간대학을 마쳤다.

그의 부친이 조그만 건설 청부업체를 운영했던 덕에 고덕균의 어린 시절은 그런대로 유복했다. 그러나 그가 중학교 2학년 때 교통사고로 어머니가 세상을 뜨자 6개월 후에 아버지는 새어머니를 데려왔고 그것이 집을 나온 동기가 되었다. 조금 더 정확히 말하자면 새어머니가 데려온 고덕균과 동갑내기인 딸 때문이었다. 중학교 3학년 때 그녀를 강간하려다 실패하자 가출하게 되었던 것이다.

그와 약속을 하고 주방으로 돌아오자 한 사장 일행 옆에 손님 세 명이 늘어앉아 있었다. 처음 보는 사람들이었지만 10년 가까이 주방에서 손님을 겪은 주대홍은 그들의 신분을 금방 짐작할 수 있었다. 해결사들이다. 건장한 체격에 단정하게 넘긴 머리칼, 그리고 값비싼 맞춤 양복을 입고 있는 그들은 날카로운 시선과 치켜든 턱, 그리고 툭툭 던지는 말투를 그대로 드러내며 굳이 자신들의 신분을 감추려 들지 않았다.

"광어 좋은 것으로 한 마리."

가운데 앉은 사내가 던지듯 말했다. 셋 중의 우두머리로 보였는데 둥근 어깨 위에 머리만 달랑 놓인 것 같은 체격의 사내였다.

"예."

머리를 숙인 주대홍이 손짓하자 보조가 금방 광어 한 마리를 들고 왔다.

"형씨, 체격이 좋구만."

가운데의 사내가 주대홍을 바라보며 말했다.

뱀의 눈처럼 깜박이지도 않고 이쪽을 쏘아보았으므로 주대홍은 머리를 숙였다.

"고맙습니다, 선생님."

"운동했소?"

"안 혔는디요."

그의 시선이 힐끗 주대홍의 손등을 스치고 지나갔다. 주먹에 흠집은 없었다. 그들은 이쪽의 반응이 싱겁자 자기들끼리 이야기를 주고받기 시작했다.

주방에 서 있으면 가지각색의 사람들에게서 다양한 이야기를 듣게 되는 것이다. 오늘도 주대홍은 무심한 얼굴로 그들의 이야기를 들으며 칼질을 해나갔다. 이제 불륜을 저지르고 있는 남녀가 아무리 여보, 당신을 부른다고 해도 그는 한눈에 남남인 것을 구별했고 호기 있게 비싼 회를 시키면서 팁을 뿌려도 사내의 어려운 재정 형편을 알아챌 수가 있게 되었다.

사내들은 이야기에 몰두하고 있어서 횟감이 다 되었는데도 이쪽에는 신경도 쓰지 않았다.

저녁 7시 20분. 부산 영도의 번화가를 벗어난 조그만 음식점 앞.

배장근이 루벤스키와 함께 입구 쪽으로 다가가자 어디서 나타났는지 사내 두 명이 앞을 가로막고 섰다.

"배 사장이십니까?"

"그렇소."

그들은 힐끗 뒤쪽을 바라보더니 비켜섰다. 안으로 들어서자 텅 빈 식당의 구석자리에 앉아 있던 최태진이 머리를 들었다.

"배 사장, 늦었소."

"세관 감시가 심해서 이 사람이 늦게 나왔심다."

그들은 최태진의 앞자리에 앉았다 단정한 옷차림에 준수한 용모의 배장근은 얼굴에 부드러운 웃음을 띠고 있었다.

최태진은 조성표의 보스급 간부였는데 그들이 20분이나 늦은 게 언짢은지 이맛살을 찌푸린 채 아무 대답도 하지 않았다. 그의 시선이 루벤스키가 옆에 내려놓은 가방으로 옮겨지자 배장근이 말했다.

"물건은 틀림없습니다."

"그럼 좀 볼까?"

배장근의 눈짓을 받은 루벤스키가 식탁에 묵직한 가방을 올려놓았다.

그가 알루미늄 가방의 뚜껑을 열자 안의 내용물이 드러났다. 흐린 불빛 아래서도 검게 번들거리고 있는 것은 권총과 기관총, 탄알과 탄창 등이다.

"리볼버 다섯 자루에 우지 두 자루입니다. 그리고 소음기가 세 개, 탄알이 각각 300발씩."

최태진이 리볼버 한 자루를 손에 쥐더니 총구와 약실을 찬찬히 바라보았다.

"나쁘지는 않군."

"새것이나 다름없습니다."

그러자 식당의 입구에서 인기척이 들리더니 4명의 사내가 들어섰다.

"우리도 준비한 걸 드려야지."

최태진이 손을 내밀자 사내 한 명이 그에게 묵직해 보이는 봉투를 건네주었다.

"이것, 받으시오."

최태진이 봉투를 받아 식탁 위에 던지며 말했다. 그러고는 리볼버 한 정을 들고 탄알이 든 탄창을 철거덕 소리와 함께 끼워 넣었다. 봉투에 든 달러를 세어 보던 배장근이 머리를 들었다.

"이거, 만 달러밖에 안 되는데, 사장님."

리볼버에 소음기를 돌려 끼우던 최태진이 눈을 둥그렇게 떴다.

"그럴 리가 있나? 다시 세어 보시오."

배장근이 5달러와 10달러, 20달러짜리로 어지럽게 묶여 있는 돈뭉치를 식탁 위에 던졌다.

"세기 어렵게 섞어 묶은 것을 보면 당신이 장난을 치려는 모양인데."

"그게 무슨 말버릇이야?"

어느덧 소음기를 끼운 최태진이 리볼버를 들어 배장근의 가슴을 겨누며 말했다. 사내들이 배장근과 루벤스키의 등 뒤에서 옆쪽으로 비켜섰다.

"어차피 너희들 손에 쥐어지지도 않을 텐데 만 달러면 어떻고, 천 달러면 어때?"

검은 총구를 똑바로 바라보고 있던 배장근의 얼굴이 풀어지더니 얼굴에 웃음이 떠올랐다.

"증거를 남기지 않으려고 우리를 아예 없앨 작정이군."

"총의 성능을 시험도 해볼 겸 말이야."

"개자식."

짧게 욕설을 뱉은 배장근이 한 손을 바지 주머니에 집어넣었다. 그 순간 최태진은 리볼버의 방아쇠를 당겼다.

철컥!

공이가 약실을 두드리는 쇳소리가 긴장으로 숨소리도 들리지 않는 식당 안을 울렸다.

"병신."

배장근이 꺼내 든 수류탄의 안전핀을 이빨로 빼어 뱉으면서 말했다.

"공이를 떼어 놓았어, 이 개새끼야. 백번 잡아당겨 보았자 헛것이다."

그가 수류탄을 쳐들고 벌떡 일어서자 사내들이 한 발짝씩 물러섰고 최태진은 상체를 뒤로 젖혔다. 루벤스키가 재빨리 가방 안에 달러를 던져 넣은 후 최태진의 손에서 리볼버를 낚아채었다.

"이 새끼, 같이 폭사하기 싫으면 차를 밖에다 대어라. 어서."

최태진의 멱살을 움켜쥔 배장근이 으르렁대듯 말했다.

"어서 부하 한 놈을 내보내!"

"야! 누가 나가서."

최태진이 악문 잇새로 말을 뱉었다.

"차를 가져와."

"어서!"

배장근이 소리치자 사내 한 명이 밖으로 뛰쳐나갔다. 그사이 리볼버의 노리쇠에 공이를 끼워 넣은 루벤스키가 권총을 손에 쥐었다.

"이봐, 넌 그걸 터뜨리지 못해. 쇼하지 마라."

이윽고 최태진이 말했다.

"넌 어디로 도망치지도 못해."

"어디 한번 볼까?"

수류탄을 쥔 주먹으로 배장근이 그의 턱을 쳤다. 입구로 사내들 대여섯 명이 몰려들어 왔으나 주춤거릴 뿐 선뜻 안으로 다가오지 못했다.

"빨리 차를 대! 이 새끼들아!"

다시 주먹으로 얼굴을 치자 최태진의 입은 금방 피투성이가 되었다. 루벤스키가 입구의 한쪽을 겨누고는 리볼버의 방아쇠를 당겼다.

픽!

소음기를 통한 무거운 발사음이 들리더니 사내 한 명이 손으로 어깨를 감싸 쥐었다. 그러나 입구 좌우로 벌려 선 부하들은 이쪽을 노려보며 물러나지 않았다. 식당 밖에서 자동차의 엔진 소리가 들리더니 사내 한 명이 들어섰다.

"차 준비가 되었습니다, 사장님."

배장근은 최태진의 목덜미를 잡고 앞으로 밀었다.

"자, 가자. 너는 우리와 함께 간다."

권총을 휘두르며 루벤스키가 뒤를 따랐다.

식당 입구에 주차되어 있는 승용차로 다가간 배장근이 몸을 돌려 뒤에서 좁혀 오는 사내들을 바라보았다.

"꺼져. 뒈지기 전에 말이야."

최태진을 조수석으로 밀어 넣은 그는 운전석에 올랐고 사내들에게 권총을 겨눈 루벤스키는 뒷자리에 탔다. 시동을 걸고 급하게 차를 발진시키려던 배장근은 문득 손에 쥔 수류탄을 내려다보았다. 그러고는 열린 창을 통해 수류탄을 사내들이 몰려선 곳으로 던졌다.

사내들이 고기 떼 흩어지듯 사방으로 피하는 것을 본 그는 승용차를 급하게 발진시켰다. 골목을 나와 큰길에 들어섰는데도 수류탄의 폭발음은 들려오지 않았다.

*　　　　*　　　　*

밤 11시 정각. 우길만 일행이 조양실업의 사장실로 들어서자 기다리고 있던 김대수 사장이 허리를 굽혔다.

"어서 오십시오."

그의 옆에 서 있던 전무는 벌써부터 긴장으로 얼굴이 하얗게 굳어져 있다.

우길만이 잠자코 소파에 앉았고 그를 수행해 온 두 사내는 그의 뒤에 어깨를 펴고 섰다.

주춤대며 우길만의 앞에 앉은 김대수와 전무가 몸을 굳혔다.

"그래, 얼마가 준비되었다구요?"

우길만이 낮은 목소리로 묻자 김대수가 헛기침을 하고 침을 삼켰다. 전무가 먼저 입을 열었다.

"2억 5천입니다, 사장님."

잔뜩 주눅이 든 목소리였다.

"한 달만 더 여유를 주시면 나머지 3억은 꼭."

그러자 우길만은 소파에 등을 붙이고는 입맛을 다셨다. 40대 후반으로 다소 비대한 체격에 얼굴의 혈색이 좋은 그는 동원기획의 사장이었다.

동원기획은 동원그룹의 자회사로서 그룹 산하의 백화점과 체인점에 물품을 공급하는 유통 회사였는데 품목이 많기 때문에 수백 개의 생산 회사와 거래 관계를 맺고 있었다. 조양실업도 수산물 납품 업체의 하나로 연간 20억 원 정도를 동원그룹에 납품하고 있었다.

"당신들 마음대로 기간을 연장하는구만."

우길만이 입을 열었다. 얼굴에 희미한 웃음기가 떠올라 있었다.

"당좌 기일은 아직 빈칸으로 놓아두었는데 이따위로 행동한다면 당장 내일이라도 돌릴 수가 있어."

"이것 보시오, 우 사장님."

김대수가 번쩍 머리를 들었다. 깡마른 체격에 검고 주름진 얼굴의 사내였는데 나이는 60세가 넘어 보였다.

"세상에 이런 법이 어디 있습니까? 우리 부채는 2억도 되지 않아요. 3억 5천은 당신들이 마음대로 만들어 놓은 금액이오."

김대수의 말투가 거칠어지자 우길만의 뒤에 서 있던 사내들이 긴장했다.

"갑자기 거래를 정지시키고 담보용으로 맡긴 백지 당좌에 금액을 적어 돌리다니, 어떻게 그럴 수가 있단 말이오?"

"억울하면 고소하시든가."

부드러운 말투로 우길만이 말했다.

"우린 계약서에서 한 치도 어긋난 일을 하지 않았어. 당신들은 1년 반 동안 클레임을 여섯 번 먹었고, 불량품의 재고는 20퍼센트가 넘었어. 지금까지 우리가 참아온 것을 고맙게 생각해야 돼."

그러자 전무가 헛기침을 하고 나섰다.

"재고는 그렇다고 하더라도 클레임은, 계약서에 30퍼센트를 제한다고 써 있기만 해서."

"이제 그쯤 해두고."

우길만은 손을 저으며 주위를 둘러보았다.

"2억 5천은 준비되었다니, 어디 좀 볼까."

그러자 한동안 우길만을 쏘아보던 김대수가 긴 숨을 내쉬면서 탁자 밑에 놓인 가방을 들어 앞에 올려놓았다. 뒤쪽에 서 있던 사내들이 불쑥 나서더니 가방을 열고 수표와 현금 뭉치를 탁자 위에 쏟아놓았다. 그들은 익숙한 동작으로 돈을 계산하기 시작했다.

"우린 법적으로 문제가 없어. 물론 당신들도 알아보았겠지만."

소파의 팔걸이를 손가락으로 가볍게 두드리며 우길만이 말했다.

"그리고 회사가 부도를 내면 어떻게 된다는 것도 알아보셨겠지."

"당좌는 담보용이오."

억눌린 소리로 김대수가 말하자 우길만이 코웃음을 쳤다.

"담보용이라는 조항은 없어, 김 사장."

"구두 약속이었소. 증인이……."

"닥쳐, 이 새끼야."

이제 우길만의 얼굴이 찌푸려졌고 작은 두 눈이 매섭게 치켜떠졌다.

"내일 저녁까지 잔금 3억을 가져오든가, 아니면 회사의 지분으로 계산해서 넘겨주든가, 둘 중 하나를 택해."

"회사의 지분이라니?"

김대수가 번쩍 얼굴을 들었다.

"이런 날강도 같은."

"그렇다면 내일 아침 당좌를 돌려서 쇠고랑을 차게 만들어 줄까?"

양쪽의 분위기가 금방 칼부림이라도 날 것같이 살벌했지만 두 사내는 머리를 들지도 않고 수표와 돈을 헤아리고 있었다.

"그렇게 되면 회사는 어떻게 되지? 하루아침에 거덜 나게 돼. 일곱 척의 배와 공장은 모두 은행에 압류당하게 되고. 당신들 부채는 자산보다 50억이 많아. 당신 집까지 포함해도 말이야."

"이, 이런."

얼굴이 뻣뻣하게 굳어진 김대수가 온몸을 떨었으나 우길만은 또박또박 말을 이었다.

"회사가 움직여야 당신이나 회사가 살아. 그러기 위해서는 지분을 나누어 줘서 우리를 동업자로 끌어들이는 방법밖에 없어."

"날강도 같은 놈."

김대수가 입술을 떨며 말했다.

"절대로 못 해. 네놈들의 속셈을 내가 안다."

"속셈이고 덧셈이고 너는 다른 방법이 없다니까 그러네."

계산을 끝낸 사내들이 돈을 가방에 넣고 있었다. 우길만은 자리에서 일어섰다.

"내일 아침에 서류를 보낼 테니까 계약을 하자구. 지분은 30퍼센트로 하지."

"이, 천하의 도적놈들."

"오늘 밤 잘 생각해, 김 사장."

"못 한다, 이 도적놈들아."

김대수가 악을 썼으나 우길만은 빙긋 웃었다.

"하게 될 거야. 당신이 어떻게 만든 회사인데."

대치동의 아파트에서 하차한 우길만은 가방을 든 부하와 함께 아파트 현관으로 다가갔다. 인적이 끊긴 깊은 밤이었고 경비원의 모습이 보이지 않는 것을 보면 잠든 모양이었다. 그들이 현관 안쪽의 엘리베이터로 다가가 막 멈추어 섰을 때 뒤쪽에서 인기척이 들렸다. 머리를 돌린 우길만은 눈구멍만 두 개가 뚫린 검은색 마스크를 보았다. 담이 큰 우길만이었지만 그 순간에는 호흡을 멈추고 눈을 치켜떴고 옆에 선 부하도 마찬가지였다.

그러나 그 순간이었다. 우선 부하가 재빠르게 한 손을 허리춤에 넣으며 사내를 가로막듯이 섰지만 마스크를 쓴 거인의 주먹이 부하의 옆얼굴을 쳤다. 마치 해머로 내려치는 것 같은 무서운 기세였다. 뼈가 으스러지는 소리와 함께 부하가 엘리베이터에 부딪치며 넘어졌다.

우길만은 중심을 잡으려는 사내의 빈틈을 이용해 발을 날렸다.

그의 발끝은 정확히 사내의 옆구리를 찍었지만 사내는 끄떡하지 않고 한 걸음 다가왔다.

"누구냐!"

아파트가 떠나갈 듯이 우길만이 고함을 쳤다. 사람을 모으기 위해서였다. 그러나 다음 순간 사내의 주먹이 날아와 그의 배를 때렸다. 무서운 충격이었다.

얼굴이 하얗게 질린 우길만이 사내의 주먹 한 방에 허리를 꺾었고 곧 두 무릎을 꿇었다. 다시 주먹을 추켜올렸던 사내가 곧 팔을 내리더니 땅에 떨어진 가방을 주워 들었다.

"다, 당신, 누구요!"

그제야 경비실에서 나이 든 경비가 소리쳤으나 얼굴만 내밀 뿐 밖으로 나오려 하지 않았다.

사내는 가방을 쥐고는 재빠르게 아파트의 현관을 빠져나갔다.

"도둑이야! 강도야!"

경비가 온 아파트가 울리도록 소리치고는 밖으로 나왔다. 그러고는 무릎을 꿇고 앉아 있는 우길만과 엘리베이터 쪽에 널브러져 있는 부하를 번갈아 바라보면서 허둥거렸다.

"이거 신고를, 아니 병원에."

배를 움켜쥐고 몸을 일으켜 세우던 우길만은 창자가 끊어지는 것 같은 고통에 신음 소리를 내었다.

"이봐요, 그만둬!"

그가 겨우 소리치자 널브러져 있던 부하가 사지를 꿈틀거렸다. 놈은 단 두 방에 이쪽 두 명을 요절냈던 것이다.

새벽 바닷가. 짙은 어둠에 싸인 바닷가는 파도 소리만 들려올 뿐 보이는 것이라고는 부산만 건너편의 불빛 몇 점뿐이다.

백사장으로 최태진을 끌고 온 배장근은 발을 멈추었다. 파도가 발밑에까지 다가왔다가 밀려가고 있었다.

"날 어떡하려고 이러는 거야?"

마침내 참다못한 최태진이 소리를 쳤다. 목소리가 떨려 나왔다.

"이봐, 배 사장. 이럴 것 없이 화해하자구. 내가 약속대로 만 달러를 더 만들어 올 테니까, 그때 다시……."

"닥쳐."

소리와 함께 배장근이 내지른 발길에 배를 차인 최태진은 털썩 무릎을 꿇었다. 배장근은 권총의 총구를 최태진의 이마에 대었다.

"어차피 너희들하고는 끝장이야. 괜한 수작 부리지 마라. 볼썽사납다."

"배 사장, 이럴 필요는… 제발……."

최태진의 목소리가 더욱 간절해졌다.

조성표는 시의원으로 여행사와 다섯 개의 빠칭코 업체를 경영하는 부산의 신흥 보스였고 최태진은 그의 심복이었다. 그는 이제 조성표에게서 물려받은 빠칭코 업체 한 곳의 사장이어서 앞으로의 화려한 미래에 대한 미련이 클 수밖에 없었다.

"배 사장, 살려 주면 은혜는 잊지 않겠소."

모래사장에 무릎을 꿇은 채로 최태진이 말했다.

"오늘 일을 없었던 걸로 하겠소. 정말이오. 맹세할 수 있습니다."

"개소리 집어치워."

그때 어둠 속에서 루벤스키가 다가왔다.

"장근, 뭘 하고 있는 거야?"

"이놈이 살려 달라는데."

둘은 러시아어로 이야기를 주고받았다.

"그래서 살려 줄 생각인가?"

최태진을 내려다보며 루벤스키가 묻자 배장근은 머리를 저었다.

"아니, 지금 마음을 정했어. 이놈을 바다로 끌고 가 익사시키자구."

"좋지. 총소리를 내는 것보다 낫겠군. 이놈한테는 더러운 일이겠지만."

총을 주머니에 넣은 배장근이 최태진의 한쪽 팔과 목덜미를 쥐자 루벤스키도 따라서 다른 쪽을 쥐었다.

"이, 이거 왜 이러는 거야?"

질색을 한 최태진이 소리를 쳤다. 그러나 그는 자신을 바닷속으로 끌고 들어가는 것을 보고는 금방 알아차렸다.

"사람 살려! 사람!"

그의 비명은 두 번 이상 이어지지 않았다. 무릎까지 차오른 바닷물에서 그들은 최태진의 머리를 아래쪽으로 누르고 서 있었다. 어디선가 뱃고동이 가늘게 울렸다. 그러나 짙은 어둠에 묻혀 아무것도 보이지 않았다.

배장근은 스물아홉의 나이로 시내에 20평짜리 오퍼상 사무실을 가지고 있었는데 그의 본업은 블라디보스토크의 마피아 보스인 밀로체프의 부산 대리인이었다.

무역 회사를 그만두고 일본으로 액세서리 수출을 하던 그는 5개월 만에 자본금을 잃고 빈털터리가 되었다. 그러고 나서 시작한 것이 부두에서의 러시아인의 통역사 및 안내인 노릇이었다. 그는 선원들이 가져오는 모피를 중개해 주다가 마피아 일원인 루벤스키를 만나게 되었던 것이다.

밀로체프는 배장근을 통해 모피와 가죽, 보드카 등의 수요자를 찾아 물품을 공급하였으며 무기류의 판매는 거의 하지 않았다. 당국의 단속이 신경과민적일 정도로 심하고 집요했을 뿐만 아니라 총기 사건이 발생하면 군까지 동원하는 판국이어서 조직에서도 총기류 취급을 하지 못했던 것이다.

그러나 이번에 최태진이 권총 다섯 정과 기관총 두 정을 2만 달러에 구입하겠다고 제의해 왔다. 밀로체프로서는 전혀 주저할 것이 없었다. 그래서 즉시 루벤스키를 통해 무기를 보내 주었는데 결과가 이렇게 되자 배장근은 입맛이 썼다.

"장근, 이것은 당신이 당분간 보관하고 있어야겠어."

루벤스키가 옆에 놓인 가방을 눈으로 가리키며 말했다. 그들은 해운대의 주택가 안에 있는 단층 양옥집 안방에 마주 앉아 있었다.

"나는 오늘 오후에 출항하는 배로 블라디보스토크로 간다. 보스에게 사건을 보고하고 지시를 받을 때까지만이라도"

"이봐, 루벤스키. 저 가방은 내가 갖겠어. 보관이니 뭐니 그따위 소리는 말어."

배장근의 말에 루벤스키가 늘어진 눈시울을 들어 올렸다.

"그게 무슨 말이야?"

"원래 2만 달러를 받으면 나에게 5천 달러 주기로 하지 않았어? 그런데 너는 이미 만 달러를 갖고 있어. 물건과 함께."

"그렇게 계산한다고 해도 나는 5천 달러가 부족해."

"보스에게 일어난 일을 그대로 전해. 그래서 만 달러밖에 가져오지 못했고, 배장근이가 물건을 갖는다고 하더라고."

"……."

"난 이제 놈들에게 쫓기는 몸이 되었어. 경찰이 알게 될지도 몰라, 내가 최태진이를 죽인 것을."

"어떡할 작정이야?"

배장근이 방 안을 둘러보았다.

"이곳도 위험해. 놈들이 내 은신처를 알고 있을지도 모른단 말이야."

"그렇다면 나하고 같이 블라디보스토크로 가자. 거기서 사건이 잠잠해질 때까지 기다리면 돼."

배장근은 머리를 저었다.

"아니, 남아 있겠어. 그리고 이왕 이렇게 된 이상 철저하게 살아가겠다."

"그놈들의 조직을 당해내기 힘들 텐데. 넌 한 몸이야."

루벤스키가 걱정스러운 얼굴로 말했다. 그는 비둘기색 머리카락과 코밑수염을 기르고 있는 비대한 몸집의 사내로 1년 가까이 배장근과 거래해 온 터였다.

"상관없어. 그렇다고 러시아로 도망칠 수는 없어. 여기서 부딪쳐 나갈 테다."

배장근이 맺듯이 말했을 때 시계가 새벽 5시를 알렸다. 날을 꼬박 새운 것이다.

"벌써 5시요, 형님."

오징어를 씹던 고덕균이 시계를 올려다보며 말했다. 조금 전까지 붉게 달아올랐던 얼굴이 이제는 희게 변해 있었다.

"잡시다. 여자 없이 자는 건 오랜만이지만 말이요."

"너 먼저 자."

주대홍이 술잔에 소주를 채우면서 말하자 고덕균이 입맛을 다셨다.

"이런, 제기. 형님, 2억 5천이나 벌었으니 기분 좀 냅시다. 하다못해 깡소주라도 마시며 입이라도 씻잔 말이오."

"기분 낼 것 없다."

종이컵에 담긴 소주를 꿀꺽이며 삼킨 주대홍이 잔을 내려놓고 구석에 놓인 돈 가방을 바라보았다.

"동원기획인가, 그놈들이 눈에 불을 켜고 찾고 있을 것이다."

"해결사가 빼앗은 돈을 다시 빼앗았으니 기가 막혔을 겁니다."

"기가 막히라고 헌 것이 아녀, 이 시키야."

빨개진 주먹코를 쓸며 주대홍이 말했다.

"나는 그런 놈들을 그냥 넘길 수가 없었을 뿐이여. 돈 벌라고 그런 것도 아니고."

"형님은 홍길동이오. 이름을 주길동으로 바꾸시오."

고덕균이 정색을 하고 말했다.

"상을 받어야 할 형님이 숨어 지내야 한다는 것이 비극이오."

"씨발 놈아, 닥쳐."

술잔을 내려놓은 주대홍이 턱으로 돈 가방을 가리켰다.

"저그서 돈 꺼내 갖고 빚진 것 갚어라. 그리고 어제 훔친 차는 돌려줘. 그 짓 그만두란 말이여."

"저기서 돈을……."

잠이 달아난 고덕균이 상체를 세우고는 반짝이는 눈으로 가방을 바라보았다.

"형님, 정말이오? 내가 저 돈으로 빚을."

"……."

"아이구, 형님."

주대홍은 잠자코 소주를 벌컥거리며 마셨다. 좀도둑질에, 자동차 절도, 저보다 약한 놈에게는 폭행도 서슴지 않는 고덕균이었지만 주대홍을 따르는 유일한 사내였다.

주대홍이 세 살 때 그의 부모가 헤어졌는데 어느 한쪽도 그를 책임지려고 하지 않았다. 결국 그는 광주의 고아원을 전전하며 고등학교를 마쳤고 상경을 하여 일식집 주방 보조가 되었다. 그러고는 운 좋게 박광선을 만나 주방 일을 철저히 배우게 되었던 것이다.

그러나 아버지이자 스승이었던 박광선이 세상을 떠난 지금은 7, 8년 전에 같이 주방 일을 하다가 형님 동생 사이가 된 고덕균 외에는 마음을 터놓는 사람이 없다.

"아파트에서 우리 차를 본 놈은 없었지만 형님 말대로 돌려주지요. 자동차 등록증도 차 안에 있으니까 연락을 해서."

고덕균이 사근사근하게 말했다.

"그러면 형님, 저 돈으로 일식집이나 하나 차립시다. 형님이 사장하고 나는 영업부장이나 지배인을 맡아서."

"난 주방 일을 계속할 거여."

자르듯 말한 주대홍이 큰 몸을 벽에 기대었다. 이곳은 논현동
의 17평짜리 원룸 아파트로 작년 말에 그가 전 재산을 털어 장만
한 곳이었다.

"쓸데없는 생각일랑 말고 너도 주방 일이나 혀. 내가 소개시켜
줄 테니까 말여."

"아이고, 그만둡시다."

얼굴을 찌푸린 고덕균이 손을 저었다.

"나는 그때 생선 냄새에 질려서 지금도 생선회를 못 먹는단 말
이오. 사람은 적성에 맞는 일을 해야지."

"그렇게로 너는 도적놈이 적성이냐?"

"형님 적성은 칼질이 아니오. 어젯밤 같은 일이 진짜 적성에 맞
는 일이오."

창밖이 희뿌옇게 밝아 오자 주대홍은 일어나 커튼을 걷었다.
유리창을 열자 맑고 신선한 공기가 쏟아져 들어왔다. 숨을 가득
들이마신 그는 온몸을 부풀리며 기지개를 켰다.

한동안 방 안에 무거운 정적이 덮였다. 벽시계는 아침 8시를
가리키고 있었다. 벽시계 밑의 커다란 마호가니 책상 위에 자개를
박은 명패가 놓여 있었는데 '동원기획 대표이사 우길만'이라고 쓰
여 있었다. 그러나 지금 상좌에 앉은 반백의 사내는 우길만이 아
니다. 동원그룹의 회장이자 동원실업의 실제 소유주인 양승일이
금테 안경알 속의 눈을 번쩍이며 앉아 있었고 그의 좌우에 갈라

져 앉은 것은 우길만과 최기대, 그리고 회장의 보좌관인 박철규였다.

이윽고 양승일이 정적을 깨었다.

"운전사와 경호원, 그리고 우 사장을 차례로 치고 가방을 빼앗아 갔다는 건 알겠어. 하지만 너무 싱겁군."

그의 시선이 우길만을 슬쩍 스치고 지나갔다.

"박 상무가 조사해 보았는데 나선 놈은 하나야. 모두 한 놈한테 당한 거야."

"예. 하지만······."

우길만이 입을 열었다가 양승일의 얼굴을 살피고는 금방 다물었다.

"놈은 이쪽의 사정을 알고 있었어."

양승일의 메마른 목소리가 방을 울렸다.

"우 사장이 집으로 돈을 나를 줄도 알고 있었던 거야."

우길만이 이마에 배인 땀을 손바닥으로 닦았다. 그러자 박철규가 헛기침을 하고는 상체를 세웠다. 30대 후반의 단정한 용모의 사내였다.

"아마 조양실업 앞에서부터 미행해 간 것 같습니다, 회장님. 사건 직후에 아파트를 떠나는 흰색 소나타를 보았다는 사람이 있었습니다."

모두 잠자코 있자 그가 다시 말을 이었다.

"조직 내에서 정보가 새었을 가능성도 있습니다. 그래서 조양실업과의 관계를 알고 있는 모든 사원을 조사하고 있습니다."

"지위 고하를 막론하고 조사해."

양승일의 말에 박철규가 깊게 머리를 숙였다.

"예, 회장님."

"사건이 경찰에 포착되지 않도록 하고."

"경비원에게 단단히 일러두었습니다."

머리를 돌린 양승일이 우길만을 바라보았다.

"오늘, 조양실업 건은 예정대로 진행하도록."

"예, 회장님."

우길만이 머리를 숙였다.

"그 일은 차질이 없도록 해야 될 거야."

"명심하겠습니다."

입맛을 다신 양승일이 자리에서 일어서자 7, 8명의 사내들이 일제히 따라 일어섰다.

양승일이 동원기획을 찾아온 것은 드문 일이다. 그는 흑석동의 저택에 틀어박혀 보고만 받을 뿐 좀처럼 표면에 나타나지 않았다. 주위의 시선을 피하려는 듯 양승일이 서둘러 떠나자 동원실업의 사장실은 찬바람이 할퀴고 간 폐허나 다름없어 보였다.

양승일을 배웅하고 난 우길만이 사장실로 들어가자 박철규는 최기대와 함께 회의실에 마주 앉았다.

"도대체 어느 놈이야?"

박철규가 짜증스럽게 물었는데 그것은 어처구니가 없다는 표현이었다.

서울의 조직은 수백 개의 군소조직이 각 지역별로 나누어져 있지만 이제는 조직이라고 부를 만한 것도 없었다. 수없이 분해되고 재결집되는 밤의 조직은 뿌리를 갖지 못하고 있었다. 그것은 당국의 강력한 단속 때문이기도 했지만 명분과 통찰력을 갖춘 뛰어난 지도자가 없었기 때문이기도 했다.

그러나 양승일은 다르다. 그는 무주공산이 되어 버린 서울의 밤 세계를 자금력과 조직력으로 장악하려는 원대한 꿈을 가진 인물이었다. 남대문의 나까마로부터 시작한 그의 사업은 이제 매출액 3조 원의 기업군을 형성할 정도로 피었고 그것을 바탕으로 그는 끊임없이 조직을 확대해 나가고 있었다.

지금 양승일과 대적할 만한 인물이 있다면 명동의 신용수를 꼽을 수 있을 것이다. 그는 부동산 재벌로 조직과 자금 면에서 양승일과 호각지세를 이루고 있는 거물이었다.

"신용수의 졸개들이 한 짓은 아니겠지?"

최기대가 혼잣소리처럼 말하자 박철규가 머리를 저었다.

"아침에 권석출에게 전화를 해보았어. 그냥 떠보았는데도 놈은 길길이 뛰더구만. 그쪽에서 그럴 리는 없어."

"하긴."

만일 그자들이 저지른 것이라면 조직에서도 경멸하는 강도 노릇을 한 셈이 된다. 최기대도 어젯밤 일은 그들의 소행이 아니라는 생각이 들었다.

"우선 조양실업 일을 알고 있는 놈들을 하나씩 불러 조사할 작정이야. 그러니까 너도 협조를 해줘야겠어."

박철규는 회장의 보좌관으로 이번 사건 조사의 책임을 맡았다. 머리를 끄덕인 최기대는 부하들을 모으기 위해 방을 나왔다.

사장실의 우길만은 아직 기척이 없었다. 그는 조양실업에 가서 계약서 문제를 해결해야 될 것이었다. 이번 사건으로 그에 대한 회장의 신임이 깎일 것이 분명했다. 이것은 사고가 아니다. 조직 사회에서 당했다는 것은 이유를 불문하고 치명적인 약점이 되는 것이다.

"아니, 이게 누구여?"

문을 연 고 여사가 입을 쩍 벌리면서 주대홍을 바라보았다. 부스스한 머리에 헐렁한 원피스를 입은 그녀의 얼굴은 주름투성이였고 허리는 더 굽어 있었다.

"웬일이여, 이렇게 아침에?"

그러면서 주대홍의 뒤쪽을 바라보았다.

"그냥, 갑자기 생각이 나서요."

"에이구, 고맙기도 해라."

그러면서 그의 옷깃을 잡아 집 안으로 끄는 고 여사는 그의 일식집 스승이었던 박광선의 부인이었다. 그는 한 평도 안 되는 좁은 마당을 지나 미닫이문 앞에 섰다.

"얘, 미정아. 주 총각 왔다."

방 안을 향해 그렇게 소리친 고 여사가 온 얼굴에 주름을 잡으며 주대홍을 돌아보았다.

"아직 장가 안 들었지?"

그때 미닫이문이 열리면서 박미정이 모습을 드러내었다. 아버지를 닮아 둥근 얼굴형에 콧날이 가늘고 입술이 얇은 박미정은 그를 향해 머리를 꾸벅 숙였다.

"오빠 오셨어요."

"오늘 회사 안 나가?"

"회사가 망해서 그만두었어."

고 여사가 대신 대답하였으므로 박미정은 문에 기대서서 잠자코 그를 바라보았다.

주대홍은 좁은 툇마루에 엉덩이를 걸치고 앉았다. 봉천동의 산비탈에 임시로 지은 집이어서 벽과 담이 허술하기 짝이 없었다. 전에 박광선을 따라 방 안에 들어가 앉았던 주대홍은 벽에 등을 기대었다가 질색을 했던 경험이 있다. 그의 무게에 눌린 벽이 무너질 것같이 흔들렸던 것이다.

방 한 칸에 부엌과 마당을 합해 열 평이 못 되는 주택이었는데 박광선이 살아 있을 때는 일주일에 한 번 꼴로 찾아왔었다. 박광선이 그를 데려왔다는 표현이 맞을 것이다.

"이사는 언지 합니까?"

그가 묻자 고 여사가 마당에 쪼그리고 앉아서 그를 올려다보았다. 마당에 박힌 수도꼭지에서 함지박 속으로 가느다란 물줄기가 떨어지고 있었다.

"보상금을 1천5백만 원밖에 안 준다는데, 그걸 가지고 전세를 얻기도 힘들고, 월세를 내려면……"

"엄마."

뒤쪽에 서 있던 박미정이 낮게 소리치자 고 여사는 하던 말을 멈추었다. 박미정은 무남독녀로 이제 고 여사와 둘이 살고 있는 것이다.

"미정이 너는 어떻게 헐래? 취직혀야지?"

몸을 돌려 그가 묻자 박미정이 머리를 끄덕였다. 긴 머리를 뒤에서 틀어 올려 묶은 탓에 긴 목이 그대로 드러났다. 화장기가 없는 얼굴이어서인지 여위어 보였다.

"몇 군데 부탁을 해두었어요. 그러니 다음 달에는……."

"참, 자네, 아침은 먹었어?"

생각난 듯 고 여사가 물으며 일어섰다.

"반찬은 없지만 밥은 있는데, 줄까?"

"예, 주세요."

그러자 고 여사는 만족한 표정이 되어 부엌으로 들어갔다.

"오빠는 일 잘되세요?"

박미정이 옆으로 다가와 앉으며 물었다.

"그려. 근데 너는?"

"예, 뭐가요?"

"……."

"작년에 헤어졌어요."

퍼뜩 머리를 든 주대홍이 그녀를 찬찬히 바라보았다.

박미정에게는 애인이 있었다. 박광선이 주대홍과 맺어주려는 눈치를 보이자 그녀는 심하게 반발하였는데 언젠가는 제약 회사에 다닌다는 그 사내를 주대홍에게 보여준 적도 있었다. 아마 주대홍이 집에 온 날을 맞추어 그를 불렀을 것이다.

"그걸 물어본 것이 아녀."

허리를 굽혀 무릎 위에 팔꿈치를 괴고 앉은 주대홍이 말했다.

"그런 건 중요한 일이 아니란 말이다."

"그래요. 중요한 일이 아녜요."

박미정이 머리를 끄덕이며 말했다.

"오빠를 만나게 되어서 기뻐요."

"나두 너를 봐서 좋다."

부엌에서 도마에 칼이 부딪치는 소리가 들리자 주대홍은 퍼뜩 머리를 들었다. 저만큼 익숙한 솜씨로 고 여사가 칼질을 하고 있는 것을 듣기만 해도 알 수 있었다.

늦은 아침을 얻어먹은 주대홍이 상을 물리고 나서 고 여사와 마주 앉았다. 단칸방이어서 박미정은 위쪽의 경대에 등을 대고 앉아 비스듬히 그를 바라보고 있었다.

"실은 사모님한티 드릴 것이 있어서."

주대홍이 들고 왔던 비닐 가방을 방 가운데에 내려놓았다.

"선생님허고 지가 10년쯤 전에 적금을 들었습니다. 그런디 그것이 엊그제 만기가 되어서."

모녀가 눈을 동그랗게 치켜뜨고는 그를 바라보았다.

"선생님이 돌아가신 후에 지가 계속 적금을 부었지요. 2억짜리였응게로 여그 반으로 갈라 1억을 가져왔습니다."

이제 모녀의 시선이 비닐 가방에 꽂힌 채 떨어지지 않았다.

"저, 그러면 저는 이만."

"잠깐만요."

일어서는 주대홍을 향해 입을 연 것은 박미정이다. 그녀는 그를 따라 몸을 일으키며 말했다.

"오빠, 정말이에요?"

"그럼 저 가방에 종이가 들어 있을라구."

"아니, 그 말이 아니라, 적금을 부었다는 말."

"내가 거짓말허는 사람이냐?"

넋을 잃은 표정으로 가방을 바라보던 고 여사가 머리를 들었다.

"주 총각, 거기 좀 앉게."

"저는 바쁩니다. 일하러 가야 하기 때문에."

"자네, 적금 통장이 있나? 보여주게."

"인자 필요 없어서 버렸는디요."

"오빠."

얼굴이 빨갛게 달아오른 박미정이 그를 바라보았다. 아랫입술을 깨물고 있는 그녀는 금방이라도 울음을 터뜨릴 것처럼 보였다.

"도대체 왜들 이러시는지 모르겠구만."

주대홍이 혀를 찼다.

"나헌티 왜 이러십니까? 2억을 모두 가져와야 헜는디 1억은 빚진 것을 갚았어요. 그러서."

문을 열고 밖으로 나간 주대홍은 서둘러 신발을 신었다.

"그럼 사모님, 안녕히 계십시오. 그리고 미정이 너도."

"이보게, 이보게."

펄쩍 뛰어 일어난 고 여사가 그를 불렀다.

"오빠, 나 좀 봐요."

박미정도 따라 불렀으나 그는 한걸음에 문밖으로 나왔다. 그리고 좁은 골목을 뛰어 내려가면서 찌푸린 얼굴로 입맛을 다셨다. 고덕균이라면 보다 매끄럽게 이해시킬 수 있는 방법을 만들어 냈을지도 몰랐다. 어쨌든 이것은 그에게는 빼앗을 때보다 열 배는 더 어려운 일이었던 것이다.

＊　　　　＊　　　　＊

법원 근처의 일식집 안이다.

법관들이 자주 가는 곳으로 조용하고 음식 맛도 괜찮은 집이 었는데 구석방에 강일도와 이동천이 마주 앉아 있었다.

"그런데 참, 이 검사가 김양호를 불렀다면서?"

식사를 마친 강일도가 엽차 잔을 들면서 물었다.

"예. 뭘 좀 물어볼 것이 있어서 잠깐 뵙자고 했었습니다."

이동천이 말을 이었다.

"그쪽에서 부장님께 무슨 연락이라도 해왔습니까?"

"내가 아니야."

엽차를 한 모금 마신 강일도가 씁쓸하게 웃었다.

"나보다 몇 계단 위에다 대고 항의해 온 모양이야."

"그자가 야쿠자와 관계가 있습니다. 양승일 회장과 야쿠자 사이에 다리를 놓는 역할을 그자가 맡았을 겁니다."

"……."

"야마구치조의 간부 다섯 명이 국제호텔에 닷새 동안 있었습니다. 그자들이 카지노만 하러 왔을 리가 없습니다."

"이봐, 이 검사. 증거가 확실하게 잡히기 전에는 들쑤시면 안돼. 그리고 내가 기다리라고 하지 않았나."

이맛살을 찌푸린 강일도가 낮은 목소리로 말을 이었다.

"김양호도 거물이야. 발이 넓다구. 양승일은 말할 것도 없고."

"저는 경고만 주었을 뿐입니다, 부장님."

"경고라니?"

"우리가 주시하고 있다는 경고지요. 그렇게라도 해야 될 것 같았습니다."

"그러면 그자들이 움츠러들 것으로 생각했나?"

"아니면 어떤 방법을 쓰겠지요. 적극적으로 나온다면 부딪쳐 볼 작정이었습니다."

"자넨 생각보다 너무 무모해."

강일도가 머리를 저었다.

"위에서도 앞으로 주의하라는 지시가 내려왔지만 자네는 이미 요주의 인물이 되었어."

"터뜨리는 사람이 있어야 합니다, 부장님. 기다리고만 있다가는 나중에는 수습할 수 없을지도 모릅니다."

"한국 사회에서는 피에트로가 있을 수가 없네, 이 검사."

강일도의 목소리는 가라앉아 있었다.

"이탈리아와 여건이 달라. 북한과 대치하고 있는 상황인 데다 우리는 군사독재를 30년이나 겪었어."

"……"

"급하게 서두르면 무리가 따르는 법이야. 조건이 무르익을 때까지 기다려야 돼."

"다음 정권이 들어설 때까집니까?"

이동천의 물음에도 강일도는 찌푸린 얼굴로 대답을 하지 않았다.

"그때는 이미 늦을 것 같은데요. 정부 관리나 정치인들 대부분이 물이 들어 버려서 지금보다 더 어려워질 겁니다."

"파악만 해둬. 더 이상 일을 만들면 그땐 나도 어쩔 수가 없어."

자르듯 말한 강일도는 자리에서 일어섰다.

"알아듣게나, 이 검사?"

"알겠습니다, 부장님."

"다른 사람들처럼 여유를 갖고 살아 봐. 당장에 우리나라가 어떻게 되는 것도 아니니까."

몸을 돌린 강일도는 앞장서서 계산대로 다가갔다.

강일도와 헤어진 이동천이 마리온클럽에 들어선 것은 밤 9시 30분이었다. 소공동의 타워빌딩 스카이라운지에 있는 이곳은 그의 단골 술집으로 아늑한 분위기의 고급 클럽이었다. 그러나 무엇보다도 클럽 주인인 문재은의 편안한 접대에 이끌려 찾아오는 손님들이 많았는데 이동천도 그중의 하나였다.

문재은의 고객 중에는 이름만 들어도 알 수 있는 유명 인사가 많았기 때문에 이동천도 우연히 옆자리에서 그들을 발견할 때가 있었다.

클럽 안은 잔잔한 피아노의 선율만 흘러나올 뿐 언제나처럼 조용했고 어두웠다. 창가의 의자에 앉은 이동천의 옆으로 웨이터가 소리 없이 다가와 섰다. 그는 이미 이동천이 들어오는 것을 보았던 모양으로 그가 전에 남긴 술을 쟁반 위에 얹어 들고 있었다.

웨이터가 탁자 위에 술병과 잔을 놓고 물러가자 그는 술병을 들었다. 그때 옆쪽에서 인기척이 났다.

"요즘 바쁘셨나 보지요?"

부드러운 향수 냄새와 함께 옷자락을 스치며 앞에 앉은 사람은 클럽의 주인 문재은이었다. 짧게 커트한 머리에다 속눈썹이 짙은 눈을 반짝이는 그녀는 나이보다 10년쯤 젊어 보여 20대 같았다.

"요즘은 토옹 뜸하시대. 이 검사님, 어디 다른 곳에 다니시는 거예요?"

그녀는 손짓을 해서 웨이터를 불렀다.

"제가 오늘 한잔 살게요."

"이거 왜 이래, 갑자기?"

이동천이 의아해하는 시선을 주자 문재은이 이를 드러내며 웃었다.

"나중에 갚으면 되잖아요? 마침 이 검사님에게 소개해 줄 사람이 있어서 그래요."

"여자 말이야?"

"하룻밤 같이 자는 여자 말고."

"그렇다면 필요 없어."

그러나 문재은은 옆쪽을 바라보며 손을 흔들었다. 곧 그들 앞으로 밝은 색 투피스 차림의 여자가 다가왔다.

우선 날씬한 몸매가 흐린 조명 속에 드러났고, 곧 가볍게 머리를 숙이며 문재은의 옆에 앉는 그녀의 얼굴이 보였다. 긴장했는지 다소 딱딱한 표정이었지만 똑바로 이동천의 시선을 받는 그녀의 눈은 맑았고 눈매가 고왔다.

"이쪽은 명성이 자자한 서울 지검의 이동천 검사님이시고, 이쪽은……."

문재은이 이동천을 향해 웃었다.

"제일대학을 졸업하고 국제 통역사로 일하고 있는 양유경 양. 어때요, 미인이죠?"

반년 가까이 마리온을 다녔어도 이런 일은 처음이어서 이동천은 건성으로 머리를 끄덕이며 문재은을 바라보았다.

웨이터가 가져온 술병을 들어 잔에 술을 채운 문재은이 곧 자리에서 일어섰다.

"자, 그럼 좋은 시간 되시기를."

그녀가 안쪽으로 사라지자 이동천이 술잔을 들고 양유경을 바라보았다.

"문 마담과도 잘 아시는 사이 같은데."

"잘 알아요."

그녀가 얼굴에 웃음을 띠었다.

"아버지가 이곳 단골이세요. 그런 관계도 있고 해서."

"……."

"아버지가 한번 만나 보라고 하셨어요. 괜찮은 남자가 있다고."

"그렇습니까?"

"그래서 호기심이 생겼지요. 좀처럼 그런 말을 안 하시는 분이거든요."

양유경은 술잔을 들어 한 모금 삼키고는 내려놓았다.

"지난번에 오셨을 때 이 검사님을 뵈었어요. 문 마담이 가르쳐주더군요."

술잔을 들어 한 모금 삼킨 이동천이 뜨거운 기운을 뱉어내었다. 긴장이 풀린 탓인지 그녀의 표정은 조금 밝아져 있었다. 도톰

한 입술이 마치 붉은 꽃잎처럼 벌어져 있는 게 보기 좋았다.

남자의 뜻과는 상관없이 저 혼자 골라 만날 만한 여자라는 것도 이해가 갔다.

"아버님이 이곳 단골이시라고?"

"예, 오래되셨어요. 그래서 저도 몇 번 따라와 봤는데, 여기에."

"다른 잘난 사람들도 많을 텐데, 왜 하필 나를 고르셨을까?"

"아버지요? 아니면 저 말인가요?"

"둘 다."

"아버지의 기준은 모르겠지만, 전 이 검사님의 첫인상으로 정했어요."

"……."

"물론 만나고 나서 달라질 수도 있지만."

"골라 줘서 고맙다고 해야겠군."

양유경이 풀썩 웃었다.

"후회하시지는 않을 거예요, 만난 것을."

그들이 마리온클럽을 나온 것은 12시가 다 되어서였다. 양주한 병을 나누어 마셨기 때문인지 양유경은 얼굴이 달아올라 있었다.

"차 가져오셨어요?"

현관 앞에 서자 그녀가 물었다.

"아니, 난 택시 타고 가면 됩니다."

"모셔다 드릴게요."

잠시 후 그들 앞에 검은색 벤츠가 소리 없이 다가와 멈추어 섰다.

"청담동은 돌지 않아도 되니까 어서 타세요."

집이 청담동이라고 말했는데, 그녀의 집은 삼성동이라 돌아가는 것은 아니었다. 머리를 끄덕인 이동천은 차에 올랐다. 차량의 왕래가 드문 시간이어서 차는 속력을 내며 달렸다.

"처음부터 너무 신세를 지는데."

차가 남산 3호 터널로 들어서자 이동천이 입을 열었다.

"그런데 이제 부친의 성함을 말해주어도 되지 않겠소?"

"양승일 씨예요, 동원그룹의."

앞쪽을 바라본 채 그녀가 말했다.

"놀라셨나요?"

"……."

"의도적인 것은 아니에요. 아무리 아버지가 시켰더라도 난 마음에 내키지 않으면 안 해요."

양유경이 머리를 돌려 그를 바라보았다.

"좋은 남자가 하나 있는데 만나 볼래? 하셨을 뿐예요. 나머지는 문 마담이 알아서 했고."

"……."

"문 마담은 아버지의 세컨드예요. 마리온클럽은 아버지가 차려주셨고."

"……."

"여자 편력이 심하시고 두 번 이상 만나지 않으신다면서요? 그건 문 마담한테 들었는데."

차는 반포대교를 향해 속력을 내며 달려가고 있었다. 단정한 양복 차림의 운전사는 뒷좌석을 힐끗거리지도, 몸을 크게 움직이지도 않았다.

이동천이 고개를 돌려 그녀를 찬찬히 바라보았다.

"가서 아버지께 전해요. 나에게 관심을 가져 준 이유를 오해할 수도 있다고."

머리를 한쪽으로 기울인 양유경이 잠자코 그의 시선을 받았다.

"난 호락호락 잡히지 않는 놈이라고도 전하시오. 차라리 돈 주고 여자를 사겠다고 말이오."

"무슨 말씀이세요?"

양유경의 눈썹이 추켜 올라갔다.

"우리 아버지가 당신에게 무슨 약점이라도 잡혔나요? 그리고 내가 당신에게……"

말을 멈춘 그녀가 퍼뜩 앞쪽으로 고개를 돌리며 소리쳤다.

"차 세워요!"

벤츠가 길가로 꺾어지며 급제동을 걸었다. 그에 이동천은 손을 뻗어 앞좌석을 쥐어야 했다.

양유경이 치켜뜬 눈으로 이동천을 쏘아보았다.

"여기서 내려요."

"나도 그럴 생각이었소."

"건방진 자식, 제 분수도 모르고."

"분수를 알아서 이러는 거야."

이동천이 문을 열고 밖으로 나오자 거칠게 문이 닫힌 벤츠는 금방 차량의 대열 속으로 끼어들어 그의 시야에서 사라졌다.

이동천은 몸을 세우고 주위를 둘러보았다. 술에 취한 서너 명의 사내가 비틀거리며 그를 지나쳐 갔다. 이곳은 강남대로의 길가였지만 그는 어디쯤인지 언뜻 알아차릴 수 없었다.

제2장

야쿠자와
러시아 마피아

밤의
대통
령

조성표는 부산 지역의 밤의 대통령이라고 일컬어지는 인물이다. 공식적으로는 시의원이자 여행사의 대표이며 상공회의소 부의장이었으나 그것은 대외 선전용일 뿐이다. 그는 엄청난 수입이 생기는 빠칭코업을 장악하고 있는 데다 배후에서 조종하는 건설 회사를 통해 부산 지역 건설 공사에 막강한 영향력을 행사하고 있었다.

　그러나 뭐니 뭐니 해도 밤의 세계에서 유흥업만큼 안정된 이권이 보장되는 업종은 없다. 유흥업을 장악하려면 우선 힘이 있어야 하고 그다음이 자금이었는데 조성표는 그 두 가지 조건을 모두 갖추고 있었다. 이제 예전처럼 폭력이 난무하고 지역을 빼앗기는 전쟁은 일어나지 않았다.

　또한 주먹의 힘만 가지고 밤의 세계에서 군림할 수도 없었다.

밤의 세계를 지배하려면 낮의 세계에 다리를 걸쳐 놓아야만 조직과 기업을 유지할 수 있었는데 조성표가 그 조건을 충족시킬 수 있는 인물이었던 것이다.

조성표가 시의회 일을 마치고 부산진 구청 근처의 사무실에 돌아온 것은 오후 6시가 조금 넘었을 때였다.

그를 따라 사장실에 들어선 천기석이 입을 열었다.

"사장님, 배장근이는 해운대 근처에 있는 것 같습니다만."

"그렇다면 잡아."

50대 초반의 조성표는 건장한 체격에 호감이 가는 용모의 사내였다. 그러나 눈꼬리를 추켜올린 지금의 모습은 밖의 사무실 직원들도 잘 모르는 그의 또 다른 모습이다.

"예. 그래서 오종갑이에게 애들을 딸려 보냈습니다."

천기석이 조성표의 맞은편 소파에 앉았다. 그는 조성표의 오른팔로 전력이 육군 대령이었다. 이 세계에서는 조금 별난 경력의 사내였다. 그러나 조성표의 먼 친척인 데다 군 출신답게 처신술과 관리력이 뛰어났기에 그는 금방 조성표의 심복이 될 수 있었다.

"하지만 사장님, 최 사장 살해 사건은 아무래도 경찰에 신고하는 것이 낫다고 생각합니다만."

조심스러운 그의 말에 조성표는 머리를 저었다.

"안 돼. 경찰이 잡으면 복잡해져. 놈은 최태진과의 무기 거래 사실을 폭로할 것이고, 게다가 증거물도 있어. 그렇게 되면 또 골치 아파진다."

"매스컴을 통한 지명수배 한 번이면 금방일 텐데요. 그리고 그놈도 발이 묶이게 될 것이고."

천기석은 신고에 미련이 있는 모양이었지만 말을 끊고는 들고 온 서류를 조성표 앞으로 밀어 놓았다.

"서울로 보낼 돈입니다. 결재해 주십시오."

조성표가 머리를 끄덕이며 사인을 했다. 한민당 총장인 이용덕의 가명 계좌로 입금될 20억 원이었다.

서류를 든 천기석이 자리에서 일어서자 조성표가 말했다.

"이봐, 천 실장. 그 배장근이라는 놈, 무슨 수를 쓰더라도 반드시 잡아야 돼."

"알고 있습니다."

"잡기 어려우면 없애 버려."

"그렇게 지시해 두었습니다."

"애들 입조심시키고."

대답할 필요도 없다는 듯이 머리를 숙여 보이며 천기석은 방을 나왔다.

*　　　　*　　　　*

해운대의 허름한 카페 안. 창밖의 거리는 이미 어둠에 덮였지만 실내에서는 전등불이 반짝이고 있었다. 창가의 의자에 앉은 배장근은 앞자리에 앉은 사내를 찬찬히 바라보았다. 짧게 깎은 머리에 겨울 양복을 걸친 20대 중반의 사내였다.

배장근의 시선을 받은 사내가 빙긋 웃자 희고 가지런한 치아가 드러났다. 가는 눈이 더욱 가늘어졌고, 뭉툭한 콧구멍이 위로 들려 있어서 익살스럽게 보이는 얼굴이었다.

"난 작년에 인민군 상사로 있다가 북으로 튀었지요."

사내가 거침없이 말을 내뱉자 배장근은 주위를 둘러보았다. 카페에 손님은 한 테이블뿐이었고 다행히 떨어져 있어서 그의 말을 들은 것 같지는 않았다.

사내가 다시 말을 이었다.

"러시아는 살 만합디다. 북조선은 사람이 살 곳이 아니라요."

"이봐요, 김 형, 조금 조용조용히."

"나는 괜찮습니다. 작년 말에 러시아 시민권을 받았단 말입니다. 이곳 세관에서도 도장을 꽝, 찍어 주고 통과시킵디다."

그는 블라디보스토크의 밀로체프가 보낸 김달수라는 사내였는데 지금 신바람이 나 있었다. 아니, 흥분하고 있다는 표현이 더 맞을 것이다. 그로서는 남조선에 오게 될 줄은 꿈에도 생각하지 못했기 때문이었다. 김달수는 부산 땅을 밟은 지 아직 한 시간도 채 되지 않았다.

"배 선생, 밀로체프 동지께서는 저더러 배 선생을 도우라고 하셨습니다. 저는 이제부터 배 선생과 함께……."

"아니, 잠깐만."

배장근이 손을 들어 그의 말을 막았다.

"난 내 몸 하나쯤은 지킬 수가 있어요. 호의는 고맙지만."

"오기 전에 루벤스키 동지에게서 이야기를 모두 들었습니다."

김달수의 얼굴이 굳어지면서 목소리가 낮아졌다.

"밀로체프 동지께서는 배 선생이 우리 동지라고 하셨습니다. 그리고 배 선생이 싫다고 해도 난 여기 있어야 됩니다. 이미 지시를 받았으니까요."

배장근은 입맛을 다시고는 머리를 돌렸다. 북한에서 탈출한 김달수는 곡절 끝에 블라디보스토크의 마피아 일원이 된 사내였다. 밀로체프는 배장근을 돕는 데는 같은 한국인인 김달수가 적격이라고 생각한 모양이었다.

김달수가 말을 이었다.

"난 사람 죽이는 데는 선수입니다. 블라디보스토크에서 러시아 놈 열 명은 죽였을 겁니다."

"……."

"물론 여기서는 배 선생을 따르라는 지시를 받고 왔습니다."

배장근이 가늘게 숨을 내쉬고는 머리를 들었다

"우선 그 선생이라는 말부터 뺍시다, 김 형."

카페 근처의 음식점에서 생선회와 함께 소주 네 병을 나누어 마신 그들은 어두운 밤거리로 나왔다. 밤 10시 반이었다. 배장근의 거처는 걸어서 10분 거리였으므로 그들은 번화한 상점가를 지나 주택가의 한적한 길로 들어섰다.

"말만 듣다가 실제로 겪어 보니 남조선이 잘산다는 걸 이제 알겠구만."

김달수가 혼잣소리처럼 말했다.

소주를 냉수 마시듯이 마셔대던 그는 두 병씩만 마시고 일어나 서운한 눈치였지만 배장근의 말에 고분고분 따랐다.

김달수가 다시 말했다.

"뚱뚱한 사람들이 많은 것은 잘 먹어서 그런 겁니다. 그 밥집에 있는 아주머니들은 모두 돼지같이 살이 붙었습데다."

오가는 사람이 드문 언덕길로 들어서자 김달수가 옆에 선 그를 바라보았다.

"형님, 숙소가 어딥니까?"

김달수의 나이가 자신보다 한 살 적은 스물여덟이어서 배장근은 형님이라고 부르도록 했는데 김달수는 이제 입에 형님 소리가 붙었다. 붙임성이 있는 사내였다.

배장근이 턱으로 앞쪽을 가리켰다.

"언덕을 넘으면 바로야. 오른쪽 골목의 두 번째 집이지."

"형님, 뒤에서 따라오는 새끼들이 있습니다."

그러자 퍼뜩 얼굴을 굳힌 그에게 김달수가 서둘러 말했다.

"돌아보지 마시라우요. 내가 눈여겨보았으니까."

"몇 놈이야?"

"밥집 앞에서부터야. 모두 다섯 놈입네다."

"왜, 진작 말하지 않고."

"이상하다 싶었는데, 이제는 확실합네다."

"술집에 들어간 것이 걸렸군."

배장근이 혼잣소리처럼 말하자 김달수가 바짝 다가섰다

"형님, 앞에도 있습네다."

그러나 배장근의 눈에는 왼쪽의 인도를 걸어 내려오는 두 사람의 여자밖에 보이지 않았다. 가로등도 없고, 길가의 민가에서 흘러나온 빛이 도로를 겨우 비추고 있어서 앞쪽은 어두웠다.

"언덕 위의 양쪽에 두어 명씩 있습네다. 형님, 어떻게 할까요?"

"놈들은 날 죽여서 입을 막으려는 거다."

"죽어서야 되갔습네까?"

"넌 자신 있나?"

"해봐야 알겠지요. 남조선 아이들하고는 한 번도 붙어 본 적이 없습네다."

오르막길을 다 오르자 이제 배장근도 뒤쪽의 인기척을 느낄 수가 있었다. 그러나 어둠에 덮인 앞쪽으로는 아직 아무것도 보이지 않았다. 그들은 보폭을 늘리지도 줄이지도 않은 채 서서히 오른쪽 골목으로 들어섰다.

오종갑은 배장근과 다른 한 놈이 오른쪽 골목으로 들어서자 이제 되었다고 생각했다. 그는 이쪽 지형을 잘 알고 있었다. 길 양쪽 골목은 대부분 끝이 막혀 있다.

그가 부하들을 이끌고 서둘러 골목으로 다가가자 앞쪽에서도 부하들이 몰려왔다. 그들도 배장근이 골목으로 들어가는 것을 본 것이다. 배장근을 술집에서 발견한 후부터 워키토키를 갖춘 부하들과 연락하여 미리 앞쪽에 배치시켜 놓았기 때문에 이제 놈은 독 안에 든 쥐였다.

오종갑은 주머니에서 잭나이프를 꺼내 쥐었다. 골목은 이제 바로 눈앞이었다.

"자, 쳐라!"

그가 짧게 소리치자 부하들이 일제히 골목 안으로 몰려 들어 갔다. 골라 뽑은 부하들이어서 눈만 빛낼 뿐 소리 없이 치고 들어갔다.

오종갑은 버튼을 눌러 나이프의 날을 세우고는 부하들을 따라 뛰었다. 골목으로 달려 들어간 사내들은 곧 앞쪽에서 어른거리는 그림자를 보았다. 막혀 있는 골목의 끝 집 앞이었다. 그들은 일제히 그쪽을 향해 달려갔는데 손에는 제각기 회칼과 쇠파이프가 들려 있었다. 바로 그 순간이었다.

타앙!

밤하늘을 울리는 총소리와 함께 사내 한 명이 비틀거리며 땅바닥에 쓰러지자 두 번째 총성이 울렸다.

타앙!

무더기로 쏟아져 들어오던 상태에서 두 명이 억눌린 비명 소리를 내며 땅바닥에 쓰러지자 사내들이 주춤거렸다.

타앙!

다시 세 번째 총성과 함께 사내 한 명이 쓰러지자 사내들은 일제히 몸을 돌려 골목 밖으로 달아나기 시작했다.

오종갑도 그중 하나였다. 부하들과 어깨를 부딪치며 골목 밖으로 뛰어나온 그는 부드득 이를 갈았다. 회칼이나 야구 배트, 쇠파이프로 무장한 상대방과는 수없이 격전을 치러 보았지만 총을 가진 상대는 처음이었다. 언덕 아래쪽으로 몰려나온 부하들이 숨을 헐떡이며 그를 바라보았다. 이제 총소리를 들은 사람들이 경찰에 신고를 할 것이고, 그럼 곧 경찰들이 몰려올 것이다.

"철수한다."

오종갑이 낮게 소리치자 부하들은 일제히 몸을 돌려 길을 뛰어 내려갔다. 그들의 뒤를 따르면서 오종갑은 다시 이를 갈았다.

회칼이나 쇠파이프로 총을 든 놈과 싸운다는 것은 한마디로 미친 짓이었다. 그는 배장근이 총으로 대항하였다는 것에 하등 반감이나 뜻밖이라는 느낌은 들지 않았다. 그가 지금 느끼는 감정을 군이 끄집어낸다면 그것은 부끄러움이었다. 보다 강력한 무기를 가진 자에게 겁도 없이 대들었던 자신에 대한 부끄러움뿐이었다.

*   *   *

수저를 내려놓은 양유경이 양승일을 바라보았다.

"아빠, 관심을 가져 준 것을 오해할 수도 있다는 말뜻을 모르겠어요. 제까짓 것이 뭔데 호락호락한 놈이 아니라고까지 하는지."

"글쎄, 그건 나도 모르겠다."

양승일이 얼굴에 웃음을 띠었다. 그는 옆자리에 앉은 김 여사가 건네준 숭늉 그릇을 받아 들었다.

"어떠냐? 그놈, 사내답지 않든?"

"사내답다니요? 제 분수를 모르는 철부지같이 보였어요."

"겉만 보아선 못쓴다."

그렇게 말한 것은 어머니 김 여사였다. 몸도 둥글고 얼굴도 둥근 그녀는 목소리도 부드러웠다.

"난 네가 망나니짓은 안 했는지 걱정돼, 이것아."

"엄마는, 내가 어린앤 줄 알아요?"

모처럼 세 식구가 모여 앉은 아침 식사 시간이었다. 그들은 이 시간을 아끼려는 듯 따뜻한 말을 주고받았다.

"하지만 역시 담이 큰 놈이야. 내 눈이 틀리지 않았어."

숭늉 그릇을 내려놓으며 양승일이 말했다.

"사람이 자신의 직분에 충실하다는 것은 칭찬받을 만한 일이야. 그놈은 우선 네 배경에 거부감을 느꼈을 거다."

"아버지가 어쨌는데요? 약점 잡힐 일이라도 있어요?"

"약점은 무슨, 내 약점을 잡아낼 사람은 아무도 없다."

웃는 얼굴로 양승일이 김 여사를 돌아보았다. 그녀는 잠자코 자리에서 일어섰다.

"아빠, 혹시나 해서 묻는데, 그 사람이 정말로 마음에 드셨어요?"

이제 양유경의 표정은 진지해졌다.

"그럼, 어떤 복선이 있었을 것 같으냐? 그런 새파란 놈에게 무슨."

"어떤 재벌이라도 털면 먼지가 나온다고 하니까요."

"이놈이 별소리를."

커피 잔을 들고 온 김 여사가 그들 앞에 잔을 내려놓으며 말했다.

"그 사람을 한번 보고 싶구나."

"엄마, 끝났어. 난 보기도 싫어."

"네 아버지 마음에 든 사내라니까 보고 싶은 거야. 네가 어떻든 상관없어."

그러자 양승일이 웃었고 양유경은 와락 얼굴을 찌푸렸다.

"그리고 그자의 태도도 마음에 들어. 네 아버지하고 살면서 수많은 사내들을 옆에서 지켜보아 온 덕분에 나도 남자 보는 눈이 생겼어."

"허어, 우리 마누라가 모처럼 그럴듯한 소리를 하는구만그래."

"난 네 아버지 같은 사업가는 질색이야."

그에 양승일의 웃던 얼굴이 그대로 굳어졌다.

"아니, 이 여편네가 무슨."

"난 네 남편감으로는 공무원이나 학자, 의사 같은 사람을 고를 거다. 그 사람은 공무원이니 되었어."

"그 사람은 싫어."

양유경이 머리를 저었다.

"내 남자는 내가 고를 테니까 두 분은 더 이상 갑론을박하지 마시라구요. 듣기에도 거북하니까."

그러자 양승일이 웃음 띤 얼굴로 커피 잔을 들었고, 김 여사도 더 이상 말을 잇지 않았다.

그 시간 김양호는 북한산 기슭에 있는 그랜드호텔 특실에서 가토 노부야스와 마주 앉아 있었다. 가토 노부야스는 50대 중반의 스모 선수 같은 체격의 사내였다. 짧게 깎은 머리에 두 눈의 안광이 강렬한 그는 야마구치조의 이인자로 김양호가 주일 대사관에 근무할 때부터 알고 지낸 사이였다.

그들은 막 아침 식사를 마치고 응접실에서 담배를 피워 무는 참이었다.

"김원국이가 배겨내지 못한 것은 정치권과 유대 관계가 없었기 때문이지요. 그는 정치인들을 철새 같다고 생각했는지도 모릅니다."

가토가 굵은 목청으로 말했다.

"그건 그자가 잘못 생각한 겁니다. 정권이 바뀌어도 권력은 항상 정치인이 쥐고 있다는 것을 간과한 것입니다."

"가토 씨, 그자는 이제 모든 사람의 기억에서 지워진 사람입니다."

"역사에도 기록되지 않고 말이지요."

가토가 말을 받자 김양호가 빙그레 웃었다.

"그렇습니다. 그저 전설 같은 이야기로 떠돌다가 사라질 것입니다."

그랜드호텔 특실은 호사가인 소유주가 멋을 부려 세 곳밖에 만들지 않았는데 평수로 따지면 80평이 넘는다.

김양호가 머리를 들고 가토를 바라보았다.

"가토 씨, 요즘 조금 문제가 생겼습니다. 사소한 것이기는 합니다만."

"말씀하시오, 김 사장."

자리를 고쳐 앉은 가토도 정색을 했다.

"국제호텔에 묵어야 정상인데 이곳으로 방을 잡았다고 해서 조금 이상하게 생각했었습니다."

"서울 지검 특수2부에 새파란 검사 한 놈이 있습니다."

"특수2부라면 조직 폭력을 담당하는 부서로군."

"그렇습니다. 그런데 그자가 얼마 전에 나를 부르더군요."

김양호가 이동천에게 불려갔던 상황을 이야기하자 잠자코 듣고 있던 가토가 입을 열었다.

"한국에도 이탈리아의 피에트로 검사 같은 인물이 나올 가능성이 있습니까?"

"천만에요, 가토 씨."

당치도 않는 비유라는 듯 김양호가 이를 드러내며 웃었다.

"그럴 가능성은 전혀 없습니다. 다만 조금 귀찮을 뿐입니다. 그 것도 일시적으로."

"일시적이라고 했습니까?"

"그렇습니다. 그래서 그동안은 조심하는 것이 나을 것 같아서."

가토가 머리를 끄덕였다.

"알았습니다. 어쨌든 한국 일은 양 회장과 당신께 일임해 두었으니까."

"그리고 아이즈 고데츠 조직 말인데요. 그자들이 부산의 조성표와 더 이상 밀착되어서는 안 됩니다. 서울의 신용수와 접촉한다는 정보도 있단 말입니다."

"칙쇼."

가토가 짧게 욕설을 뱉더니 빙그레 웃었다.

"사람을 시켜 일본 세력을 단일화해서 조선에 진출하자고 권해보았지만 놈은 듣지 않았소. 놈은 자신이 한국인이지, 일본 세력이 아니라는 거요."

김양호가 잠자코 머리를 끄덕였다.

아이즈 고데츠 조직은 한국인이 이끄는 일본의 야쿠자 조직으로 일본 폭력단의 4위 조직이다. 회장인 강외수는 교토를 중심으로 세력을 넓혀 왔고 지금은 부산의 조성표와 밀착해 있었는데 서울의 신용수에게 접근한다는 정보가 들어왔던 것이다.

"하지만 걱정하지 마시오. 그 일은 우리가 알아서 할 테니까."

가토가 어깨를 펴며 말했다

"말로 해서 듣지 않으면 다른 방법을 쓸 수밖에 없소. 그게 효과가 빠른 법이지."

＊　　　　＊　　　　＊

눈부시게 칼을 놀려 횟감을 썰어 놓은 주대홍은 수건으로 손을 닦으며 주방을 나왔다. 오후 3시 반이어서 늦은 점심 손님 두어 사람이 남아 있을 뿐 식당 안은 한산했다. 그는 구석의 테이블에 혼자 앉아 있는 박미정에게로 다가가 앞자리에 앉았다.

"정말 점심 먹었냐?"

"먹었어요."

그녀는 온몸을 딱딱하게 굳히고 있었다. 카운터의 미스 김과 다른 종업원들이 이쪽을 힐끗거리다가 주대홍과 시선이 마주치자 황급히 딴전을 피웠다.

"근디, 무신 일이여?"

"그 돈 말예요."

꼴깍 침을 삼킨 박미정이 시선을 똑바로 들었다.

"오빠, 우린 받을 수 없어요."

"그게 무신 말이여?"

"그 돈, 적금 든 거 아니죠?"

주대홍이 눈썹을 찌푸리며 입술을 부풀리자 영락없는 절간의 사천왕상이 되었다.

"니가 골치 아픈 지집애라는 것은 내가 진즉부터 알고 있었어."

박미정을 쏘아본 채 그가 말을 이었다.

"아버지 속을 그렇게도 썩이더니 인자는 내 속을 뒤집어 놓는구만."

"오빠."

"그려, 내가 그 돈으로 너한테 점수 따려고 그런 것 같으냐? 아니면 어머니한티?"

그의 기세가 사나웠기 때문인지 이제 박미정은 시선을 내리깐 채 입을 열지 않았다.

"머릿속에 든 것이 그것밖에 없단 말이냐? 나헌티 이렇게 해도 좋단 말이여?"

"……."

"넌 내 가족이여. 니 어머니는 내 어머니나 마찬가지였고, 선생님은 나를 자식처럼 대해 주셨어."

"……."

"딴생각 말고 받어. 오빠가 주는 것으로 생각하고. 어머니한티는 자식이 드리는 것이라고 이해시켜 드리고."

머리를 든 박미정은 눈을 깜박이며 그를 바라보기만 할 뿐 입을 열지는 않았다.

"잔소리 말고 어서 돌아가."

그러면서 자리에서 일어선 주대홍은 식당 입구로 들어서는 세 사내를 보았다. 낯익은 얼굴들이었다.

"형씨에 대해서 알아보았어. 별이 두 개더구만."

짧게 깎은 머리에 눈매가 매서운 사내가 말했다. 그는 셋 중 형님뻘이었기에 전에도 도맡아서 말을 했었다. 오후 4시였다. 점심 영업 시간이 끝나 식당의 바깥문은 닫혔고, 넓은 홀에는 그들 네 사람뿐이었다. 종업원들은 모두 안쪽의 휴게실에서 낮잠을 자거나 TV를 보고 있을 것이다.

"내가 닷새 전에 이곳에서 점심을 먹었는데, 기억나나?"

"글쎄, 잘 기억이 나지 않는디."

주대홍이 눈을 껌벅이며 머리를 한쪽으로 기울였다.

"그런디 도대체 무슨 일로 그러시오? 그리고 신생들은 누구신디."

"무슨 일로 그러느냐구?"

형님뻘 되는 사내가 옆에 앉은 사내들을 돌아보았다.

"야, 이 새끼가 오리발을 내밀고 있지 않어?"

사내들의 얼굴이 험악해졌다.

"내가 곰곰이 생각해 봤는데, 그날 회사 이야기를 한 것은 이곳에서 점심 먹을 때뿐이었단 말이다."

사내가 눈을 부릅뜨고는 주대홍을 노려보았다.

"네놈이 앞에서 이야기를 다 들었어."

"이야기라니? 나는 당신 얼굴도 모르는디."

주대홍이 의자에 등을 기대고는 붉은 입안을 내보이며 소리 없이 웃었다.

"이거 대낮부터 정신이 오락가락하는 모양이여. 당신들, 간첩이오? 무슨 이야기를 했길래 그러는 거여?"

"넌 폭력으로 두 번 들어갔다 왔지? 주먹이 세다고 그러더구만."

사내의 뒤쪽에 서 있던 부하들이 한 걸음씩 다가와 주대홍을 내려다보았다.

"복면을 썼다지만, 체격을 숨길 수는 없어. 그건 네놈이 한 짓이야."

"어떤 짓을 했단 말이여?"

이제는 참을 수가 없다는 듯 주대홍의 목소리가 높아졌다.

"귀신 씻나락 까먹는 소리 어지간히 지껄이고 그만 돌아가."

그러자 양쪽에 서 있던 사내들이 일제히 주대홍에게로 달려들었다. 주먹이 날아와 그의 턱을 쳤고, 발길질에 의자가 넘어지면서 요란한 소리가 났다.

주대홍은 사내들의 주먹과 발길질을 막으면서 한 걸음씩 뒤로 물러섰다.

"그만!"

짧은 머리의 사내가 소리치자 사내들이 움직임을 멈추었다. 자리에서 일어선 짧은 머리가 주대홍 앞으로 다가와 섰다.

"주대홍이, 우릴 만만하게 보지 말아라."

그는 주대홍의 어깨에 한 손을 올려놓았다.

"돈을 돌려준다면 우리도 생각을 다시 해보겠지만 더 기상 오리발을 내민다면 너는 갈가리 찢겨 죽을 거야."

"돈은 무슨 돈?"

입가의 피를 손등으로 닦으면서 주대홍이 그들을 둘러보았다.

"이렇게 난데없이 달려들어 치고는 돈을 내놓으라구? 이 새끼들 강도로구만."

"오늘 밤에 다시 오겠다."

사내가 손바닥으로 주대홍의 뺨을 가볍게 두어 번 두드렸다.

"그때까지 준비해 둬. 더 이상 기다리지 않을 테니까."

몸을 돌리려던 사내가 다시 멈추어 섰다.

"그리고 참고 삼아 일러두지만 어디로 뛸 생각은 말아. 그럴 수도 없겠지만 말이야."

사내들이 식당을 나가자 주대홍은 넘어진 의자를 제자리에 놓고는 주위를 둘러보았다. 잠깐 동안의 소란이라 주방 안에 있던 종업원들은 눈치를 채지 못한 것 같았다.

"이런 개자식을 그냥."

최기대는 부드득 이를 갈고는 앞에 선 부하를 노려보았다. 박철규는 잠자코 옆에 앉아 있었다. 무언가 생각에 잠겨 있는 표정이었다.

"그래, 유재복이가 그놈을 만나러 갔단 말이지? 제 놈이 캐어보겠다고?"

최기대의 기세에 눌린 부하는 얼굴이 하얗게 질려 있었다.

"예. 덕보하고 유섭이를 데리고 갔습니다."

"그 개자식은 나한테 의심스러운 놈이 없다고 했어. 입을 벌린 적도 없다고."

"일식집에서 저희들에게 이야기를 했습니다. 그런데 앞에 있던 주방장이 들었을 것 같아서."

"근데 왜 나에게 보고를 안 해?"

"오늘 아침에야 생각이 났습니다. 그래서 제가 상무님께 보고를 하자고 했더니 형님이 먼저 가보시겠다고 해서."

"그놈, 주방장이 의심이 가나?"

박철규가 묻자 부하는 그를 향해 몸을 돌렸다.

"예. 그래서 조사를 해보았습니다. 폭력 전과가 두 개 있었습니다."

"……."

"체격이 큽니다. 보통 체격의 두 배는 되는 놈입니다."

"주방장이라고?"

"주방 과장입니다. 경력이 10년이 넘어서 꽤 알아주는."

"……."

"가족도 없고 혼자 사는 놈인데."

"내 이 새끼를 당장에."

최기대가 엉덩이를 들씩이며 일어서려는 것을 박철규가 손을 들어 말렸다. 이번 사건은 동원기획에서 발생되었지만 해결을 맡은 것은 박철규였다.

"유재복이가 주둥아리를 놀렸다면 돈 문제뿐만 아니라 회사의 계획까지 씨불었을 거야. 그렇지?"

그러자 사내가 아랫입술을 깨물고는 머리를 끄덕였다.

"예, 보좌관님. 이것저것 다 이야기를 했습니다."

"주방 과장인지 그놈은 앞에 있었고?"

"예. 횟감을 만드느라고."

머리를 끄덕인 박철규가 최기대를 바라보았다.

"일을 벌일 필요 없어. 우선 놈이 어디로 튀지 못하게 하고 나서 방법을 생각해 보자구."

세 사람이 총에 맞아 한 명이 죽고 두 명이 중상을 입은 것은 큰 사건이었다. 따라서 서울의 일간지와 TV에서도 사건이 크게 보도되었는데 내용은 피해자들이 권총 강도를 만났다는 것이었다.

부산 시내는 전 경찰력이 투입되다시피 하며 검문검색을 강화했지만 범인의 인상착의부터 애매했다. 피해자들이 한결같이 어두워서 범인의 얼굴을 보지 못했다고 진술했기 때문에 몽타주도 작성할 수 없었던 것이다. 그렇게 되면 짚더미에서 바늘을 찾는 것과 다를 바 없다. 사건 발생 후 사흘이 지나자 수사는 활기를 잃고 있었다.

　조성표가 항도여행사의 사장실에 들어선 시간은 아침 9시 5분이었다. 따라 들어온 천기석이 그가 소파에 앉기를 기다렸다가 앞자리에 앉았다.

　"그놈은 아침밥을 잘 먹었다는군요. 물을 가져다달라고도 했답니다."

　천기석의 말에 조성표는 잠자코 담배를 꺼내 입에 물었다. 천기석이 라이터를 켜 올리자 그는 빨아들인 연기를 길게 뱉어내었다.

　"석간에는 사건이 발표되겠지?"

　"그렇게 될 겁니다. 지금쯤 그놈 부모가 경찰서에 가 있을 테니까요."

　"미리 신문사에다 귀띔을 해주는 게 어때?"

　"그렇게 하겠습니다."

　어젯밤 천기석은 부하들을 시켜 배장근의 동생 배영근을 납치해 왔다. 대학을 졸업하고 마산의 조그만 회사에 다니는 배영근은 부모와 함께 살고 있었다.

　"배장근이가 나타나지 않고는 배길 수 없을 겁니다. 동생이 납치당했다는 것을 알면 금방 우리가 한 짓인 줄 알게 되겠지요."

"곧 안도섭 씨가 올 텐데, 그 전에 처리해야 돼."

"걱정하실 것 없습니다. 그 전에 해결하겠습니다."

"이제 총싸움이 되었다. 주먹 시대는 지났어."

"그렇습니다, 사장님. 러시아에서 밀려온 무기가 이제 한국에 깔리고 있습니다."

러시아에 등록 안 된 무기가 3천만 정이 넘고 모스크바 시내에만 100만 정의 무기가 깔려 있다는 것은 이미 알려진 사실이다. 더욱이 이쪽은 극동 지역의 블라디보스토크를 장악하고 있는 코사크 마피아의 영향을 받는 곳이다. 모스크바보다 몇 배나 많은 무기가 쌓여 있을 것이었다.

배장근이 배영근의 납치 사실을 안 것은 오후 4시가 되었을 때였다. 김달수가 음료수와 함께 사온 석간에 납치 사건이 실려 있었던 것이다.

배영근의 친구라는 사내가 부모에게 전화를 걸어 납치되었다고 했다는데 경찰은 그를 범인으로 지목하고 있었다. 그러나 부모는 물론 경찰도 납치당한 이유를 모르고 있었다. 그는 재산이 많지도 않은 평범한 직장인이었고 여자 문제도 없었기 때문이다.

신문에서부터 머리를 든 배장근이 멍한 시선으로 벽을 바라보았다. 이곳은 광안리 해수욕장의 민박집이어서 파도 소리가 가까이 들려왔고 열려진 창문으로는 눅눅한 바닷바람이 몰려들어 왔다.

주방에 있던 김달수가 혼잣말을 중얼거리며 라면 봉지를 뜯었다. 천성인지 살아온 습관 때문인지는 몰라도 그의 표정에는 두

려움이 없었다. 그가 머리를 돌려 배장근을 바라보았다.

"형님, 몇 시에 출발합니까?"

"여기서 30분 거리야."

그가 짧게 말하자 김달수는 건성으로 머리를 끄덕이며 끓는 물에 라면을 집어넣었다. 블라디보스토크에서는 한국 라면이 금값이라는 것이다.

배장근이 자리에서 일어서자 김달수가 말했다.

"형님, 라면이 다 되었습네다."

"너 먼저 먹어. 전화하고 올 테니까."

전화박스는 민박집 건너편의 공중 화장실 앞에 세워져 있었다. 비수기의 해수욕장이어서 한낮이었지만 인적이 드물었다. 그는 박스에 들어가 전화기를 들었다. 동생 배영근을 납치한 것은 조성표 조직이었고 그것은 그에 대한 신호인 것이다.

발신음이 두 번 울리고는 곧 저쪽에서 전화를 받았다.

─안녕하세요? 항도여행사입니다.

교환이었다.

"조성표 사장을 바꿔 주시오."

─누구신데요?

"배장근이라고 전해요."

교환이 잠깐 기다리라고 했는데, 곧 굵은 사내의 목소리가 들렸다.

─여보세요, 배장근 씨?

"그렇수다. 거기, 조 사장이시오?"

─아니, 난 천기석이오.

"아, 천 실장."

―배 사장, 기다리고 있었어.

"나를 기다리다니? 남이 들으면 오해하겠군."

―이 새끼, 능청 떨지 마라.

천기석의 목소리가 높아졌다.

―잔소리 말고, 이제 내 말을 들어.

"너희들이 총기를 밀수했다는 증거물이 나한테 있어. 증인은 나고."

눈을 치켜뜬 배장근의 목소리도 격해졌다.

"내가 자폭할 수도 있다는 걸 알아두라구. 어서 내 동생을 돌려보내라."

―이거, 주객이 바뀌었군그래.

천기석이 기가 막히다는 듯 짧게 웃었다.

"이젠 네가 큰소리칠 입장이 아니란 말이다. 네가 입만 벙긋해도 일이 날 거야. 하나로 그치지 않을지도 모른다. 무슨 말인지 알아들어?"

―이 개새끼들.

"넌 살인자야. 벌써 둘이나 죽였어. 이젠 네가 당할 차례다."

―하지만 네가 우리 말을 따른다면 마음을 바꿀 수도 있지. 우선 첫째로 네가 갖고 있는 총기를 우리에게 건네라. 내일 낮 12시까지 영도의 뉴 부산호텔 지하 주차장 경비실에 갖다 놔."

"그러면 내 동생을 풀어줄 거냐?"

―네놈이 진 빚은 많지만 그것으로 네 동생은 집에 간다.

"좋아."

―하지만 총기가 한 자루라도 빠져 있으면 협상은 끝이야. 무슨 말인지 알겠지?

"네놈들이나 약속 지켜."

배장근은 전화기를 부술 듯이 거칠게 수화기를 고리에 걸었다.

밤 9시. 배장근과 김달수가 해운대 바닷가에 있는 성도횟집에 들어서자 구석 자리에 앉아 있던 두 사내가 일어섰다.

"어서 오시오, 배 사장."

그러면서 손을 내미는 30대 중반의 사내는 부산 밀수 조직의 보스 가운데 하나인 전차섭이다. 그와는 러시아 물품을 들여오면서 안면을 익혀 두었었다.

"요즘 시끄럽습디다."

서로 인사를 나누고 앉자마자 전차섭이 웃으며 말했다. 콧수염을 기르고 있어서 윗입술은 보이지 않고 흰 이만 드러났다. 머리를 끄덕인 배장근이 다가온 종업원에게 술과 회를 주문하고는 전차섭을 바라보았다.

그는 밀수 조직으로 조성표 계열은 아니었다. 그러나 조성표에게 수시로 이익금을 상납하는 관계였다. 그런 그가 이번 사건을 모를 리가 없는 것이다.

"전 사장, 조성표의 한 달 수입이 얼마나 됩니까?"

그의 느닷없는 물음에 전차섭의 얼굴에서 웃음기가 사라졌다. 그는 잠시 눈을 끔벅이다가 입을 떼었다.

"글쎄, 한 10억 될라나?"

"지난번에는 10억이 훨씬 넘을 거라고 하지 않았습니까?"

"그랬던가? 그런데 갑자기 그건 왜 물으시오?"

"전 사장이나 다른 조직한테서 가져가는 상납금은 얼마요?"

"나, 이건 도무지."

그러면서 전차섭이 옆자리의 부하를 돌아보았다.

"영문을 알 수가 없구만그래."

"우선 내 말에 대답을 해주시면 영문을 말씀드리지."

"아마 나나 서동팔이, 김억수한테서 가져가는 돈만 한 달에 3억은 될 거요."

전차섭이 던지듯 말했다.

"다른 뜨내기들은 감히 조 사장한테 직접 상납을 못 하고 우리한테 부탁하는데, 그 돈까지 합하면 5억은 되겠구만."

"……"

"여행사나 건설 회사에서 생기는 이익도 엄청날 것이고, 항도실업에서 관리하는 빠찡코 업체들과 유흥업소의 지분을 합하면 한 달에 10억은 우습게 넘겠지."

말을 멈춘 전차섭이 배장근을 찬찬히 바라보았다.

"내가 이렇게 당신하고 만났다는 것을 조 사장이 알게 되는 날이면 난 끝장이오."

"전 사장이 그렇게 간단히 끝장날 사람이 아닐 텐데."

"도대체 날 보자고 한 이유는 뭐요? 조성표의 이익금을 물어보려고 불렀소?"

"나하고 손을 잡읍시다."

그러자 전차섭이 빙긋 웃었다.

"배 사장은 엉뚱한 데가 있어. 지금 상황에서 배 사장하고 손을 잡을 사람이 있을 것 같소?"

"야심이 있는 사람이라면."

"하루아침에 넘어갈 조성표가 아니오."

"조금씩 파고 들어갈 거요. 그러면서 우리 세력을 늘릴 거요."

"정치권과 관청과의 관계가 무엇보다도 중요하다는 것을 모르는군. 이제 조직은 힘만으로는 안 된단 말이오."

"돈을 모으면 할 수 있소. 그리고 그들은 믿을 수가 없소. 특히 정치권 놈들은."

"난 아직 조성표의 그늘이 필요해요. 일을 하려면."

"그래야겠지요. 지금 당장 등을 돌리라는 것이 아니오. 때가 오면 나에게 합류해 주시오."

"도대체 어떻게 하려고?"

그러자 배장근이 옆에 앉은 김달수의 어깨를 손으로 가볍게 쳤다.

"우리 둘이서 해갈 거요. 두고 보시오."

골목에서 배장근의 역습을 받아 참담하게 도망쳐 나왔던 오종 갑은 며칠 동안 부하들의 장례식과 문병에 눈코를 제대로 가리지 못했다. 그는 스물여덟 살에 보스급 서열에 오를 정도로 조성표의 신임을 받고 있었는데, 주먹 싸움에서는 져본 일이 없는 독종인 데다, 고졸이었지만 독학으로 일본어를 깨우친 명석한 두뇌의 소유자였다.

병원에서 그가 항도실업의 사무실로 돌아온 것은 밤 10시가 지났을 때였다. 항도실업은 일반 회사와는 달리 밤 시간에 더욱 활기차게 돌아갔기에 사무실은 직원들의 소음으로 가득 차 있었다.

그가 자리에 앉자 신재규가 다가왔다.

"형님, 12시에 교대니까 11시에는 출발해야 합니다."

"알고 있어."

"A 지역의 정구 형님이 두 명이 모자란다고 해서 우리 애들 두 명을 보냈습니다."

머리를 끄덕인 오종갑은 서랍을 열고 총신이 두꺼운 모제르 권총을 꺼내 책상에 내려놓았다. 권총은 며칠 전에 천기석으로부터 보스급 다섯 명에게만 지급되었는데 가지각색이었다. 오늘 밤 B 지역의 경비를 맡은 신재규는 제법 신형인 스미스앤웨슨을 지급받고 입이 귀밑까지 벌어졌었다. 신재규가 권총을 힐끔거리다가 제자리로 돌아갔다.

의자에 등을 기댄 오종갑은 사무실을 둘러보았다. 오늘따라 사무실이 붐비는 것은 조성표의 저택을 경비하기 위하여 시내의 업소에 흩어져 있던 부하들을 불러 모았기 때문이다.

경비 팀은 열 명씩 3교대 근무였는데 경비 지역은 두 곳이었다. 따라서 하루 60명의 경비 인력이 소요되는 것이다. 12시부터 김정구는 부하 아홉 명을 데리고 A 지역인 조성표의 본가에서 근무 교대를 해야만 했고, 그는 B 지역인 조성표의 작은마누라 집으로 가기로 되어 있었다.

배장근의 동생을 납치해 왔기 때문에 앞으로 무슨 일이 벌어질지 몰랐다. 배장근은 권총과 기관총으로 무장하고 있었다. 이미 놈은 최태진을 바닷물에 처박아 죽이고 골목에서 총을 쏘아 부하 한 명을 더 죽였다. 동생을 납치당한 그가 기관총을 휘두르며 처들어올지도 모르는 일이었다.

*　　　　　*　　　　　*

호텔 후문을 나온 주대홍이 내리막길을 걸어 차도로 다가가는데 뒤쪽에서 발소리가 들렸다.

"어이, 주방장. 나 좀 봐."

주대홍을 불러 세우며 다가온 것은 세 명의 건장한 사내였는데 그로서는 모두 처음 보는 얼굴이었다.

"이봐, 우리하고 같이 좀 갈까?"

앞을 가로막고 선 사내 한 명이 말했다. 밤 11시가 넘어서인지 길에는 인적이 없었는데, 분위기로 보아 그런 것을 꺼릴 무리들이 아니었다.

"어딜 간다는 거여?"

주대홍이 어리숙한 표정으로 묻자 사내가 어둠 속에서 흰 이를 드러내며 웃었다.

"쓸데없는 짓 말아라. 당장에 요절을 낼 테니까."

아래쪽 차도에서 승용차 두 대가 전조등을 번쩍이며 올라오고 있었다. 사내 두 명이 다가와 그의 양쪽 팔에 팔짱을 끼었다.

"잠자코 따라와."

승용차에서 다시 대여섯 명의 사내가 내리자 한적했던 길이 갑자기 사람들로 메워졌다.

주대홍은 사내들에게 끌려 멈추어 선 승용차 쪽으로 다가갔다. 사내들이 모두 그에게 시선을 준 채 입을 다물고 있어서 잠시간 발소리만 들렸다.

양팔이 잡힌 채 차 앞에 다다르자 주대홍은 머리를 들고 주위를 둘러보았다.

"어서 타."

사내 한 명이 그의 목덜미를 잡아 앞쪽으로 밀었다. 그 순간이었다. 주대홍은 양쪽 팔을 잡은 두 사내의 겨드랑이를 와락 움켜쥐고는 앞쪽에서 박치기를 시켰다. 그러고는 선뜻 몸을 돌려 뒤에 선 사내의 가슴을 주먹으로 쳤다. 그러자 앞쪽이 트였으나 사내들도 만만치가 않았다. 일제히 벌려 서면서 제각기 번득이는 칼과 쇠몽치를 꺼내 들었다. 순식간에 일어난 일이었고, 쓰러지거나 벌려 선 사내들 모두 입을 열지 않아서 여전히 발소리만 들릴 뿐이었다.

사내들을 둘러본 주대홍은 입술 끝을 비틀어 웃더니 바지에 찔러 넣은 회칼을 천천히 뽑아 들었다. 가죽집에 넣어 바지 안쪽에 차고 나온 것이다.

"내가 회를 떠줄게."

그의 목소리가 어둠 속으로 퍼져 나갔다.

"사람들한테는 쓰지 않으려고 했지만, 오늘은 예외여."

말을 그친 순간 그의 큰 몸이 가볍게 뛰어오르더니 옆에 선 사내에게 성큼 다가갔는데, 그때 '으악' 하고 처음으로 짧고 높은 비명 소리가 났다.

"아이고, 내 귀."

손으로 한쪽 귀를 감싸 쥔 사내가 외쳤고, 거침없이 앞으로 나아가면서 회칼을 번득이는 주대홍의 앞에 다른 사내 한 명이 팔목을 움켜쥐고 주저앉았다. 그러자 사내들이 우르르 한쪽으로 밀려나면서 대오를 정비하려고 애썼으나 주대홍의 기세는 워낙 빠르고 거칠었다.

감히 칼날을 들어 그의 회칼을 막으려는 사내는 없었다. 다시 사내 한 명이 엉덩이를 베였는지 비명 소리와 함께 앞으로 넘어졌다. 그러자 사내 한 명이 등을 돌렸다. 주대홍이 다시 칼바람을 일으키며 짓쳐 나가 옆에 있던 사내의 어깨를 찍었다. 이제 서 있는 사람은 두 명뿐이었다. 등을 돌렸던 사내가 두 다리를 허청대며 아래쪽으로 뛰어 내려가자 남은 사내도 뒤를 따랐다.

주대홍은 피칠을 한 회칼을 들고 주위를 둘러보았다. 7, 8명의 사내가 길 위에 어지럽게 쓰러져 있었는데 앉아 있는 사람도 있었고 한쪽 팔로 버틴 채 엎드려 있는 사람도 있었다.

그러나 신음 소리는 나지 않았고 어둠 속에서 상처 입은 짐승들같이 두 눈을 번들거리며 그를 바라보았다.

"이제 주방 과장은 끝이고만."

주대홍이 앉아 있는 사내의 어깨에 회칼의 피를 닦으면서 말했다.

"생선 회칼에 사람 피를 묻혔으니 말이여."

다음 날 아침, 대문을 두드리는 소리에 박미정이 문을 열었다. 낯모르는 사내가 서 있다가 그녀를 보더니 머리를 꾸벅 숙였다.

"안녕하십니까? 저는 대홍 형님의 동생 고덕균이라고 합니다."

아직 이른 아침이어서 골목에는 출근하는 사람들도 보이지 않았다. 사내가 한 걸음 다가서더니 말소리를 낮추었다.

"형님 심부름을 왔습니다. 형님이 오늘부터 주방 일을 그만두셨습니다. 그 말을 전하려고 왔습니다."

"왜 그만두셨어요, 갑자기?"

박미정의 두 눈이 동그래졌다.

"어제만 해도 그런 말 없었는데."

"사고가 생겼어요."

고덕균이 주위를 둘러보고는 조용히 말했다.

"형님은 이제 쫓기는 신세가 되었습니다."

"……"

"그러니까 형님 만나러 호텔에 오시면 안 됩니다. 위험합니다."

"사고를 저질렀나요?"

"예."

"오빠 지금 어디에 있어요?"

"숨어 있습니다. 시간 나면 곧 연락하겠다고 하더군요."

"숨어 지내려면 돈이 필요할 텐데."

"돈은 많습니다."

고덕균이 반 발짝쯤 물러섰다.

"그럼 이만. 혹시나 누가 형님을 찾거들랑 보지 못했다고 하십시오."

멍한 표정으로 서 있는 박미정을 뒤로하고 고덕균은 서둘러 골목을 빠져나왔다. 한걸음에 찻길로 나온 그는 길가에 주차된 승용차로 다가가 운전석에 올랐다.

"뭐라고 허대?"

뒷자리에 기대앉아 있던 주대홍의 물음에 그는 힐끗 백미러를 바라보았다.

"몸조심하라고 합디다."

"……."

"숨어 지내려면 돈이 필요할 것 아니냐고도 하더구만요. 돈을 줄 눈치였어요."

천천히 길을 내려가던 차는 좁은 길을 나와 큰길로 들어섰다.

"괜찮게 생겼던데요, 형님."

"시끄러워. 얼른 가자."

아직 차량의 통행이 뜸했기에 차는 전속력으로 달려 나갔다.

아침부터 내내 그늘진 얼굴로 방에서 나오지 않던 박미정이 저녁때가 되어서야 손바닥만 한 마당으로 나와 부엌에 있는 어머니에게 말했다.

"엄마, 나 잠깐 아래 가게에 갔다 올게."

"뭐 하러?"

"바람 쐬러."

어머니는 저녁을 짓느라 바쁜지 고개도 들지 않았다.

집을 나온 그녀는 가게에 들러 우선 계산대 앞에 꽂혀 있는 석간신문 하나를 집어 들었다. 값을 치른 그녀는 밖으로 나와 조심스럽게 신문을 펼쳤다. 한 장 한 장 넘겨보던 그녀는 이윽고 신문을 모아 쥐고는 길게 숨을 내쉬었다. 주대홍의 사진도, 기사도 보이지 않았던 것이다.

신문을 든 채 한동안 가게 앞에 서 있던 박미정은 옆쪽의 공중 전화 박스로 다가갔다. 다이얼을 누르자 곧 신호가 떨어졌다.

　―서진호텔입니다.

　"일식당 좀 바꿔 주세요."

　그러자 바로 연결이 되면서 카운터 아가씨의 녹음한 것 같은 목소리가 들려왔다.

　"주 과장님 나오셨어요?"

　―실례지만 누구신데요?

　"그냥, 아는 사람인데."

　―오늘 안 나오셨어요.

　"……."

　―어디시라고 전할까요?

　"저어, 그냥."

　그러면서 수화기를 내려놓은 박미정은 어깨를 늘어뜨렸다.

제3장

세 사나이

밤의
대통령

백복동은 형사 생활 20년의 베테랑 수사관으로, 경찰청에서 차출되어 특수2부에 배속된 형사 중의 한 사람이다.

내일모레 50을 바라보는 나이여서 배속 형사 중 제일 나이가 많은 데다 성격이 까다로워서 싫은 일이라도 뒤로 미루거나 하지 않았다. 작달막한 키에 앞머리가 벗겨진 그는 경찰청으로 돌아가 파출소장으로 퇴직하는 것이 꿈이었다. 따라서 그에게 일을 시키는 검사는 드물었는데 한 사람만은 예외였다. 바로 이동천이었다. 아니, 백복동이 이동천을 따른다고 해야 맞는 표현일 것이다.

무슨 이유인지는 본인이 말해주지 않아서 모르지만 백복동은 자주 이동천의 사무실을 들락거리며 시키지 않는 일도 하려고 들었다. 오늘도 그는 열린 문으로 서슴없이 들어서서는 박인규 서기는 알은체도 하지 않고 이동천을 향해 머리를 꾸벅 숙였다.

"검사님, 식사허셨습니까?"

전라도 군산이 고향인 그의 말에는 사투리가 조금 섞여 있다.

"아, 예. 백 형사도 식사하셨소?"

서류를 읽던 이동천이 의자에서 몸을 고쳐 앉았다.

"백 형사, 요즘 바쁘시오?"

"안 바쁩니다. 시킬 일 있으시면 말씀허시지요."

이동천이 눈으로 옆의 밀실을 가리켰다.

"나하고 잠깐 이야기 좀 합시다."

그들은 세 평쯤 되는 밀실에 마주 앉았다. 소파만 달랑 놓여 있는 이곳은 이동천이 피로할 때 잠깐 눈을 붙이는 장소로 주로 사용되고 있다.

"백 형사, 이건 공식적인 조사가 아닙니다."

"상관없습니다."

거침없는 그의 대답에 이동천이 입술을 찌푸리며 웃었다.

"잘못하면 나는 물론이고 백 형사까지 다칠지 몰라요."

"그런 일이 어디 한두 번인가요? 옛날에 선거 공작할 때, 재벌들 뒷조사할 때, 야당 사람들……"

"아, 됐어요."

이동천이 손을 저었다.

"그보다 더 위험한 일이오, 이것은."

"……"

"야쿠자의 배후를 조사해야겠소."

양미간을 좁힌 백복동이 이제는 잠자코 그를 바라볼 뿐 입을 열지 않았다.

"국제호텔의 김양호 사장, 그리고 동원그룹의 양승일 회장을 조사해야겠는데, 김양호부터 시작하는 것이 쉽겠지요?"

"그건 그렇습니다."

백복동의 말소리도 가라앉아 있었다.

"양승일은 전면에 나서지 않을 테니까요. 그런데 갑자기 왜?"

"백 형사는 그들이 야쿠자와 제휴하고 있다는 소문을 들은 적이 있습니까?"

"들었습니다."

"그것에 관한 또 다른 소문은?"

"정부 고위층과 아주 가깝다는 것이지요. 정치권과 말입니다."

"……"

"정부와 가깝다면 우리 같은 졸자는 손을 들어야지요. 그저 시키는 대로만 하면 됩니다."

"……"

"꽤 골치 아픈 조사가 되겠는디요. 그런디 왜 허시려는 겁니까?"

"아무도 나서는 사람이 없기 때문이오."

"……"

"야쿠자가, 러시아 마피아가 쏟아져 들어와 정치권과 결탁한 놈들과 손을 잡고 나라를 좀먹고 있어요. 밤의 세계가 그들에게 흡수되면 낮의 정부는 없는 것과 마찬가지요."

"……"

"내가 혼자서라도 문제를 일으켜 보다가 안 되면 사라질 작정이오."

"각오를 단단히 하고 계시는군요."

"죽을 각오까지 되어 있습니다."

"왜 나를 고르셨습니까?"

"백 형사가 내 고등학교 시절의 한자 선생님과 비슷했기 때문이오."

"어쩐지… 그럴 줄 알았습니다."

백복동이 턱을 들고는 웃었다.

"나 같은 사람이면 상대방의 시선만 보아도 감정을 느낄 수 있지요. 이 검사님이 저를 대하는 분위기가 다른 사람들하고 다르다 했더니. 그래서 따른 것이지만."

"싫으면 안 해도 됩니다. 부담 느낄 것 없어요."

"아니, 천만에요, 검사님."

상체를 세운 백복동이 그를 똑바로 바라보았다.

"할랍니다. 날 이렇게 믿어 주신 값을 해야지요. 우선 오늘 중으로 생명보험을 들고 시작허겠습니다."

"……."

"허지만 날 한자 선생님으로 보셨다니, 한자는 먹통입니다."

*　　　　*　　　　*

커튼을 드리운 방 안은 한낮이지만 어두웠다. 한차례 정사가 끝난 뒤라 더운 공기 속에서 남녀가 분출한 분비물 냄새가 맡아졌다.

열정이 식어가는 어색한 침묵이 한동안 이어지다가 부스럭거리는 소리와 함께 여자가 몸을 일으켰다. 미끈한 나신을 보이며 창가로 걸어가는 것은 문재은이었다.

그녀가 창문의 커튼을 걷자 환한 햇살이 쏟아져 들어왔다. 양승일은 눈살을 찌푸렸다. 정사 후에 그녀의 나신을 보는 것을 즐기는 그에 대한 배려였지만 오늘은 그럴 기분이 아니었다.

밝은 방 안에 똑바로 선 문재은의 몸은 완벽했다. 크지도 작지도 않은 젖가슴은 탄력 있게 솟아올라 있었고, 힘을 주지 않아도 배는 밋밋한 곡선을 이루었다. 그리고 어깨의 선도 둥글거나 모나지 않고 날씬한 곡선을 그리고 있었으며, 두 다리를 조금 벌리고 있어서 검은 숲 사이의 붉은 우물의 주름도 드러났다.

"이용덕 총장은 어젯밤 11시쯤 되어서야 나타났어요. 안 오시나 하고 걱정하고 있었는데."

문재은이 선 채로 말했다.

"스카치 한 잔만 마시고는 가방을 가지고 나갔어요. 클럽에 머문 시간은 5분도 되지 않았을 거야, 아마."

양승일은 팔베개를 하고 누운 채 그녀를 바라보았다. 이제 문재은은 그의 직속 참모나 마찬가지였다. 아니, 어느 직속 부하보다도 그의 비밀을 많이 알고 있는 여자였고 그들이 하지 못할 일들을 해오고 있었다.

"이번에는 왜 달러로만 준비한 거죠? 자금 추적을 걱정할 정도로 조심해야 될 상황인가요?"

침대로 다가온 문재은이 엉덩이를 침대 끝에 걸치고는 그를 내려다보았다.

"아냐. 그저 그자의 소심성 때문이지."

양승일이 손을 뻗어 그녀의 허벅지 안쪽을 쓸었다.

"일본 놈들의 돈은 처음이니까."

"일본 사람들의 돈이에요?"

놀란 듯 문재은이 눈을 크게 떴다.

"그래, 인사 명목으로 주는 돈이야."

"인사로 100만 달러씩이나?"

"청탁할 때가 되면 그 몇 배, 몇십 배가 되겠지."

문재은이 허벅지를 오므려 다리 사이에 들어온 그의 손을 죄었다.

"그리고 앞으로는 그런 현금 뭉치를 건넬 필요가 없어. 일본 놈들은 모두 이용덕의 계좌에 입금시키기로 했으니까."

양승일은 시트 자락을 들친 문재은의 손이 자신의 남성을 건드리도록 놔두고는 얼굴에 웃음을 띠었다.

"그보다, 이동천이 그놈이 요즘 내 신경을 건드리는데. 유경이는 놈한테 딱지를 맞은 모양이고."

"유경이가요? 세상에 그럴 리가……"

"눈치를 보면 알아. 그놈은 내가 유경이를 미끼로 던진 줄로 알고 있어."

"어머나, 말도 안 돼. 그놈 정신 나간 놈 아녜요? 당신이 그놈한테 무슨 약점을 잡혔다고."

말을 그친 문재은이 이제 우뚝 선 그의 남성을 두 손으로 움켜쥐었다.

"없애 버려요. 아니면 시골로 쫓아내든지."

택시에서 내린 오세미는 빠른 걸음으로 아파트 정문으로 다가갔다. 밤 11시가 넘은 시간이었지만 정문 근처의 가게는 환하게 불이 켜져 있었고 늦게 귀가하는 사람들이 그녀와 함께 정문으로 향하는 중이었다.

오늘은 회사에서 회식이 있어서 저녁 식사를 한 뒤 노래방까지 갔다가 돌아오는 길이었다. 맥주도 서너 잔 마신 탓에 아직도 얼굴에는 열기가 남아 있었다. 그러나 기분 좋은 밤이었다.

정문에 들어선 그녀는 오른쪽으로 꺾어진 샛길로 가볍게 발걸음을 옮겼다. 125동은 아파트 단지의 오른쪽 끝에 위치해 있었다. 담장 위쪽에 매달린 보안등이 희미하게 비치고 있는 샛길에서 향긋한 풀냄새가 풍겨 왔다. 길 양쪽으로 잘 손질된 화단이 이어지고 있어서 오세미는 언제나 이 길을 좋아했다.

자신의 또각이는 발소리를 들으며 걷던 그녀는 문득 고개를 돌려 뒤쪽을 바라보았다. 그러고는 가슴이 철렁 내려앉는 것을 느끼면서 다시 고개를 돌렸다. 바로 한두 걸음 뒤에서 낯선 사내가 따라오고 있었던 것이다.

"오세미 씨."

사내가 부르자 오세미는 걸음을 멈추었다. 바로 옆쪽의 122동 건물에서 누군가를 부르는 소리와 함께 아이들의 목소리가 들려왔다.

"누구시죠?"

오세미가 다가선 사내에게 물었다.

"두 시간이나 기다리고 있었습니다."

단정한 옷차림에 잘생긴 용모였다. 짙은 눈썹과 곧은 콧날이 남자다웠고 흰 이를 드러내며 웃는 모습이 호감을 주는 사내였다.

그러나 오세미는 표정을 풀지 않았다. 이제 제법 몇 차례의 실전을 겪은 스물다섯의 베테랑인 것이다.

"도대체 누구신데 그러세요. 난 얼른 집에 들어가야 돼요."

부부로 보이는 젊은 남녀가 그들을 비켜 지나갔다.

사내가 다시 웃었다.

"난 말재주가 별로 없어서. 특히 여자한테는."

그러나 오세미는 몸을 돌렸다. 호감은 가지만 노닥거릴 수는 없었다. 그 순간 오세미는 눈에서 불이 번쩍이는 충격을 받고 휘청거렸다. 그러나 그녀가 땅바닥에 쓰러지기 전에 사내는 팔을 휘어 감더니 몸을 돌려 등에 업었다. 사내가 주먹으로 턱을 친 것인데 오세미는 아직 영문을 몰랐다.

오세미는 공포감으로 온몸이 얼어붙었고 팔다리를 휘저어 보았으나 그것은 마음뿐, 몸은 움직이지 않았다. 소리를 지르려고 했지만 가느다란 신음 소리만 나올 뿐이었다.

그녀를 업은 사내는 빠른 걸음으로 아파트 정문을 나섰다. 스쳐 지나가는 사람들이 그들을 힐끗거렸지만 아무도 오래 관심을 갖지 않았다. 오세미는 이윽고 자신의 몸이 차 안에 던져지듯 누여지는 것을 느낄 수 있었다. 그리고 곧 엔진 소리가 들리면서 차는 움직이기 시작했다.

"형님, 꽤 미인이우다."

사내의 걸쭉한 목소리가 바로 얼굴 근처에서 들렸다. 오세미는 신음 소리를 뱉어내었다.

"북조선에서는 이런 통통한 미인을 보기 힘듭네다."

김달수는 재빨리 손을 놀려 그녀의 입에 스카치테이프를 붙이고 팔과 다리를 묶었다. 그녀는 곧 뒷좌석의 바닥에 짐짝처럼 깔렸다.

운전대를 잡은 배장근은 앞을 바라본 채 입을 열지 않았다. 늦은 시간이어서 도로는 제법 한산했다. 차는 전속력으로 질주했다.

해운대 앞바다에 정박해 있는 한산호는 200톤급 유람선이다. 희게 칠한 선체의 미끈한 모습이 외국의 어느 호화 유람선 못지않았다. 한산호는 조성표가 아끼는 소유물 중의 하나였다.

그는 배를 구입한 후 대대적으로 내부 수리를 해서는 자신의 별장처럼 꾸며 놓았다. 넓은 선실의 사방이 유리로 덮여 있어서 전망도 훌륭했고 손님을 위한 선실도 스무 개가 넘었다.

조성표는 귀한 손님은 대부분 한산호에서 접대했다. 오늘도 배 중앙의 응접실에서 조성표와 천기석이 두 사내와 마주 앉아 술잔을 비우고 있었다.

조성표 앞에 앉은 인상이 날카로운 50대 사내는 아이즈 고데츠의 부회장인 안도섭으로 체격은 왜소했지만 목청이 컸다.

"가토 노부야스가 우리에게 한국으로의 진출을 단일화하자고 제의해 왔었소. 말하자면 저희들이 주도권을 잡고 한국을 주무르겠다는 생각인데."

그는 물컵에 담긴 위스키를 단숨에 들이켰다.

"어림없는 수작이지. 우리는 이래 봬도 한국인의 피를 이어받은 야쿠자야. 일본땅이라면 몰라도 한국땅에서 야마구치조나 이나카와 카이(稻川會), 스미요시 카이 놈들한테 꿀릴 것 없어."

"야마구치조는 이미 서울의 양승일과 연합하고 있어요. 안 형, 지난번에 가토가 서울을 다녀갔다면 양승일을 만났을 거요."

조성표가 술기운에 붉어진 얼굴로 말했다.

"한국의 심장은 서울이오. 부산의 경제는 서울의 10분지 1밖에 되지 않습니다."

"모르는 소리."

안도섭이 머리를 저었다.

"조 형께서는 모르시는구만. 한국에 진출하려면 부산부터 시작해야 됩니다. 부산과 대마도는 지척이고, 하물은 대부분 부산에서 움직인단 말이오."

안도섭이 손끝으로 타원형의 한국 지도 모양을 만들더니 부산 근방을 짚었다.

"부산에서부터 올라가는 거요, 조금씩 조금씩. 임진왜란 때 왜군이 쳐 올라가던 것처럼."

조성표와 천기석이 잠자코 그의 손끝을 바라보고 있자 그가 다시 말을 이었다.

"야마구치조는 단숨에 서울을 장악할 모양인데 쉽지 않을 거요. 우리가 신용수 회장을 밀어줄 거니까."

"……"

"그러면 우리의 문제를 이야기해 봅시다."

안도섭의 말에 조성표가 머리를 들었다.

"문제라니, 뭐 말이오?"

"조 형이 지금 애를 먹고 있는 문제 말이오."

"애를 먹고 있다니, 나는 그런……."

"배장근이라고 했던가요, 이름이?"

그러자 조성표가 혀를 찼다.

"그런 것은 문제가 아니오, 안 형."

"큰 문제요. 놈은 밀로체프의 *끄나풀*이니까."

"*끄나풀*이 아니고 무역 대리인일 뿐이오."

그러자 이번에는 안도섭이 혀를 찼다.

"조 형, 우리가 지금 가장 경계해야 할 상대는 야마구치조도, 정부 당국도 아니오. 러시아의 블라디보스토크 마피아인 밀로체프 일당이란 말이오."

"……."

"놈들은 지금 한국으로 진출할 기회를 노리고 있는 중이오. 그런 상황에서 *끄나풀* 한 놈과 시비가 붙었으니 놈들에게 좋은 기회를 만들어 준 거요."

"……."

"놈을 없애고 무기를 빼앗으려고 했다는데, 그것은 밀로체프를 흥분시키기에 충분한 사건입니다."

안도섭이 옆에 앉은 40대 사내를 돌아보았다.

"내놔라."

검은 얼굴의 사내가 탁자에 가방 하나를 올려놓았다. 알루미늄으로 만든 꽤 무거워 보이는 가방이었다.

안도섭이 눈짓을 하자 사내는 가방을 열었다.

"우선 권총 일곱 자루와 실탄을 가져왔습니다. 간부급들에게 나누어 주시오. 다음번에는 더 가져오겠소."

조성표와 천기석은 불빛을 받아 번들거리는 무기를 내려다보며 한동안 입을 열지 않았다.

"야마구치조뿐만 아니라 밀로체프와 맞서려면 총기가 있어야 합니다. 이제 한국의 밤의 세계는 총격전으로 시작되어 끝날 것이오."

안도섭의 말소리가 방 안을 울렸다.

*   *   *

"소주 한 병 가져다줄 수 없어요?"

배영근이 묻자 문 앞에 선 사내가 기가 막히다는 듯 입을 벌리고 웃었다.

"나, 이 새끼, 증말."

그러고는 방 안으로 들어오더니 주먹을 휘둘러 배영근의 옆구리를 쳤다.

"한 번만 더 그따위로 주둥이를 놀렸다가는 아예 쥑일 테여."

사내는 옆구리를 움켜쥐고 몸을 비꼬는 배영근의 엉덩이를 발길로 찼다.

바닥에 이부자리만 달랑 놓여 있는 썰렁한 분위기의 온돌방이다. 창문도 나 있지 않아 낮에도 전등을 켜야만 하는 이곳에 갇힌 지 오늘로 사흘째가 되어 간다.

사내가 방을 나가자 배영근은 옆구리를 움켜쥔 채 벽에 기대어 앉았다. 이제 자신이 잡혀 온 이유가 형 때문이라는 것을 알았고 형이 밤의 조직을 상대로 싸움을 벌이고 있다는 것도 알 수 있었다.

그러나 천성이 낙천적인 그는 두려워하지 않았다. 그들이 주는 세 끼 식사를 남기지 않았고 아침과 자기 전에는 꼭 양치질을 했다. 그는 언젠가는 꼭 풀려나갈 것이라는 기대를 하고 있었다. 다만 집에서 걱정하고 계실 부모님이 마음에 걸릴 뿐이었다.

배영근을 걷어차고 방을 나간 허상수는 놀란 듯 응접실에 서 있는 사내를 향해 허리를 굽혔다.

"형님, 오셨습니까?"

오종갑이 건성으로 머리를 끄덕이며 물었다.

"무슨 일이냐?"

"예. 저 새끼가 건방지게 술을 달라고 해서요. 그래서 조금 손을 봤습니다."

"그래."

응접실에 놓인 낡은 비닐 소파에 앉은 오종갑이 주머니를 뒤져 만 원짜리 몇 장을 꺼내더니 탁자 위에 던졌다.

"소주 댓 병 사와라. 술 생각이 난다."

"예, 형님."

그러나 허상수도 배영근의 감시 책임자로 열 명에 가까운 부하를 거느리고 있었다. 그는 부하를 불러 술심부름을 시키고 나서 오종갑의 앞자리에 앉았다. 오종갑 못지않은 떡 벌어진 체격에 나이도 비슷했다.

"형님 순서는 끝났습니까?"

"교대했어. 그냥 놀러온 거야."

"잘되었습니다. 난 교대도 없고 사흘간 죽치고 있는 참인데."

"그래도 넌 집 안에 있으니까 낫다."

방 안에서는 인기척이 없는 대신 집 안은 사내들이 내는 소음으로 활기를 띠고 있었다. 바깥 경비를 서고 있던 부하들이 들어와 주방에서 물을 마시고 나갔고, 주방에서는 술안주를 만드느라 사내 둘이 덜그럭거렸다.

"형님, 나도 이것 받았습니다."

허상수가 셔츠를 들추며 웃었다. 허리춤에 쑤셔 넣은 권총의 손잡이가 드러났다.

"군대 있을 적에 몇 번 쏘아 봤던 모제르여서 손에 딱 잡힙니다."

아마 50년이 넘은 모제르일 것이다. 6.25 때 수십만 정이 쏟아져 들어온 데다 월남전이 끝나자 미군이 몽땅 한국군에게 넘겨주고 갔기에 이제 군에서 고철 신세였다.

"그나저나 그 새끼는 기관총까지 갖고 있다는데, 그게 조금 걸립니다."

허상수가 눈을 껌벅이며 그를 바라보았으므로 오종갑은 머리를 끄덕였다.

"그놈이 이곳을 찾을 수는 없어. 넌 그런 걱정 안 해도 돼."

부하들이 술과 안주를 탁자 위에 내려놓았다. 술은 소주였는데 대여섯 병이 넘었다.

"자, 술이나 마시자. 애들한테도 한 병씩 나누어 주고."

"아마 이 새끼들은 미리 챙겨 갔을 겁니다."

허상수가 이빨로 술병의 마개를 뜯어 뱉으면서 말했다.

"안 나누어 줘도 됩니다, 형님."

새벽 3시가 되었을 때 오종갑은 눈을 떴다. 앞쪽의 의자에 누워 코를 골고 있는 허상수가 보였다. 응접실 바닥에도 두 명이 누워 있었고 배영근의 방 앞에도 한 명이 가로로 누워 잠이 들어 있었다.

사내들이 뿜어내는 술 냄새로 가득 찬 집 안은 가스에 덮여 있는 느낌이었다. 불을 켜면 즉시 폭발해 버릴 것 같았다.

오종갑은 의자에서 몸을 일으키고는 잠시 주위를 둘러보았다. 사내들은 모두 취해 곯아떨어져 있으므로 쉽게 깨어날 것 같지 않았다.

그는 조심스럽게 발을 떼어 배영근이 갇혀 있는 방 앞으로 다가갔다. 가로로 누운 사내를 타고 넘어 문의 손잡이를 돌리자 쉽게 문이 열렸다. 방 안으로 들어선 그는 손을 뒤로 돌려 조심스럽게 문을 닫았다.

방 안은 어두웠다. 그러나 벽 쪽에서 부스럭대며 인기척이 났다. 어둠에 익숙해진 눈으로 들어서는 이쪽을 선명하게 보았을 것이다. 배영근은 깨어 있었던 것이다.

"조용히, 쉿."

낮은 목소리로 말하자 벽에 붙어 앉은 배영근은 아무 소리도 내지 않았다. 그의 앞으로 다가간 오종갑은 방바닥에 책상다리를 하고 앉았다. 이제 배영근의 얼굴 윤곽이 보였다. 그는 숨을 죽인 채 이쪽을 바라보고 있었다.

"응접실로 나가면 곧장 현관이 나오는데, 그곳으로 가지 말고 왼쪽 창고로 들어가라."

오종갑이 낮은 목소리로 말했다.

"창고의 창문으로 빠져나갈 수 있을 거야. 창문 밑은 축대를 쌓아 놓은 곳이어서 높아. 그리고 아랫길에는 감시가 있어. 그러니 축대를 타고 20미쯤 앞으로 기어 나가. 그러면 옆집 담에 닿을 거다. 거기서 길로 뛰어내려."

빠르게 말하고 난 오종갑이 자리에서 일어섰다.

"그리고 곧장 어디로든 도망쳐라. 절대로 집엔 들어가지 말고. 부모님께 연락은 해야 한다. 걱정하고 계시니까."

그러자 배영근이 그를 따라 몸을 일으켰다.

"댁은 누구십니까? 그리고 왜?"

"잔소리 말어, 이 새끼야."

낮게 때려 붙이듯이 말한 오종갑이 바지 주머니에서 지폐 한 주먹을 꺼내 그에게로 내밀었다.

"이건 차비다. 내가 기침을 두 번 하면 조금 기다렸다가 나와. 그러나 기침 두 번에 다시 한 번을 하면 위험하다는 신호다."

몸을 돌린 오종갑은 방문으로 다가가 문을 조금 열고 살핀 다음 조심스럽게 밖으로 나갔다. 기침 소리가 두 번 울리자 배영근은 벌떡 일어나 방문 앞으로 다가갔다. 그러고는 잠시 기다렸으나 더 이상 기침 소리는 들리지 않았다. 코 고는 소리만이 이곳저곳에서 들려왔다

그는 문고리를 조심스럽게 비틀어 문을 살짝 열고는 밖을 내다보았다. 그의 발 앞에 사내 한 명이 얼굴을 이쪽으로 향한 채 누

위 있었다. 그리고 앞쪽의 소파에 기대 누워 있는 것이 조금 전에 방에 들어왔던 사내라는 것을 알 수 있었다.

그는 반쯤 눈을 뜨고는 눈동자를 굴려 옆을 가리켰는데 그곳에 나 있는 문이 창고로 통할 것이다. 그의 앞에 이쪽으로 등을 보이며 사내 한 명이 소파에 기대 누워 있었고, 왼쪽의 응접실 바닥에도 사내 한 명이 누워 있었다.

배영근은 반쯤 문을 열고는 밖으로 나와 손을 뒤로 돌려 문을 닫았다. 발 앞의 사내를 넘어 응접실로 들어선 그는 소파를 돌아 발소리를 죽이며 창고로 다가갔다. 문에서 창고까지 직선거리로 5미터도 되지 않고 시간은 5초도 걸리지 않았으나 그에게는 다섯 시간보다도 길게 느껴졌다.

그는 진땀을 흘리며 창고의 문고리를 잡아 비틀어 열었다. 문이 낡은 탓에 삐걱거리는 소리가 났다. 그는 가슴이 철렁하였지만 반쯤 열린 문으로 몸을 비집고 들어섰다. 문을 닫은 그는 어깨를 늘어뜨리며, 길게 숨을 내뱉고는 소매로 얼굴의 땀을 닦았다.

창고는 어두웠지만 창문을 통해 흘러 들어오는 바깥의 불빛으로 희미하게 윤곽이 드러났다. 어지럽게 쌓인 박스와 신문 뭉치, 그리고 빈 병들이 이곳저곳에 쌓여 있어서 한 발 한 발 조심스럽게 떼어야 했다.

창문의 고리는 쉽게 풀렸고 배영근은 그것을 천천히 밀어 열었다. 서늘한 새벽 공기가 코로 스며들어 왔다.

그는 저도 모르게 크게 숨을 들이마시면서 머리를 내밀어 아래를 내려다보았다. 까마득한 축대 밑에 있다던 감시원은 보이지 않았다. 그러나 그 사내가 이야기해 준 대로 축대 위 끝의 벽을 타고 이웃집 담장까지 기어갈 작정이었다.

그는 조심스럽게 창문 위로 몸을 올리고는 발끝으로 축대의 끝을 짚었다. 침착해야 된다고 몇 번이고 다짐하면서 몸의 중심을 잡고는 창문을 바깥에서 닫았다. 이제 소굴을 벗어난 것이다. 그는 두 손으로 축대 끝을 짚고는 엉금엉금 기어가기 시작했다.

배장근이 방으로 들어서자 오세미가 의자에서 튕기듯이 일어섰다. 두 눈이 놀라움과 두려움으로 둥그레졌다.

"놀랄 것 없어."

그녀에게 다가간 배장근은 입에 붙여진 스카치테이프를 떼어냈다. 그러고는 두 팔을 묶은 나일론 끈을 풀어주자 오세미는 길게 숨을 내쉬었다. 그러나 여전히 두 눈은 치켜뜬 채였다.

"앉아. 이야기할 것이 있다."

두 손으로 어깨를 누르자 오세미는 상체를 흔들어 그의 손을 떨어내는 시늉을 하면서 자리에 앉았다.

배장근은 의자를 끌어당겨 그녀를 마주 보고 앉았다. 이틀 밤을 꼬박 새운 까닭인지 오세미의 두 눈은 충혈되어 있었다. 화장기가 없는 부드러운 피부였지만 입가에는 테이프 흔적이 있었다. 집으로 데려온 날 밤 저항이 심해서 어쩔 수 없이 묶어 두었던 것이다.

"어두워지면 보낼 테니까, 걱정하지 마."

배장근은 부드럽게 말했다.

"왜 저녁이냐면, 우리도 이곳을 떠나야 하기 때문이야. 그동안 준비를 해야 하거든."

"……."

"그 이유도 말해주는 것이 낫겠군. 네가 이 집과 위치를 보았으니 널 놓아주면 이제 우리가 위험하단 말이다."

"……."

"그래서 인질범들은 인질을 없애서 증거를 남기지 않는 모양이야."

"난 말하지 않겠어요. 돌려보내 준다면."

오세미가 입을 열었다. 납치당하고 나서 처음으로 제대로 된 말을 하는 셈이다.

"당신들에 대해서도, 그리고 이곳에 대해서도."

배장근이 빙그레 웃었다.

"네가 무엇 때문에 이곳에 왔는지 알려 줘야겠군."

"……."

"네 오빠, 아니 네 오빠의 조직이 내 동생을 납치해 갔어. 그래서 오종갑이의 동생인 너를 잡아 온 거야."

"……."

"네 오빠에게 연락을 했지. 내 동생을 풀어주지 않으면 널 없애겠다고."

"……."

"그랬더니 내 동생을 오늘 새벽에 풀어주었더군. 아무도 모르게 말이야. 네 오빠는 너 때문에 조직을 배신한 거야."

"나쁜 놈."

"나쁜 놈은 나나 네 오빠가 아니다. 네 오빠가 속한 조직이지."

아랫입술을 깨문 오세미가 머리를 떨구었으므로 배장근은 의자에서 일어섰다.

"네 오빠의 조직은 날 잡으려고 악을 쓰고 있어. 하지만 쉽게 잡히지는 않을 것이다."

방문으로 다가간 배장근이 문의 손잡이를 잡고는 몸을 돌렸다.

"네 오빠에게 약속을 지켜 줘서 고맙다고 전해라. 그리고 나도 그 인사를 받고 싶다고, 내가 기억하겠다고도 전해."

창가의 자리에 앉은 이동천 앞으로 화사한 웃음을 띤 문재은이 다가왔다.

"웬일이세요? 오늘은 9시도 되지 않았는데 일찍 오시고."

그녀는 짙은 향수 냄새를 풍기며 앞자리에 앉았다.

"전 이 검사님을 영영 못 뵐 줄 알았는데."

"그 말 들으니 기분이 선뜻한데."

의자에 등을 기댄 이동천이 얼굴을 펴고 웃었다.

"왜 그런 재수 없는 생각을 한 거요?"

"우선 제가 못마땅하셨을 테니까요. 그렇지 않아요?"

문재은이 장난스레 웃으며 그의 얼굴을 빤히 바라보았다. 웨이터가 다가와 지난번에 그가 먹다 남긴 술과 잔을 내려놓고 돌아갔다.

"유경이는 그런 경험이 처음일 거예요, 아마."

그의 잔에 술을 따르며 문재은이 말했다.

"딱지를 맞은 경험 말예요."

"천하의 양승일 씨 고명딸이 말이지."

"그런 배경이 없더라도 그 애는 뛰어나요. 그렇게 생각지 않으세요?"

"그 얘긴 그만둡시다."

술잔을 든 이동천이 한 모금 삼키고는 내려놓았다. 어둠에 익숙해지자 주위의 자리가 비어 있는 것이 시야에 들어왔다. 아직 이른 시간이기 때문일 것이다.

"유경이가 내 이야기를 했지요?"

문재은은 어둠 속에서 두 눈을 반짝이고 있었다. 그러자 문득 이동천의 가슴이 벅차올랐다. 이것은 그가 욕정을 느낄 때의 육체적인 현상이다.

"어떤 이야기 말이오?"

"저와 양 회장님의 관계에 대해서."

"글쎄, 못 들은 것 같은데."

"제가 대학생 때 그 애 가정교사를 했어요. 유경이는 중학생이었고."

"……."

"그 애는 날 순순히 받아들였어요. 처음에는 그냥 고맙기만 했는데."

문재은이 자신의 잔에 술을 따르더니 한 모금 삼켰다.

"시간이 지나니까 알겠더군요. 그 앤 영리해요. 아버지를 거역하면 손해라는 것, 그리고 현실이 중요하다는 것을 아는 애예요."

"알고 적응해 가는 것이 아니라 적극적으로 헤쳐 나가는 성격 같던데."

"이 검사님도 이젠 현실을 받아들여야 해요."

"글쎄, 그 얘긴 이제 그만."

이동천이 웃으며 머리를 저었다.

"교훈으로 받아들이겠습니다. 이젠 그만합시다."

"그럼 저도 그렇게 믿겠어요. 이해하신 줄로."

술병이 바닥을 보여서 문재은이 손을 들어 웨이터를 불렀다.

"제가 한 병 살게요. 잘 아시다시피 돈 벌려고 이 장사 하는 게 아니니까요."

이동천이 마리온을 나왔을 때는 밤 11시 반이었다. 빌딩 앞의 택시 정류장에는 승객이 서너 명뿐이었고, 차량들은 통행이 뜸한 차도 위를 빠른 속도로 달려 나가고 있었다.

초여름 밤의 눅눅한 습기가 피부에 내려앉아 온몸이 끈적이는 데다 바람 한 점 불지 않았다.

그는 넥타이의 매듭을 풀어 내리고는 느릿한 걸음으로 승객들이 기다리는 뒤쪽에 가서 섰다. 그때 검은색 승용차 한 대가 택시 정류장으로 다가와 멈추어 섰다.

"여기요, 이동천 씨."

뒤쪽 창문이 내려지더니 자신을 부르는 여자의 목소리에 이동천은 머리를 들었다. 양유경의 웃음 띤 얼굴이 보였다.

"이번에는 집까지 모셔다 드릴게요."

그가 잠자코 서 있자 이제는 뒤쪽 문이 열렸다.

"어서 타세요."

이동천이 차 안으로 들어가 앉자 벤츠는 곧장 속력을 내었다.

"문 마담의 연락을 받고는 아까부터 빌딩 앞에서 기다리고 있었어요."

양유경의 목소리는 밝았다. 흰색 투피스 차림의 그녀에게서 은근한 향내가 맡아졌고 차 안은 서늘했기에 끈적이는 습기에 젖어 있던 피부는 금방 보송보송해져서 기분이 한결 나아졌다.

"술 많이 하셨어요? 시원한 것 드릴까요?"

"아니, 괜찮습니다."

이동천이 머리를 돌려 그녀를 바라보았다.

"문 마담이 뭐라고 합디까?"

"문 마담 말을 전해 들어서 어쩌시려구요?"

웃음 띤 얼굴로 양유경이 말을 받았다.

"그 말의 진부를 가려 주시려구요?"

"……."

"저에게 직접 말해주세요. 거치지 말고."

"……."

"어서요."

재촉하듯 말하면서 양유경은 시선을 떼지 않았다.

"미련이 있었던 거요."

이동천이 굳어진 표정으로 말했다.

"당신같이 자극적인 여자를 만난 것은 처음이오."

"……."

"난 내 자신의 욕망에 충실하기로 했소. 허세를 버리기로 했단 말이오."

"기뻐요."

잔잔한 표정을 지으며 양유경이 말했다.

"우린 아직 서로 잘 알지는 못하지만 이제 무언가를 시작할 준비는 되었네요. 그죠?"

늦은 밤이어서 차는 탄력 있게 도로를 달려가고 있었다.

이동천이 손을 뻗어 옆에 놓인 양유경의 손을 쥐었다. 따스하고 부드러웠다. 손을 잡힌 양유경은 앞쪽으로 시선을 준 채 움직이지 않았다. 차 안에는 짙고 억눌린 정적이 내려앉고 있었다.

*   *   *

시흥의 15평형 임대 아파트 안.

현관에서 주방과 안방이 각각 두 걸음밖에 되지 않는 좁은 아파트 안에서 아까부터 날렵한 도마질 소리가 들려오고 있었다. 가볍고 경쾌한 소리를 내며 주방에 서 있는 사람은 머리가 천장에 닿을 것 같은 체격의 주대홍이다. 어디서 구해 왔는지 허리에는 짧은 행주치마를 두르고 팔을 걷어붙인 그는 지금 저녁을 준비하고 있었다. 고덕균이 그의 뒷모습을 바라보며 안쪽의 벽에 기대앉아 있었다.

못마땅한 표정을 짓고 있던 그가 마침내 입을 열었다.

"형님, 짜장면이나 시켜 먹읍시다."

"지금 저녁 허고 있지 않어?"

주대홍은 양파 써는 데 열중하여 대답도 건성이다.

"조금만 참어라. 곧 된다."

"젠장, 시켜 먹으면 될 걸 가지고."

"시끄러워, 이 새끼야."

주대홍이 한마디로 그의 말을 잘랐다. 양파 썰기를 끝낸 그는 이제 고기를 다지기 시작했다. 도마질 소리가 더욱 자지러지게 났다.

"지기미."

고덕균이 머리를 돌려 창밖을 내다보았다. 3층의 아파트 창문을 통해서는 건너편 아파트의 빨랫감밖에는 보이지 않았다.

"좆같이."

벌써 나흘 집 안에 틀어박혀 있는 중인데 주대홍은 하루 세 끼 식사 시간이 되면 두드리고 썰고 볶고 지지는 일에 신바람이 나는지 한 시간이 넘게 주방에서 보냈지만 이쪽은 할 일이 없었다. 그가 장만해 주는 갖은 요리를 먹어 주는 것도 한두 번이지, 이젠 질려 버린 것이다. 그렇다고 주대홍은 밖으로 내보내 주지도 않았다. 그가 이곳으로 오면서 반찬거리를 가득 사 왔기에 시장에 간다고 하고 나갈 수도 없었다.

"형님, 도대체 얼마나 이러고 있어야 되는 거요?"

고덕균이 묻자 주대홍이 다시 간단히 대답했다.

"몰라."

"그러면 여기서 평생……."

"이리 와. 이거 간 좀 봐라."

주대홍이 국자를 들고 그를 바라보자 고덕균이 와락 인상을 썼다.

"아, 싫어요."

"내일은 모처럼 회를 쳐줄 텡게, 아침에 시장에 나갔다 와."

"……."

"음식은 얼마든지 맛있게 맹글 수가 있는 것이여, 그런디도 대충 먹어 치우는 놈들은 사람이 될 자격이 없다."

"……."

"요리는 예술이여. 사람한티 제일 중요허고 사는 디 없어서는 안 될, 먹는 것에 대한 예술이란 말이다. 그런디 개똥철학 하는 놈들은 이것을 무시한단 말이여."

고덕균이 입맛을 다셨으나 그는 말을 이었다.

"인자 앞으로는 요리도 특허를 내서 사용료를 받아야 헌다."

"찌개 끓일 때 간장 두 순가락을 넣으면 얼마, 하고 말이오?"

"그러면 더 좋고."

"빌어먹을."

"내일 그놈들하고 협상을 헐 거여."

주대홍이 냄비에 고기를 넣으면서 말하자 정신이 번쩍 든 고덕균이 그를 바라보았다.

"협상을 해요?"

"그려. 이러고만 있을 수는 없어."

"어떻게 말이오?"

"고놈들한티 내 퇴직금을 받아낼 작정이다. 주방 과장 노릇은 인자 끝이니까."

"아이구, 형님."

고덕균이 자리에서 일어섰다.

"제발 그만두슈. 그놈들이 어떤 놈들인지나 아쇼?"

"깡패 새끼들이지 뭐긴 뭐여?"

"놈들은 조직이오, 정부 조직보다 센."

"그래도 부술 수 있어."

"그 회칼로 말이오."

주대홍은 대답 대신 이번에는 칼자루 끝으로 마늘을 빻기 시작했다. 구수한 찌개 냄새가 집 안을 가득 채웠다.

"형님, 여기 얘들은 모두 내 친구하고 동생이오. 야들아, 형님한테 인사해라."

고덕균이 수선을 떨자 뒤쪽에 모여 선 사내들이 일제히 허리를 기역 자로 꺾었다. 모두 7, 8명이 넘었는데 긴 놈, 짧은 놈, 좁은 놈, 넓은 놈으로 각양각색이다.

주대홍이 턱을 쳐들고 사내들을 천천히 둘러보았다. 모두 자동차 절도범이어서 재빠르게는 보였지만 믿음이 가지는 않았다.

"모두 시간 맞출 수 있지?"

주대홍이 묻자 그의 무시무시한 분위기에 질려 있던 사내들이 일제히 대답했다.

"예!"

대답 소리에 놀란 주대홍이 주위를 둘러보았다. 아직 초저녁이어서 고수부지에는 사람이 많았다. 가끔 이쪽을 흥미롭게 바라보는 남녀들도 있었다.

입맛을 다신 주대홍은 그들에게로 한 발짝 다가섰다.

"9시까지는 준비해 놓아야 되고, 9시에 연락을 받으면 12시 정각에 일을 저질러야 헌다."

사내들이 긴장한 표정으로 주대홍을 바라보았다.

"만일, 이건 만일인디."

주대홍이 말을 이었다.

"돈만 먹고 도망치는 놈이 있다면 내가 끝까지 찾아내서 회를 떠줄 거여."

그는 허리춤에서 번쩍이는 회칼을 쓰윽 빼 들었다가 눈 깜짝할 사이에 다시 쑤셔 넣었다.

"그런 일은 없어요, 형님."

고덕균이 못마땅한 표정으로 말했다.

"얘들을 무시하지 마쇼, 형님."

주대홍이 사내들을 다시 훑어보았다.

"믿어도 되겠냐?"

"예!"

"좋아. 그럼 흩어져."

그러자 저희들끼리 갑론을박을 하고, 부르고, 꾸짖고, 웃으며 한바탕 소란이 일었다. 주대홍은 돌아서서 입맛을 다셨다.

사내들을 보내고 난 주대홍과 고덕균은 세워 둔 차에 올랐다.

"형님, 꼭 그렇게 해야 합니까?"

운전석에 앉은 고덕균이 머리를 돌려 뒷좌석의 주대홍을 바라보았다.

"현금으로 10억이면 만 원권으로 다섯 자루는 될 게요. 차 한 대에 가득 실어야 돼요."

"……."

"그리고 우길만이가 돈을 준비할 리가 없어요. 어떻게든 형님을 잡으려고만 할 거요."

"나는 오늘 돈 받을 것이라고 생각 안 헌다."

주대홍이 불쑥 말했다.

"오늘은 겁만 주는 거여."

"서울 바닥이 시끄러워질 텐데, 형님."

"그러라고 하는 짓이여."

"그러면 또 일을 벌일 거요?"

"물론이지."

주대홍이 손을 들어 앞쪽을 가리켰으므로 고덕균은 차에 시동을 걸었다. 저녁 7시가 조금 안 된 시간이었다. 승용차는 고수부지를 나와 올림픽대로로 들어섰다.

머리를 떨구고 앉아 있던 우길만이 굳어진 얼굴을 들었다.

"면목 없습니다, 회장님. 제가 책임을 지겠습니다."

"어떻게 책임을 진단 말인가?"

양승일의 목소리는 낮았으나 방 안을 울렸다.

30평이 넘는 동원그룹 회장실 안이다. 상석에 앉은 양승일의 온몸에서 찬 기운이 뿜어져 나오는 것처럼 느껴졌다. 말석에 앉은 우길만은 감히 얼굴의 땀을 닦지도 못하고 있었다.

"이것은 자네가 할복을 해도 끝날 일 같지가 않아."

양승일이 말을 이었다.

"그놈이 노리는 것은 자네가 아냐. 우리 그룹을 상대로 하는 거야."

"어떻게든 잡겠습니다, 회장님."

"입 닥쳐."

조금도 언성을 높이지 않았지만 양승일의 한마디에 우길만은 돌부처가 되었다. 양승일은 긴 테이블 아래쪽의 박철규를 바라보았다.

"주방에서 일했던 놈치고는 참으로 대담한 놈이야. 더구나 혼자서 말이야."

"도와주는 놈이 한둘 있는 것 같습니다만."

조심스럽게 박철규가 말했다.

"말씀대로 뱃심이 대단한 놈입니다, 회장님."

"회칼을 쓰는 솜씨도 훌륭하고."

"예."

이번에는 박철규가 머리를 떨구었다. 그날 밤에 서진호텔로 보낸 것은 그의 부하들이었기 때문이다. 회를 먹으며 떠벌렸던 유재복이는 책임을 물어 추방을 시켰는데 이제 두 번 다시 서울 땅을 밟지 못할 것이다.

한동안 숨소리 하나 들리지 않는 무거운 정적이 흘렀다. 사건은 여섯 시간 전인 오후 2시경에 우길만에게 걸려온 전화가 발단이었다.

자신을 주대홍이라고 소개한 사내가 대뜸 10억을 요구하면서, 그것은 자신의 정년 때까지의 퇴직금이라고 했던 것이다.

주대홍이 누구인지를 알고 있던 우길만은 이를 갈면서 말도 안 되는 수작 말라고 고함을 지르고는 전화를 끊었다.

그러나 주대홍은 끈질겼다. 이번에는 그룹 비서실로 전화를 걸어 10억을 준비하지 않으면 회사에 불을 지르겠다고 공갈을 쳤다. 그가 정한 시간은 밤 10시였다. 그리고 9시 정각에 전화가 올 것이었다.

"나, 이거야, 원."

양승일은 어처구니없다는 듯 턱을 들고 천장을 바라보았다.

"요즘같이 중요한 때에 피라미 한 놈이 소란을 떨다니. 기가 막히는군."

모두들 숨을 죽이고 앉아 있었다. 다시 방 안에 무거운 정적이 흘렀다.

양승일이 입을 열었다.

"이젠 총을 가지고 나가. 경찰에서 긴장하겠지만 꼬투리만 잡히지 않으면 돼. 모두 알겠나?"

"예."

모두 일제히 대답하며 머리를 숙였다.

그는 머리를 돌려 우길만을 바라보았다.

"동원기획에서 일어난 일이 그룹에까지 피해를 입히게 되었어. 아주 사소한 실수가 이렇게 되었단 말이야."

이를 악문 우길만이 머리를 숙이자 양승일이 말을 이었다.

"우선 박 보좌관을 도와 일을 해결하도록. 이 문제부터 끝내도록 하지."

말을 마친 양승일이 물러가라는 듯 턱을 들자 그들은 모두 자리에서 일어섰다. 8시 15분이었다.

백복동은 동원그룹 빌딩의 앞쪽 분수대에 앉아 담배를 피워 물고 있었다. 남대문로에 있는 30층짜리 동원그룹 빌딩은 앞쪽에 분수대와 화단, 벤치들이 놓여 있어서 시민들의 휴식 장소로 인기가 있었다.

오늘 밤에도 꽤 사람들이 많았다. 대부분이 젊은 남녀였다. 그들의 모습을 훑어보던 백복동은 다시 빌딩 현관에 시선을 주었다. 오늘은 회사에 나오지 않던 양승일이 오후 6시에 일단의 심복들을 이끌고 빌딩에 들어가서 아직 나오지를 않고 있었다. 김양호는 국제호텔에 남아 있었지만 백복동은 무슨 중요한 일이 있을 것 같은 예감이 들었다.

손목에 찬 고물 시계는 밤 8시 20분을 가리키고 있었다. 이동천은 김양호를 집중 감시하라고 했지만 백복동은 수사에 한해서는 고지식한 사내가 아니었다. 이동천의 의도를 안 이상 독단으로 융통성 있게 행동했다. 그는 김양호가 움직이지 않으면 양승일을 쫓아다녔던 것이다.

다시 현관으로 시선을 돌린 그는 엉거주춤 엉덩이를 들었다. 한 무리의 사내가 쏟아져 나왔는데 그 중앙에 양승일이 서 있었다. 그 순간 바지 주머니에 넣어 둔 핸드폰이 진동을 했다. 양승일 앞에 벤츠500이 다가와 서는 것을 보면서 그는 핸드폰을 귀에 대었다.

"여보세요."

―형님, 접니다.

현관 옆 화단가 벤치에 박아 두었던 손달섭이다. 그는 조바심을 내고 있었다.

―어떻게 할까요, 형님?

백복동은 양승일이 박철규에게 무언가를 말하고 차에 오르는 것을 보았다. 벤츠500과 그 뒤로 덩치가 큰 포드 한 대가 현관 앞에 서 있었다. 그것은 경호원용이었다.

백복동은 마음을 정했다.

"네가 양승일을 따라가. 나는 여기 있을 테니까."

─알았습니다.

그러고는 전화가 끊겼다. 벤츠와 포드가 현관을 빙 돌아 도로로 나오는 동안 박철규를 위시한 20여 명의 부하는 선 채로 움직이지 않았다.

백복동은 옆쪽의 길가에 세워져 있던 소형 승용차 한 대가 차도로 나서는 것을 보았다. 손달섭의 차였다. 절도 전과 5범인 그는 세 번이나 백복동에 의해 잡힌 적이 있는지라 그로부터 임무를 부여받고는 흥분해 있었다.

박철규가 손목시계를 내려다보면서 부하들에게 무어라고 말하고 있었다. 그리고 그들은 몸을 돌려 빌딩 안으로 들어갔다.

입맛을 다신 백복동은 다시 분수대 위의 돌바닥에 앉았다. 박철규는 밖으로 나올 것이다. 놈의 직책은 그룹 비서실의 보좌관이었지만 양승일의 행동대장 중의 하나라는 것을 그는 알고 있었다. 박철규의 적성에 맞는 일은 작전 계획을 짜는 것과 전투일 것이다.

백복동은 박철규가 공수 부대 소령으로 예편하고는 곧장 양승일의 보좌관이 되었다는 사실을 잘 알고 있었다.

"나, 주대홍이올시다."

핸드폰을 움켜쥔 주대홍이 소리치듯 말하자 저쪽은 잠시 침묵을 지켰다.

"여보쇼, 거기 우 사장 없어?"

—말해, 주대홍이.

　"어허, 빨랑 대답을 헐 것이지."

　주대홍이 혀를 찼다.

　"느긋허게 생각들을 허는 모양인디, 니들이 아직 나를 몰라서 그려."

　목소리를 가다듬어 말하고 난 주대홍은 전화기를 고쳐 쥐었다. 고덕균이 운전하는 승용차는 지금 막 한남대교를 건너 강남대로로 들어서는 중이었다.

　"돈 준비했어, 우 사장?"

　주대홍이 말을 놓았다.

　"10억 말이여, 현찰로."

　—만나서 이야기하자, 허튼수작 부리지 말고.

　"너나 말어, 이 새끼야."

　버럭 고함을 치자 고덕균이 깜짝 놀라 그를 바라보았다.

　"내가 2억 5천 먹고 신세 조질 놈 같으냐? 내 몸값이 그것밖에 안 된단 말이여? 안 된다. 10억도 모자란다, 이 새끼야."

　—네놈은 도대체 우리를 뭐로 보고.

　"뭐긴 뭐여? 깡패 새끼들 모아 놓고 공갈쳐서 돈 뜯는 놈들이지, 이놈들아. 내가 바로 저승사자여. 네놈들은 내 밥이고."

　기가 막힌 모양인지 우길만은 잠시 아무 대꾸도 하지 않았다.

　"자, 빨리 대답혀. 10억 낼 거여, 안 낼 거여? 내가 10시까지 준비하라고 했을 텐디."

　—좋아, 장소가 어디냐?

　우길만이 결심한 듯 말했다.

─장소를 말해라.

"남산의 국악원 계단 앞이여. 차에 돈을 실어서 한 놈만 보내."

─국악원 계단 앞.

"10시 정각이다, 알았어?"

─10시, 알았다.

"허튼짓허면 네놈 회사에 불을 지를 테니까, 그리 알아."

─알았다.

핸드폰의 스위치를 끈 주대홍이 고덕균을 바라보았다.

"애들한테 연락혀라. 계획대로 진행허라고."

"국악원 앞으로 돈을 가지고 나올까요?"

고덕균이 묻자 주대홍이 풀썩 웃었다.

"미친놈."

"누가 미쳤단 말이오?"

"돈을 누가 가져온단 말이냐? 아마 100명도 넘게 국악원 앞으로 몰려가 있을 것이다."

"형님은 생긴 것하고는 달라요."

"……."

"머리가 커서 뇌세포가 많기 때문인 모양이오."

"시끄러워, 이 새끼야."

차는 강남대로를 좌회전하여 논현로로 들어서고 있었다.

차에서 내린 그들은 한동안 앞쪽의 아파트를 바라보며 서 있었다. 아직 10시도 되지 않은 시간이어서 오가는 사람들이 많았고 아파트의 창문은 모두 환하게 불이 밝혀져 있었다.

이윽고 주대홍이 발을 떼어 아파트 단지 정문으로 들어섰다. 허리를 굽힌 데다 머리를 숙였으므로 큰 키가 조금 작아 보였지만 그래도 컸다. 고덕균은 그의 뒤를 따르며 주위를 둘러보았다. 오가는 사람 중에서 이쪽에 관심을 보이는 이는 없는 것 같았다.

이곳은 그들에게 낯이 익은 장소였다. 우길만의 돈을 강탈해 간 곳이기 때문이었다. 125동 1005호에는 우길만의 작은마누라가 살고 있었다.

그들은 125동이 좌측으로 길게 보이는 어린이 놀이터의 벤치에 앉았다. 근처의 주민이 한가하게 바람을 쏘이려고 나온 것처럼 꾸미려고 했지만 고덕균은 지나가는 사람들을 자꾸 힐끗거렸다.

"형님, 이걸 꼭 해야 되는 거요?"

고덕균이 묻자 주대홍이 머리를 끄덕였다.

"허를 찌르는 것이여. 잔말허지 마라."

"제에기, 우길만의 세컨드를 건드려서 뭐가 나온다고."

"이 새끼야, 건드리기는 누가 건드린단 말이냐? 겁만 주고 가는 것이여."

"어떻게 겁을 준단 말이오?"

"돈이나 값나가는 보석, 그런 것들을 싸 가지고 나오는 것이지."

"그럼 강도로구만. 주방 과장이 강도가 되었어."

주대홍이 눈을 부릅떴으나 욕설을 뱉지는 않았다. 그는 오래전부터 고덕균의 행동을 한 수 접어 두는 버릇이 있었다. 동생처럼 여기고 있기 때문일 것이다.

"경찰에 신고를 못 할 테니 걱정할 것 없다."

나무 벤치에서 몸을 일으킨 주대홍은 두 팔을 휘저으며 125동으로 다가갔다. 고덕균도 서둘러 뒤를 따랐다. 밤 10시 정각이었다.

제4장

서울과 부산의 화염

밤의 대통령

마산과 진주 사이의 가야에 있는 조그만 식당 안이다. 밤 10시가 넘은 터라 한 쌍의 노인 부부가 늦은 저녁을 먹을 뿐 식당은 비어 있었다. 흰머리에 주름투성이의 얼굴까지 비슷한 노부부는 설렁탕을 입에 떠 넣다가 번갈아 식당 입구를 바라보았다. 누군가를 기다리는 눈치였는데 문이 열리며 사내 한 명이 들어서자 실망한 듯 머리를 돌렸다. 그러나 사내는 곧장 그들에게로 다가왔다.

"아주머님, 배장근 사장의 자당 되시지요?"

낯선 사투리로 사내가 묻자 부부는 수저를 내려놓았다.

"그렇소만."

대답한 것은 영감님이다.

"댁은 뉘시오?"

"저는 배 사장님 심부름으로."

그러면서 사내는 주머니를 뒤져 편지를 꺼내더니 내밀었다.

"읽어 보시라요."

배장근의 부친이 서둘러 쪽지를 읽더니 망연한 표정으로 김달수를 바라보았다.

"이렇게 야반도주를 해야 되다니. 경찰에도 알릴 수가 없단 말인가?"

"증거가 없습네다. 그리고 배 사장은 놈들의 표적이 되어 있습네다. 그래서."

"영근이는 이미 떠났단 말이오?"

"예, 어르신네. 아마 기다리고 있을 겁네다."

뒤늦게 편지를 읽은 모친이 긴 숨을 내쉬었다. 부친이 다시 물었다.

"그러면 우리는 언제 돌아갈 수 있단 말인가?"

"배 사장이 사람을 시켜 댁을 잘 지키게 한다고 했습니다. 걱정하지 마시라우요."

"천하의 불효막심한 놈."

"어르신네, 여기."

김달수가 안주머니에서 두툼한 종이봉투를 꺼내 식탁에 내려놓았다.

"500만 원입네다. 배 사장이 나중에 더 보내 드린다고."

"도로 가져가."

부친이 자리에서 일어서면서 모친의 팔을 잡았다.

"자, 갑시다."

"우리 애더러 몸조심하라고 이르시오."

모친이 끌려 일어서면서 말했다.

"끼니는 꼭 챙겨 먹으라고."

그러고는 김달수가 서둘러 집어 주는 돈 봉투를 받아 들었다.

"아버지, 오마니, 조심해 가시라우요."

식당을 나온 김달수는 그들의 뒷모습을 향해 허리를 꺾었다.

그들이 아파트 현관으로 다가가자 경비가 머리를 들었다. 다행히 전의 경비가 아니었다.

"어디 가십니까?"

"1005호에 가는데요."

고덕균이 사근사근한 말투로 대답했다.

"우 사장님 심부름 왔습니다."

경비가 잠자코 경비실 안의 낡은 TV로 머리를 돌리자 고덕균은 어깨를 늘어뜨렸다. 그러고는 뒤에 선 주대홍을 향해 싱긋 웃는 순간, 현관으로 들어오는 한 무리의 사내들이 그의 시야에 들어왔다.

"아아, 형님."

그가 소리치는 순간 주대홍은 옆쪽의 비상계단에서 쏟아져 내려오는 사내들을 보았다. 그들은 양쪽에서 몰려오는 사내들에게 금방 에워싸였다.

"반항하면 죽여서 데려간다."

사내 한 명이 소리쳤다. 그의 손에는 길이 1미터가 넘어 보이는 일본도가 쥐어져 있었다. 나머지 사내들도 제각기 번뜩이는 칼을 쥐고 있었으므로 좁은 현관은 살기로 가득 찼다.

"자, 무릎을 꿇지, 주대홍이."

두 손으로 일본도를 움켜쥔 사내가 칼끝으로 주대홍의 배를 겨누면서 말했다. 칼끝과 배 사이의 거리는 채 20센티미터도 안 되었고 주대홍을 둘러싼 사내들은 2미터 안팎에 있었다.

"이 새끼야, 어설프게 회칼 휘두르지 말고."

이제 사내의 얼굴에는 웃음기가 스쳐 지나갔다. 30대 중반으로 보이는 그는 한눈에도 싸움꾼이었다. 검도의 달인인 모양으로 한 치의 빈틈도 없었다.

주대홍은 입맛을 다시면서 천천히 주위를 둘러보았다. 그러고는 털썩 한쪽 무릎을 꿇었다. 그러자 사내의 칼날이 어깨 위에 놓였고, 앞쪽의 사내들이 우르르 다가왔다. 그를 묶으려는 것이다.

"이봐, 비켜서."

조금 당황한 일본도를 든 사내가 목청을 높인 순간이었다. 불쑥 한 손을 뽑은 주대홍이 다가온 사내 한 명의 팔을 잡아채었다. 사내가 와락 가슴 안으로 쏟아져 들어오는 순간, 뒤쪽의 일본도가 그의 어깨를 후벼 파듯 베었다. 그러나 일본도가 다음 동작으로 칼날을 치켜들었을 때 빙글 몸을 돌린 주대홍이 가슴에 안은 사내를 그에게로 밀쳤다.

고덕균이 경비실 유리창을 깨면서 상반신부터 안으로 굴러 들어가고 있었다. 사내와 부딪친 일본도를 든 사내가 다시 벽에 몸을 부딪치며 비틀거렸을 때 주대홍은 허리춤에 끼워 넣은 회칼을 눈 깜짝할 사이에 뽑아 들었다. 그러고는 뒤에서 달려오는 사내들을 향해 몸을 비틀며 회칼을 휘둘렀다.

"아이고."

처음으로 비명이 터지면서 사내 하나가 어깨를 베여 비틀거렸고 다시 옆쪽의 사내가 허벅지를 찔려 주저앉았다. 그 순간 일본도가 곧장 그의 배를 향해 찔러져 왔다.

좁은 공간에 10여 명의 사내가 차 있는 데다 모두 번뜩이는 칼을 쥐고 있어 살기가 넘쳐흘렀다. 칼을 마음대로 휘두를 수 있는 것은 주대홍뿐이었고, 혹시 동료를 찌를까 뻗어져 오는 일본도에는 힘이 빠져 있었다.

주대홍은 몸을 비틀면서 칼을 휘저어 사내 한 명의 배를 그었고 일본도가 배 옆으로 스쳐 지나가자 선뜻 한 걸음 나서면서 맨주먹으로 일본도를 쥔 사내의 턱을 쳐올렸다.

뚜둑!

정통으로 맞은 터라 턱뼈가 부서지는 소리와 함께 사내가 큰대자로 앞으로 넘어졌다.

주대홍이 다시 몸을 틀어 사내 한 명의 팔을 벤 순간 칼날에 등을 찍혔다. 그러나 몸을 틀면서 등을 찍은 사내의 배를 차올리고는 칼날을 휘둘러 옆으로 다가선 사내의 가슴을 베었다.

그때 고덕균이 경비실의 문을 차 열고 밖으로 나왔는데 두 손으로 낡은 텔레비전을 쳐들고 있었다. 그가 내던진 텔레비전을 피하려고 사내들이 몸을 비트는 순간의 허점을 주대홍이 놓칠 리가 없었다.

성큼 다가간 주대홍이 칼날을 휘두르자 사내 두 명이 각각 배와 어깨를 움켜쥐고 넘어졌다. 그러자 남아 있던 사내 두 명이 몸을 돌리더니 두 다리를 허공에 날리면서 밖으로 뛰쳐나갔다. 이제 현관은 엎어지고 자빠지거나 주저앉은 사내들로 가득 찼다. 그리고 피비린내가 진동을 했다.

고덕균은 경비실 안으로 도망쳐 들어갈 때 손등을 조금 긁혔을 뿐이었으나 주대홍은 상반신이 피범벅이 되어 있었다. 크게 베이고 찔린 곳은 두 곳이었지만, 이곳저곳 긁히고 찔린 작은 상처는 셀 수가 없었다.

"가자!"

주대홍이 땅바닥에 떨어진 일본도를 집어 들면서 말했다. 마치 아수라와 같은 모습이어서 고덕균의 피부에서는 소름이 돋았다.

"형님, 괜찮아요?"

대답 대신 주대홍이 핏발을 흩날리며 어두운 밖으로 뛰어나가자 고덕균도 그의 뒤를 따랐다. 처절한 승리였지만 주대홍의 호언대로 허를 찌르지는 못한 기습이었다.

박철규는 국악원 계단이 바라보이는 차 안에서 주대홍의 기습 사건을 보고받았다. 기습 사건이라고 표현한 이유는 아파트의 감시 책임자였던 이우택이 주대홍에게 기습을 당했다고 보고했기 때문이다. 일본으로 검도 유학까지 다녀오고 검도가 3단이라 믿고 있었는데 그도 당한 모양이었다.

10시 반이 지났는데도 주대홍이 나타나지 않아 초조하고 있던 그들이었다. 국악원 주변에 깔아 놓은 부하들만 해도 120명에 이르렀으므로 박철규는 허탈해졌다.

어둠 속에서 최기대가 다가와 창문 밖에 섰다.

"이봐, 박 형. 철수해야겠지?"

그도 소식을 들었으나 오늘의 작전 책임자는 박철규였으므로 그의 허락을 받아야 했다.

머리를 끄덕인 박철규는 앞쪽의 계단을 바라보았다. 세워진 승용차의 윤곽이 희미하게 보였다. 차 안에는 휴지를 쑤셔 넣은 다섯 개의 마대 자루가 쌓여 있었다. 차 옆에 서 있는 부하는 호주머니에 두 손을 넣고 있었다. 호주머니 속으로 권총을 움켜쥐고 있었던 것이다.

"좋아, 돌아가자."

박철규가 말하자 앞자리에 앉아 있던 부하들이 제각기 핸드폰을 꺼내 들고 다이얼을 눌렀다.

"빌어먹을 놈."

어둠 속을 노려보던 박철규가 악문 잇새로 말했다.

"내 이놈을 잡아서 포를 뜨지 않으면 사람이 아니다."

"애들이 모두 병신이 되었어. 보통 놈이 아니야."

최기대의 말이 비꼬는 것처럼 들렸으므로 박철규는 눈을 치켜떴다.

"다음에는 우선 쏴 버릴 거야. 그래 가지고 야금야금 죽일 거야."

"그나저나 우 사장이 진저리를 쳤겠는데, 세컨드의 집으로 그놈이 쳐들어왔으니 말이야."

부하들의 철수를 확인한 그들이 국악원을 빠져나왔을 때는 밤 11시가 지나 있었다.

"이봐, 애들은 어떡할 거야?"

한동안 창밖의 밤거리를 바라보고 있던 최기대의 물음에 박철규가 머리를 들었다.

"회장님댁 경비를 늘리고, 나머지는 대기시켜야지."

"……."

"가만있을 놈이 아니야. 그것이 우리에겐 잘된 일이지만."

"도대체 그놈이 우리한테 무슨 원한이 있는 거야?"

"원한은 무슨."

그러면서 박철규는 입맛을 다셨다.

"그놈이 자는 호랑이의 코털을 뽑았어. 그저 잘못 걸린 거야."

"빌어먹을."

이제는 최기대가 입맛을 다셨다. 박철규의 비유가 어쩐지 어울리지 않기 때문이다. 그의 말대로라면 이쪽이 세 차례 코털을 뽑힌 셈이 되는데 두 번은 두 눈을 뻔히 뜨고 당한 것이었다.

"새끼들이 움직이는데요."

국악원 옆쪽으로 숲이 우거진 가파른 동산에 두 사람이 나란히 엎드려 있었다. 손달섭이 말하지 않아도 백복동은 이미 아래쪽에서 불쑥불쑥 일어서는 사내들을 보고 있었다. 사내들은 계단 아래쪽에 세워진 승용차를 포위하듯이 잠복해 있었는데 이제 일이 끝난 모양이었다.

어둠 속이었지만 앞쪽의 넓은 마당으로 퍼져 나오는 사내는 어림잡아 100명이 넘어 보였다.

"이것, 대단하네. 형님, 저것 좀 봐요."

놀란 손달섭이 다시 소곤대었고 백복동도 숨을 죽이고 아래를 내려다보았다. 박철규를 따라 이곳에 오고 나서는 양승일을 집 앞까지 쫓아갔던 손달섭을 불러 같이 잠복해 있던 참이다.

그도 박철규의 주변에 있는 10여 명의 사내와 동산 아래쪽의 10여 명만 파악했을 뿐 사방에 이렇게 많이 깔려 있으리라고는 생각지도 못했었다. 그리고 무슨 영문인지 짐작조차 할 수가 없었다.

백복동은 풀숲에서 상반신을 일으켰다. 양승일의 조직에 어떤 큰일이 벌어지고 있는 것이 틀림없었다.

"형님, 이제 어떻게 합니까?"

따라서 몸을 일으킨 손달섭이 물었다.

"박철규를 따라가자."

"그렇다면 서둘러야 합니다. 그 새끼 차는 어디에 있지요?"

"길 건너편의 중앙호텔 주차장이야. 놈은 그곳에서 여기까지 걸어왔어."

"다행이네. 우리가 먼저 차에 가서 기다릴 수 있겠습니다."

그들은 동산을 돌아 국악원의 담장을 끼고 걸어 내려왔다. 엎드려 있을 때는 몰랐는데 온몸에 벌레가 붙어 있는 듯 스멀거렸고, 습한 대기 탓인지 피부도 끈적거렸다.

동원의류는 의류 제품의 수출입은 물론 판매까지 담당하는 동원그룹의 핵심 회사로 인천의 수출 공업 단지 내에 공장이 있었다. 본관과 세 동의 부속 건물로 이루어진 데다 종업원도 2천 명이 넘어서 동원그룹의 자랑거리 중의 하나였다.

밤 12시가 가까워지자 부속 건물의 불도 대부분 꺼졌고 발전기의 희미한 진동음만 들려올 정도로 주위는 조용했다. 조금 전에 초과 근무를 마친 야간 근무자들을 태운 버스가 정문을 빠져나간 터여서 정문 경비원 박일만은 경비 일지에 그 사실을 기록했다.

이제 공장에 남아 있는 것은 경비원 네 명에 숙직자 세 명으로 모두 일곱 명이었다. 숙직자들은 본관의 숙직실에서 고스톱을 치든가 술을 마시는 일이 대부분이었으므로 박일만은 벽에 붙은 숙직자 명단을 들여다보았다. 어느 놈이라는 것을 알면 술인지 화투인지 금방 짐작할 수 있었다. 포장부의 김 대리, 재단부의 오 대리가 눈에 띄었으므로 그는 눈가에 주름을 잡으며 웃었다. 나머지는 볼 것도 없었다. 술판을 벌일 것이 틀림없었다.

그때 정문 밖에서 자동차의 불빛이 보이더니 곧 짧게 경적이 울렸다. 상체를 일으킨 박일만은 유리창 너머로 한 대의 승용차가 정문 앞에 세워져 있는 것을 보았다.

"제기, 어떤 놈이고?"

이맛살을 찌푸린 박일만이 뒤쪽 소파에 누워 있는 양호식을 돌아보았다.

"어이, 양 선생! 일어나!"

그때 다시 경적이 울렸으므로 그는 문을 열고 밖으로 나왔고 잠이 깬 양호식도 뒤뚱거리며 그를 따랐다.

"누구십니까?"

그가 묻자 차 안에서 사내 한 명이 나왔다.

"소방서에서 왔시다. 소방 점검이오."

"이런 제기."

입속말로 중얼거리며 박일만이 양호식을 돌아보았다. 오밤중의 소방 점검은 처음 있는 일이었지만 이상한 일은 아니다.

"아, 뭐 허쇼, 빨리 문 안 열고?"

사내가 짜증 난 듯 말했으므로 박일만은 주머니에서 열쇠를 꺼내 들었다. 점검에 걸리더라도 나중에 총무부에서 해결하면 된다. 문이 열리자 차가 안으로 들어오더니 경비실 앞에 멈추었다. 그리고 두 사내가 더 차 안에서 나왔다. 모두 셋이었다.

"경비실에 몇 명이 근무하쇼?"

어깨가 딱 벌어진 사복 소방관이 묻자 박일만은 옆에 서 있는 양호식을 눈으로 가리켰다.

"정문에는 이 사람하고 나하고 둘이고, 나머지 둘은 후문에 있수다."

"숙직자는?"

"셋인데, 본관 1층의 숙직실에 있지요."

머리를 끄덕인 사내가 뒤에 선 사내들을 돌아보았다.

"이 영감들을 묶어."

"아니."

놀란 박일만은 저항하고 자시고 할 틈도 없이 배를 차여 바닥에 무릎을 꿇어야 했다. 양호식이 몇 마디 고함을 질렀으나 곧 허덕이는 신음 소리로 바뀌었다. 그들은 두 팔과 다리가 묶이고 입에 재갈이 물려 바닥에 내동댕이쳐졌다.

"후문으로 갈 필요는 없어."

어깨가 벌어진 사내가 말하는 소리가 들렸다.

"그리고 본관에 갈 것도 없다. 저쪽 창고 같은 건물로 가자."

＊　　　　　＊　　　　　＊

구로 공단 내에 있는 동원전자는 길가에 세워진 5층짜리 건물이었다. 따라서 경비실은 건물의 현관 안쪽에 만들어져 있었으므로 밖에 세워 둔 회사 차량들을 살펴보는 것이 야간 경비의 주요 업무였다.

오늘도 12시가 되자 김석보는 밖으로 나와 현관 앞의 돌계단에 앉아 담배를 피워 물었다. 바람 한 점 없는 밤이었지만 지열이 식어 가는 중이라 두 시간 전보다는 훨씬 견딜 만했다.

차도를 지나는 차량들은 속력을 내었고 그의 앞을 지나는 사람 대부분은 취객이었다. 그러나 매일 보는 일이어서 그는 무심한 시선을 차도 쪽으로 돌렸다.

승용차 한 대가 천천히 달려오고 있었다. 인도에 붙어 조심스럽게 다가오는 승용차를 보면서 김석보는 모두들 저렇게만 운전한다면 대한민국이 교통사고 사망자 1위국이 되지는 않을 것이라는 생각을 했다.

그의 앞을 지나던 승용차가 길가에 멈추어 섰다. 동원전자 건물 바로 옆이었으므로 김석보는 눈을 껌벅이며 차를 바라보았다. 그 순간 차의 앞뒷문이 열리더니 사내 두 명이 밖으로 나왔다. 그들과의 거리는 20미터쯤 되었으므로 김석보는 그들의 손에 들린 병과 병 끝의 흰 천조각 같은 것을 보았다. 가슴이 덜컥 내려앉은 그는 계단에서 엉덩이를 들었다. 텔레비전에서만 보아오던 학생들의 화염병이다.

사내들의 손끝에서 불이 번쩍이더니 병 끝에 옮겨 붙고 불덩이가 밤하늘을 날아 건물의 유리창을 깨고 들어갔다. 건물에서 화염이 치솟아 오르자 김석보는 두 손을 앞으로 내민 채 그들에게로 달려갔다.

"야, 이, 이놈들아!"

사내들이 힐끗 그를 보았으나 차 안에서 화염병을 꺼내 다시 불을 붙였다. 그리고 다시 던진다.

운전석에서 사내 한 명이 뛰쳐나왔는데 손에는 야구 배트를 움켜쥐고 있었다.

"야, 이 망할 놈들."

주춤 멈추어 선 김석보가 다시 고함을 질렀다. 그 순간 배트가 어깨를 내려쳤고 그는 땅바닥에 주저앉았다. 두 사내가 던진 서너 개의 화염병으로 인해 이제 빌딩의 2층과 3층은 화염에 휩싸였다.

"가자!"

손에 든 화염병을 앞쪽의 자동차에 던지며 한 사내가 소리치자 나머지 사내들이 재빨리 차 안으로 들어갔다. 자동차들에서도 불길이 치솟았다.

"야, 이 개 같은 놈들아!"

차가 맹렬한 속도로 발진해 나가자 주저앉아 있던 김석보가 다시 악을 썼고 그제야 건물 안에서 동료 경비원이 뛰쳐나왔다.

건물에서는 불꽃과 함께 검은 연기가 뿜어져 나왔다. 불길이 번지기 시작하는 것이다.

다음 날 아침.

이동천이 사무실 안쪽의 밀실에서 탁자 위에 펼쳐져 있는 신문을 손가락으로 짚었다.

"하룻밤 사이에 동원그룹 공장과 사무실 두 곳에서 화재가 발생했다는데, 이건 우연이 아니오. 방화일 거요."

사무실에 막 들어온 참이라 백복동은 번들거리는 이마의 땀을 수건으로 닦아내면서 머리를 저었다.

"두 곳이 아닙니다, 검사님. 모두 네 군데에서 화재가 났습니다. 제가 파악한 바로는 상계동에 있는 동원유통 체인점이 화염병을 맞아 건물 일부가 탔고, 잠실에 있는 동원실업의 창고도 습격을 받았습니다."

"습격이라니?"

이동천이 눈썹을 추켜올렸다.

"백 형사, 그러니까 동원그룹이 지금 습격을 받고 있는 것이란 말이오?"

"예. 동원그룹은 어젯밤부터 비상사태에 들어갔습니다."

백복동은 어젯밤 국악원에서 박철규 일당이 잠복해 있던 것과 그들을 미행하여 그룹 본사까지 갔었는데 다시 쏟아져 나오는 그들을 따라 구로 공단과 인천의 공장, 상계동 등을 차례로 가게 되었던 이야기를 들려주었다.

백복동의 이야기를 듣고 난 이동천이 굳어진 얼굴을 들었다.

"그렇다면 동원 측은 사건을 은폐시키고 있군. 두 건만 보도된 걸 보면."

"보도된 두 건도 누전과 부주의라고 되어 있지 않습니까? 건물들은 화염병 흔적이 뚜렷하게 나 있었습니다."

"도대체 누가? 명동의 신용수요?"

"그것은 아직 모릅니다."

백복동은 꺼칠한 얼굴을 수건으로 문지르고 나서 다시 말을 이었다.

"어젯밤 국악원에서 상대방과 일전을 하려고 했던 것은 틀림없습니다. 100명이 넘는 인원이 모여 있었으니까요."

"……."

"손달섭이가 신용수의 하급 똘마니 한 놈과 형님 동생 하는 사이라고 해서 그쪽으로 보냈습니다. 혹시 흘러나온 정보가 있을까 해서."

"어쨌든 어젯밤 고생하셨겠는데."

그러자 백복동이 담뱃진이 밴 누런 이를 드러내며 웃었다.

"제가 경찰청에 있을 때부터 검찰청을 안방처럼 드나들어서 검사들을 수없이 겪었는데."

이동천이 입술 끝으로 따라 웃으며 물었다.

"그래서요?"

"검사님 같은 분은 처음입니다. 검사님이 지금 무슨 일을 하고 계시는지는 알지요?"

"물론이오."

"한마디로 말하면, 계란으로 바위를 치려고 하는 겁니다. 첩첩산중입니다, 이 일은."

이동천이 잠자코 머리를 끄덕이자 백복동은 다시 얼굴에 웃음을 띠며 말했다.

"하지만 이 나이에 내가 이렇게 신이 나서 일하게 될 줄은 나도 몰랐습니다. 이제 파출소장으로 갈 생각은 없습니다."

그 시간에 손달섭은 청진동의 해장국집에서 마갑기와 콩나물 국밥을 먹고 있었다. 해장국을 먹기에는 어중간한 오전 10시여서 손님은 서너 사람밖에 되지 않았다.

어젯밤에 양주를 여덟 병이나 마셨다는 마갑기는 땀을 뻘뻘 흘리면서 그릇을 들어 바닥에 남은 국물까지 깨끗이 마셨다. 그는 손달섭과 감방에서 만난 사이로 폭력, 절도, 강간의 전과가 각각 하나씩 있는 사내였다.

"아이구, 시원하다."

마갑기가 그릇을 내려놓으며 만족한 얼굴로 긴 숨을 내쉬었다.

"그런데 형님, 새벽부터 무슨 일이오?"

버릇처럼 이맛살을 찡그려 인상을 쓰면서 그가 물었다.

"뭐, 좋은 건수라도 있수?"

"내가 물으려고 했는데, 이 자식이."

손달섭이 따라서 인상을 썼다.

"너 이 새끼, 잘나간다고 들었는데 날 좀 봐주라."

"나, 돈 없어. 난 월급쟁이가 줬단 말이여."

그는 신용수 소유의 서울호텔에서 주차장 관리인으로 근무하고 있었다. 그래도 다섯 명의 똘마니를 거느리고 있어서 형님 소리를 듣는다는 것이다.

"돈 달라는 것 아녀, 이 새끼야. 국제호텔에서 관리인하고 보조원들을 모집한다는데, 네가 밀어줘야겠다."

"서울호텔이면 몰라도 국제호텔은 왜?"

"왜? 그것도 너희 회장 것 아냐?"

"뭘 모르시는구만, 이 양반."

마갑기가 조그만 머리를 좌우로 저었다.

"거긴 양승일 거야. 양승일 몰라?"

"국제호텔이 양승일 거야?"

눈을 치켜뜬 손달섭이 입을 딱 벌렸다가 닫았다.

"씨발, 난 그것도 모르고. 양승일이라면 한국의 밤의 대통령 아냐?"

"대통령 좋아하네."

마갑기가 코웃음을 쳤다.

"그 새끼가 요즘 질질 싸고 있는 걸 모르시는구만, 형님은."

"공갈치지 마, 이 새끼야. 양승일이를 칠 놈이 누가 있어? 솔직히 네놈 대빵 신용수가 양승일이하고 맞먹을 수 있냐?"

"허어."

눈을 치켜뜬 마갑기가 손달섭을 노려보았다.

"형님은 신문도 안 읽어 봤어? 그 새끼가 어젯밤에 당한 것도 몰라? 그놈 회사 네 개가 습격을 당해서 불이 났단 말이야. 신문에는 두 개가 누전이네 뭐네 해서 불이 났다고 실려 있지만 말짱 거짓말이라구."

그는 입을 벌리고 멍한 표정을 짓고 있는 손달섭을 향해 다시 말을 이었다.

"놈들에게 습격을 당한 거야. 그놈들이 누군지 알아?"

"누군데?"

그러자 마갑기가 얼굴에 웃음을 띠며 말했다.

"웃긴다구. 서진호텔의 주방 과장으로 있던 놈이야. 그 한 놈한 테 당한 거야, 양승일이가."

"그놈이 왜?"

"내가 알아? 나도 여기 나오기 직전에 들었다구 양승일의 똘마 니가 우리 형님 한 명한테 이야기해 주었다는 거야. 틀림없는 사 실이라구, 내 말은."

그러던 마갑기가 손목시계를 내려다보았다.

"씨발, 나, 가봐야 돼. 형님, 계산은 내가 할게. 그리고 우리 호텔 에 자리 있는가 한번 알아는 볼게."

중식당 남경에서 동료 의원들과 식사를 마친 이용덕 총장은 현관으로 나왔다. 그러자 검은색 대형 승용차가 소리 없이 다가 오더니 그의 앞에서 멈추어 섰다. 유리창이 모두 짙은 색으로 선 팅이 되어 있어서 안은 보이지 않았다.

이용덕이 뒷좌석 문을 열고 타자 차는 곧장 건물을 지나 차도 로 들어섰다.

"어젯밤 사건은 뭡니까?"

이용덕이 안쪽에 앉아 있는 양승일에게 대뜸 물었다. 이용덕의 넓은 얼굴이 딱딱하게 굳어 있었다.

"내가 알기로는 습격을 받았다는데. 그것도 네 곳이나."

"별것 아닙니다. 어떤 무식한 놈의 미친 짓이지요."

가벼운 목소리로 양승일이 대답하자 이용덕이 혀를 찼다.

"소란이 일어나면 안 됩니다. 사람들이 몰려다니는 것도 좋지 않아요."

"곧 해결될 겁니다."

양승일이 주대홍 사건을 간단히 설명하고 나서야 굳어졌던 이용덕의 표정이 풀렸다.

"그것참, 맹랑한 놈일세."

"솔직히 연고가 없는 놈이라 더 골탕을 먹고 있습니다. 그렇다고 경찰에 수사를 의뢰할 수도 없고."

"그러면 안 되지요. 양 회장께서 해결하셔야지."

"염려하실 건 없습니다."

실제로 염려할 일은 아니었다. 이용덕은 의자에 등을 기대었다.

"신용수가 장현길 총무에게 접근한 모양인데, 내가 그것 때문에 보자고 한 겁니다."

이용덕의 말에 이제는 양승일의 표정이 굳어졌다.

"장현길 그 사람, 내가 양 회장과 가까운 사이라는 것을 알고 있어요. 그 사람 나름대로 정보망이 있으니까."

"그렇겠지요."

양승일이 머리를 끄덕였다. 장현길 원내총무는 여당에서 자파 의원을 20여 명 거느리고 있는 실력자였다. 그러나 대통령의 친위 세력을 이끌고 있는 이용덕의 상대는 되지 못한다.

"신용수의 배후에는 아이즈 고데츠가 있을 겁니다, 총장님."

"내가 우려하는 것이 그겁니다."

"아이즈 고데츠의 이인자 안도섭이 부산의 조성표와 이미 밀착되어 있으니 신용수와 손을 잡으면 서울과 부산에……."

"장현길이 너무 경솔해."

"……."

"나에 대한 라이벌 의식으로 아이즈 고데츠와 손을 잡았을 거요."

"그자들이 일본에 있는 재산을 한국으로 옮긴다는 소문도 있습니다."

"그건 사실이오. 모두 한국계니까 명분도 그럴듯하고."

머리를 돌린 이용덕이 양승일을 바라보았다.

"안도섭이 지금 부산에 있다는데."

이용덕은 대통령의 신임을 받아 권력을 쥐고 있었다. 그리고 그만큼 빠르게 정보를 받는 사람도 없을 것이다. 모든 정보기관은 그의 수족이 되어 있기 때문이다.

"부산의 조성표 조직에서 무슨 문제가 생긴 모양입니다. 곧 알게 되겠지만."

이용덕이 시계를 내려다보더니 다시 말을 이었다.

"한국을 야쿠자 간의 싸움판으로 만들어서는 안 됩니다. 그 사실이 노출되면 여론에 당하는 수가 있어요, 모두."

"알고 있습니다."

"단일화해야 돼요. 그래야 낮의 세계나 밤의 세계가 마찬가지로 평온해집니다."

"당연한 말씀."

"각하께 심려를 끼쳐 드리면 안 됩니다. 임기가 1년밖에 남지 않으셨는데."

"잘 알겠습니다, 총장님."

승용차는 미끄러지듯 질주하다가 조금 전에 이용덕이 나왔던 남경 앞에 다시 정차했다. 차에서 내린 이용덕은 점심 식사를 하려는 것처럼 다시 당당한 걸음으로 현관으로 들어서고 있었다.

"대부분의 조직원들이 이번 사건을 알고 있습니다. 제 생각입니다만, 배장근이가 말을 퍼뜨린 것 같습니다."

천기석의 말이 방 안을 울렸다.

"특히 밀수 조직들 사이에서 배장근이 이야기가 많이 떠돌고 있습니다, 사장님."

항도실업 사장실이다. 상좌에 앉은 조성표는 굳게 입을 다물고 앞쪽을 바라본 채 움직이지 않았다. 방 안 분위기가 무거웠다. 종적을 감춘 배장근을 찾으려고 사흘째 부산 바닥을 샅샅이 뒤졌으나 허탕을 친 것이다.

천기석이 다시 말을 이었다.

"사장님, 이건 제 생각입니다만, 증인도 있으니 최 사장을 살인범으로 경찰에 신고하는 것이 어떻겠습니까? 그러면 TV나 언론을 이용할 수도 있을 텐데요."

"닥쳐."

번쩍 머리를 든 조성표가 그를 노려보았다.

"내 얼굴에 똥칠을 하려는 건가?"

"아닙니다, 사장님. 그런 의도가 아니라……."

"우리 손으로 잡아서 죽인다. 그래야 돼."

"……."

"놈의 공갈 따위는 애초부터 문제가 아니었다. 이제 놈이 갖고 있는 총도 필요 없어. 우리가 가져야 할 것은 놈의 목숨이야."

"그렇습니다."

일본어로 그렇게 대답한 것은 천기석 옆에 앉은 기무라였다.

흰 얼굴에 붉은 입술이 뚜렷한 그의 선이 고운 얼굴은 여자 못지않게 수려했지만 눈의 흰자가 많아 섬뜩한 느낌을 주었다. 그는 안도섭의 심복으로 며칠 전부터 조성표에게 상담역으로 붙여진 사내로 한국계인데도 전혀 한국말을 몰랐고 이름도 일본 이름을 썼다.

"이런 일로 시간을 끌 필요가 없습니다, 놈을 찾을 필요도 없구요."

"그렇다면 잊어버리잔 말인가?"

조성표가 묻자 그는 머리를 저었다.

"아닙니다. 놈을 다시 나타나게 하면 됩니다."

"어떻게 말이오?"

이번에는 천기석이 물었다. 그는 30대 초반의 기무라가 풍기는 분위기에 저항감을 느끼고 있었다.

"놈은 이제 가족까지 모두 피신시켜 놓아서 꼬리를 잡을 수가 없어, 기무라 씨. 더구나 그 새끼는 권총에다 기관총으로 무장하고 있단 말이오."

"놈이 가족과 함께 있지는 않을 겁니다."

"그건 그렇다 치고, 근데 그게 무슨 상관이오?"

"상관이 있지요. 놈을 찾기 힘들면 이제 가족을 찾읍시다. 아마 쉽게 찾을 수 있을 거요."

"……."

"내가 보니까, 마산의 부모 집이 비어 있는 것을 확인하고는 가족 찾는 것을 포기해 버리더군요. 맞지요?"

"……"

"아마 가까운 친지나 친척 집에 있을 겁니다. 배영근이는 몰라도 부모는."

"도대체 어쩌겠다는 거요, 부모를?"

"자식이 받아야 할 벌을 부모가 받는 것이 당연하지요. 동생보다 차라리 낫소."

"당신은 한국 사람 같지가 않군."

"난 그런 건 상관없습니다."

그러자 조성표가 머리를 들었다. 두 눈썹이 잔뜩 추켜 올라가 있었다.

"기무라 씨 말대로 해, 천 실장."

벌게진 얼굴이 아직도 가시지 않은 김달수가 방 안으로 들어오더니 털썩 주저앉았다.

"허무합네다, 형님."

"그기 무신 말이야?"

배장근이 그의 말투를 흉내 내며 물었다.

"무시기가 허무해? 잘 놀고 와서는."

"세상이 갑자기 바뀌면 그런 겁네다."

방 안에서는 비린내와 향수가 섞인 역한 냄새가 풍겼다.

"에미나이가 밑에서 간드러지는 게야요. 날보구 오빠, 오빠 하는데 혼이 다 빠졌시요."

김달수가 머리를 저었다.

"제 년이 날 언제 보았다구, 반반하게 생긴 년이 말이야요. 끝나고 나니까 정말 허무합네다."

"이봐, 쓸데없는 소리 그만하라."

배장근이 손목시계를 내려다보며 말했다. 밤 9시가 되어 가고 있었다. 옆방에서 여자의 신음 소리가 들려오기 시작했다.

이곳은 영도의, 한 평이 조금 넘는 수십 개의 색시방으로 채워진 건물 안이다. 배장근과 김달수는 각각 방을 잡고 조금 전에 투숙했는데 금방 일을 마친 김달수가 이쪽으로 건너온 것이다.

"형수씨는 어데 갔습네까?"

벽에 등을 기대고 앉은 김달수가 물었다.

"가게에 심부름 보냈어. 먹을 것하고 마실 것을 사오라고 했어."

"형님, 여기서 메칠이나 있을 겁네까?"

"상황을 봐서."

배장근이 김달수를 똑바로 바라보았다.

"어차피 이렇게 살게 되었으니 밤의 세계에서라도 어깨를 펴고 살아야겠다."

"그렇습네다. 노상 도망만 다닐 수는 없지요."

"오늘 밤에 잠깐 나갔다 와야겠어. 10시쯤 나갈 테니까 준비해 둬."

"준비야 언제든지 되어 있습네다."

그들이 송도 공원 근처의 조그만 생맥주집에 들어섰을 때는 10시 5분이었다. 카운터 앞에 서서 실내를 둘러보던 배장근은 구석

자리에 앉아 있던 사내와 시선이 마주치자 곧장 그에게로 다가갔다. 손님은 그까지 합쳐 두 테이블밖에 없었는데 한쪽은 대학생으로 보이는 남녀였다.

"오종갑 씨, 맞소?"

앞에 선 그가 묻자 사내가 머리를 끄덕였다. 그러자 배장근이 몸을 돌려 카운터 앞에 서서 기다리고 있던 김달수에게 눈짓을 했다. 김달수가 몸을 돌려 밖으로 나가자 그는 오종갑의 앞자리에 앉았다.

"인사가 늦었소, 오 형."

그렇게 말은 던졌지만 손을 내밀지는 않았다.

"혼자 나왔다는 것을 믿고 말하는데, 오 형한테 한 가지 제의할 것이 있어."

그를 노려보던 오종갑이 입을 열었다.

"난 네 수단에 넘어갈 놈이 아냐. 사람 잘못 보았어."

오종갑은 20대 중반으로 짧게 깎은 머리에 인상이 다부졌고 어깨가 넓었다. 주먹을 쓴다면 한가락 할 사내로 보였는데 실제로 유도가 3단이며 체육대학 출신이었다.

"오 형도 잘 알고 있겠지만, 이 일은 최태진이 약속을 지키지 않아서 시작된 거야. 놈은 내 물건만 뺏고 돈을 주지 않으려고 했거든."

배장근이 부드러운 표정으로 양복의 가슴께를 가볍게 두드렸다.

"덕분에 나는 총잡이가 되었어. 당신들 패거리를 상대하려고 말이야."

"용건을 말해. 잔소리 말고."

"서둘지 말어. 그런데 조금 전에 내 수단에 안 넘어간다 어쩐다 했는데, 잘못 생각한 것 아냐?"

"……."

"우린 이미 손을 잡은 것이란 말이야. 네가 내 동생을 풀어주었을 때부터."

"개자식."

오종갑이 이를 갈았다.

"이제 더 이상 네 협박에 넘어가지 않아. 그럴 바엔 차라리 죽겠다."

"협박하려고 온 것이 아냐. 나하고 같이 이 바닥을 휘어잡자고 부탁하려던 참이었어."

"말도 안 되는 소리."

오종갑이 얼굴의 근육을 풀고 기가 막힌다는 듯 웃었다.

"네가 어떻게? 총 몇 자루 가지고? 우리 조직이 거리의 건달 모임이냐? 꿈 깨."

"조성표가 우리 나이 때엔 밀수품 들치기였어. 그러다가 밀수를 했고, 지금은 시의원에다가 회사가 일곱 개나 되는 거물이 되었다."

"지금은 시기가 달라."

"멍청한 놈, 30년 전보다 지금이 시기가 더 좋아. 야쿠자가 들어오면서 한국의 조직들이 체제 정비를 하고 있단 말이야."

"……."

"조성표는 아이즈 고데츠와 손을 잡고 거들먹거리지만 서울에는 이미 야마구치조가 뿌리를 박는 중이야."

"……."

"한국에서 야쿠자 간의 싸움이 일어날 거다. 그런 와중에 조성표는 흔적도 없이 사라질지 몰라."

"흥."

코웃음을 쳤지만 오종갑의 기세는 많이 누그러져 있었다. 배장근이 말을 이었다.

"난 다음 달부터 조직을 결성해서 움직일 작정이야. 영도에 사무실을 차리고, 두 곳쯤 해운대의 나이트클럽이나 유흥업소를 인수하고, 용역 회사도 하나 만들 거다."

"……."

"사람이 필요해. 난 당분간 뒷전에 물러앉아 있을 것이고, 또 안면이 별로 없어. 회사의 대표들은 전직 공무원 몇 명을 생각해 두어서 문제가 없는데 조직원을 모아야 해."

"꿈같은 소리. 자금이 어디 있어? 몇십억이 들 텐데."

"일차로 20억쯤 준비될 거야. 다음 주 중에 블라디보스토크에서 300만 달러를 가지고 사람이 오기로 되어 있으니까."

"뭐라구, 블라디보스토크?"

오종갑의 두 눈이 둥그렇게 되었다.

"그렇다면."

"그래, 내 배경에는 러시아의 블라디보스토크 마피아가 있다. 전투 인원이 꼭 필요하다면 중기관총을 가진 병사들을 배로 가득 실어 올 수도 있어. 하지만 그렇게 되어서는 안 되지. 그렇지 않나?"

"……."

"네가 내 오른팔이 되어서 같이 기반을 닦자. 야쿠자들이 서로 치고받는 사이에 말이야."

배장근이 탁자 위로 상체를 굽혀 오종갑을 쏘아보았다.

"한국을 야쿠자가 지배하게 두어서는 안 돼. 놈들을 몰아낼, 하다못해 견제할 만한 세력이라도 있어야 한단 말이다. 그것이 한국을 위한 일이기도 할 거다. 종갑이, 어때? 나하고 손을 잡지 않겠나?"

배장근의 목소리는 낮았으나 힘이 실려 있었다. 주문을 받으려고 웨이터가 두 번째 다가왔다가 분위기에 눌려 다시 발길을 돌렸다.

다음 날 아침, 오종갑이 직장인 항도실업의 사무실로 들어서자 조세준이 다가왔다. 그는 오종갑의 직속 부하로 체육대학 후배이기도 했다.

"형님, 어젯밤에 노친네들을 찾았다던데요."

자리에 앉은 그를 내려다보면서 조세준이 빙글 웃었다.

"사천 근처의 친척 집에 머물고 있답니다. 배영근이는 없고, 두 노친네만 찾았다더군요."

"그래서?"

"그렇게만 들었습니다. 아마 잡아 오겠지요."

"누가?"

"글쎄요. 그건 실장님이 알아서 하셨겠지요."

오종갑은 잠자코 그를 바라보았다. 예전 같았으면 천기석은 당장 그를 불렀을 것이다. 그러나 배영근이 도주한 이후로 천기석은 눈에 띄게 그를 불신했다. 감시자들과 함께 술을 퍼마셨다는 것은 치명적인 실수였던 것이다.

"고재봉이가 출근했는가 알아봐."

그가 말하자 조세준이 금방 머리를 저었다.

"재봉 형님은 출장입니다."

고재봉은 그와 같은 급으로 천기석의 심복 중의 하나였다 그는 천기석의 운전병 출신이다.

"어디로?"

"그건 모르겠는데요. 알아볼까요?"

오종갑이 머리를 끄덕이자 조세준은 몸을 돌려 사무실을 나갔다. 고재봉의 사무실은 아래층에 있었다.

한동안 업무에 분주한 사무실을 둘러보던 오종갑은 밖으로 나와 엘리베이터 앞에 섰다. 그때 엘리베이터 문이 열리더니 천기석이 나왔다.

오종갑은 주춤 물러서면서 허리를 굽혔다.

"이제 출근하십니까?"

"응."

머리를 가볍게 끄덕여 보인 그는 무표정한 얼굴로 오종갑을 스치고 지나갔다. 허리를 편 오종갑과 그의 뒤를 따르던 기무라의 시선이 마주쳤으나 서로 금방 옆으로 비켰다.

빌딩 현관으로 나온 오종갑은 잠시 주위를 둘러보다가 옆 건물에 있는 커피숍으로 들어섰다. 이른 시간이어서 손님은 보이지 않았다. 종업원 하나가 그릇을 씻고 있을 뿐이었다. 그는 구석에 놓인 공중전화로 다가가 수화기를 들었다.

화재 현장은 굵은 기둥만 겨우 구분할 수 있었다. 그것도 쓰러져 있어서 그저 검은 숯더미를 쌓아 놓은 것 같았다. 소방차에서 뿌린 물이 주위에 홍건하게 고여 있었지만 아직도 숯더미에서는 희고 검은 연기가 새어 나오고 있었다.

화재는 어젯밤 12시에 일어나 두 시간 만에 진화되었다. 그러나 두 시간 동안 집은 숯덩이가 되어 버렸다. 소방서에서는 불길이 옆집으로 번져 나가지 않은 것만 해도 다행이라고 했는데 그것은 사실이었다.

그리고 마산에서 다니러 온 노부부만 희생된 것도 다행이었다. 집주인인 노부부는 다행히 불길이 방으로 들어오기 전에 밖으로 뛰쳐나왔던 것이다. 한 달째 계속된 가뭄 때문에 목재 기와집은 불쏘시개처럼 순식간에 불에 타버렸다.

소방서에서는 담뱃불이 불씨가 되어 석유곤로로 옮겨 붙어 화재가 일어났다고 밝혔다.

잠자리에 들었던 노부부는 순식간에 덮친 불길에 미처 밖으로 빠져나오지 못한 것이다.

아침 10시 30분이 되자 초여름의 햇살이 다시 따갑게 내리쪼이기 시작했다. 화재 현장에 모여 서 있던 동네 사람들도 흥미를 잃고 하나둘씩 흩어졌다. 이제 둘러서 있는 것은 노인 서너 명과 대여섯 명의 아이뿐이었다. 그때 택시 한 대가 맹렬하게 달려오더니 화재 현장 앞에서 멈추었다. 택시에서 뒹굴듯이 뛰어내린 것은 배영근이었다. 머리는 미친 사람처럼 흩어져 있었고 두 눈은 초점을 잃어 헛것을 보고 있는 사람 같았다.

"여기, 여기 있던 사람들."

그는 놀란 얼굴로 그를 바라보고 있는 노인들에게로 허청거리며 다가갔다.

"어, 어디에 계십니까?"

"누구 말이오? 집주인 말인감?"

노인 하나가 주저하며 물었다.

"집주인 내외라면 저쪽 옆집에 있는데."

"아, 아니, 그 아저씨 내외분 말고……."

노인이 주춤 옆에 선 친구를 바라보았다. 얼굴이 하얗게 질린 배영근이 숨까지 죽인 듯 잠자코 서 있다가 이윽고 입을 열었다.

"그렇다면 돌아가셨다는 노부부가……."

"그렇다네. 마산에서 오신 친척이라던데."

배영근이 허물어지듯 물웅덩이에 주저앉자 노인들이 달려왔다.

"저 새끼 내버려 둬라."

화재 현장에서 100미터쯤 떨어진 버스 정류장 건너편이다. 회색 승합차 한 대가 길 안쪽의 공터에 세워져 있었다. 뒷자리에 앉은 사내가 망원경을 내리며 다시 말했다.

"곧 배장근이도 나타날 테니까, 저 새끼 놔둬."

그러고는 입맛을 다시면서 고개를 돌렸다.

"에이, 씨발. 그 개새끼 때문에 이게 무슨 꼴이야?"

승합차 안에는 그를 포함해서 네 사내가 타고 있었지만 아무도 말을 거들지 않았다. 잠시 후, 버스 정류장 쪽에서 사내 한 명이 길을 건너 이쪽으로 다가왔다. 그는 차 문을 밀어젖혀 열고는 머리를 차 안으로 들이밀었다.

"형님, 우리는 식사를 끝냈습니다. 식사하러 가시지요."

길 건너편의 주차장에도 네 명이 있었다. 그리고 길 아래쪽, 화재 현장의 왼쪽 길가에도 네 명이 있었는데 그들 모두가 시선을 집중하고 있는 것은 옆집 마당에 눕혀둔 노부부의 시신이었다. 그곳에 곧 배장근이 나타날 것이었다.

*   *   *

우길만은 전화기를 내려놓고 길게 숨을 내쉬었다. 며칠 사이에 두 볼이 핼쑥하게 여위었고, 잠을 설친 탓인지 두 눈이 충혈되어 있었다. 자리에 앉아 있던 박철규가 들고 있던 전화기를 내려놓고는 우길만을 바라보았다.

"돈은 내일 오후까지 준비해 둘 수 있어요. 이번에는 돈을 가지러 올 겁니다."

"하지만 똑같이 국악원 계단 밑이라니, 아무래도 찜찜한데."

그렇게 말한 것은 최기대였다. 그 둘은 모두 주대홍과 우길만의 통화 내용을 들은 것이다.

"그 새끼, 또 우리를 허탕 치게 만들고 다른 곳을 치려는 것 아닐까?"

"그럴 리 없어. 이번에는 돈을 받으러 온다."

그들의 대화를 듣고 있던 우길만이 입을 열었다.

"회장님께 보고해야 되지 않을까?"

"보고는 제가 하겠습니다."

박철규가 부드럽게 말했다.

"국악원에는 10억을 실은 승합차를 보냅니다. 그리고 그놈이 요구한 대로 사장님 혼자서 가시는 겁니다."

"그건 회장님의 지시인가?"

"예. 회장님께서는 이것으로 사건을 끝내자고 하셨습니다. 더이상 소란이 일어나면 안 된다고."

"이것으로 사건을 끝내자니, 그건 무슨 말씀인가? 오늘로 일을 끝내자는 말씀인가?"

우길만의 얼굴이 붉게 달아올랐다. 주대홍을 갈아 마셔도 시원치 않을 판이었다.

"어쨌든 국악원 주위에는 애들을 풀어놓겠지? 놈한테 고스란히 돈을 넘겨주는 건 아니겠지?"

그러자 박철규가 입맛을 다시고는 옆에 앉은 최기대를 바라보았다. 대신 설명하라는 시늉이었으므로 최기대가 입을 열었다.

"국악원 앞길에 운전사가 딸린 승용차 한 대를 대기시켜 놓을 작정입니다. 사장님은 승합차를 넘겨주시고 나서 그 차로 돌아오시면 됩니다."

"……"

"말씀드렸다시피 이것으로 사건을 끝낼 작정이니까요."

"납득이 안 가는군."

우길만이 혼잣말처럼 말했다.

"그냥 10억을 넘겨주다니, 나는 도무지……."

그것은 양승일 회장에 대한 그의 표현이었다.

한 팀당 500만 원씩을 받은 고덕균의 친구들은 희희낙락하면서 서울을 떠났는데 곧 얼마 안 되는 돈을 모두 탕진하고는 돌아올 것이었다. 그리고 주둥이를 나불거리다가 동원 측의 정보망에 걸려들어 병신이 되거나 흔적도 없이 사라질지도 모른다. 주대홍이 단단히 주의를 주었지만 이제 처신은 자기 자신이 알아서 잘해야 할 일이었다.

　무더운 날씨였으나 오후 7시가 되자 대지의 열기가 조금씩 식어 가고 있었다. 장안동의 천지나이트클럽 앞에서 택시에서 내린 주대홍과 고덕균은 곧장 클럽 옆의 골목길로 들어섰다. 음식점과 오락실, 선술집과 노래방의 간판이 어지럽게 나붙은 좁은 길에서는 저마다 갈 길이 있는 남녀가 바삐 움직이고 있었다. 사람들을 헤치고 그들이 들어간 곳은 '신난다'라는 간판이 내걸린 허름한 지하 노래방이었다.

　계단을 내려가자 카운터에 앉아 있던 사내가 몸을 일으켰다. 뺨에 칼자국이 있는 어깨가 엄청나게 넓은 사내였다.

　"누굴 찾으슈?"

　첫마디가 노래방에서 손님을 맞는 태도는 아니었다. 힐끗 안쪽을 바라본 고덕균은 노래방이 텅 비어 있는 것을 알아챘다.

　"홍 전무를 찾아왔어."

　주대홍이 바짝 다가서서 말하자 사내가 상체를 뒤로 젖혔다.

　"아니, 네가 누군데 반말을."

　"그려, 이 시키야. 내가 주대홍이여."

　"이런, 씨."

사내가 눈썹을 추켜올리는 순간 주대홍이 와락 손을 뻗어 그의 목을 움켜쥐었다. 사내의 목은 제법 굵었으나 주대홍의 큰 손에는 한 줌에 잡혔다.

"손님을 맞을라면 잘 모셔야지, 왜 목에다 힘을 주는 거여, 이 씨발 놈아."

사내의 얼굴이 금방 새빨개졌고 곧 입이 벌어졌다. 두 손으로 목을 쥔 주대홍의 한쪽 팔을 움켜쥐었으나 떨쳐낼 수가 없었다.

"이봐요, 주대홍 씨."

옆쪽에서 부르는 소리에 그들은 고개만 돌렸다. 노래방 안에서 사내들이 나오고 있었다. 이쪽저쪽 방문이 열리며 나오는 사내는 열 명도 넘었다.

"그 손, 놓아주시지요."

사내 하나가 정중히 말하자 주대홍은 손을 뗐다. 사내가 탁자 위에 상체를 굽히고는 헐떡거렸다.

"이쪽으로. 홍 전무는 이 방에 계십니다."

사내들이 좁은 통로의 좌우로 붙어 서며 길을 내주어 주대홍은 열병하듯이 그들 사이를 지났고, 고덕균이 그의 뒤를 따랐다.

홍 전무는 끝 쪽 방에 앉아 있다가 주대홍이 들어서는 것을 보고는 몸을 일으켰다.

"주 형, 어서 오시오."

그는 손을 내밀며 얼굴에 웃음을 띠었다. 40대 초반쯤의 나이에 피부가 검고, 깔끔한 옷차림의 사내였다. 그는 서울 북부에 기반을 두고 있는 신용수의 심복인 홍득준이었다. 부하들이 문을 닫고 나가자 주대홍과 고덕균은 홍득준을 마주 보고 앉았다.

"주 형이 우리한테 연락해 오리라고는 전혀 예상 밖이어서."

홍득준이 얼굴에 웃음을 띠었다.

"물론 요즘 일어난 사건들은 우리가 잘 알고 있지만 말이오."

가슴을 펴고 앉은 주대홍은 홍득준을 바라보기만 한 채 입을 열지 않았으므로 고덕균이 헛기침을 했다.

"이제 서울 바닥에서 주 형을 모르는 사람이 없게 되었어. 저쪽이나, 우리 쪽이나."

홍득준이 의자에 등을 기대고는 주대홍을 바라보았다. 여유 있는 태도였다.

"그래, 왜 날 만나자고 한 거요?"

"내가 만나자고 한 건 신용수 회장이었소. 당신이 아니오."

주대홍의 굵은 목소리가 방을 울렸다.

"회장님과 결정할 문제여, 이것은."

"내가 회장님 대리로 온 거야. 나에게 말해."

홍득준의 얼굴이 딱딱하게 굳어졌다.

"내가 전해드릴 테니까."

"난 이제 주방 과장을 그만두었어. 그러니 내가 회장님을 모시게 해줘."

"……"

"솔직히 혼자 뛰놀 수는 없으니까, 소속을 정하겠다는 거여."

"당연하지. 그렇게 놀다가는 며칠 못 갈 테니까."

홍득준이 손으로 턱을 쓸면서 주대홍을 찬찬히 바라보았다.

"짐작은 하고 있었지. 우리한테 전화를 해왔을 때부터."

"……"

"네가 살 수 있는 유일한 방법이야, 그것이. 클 수 있는 길이기도 하고."

"……."

"하지만 지금 당장은 안 돼. 우리가 도와는 주겠지만 네가 우리 쪽 사람이라는 것이 알려지면 저쪽과 정면충돌하게 될 테니까."

"그것쯤은 알고 있어."

"이야기가 잘 풀려가는군."

홍득준이 다시 얼굴에 웃음을 띠었다.

"내 개인적으로도 너 같은 동생이 생긴다면 든든할 것이다. 앞으로 우리는 할 일이 많으니까."

"……."

"회장님도 그런 생각을 하고 계셨어. 네가 만나자고 했을 때부터 말이다."

이제 홍득준은 서슴없이 말을 놓았으나 주대홍은 뚱한 표정으로 그것을 받아들였다. 홍득준이 소리쳐 부하들을 불러 술상을 준비시키자 노래방은 금방 활기를 띠기 시작했다.

제5장

후계자

밤의
대통령

고속도로는 차량 통행이 적었으므로 이동천은 차에 속력을 내었다. 주위는 짙은 어둠에 싸여 있어서 전조등에 비친 아스팔트 도로가 아찔하게 다가올 뿐이다. 앞쪽을 달리는 차량의 브레이크 등이 마치 붉은 창에 검은 눈동자를 가진 괴물의 눈처럼 번쩍였다가 뒤쪽으로 밀려갔다.

차 안은 숨소리도 들릴 만큼 조용했다. 엔진은 강하게 작동하고 있었지만 차 안의 그들에게는 낮게 울리는 소리로밖에 들리지 않았다. 타이어의 마찰음과 공기가 부딪치는 소음이 오히려 더 굵고 날카로웠다.

앞쪽을 바라보고 있던 양유경이 입을 열었다.

"전 이제까지 남자 친구를 사귀어 본 적이 없어요. 대학 시절부터 지금까지."

조용했던 차 안이 그녀의 말소리로 가득 찬 느낌이었다.

"사귈 만하면 아버지의 부하 직원이 나타나 남자를 떼어냈거든 요. 어떤 방법을 썼는지 그 바보들은 나만 보면 도망쳐 버리더군 요."

"······."

"한 번은 대학 4학년 땐데, 꽤 괜찮은 남자를 만났어요. 친구 오빤데, 박사 과정을 밟고 있었죠."

이동천이 에어컨의 스위치를 켜자 곧 강한 바람이 쏟아져 나왔 다. 그는 팬을 조정하여 바람을 낮추었다.

"아버지 부하 직원의 감시를 피해 네 번인가 만났어요. 그런데 어느 날 그 남자는 약속 장소에 나타나지 않더군요. 그때 처음으 로 아버지한테 대들었어요."

"······."

"집을 나가겠다고도 했고, 죽어버리겠다고도 했어요. 그런데 아 버진 아무 말씀도 하지 않으시더군요."

"생각이 있으셨겠지."

앞을 바라본 채 이동천이 말했다.

"나름대로. 방법은 조금 다르지만, 자식을 생각해서 말이오."

"회사를 생각한 거예요. 동원그룹이란 기업을. 난 그 기업의 상 속자로 아버지 마음속에 정해져 있었으니까요."

"······."

"오빠는 어릴 적부터 아버지의 기대에 미치지 못했어요. 미국 으로 유학 가서 정치학과를 때려치우고 연극을 시작하자 아버지 는 인연을 끊어버렸지요."

이동천은 이천 톨게이트로 차를 회전시키면서 속력을 줄였다. 이천을 지나 국도를 10킬로미터쯤 달린 다음 오른쪽 샛길로 들어서자 이제 주위는 불빛 한 점 없는 먹물 속 같은 어둠에 묻혀버렸다. 속력을 줄인 승용차는 길가에 풀이 무성하게 자란 샛길을 천천히 달려 나갔다.

　"내 아버지는 군수로 정년퇴직을 한 공무원이었어."

　이동천이 입을 열었다.

　"지금은 형님과 같이 미국 시민이 되셨지만 말이오."

　양유경이 잠자코 그를 바라보았다. 그가 가족 이야기를 꺼낸 것은 처음이었다.

　"아버지는 지금도 내가 미국으로 건너와 같이 살기를 바라고 계시지. 형님이 의사여서 살기가 어렵지는 않거든."

　"……."

　"아버지는 한국이 싫어서 떠난 거요. 남들은 순탄하게 정년퇴직을 하고 아들 따라 이민 갔다고만 알고 있지만."

　"……."

　"내가 알지. 아버지는 관직 생활을 하면서 수없이 무고와 질시, 견제에 시달렸거든. 한 번은 공금 횡령으로 잡혀 들어간 적도 있지. 곧 결백이 증명되어 복직되었지만."

　"……."

　"한국이 싫다는 거야, 한국 사람이."

　그는 고개를 돌려 양유경을 바라보았다.

　"당신 아버지가 그런 가문의 나를 왜 내버려 두고 계실까? 그 이유를 아시오?"

전조등 불빛의 끝에 흰 벽과 대문이 희미하게 드러났다. 이동천의 부친이 미국으로 떠나기 전에 은둔하다시피 지내던 산속의 별장이었다.

"저기요, 다 왔습니다."

이동천이 턱으로 별장을 가리켰다.

"지난주에도 잠깐 들러서 청소를 해놓았지만 당신네 궁전과는 비교가 안 되겠지."

그는 차 안에 부착된 전자시계를 내려다보았다. 10시 10분이었다.

단층집이었지만 내부는 서양식 구조로 넓고 깨끗했다. 침실로 쓰이는 방이 안쪽에 벽으로 가려져 있을 뿐 응접실과 서재, 주방은 모두 한눈에 바라볼 수 있는 구조였다.

양유경이 응접실에 서서 주위를 둘러보았다.

"여기서 혼자 사셨어요?"

"어머니가 돌아가시고 나서 아버지는 10년이 넘도록 혼자 사셨지요."

"집이 넓지만 아늑해요."

"오늘 밤 이곳에서 자고 갈 거요?"

그녀의 반짝이는 시선이 그를 훑고 지나갔지만 대답은 없다. 몸을 돌린 이동천이 책이 가득 꽂힌 책장 사이에서 술병과 잔을 꺼내 들었다.

"위스키 한잔하실까?"

"주세요."

소파에 앉으며 그녀가 말했다. 밝은 불빛 아래 드러난 그녀의 얼굴은 긴장 때문인지 굳어 있었다.

"냉장고에 과자 안주가 조금 있을 텐데."

술잔을 건네주며 그가 말하자 그녀는 고개를 저었다. 방 안에는 잠시 침묵이 흘렀고 창밖에서 풀벌레 울음소리가 또렷하게 들려왔다. 귀가 울리는 소리 같기도 했다.

이동천이 잔에 든 위스키를 단숨에 삼키자 양유경도 술잔을 입에 대고는 한 모금 삼켰다.

"나도 아버지에 대한 소문은 들었어요."

그녀는 술잔을 탁자에 내려놓으면서 이동천을 바라보았다.

"아버지가 밤의 조직과 관계가 있다는 소문을요. 당신도 알고 계시지요?"

"알고 있어."

"아버지가 당신을 택한 이유도 아세요?"

"짐작은 갑니다."

"그럼 우리는 아버지의 수중에 들었군요."

"당신은 그것을 거부하지 않는 것 같던데."

"……."

"겉으로는 아닌 척했지만, 당신은 아버지의 기대에 부응하려고 노력해 왔어요. 그렇지요?"

술잔을 내려놓은 이동천이 그녀에게로 다가가 두 팔을 잡아 일으켜 세웠다.

"아무리 아버지가 추천하더라도 본인의 마음에 들지 않으면 이렇게 되기가 어려운 법이지."

그는 양유경을 부드럽게 안았다. 그의 가슴에 안긴 그녀에게서 상큼한 향내가 풍겨 나왔다.

"앞으로는 당신 대신 내가 당신의 아버지를 의식하게 될지도 모르겠군."

그의 손이 겉옷의 단추를 능숙하게 풀었다. 겉옷이 바닥으로 떨어지자 그는 브래지어의 후크를 풀었다. 아담한 유방이 핑크빛 꼭지를 보이며 눈앞에 솟아올랐다. 그는 머리를 숙여 입안에 그것을 넣었다. 양유경은 두 손으로 그의 머리카락을 쥐었으나 밀지도 당기지도 않았다. 그의 두 손이 스커트의 후크와 지퍼를 내리자 상아색 팬티가 드러났다.

이동천은 그녀를 번쩍 안아 소파 위에 누이고는 천천히 옷을 벗었다. 두 손으로 젖가슴을 가린 양유경이 그를 올려다보았다. 두 볼이 붉게 달아올라 있었지만 반짝이는 눈빛은 도전하듯 비켜나지 않았다.

국도에서 500미터쯤 산속으로 들어간 곳에 교인용 묘지가 있었다. 배영근의 부모가 교인이라 이곳으로 모신 것인데 아직 묘지의 터를 제대로 닦지 않아 숲이 울창하게 우거진 산속에 두어 개의 무덤만 조성되어 있을 뿐이었다.

숲 속이어서 머리 위의 나뭇가지가 바람에 흔들리는 것만 보일 뿐 숲 안쪽은 말 그대로 찜통이었다. 인부들이 묏자리를 파는 동안 목사도 친척들도 모두 흘러내리는 땀을 닦으며 숲 속의 이쪽저쪽에 흩어져 있었다.

뒤쪽의 나무 등걸에 어깨를 기대고 서 있는 고재봉도 예외는 아니었다. 옷소매로 흘러내리는 땀을 닦으며 그는 옆에 선 사내에게 말했다.

"정말 미치겠군. 차라리 비라도 왔으면 좋겠다."

"형님, 그 새낀 오지 않을 것 같습니다."

사내가 땀으로 범벅이 된 얼굴로 말했다.

"아니면 제 부모가 죽은 걸 모르고 있는지도."

"시끄러워, 이 새끼야."

고재봉이 짜증을 내자 사내는 입을 닫았다.

"신문에 사건 기사가 그렇게 크게 실렸는데도 몰라? 놈은 알고 있어."

"……."

"놈은 올 거야. 이제까지 보이지 않았으니 지금이라도."

그는 다시 소매로 얼굴의 땀을 닦았다. 배장근은 사건이 발생한 지 사흘이 지나 출상하는 오늘까지 나타나지 않은 것이다.

허리춤에 꽂아 두었던 콜트를 꺼내 탄창을 확인한 그는 묵직한 권총의 무게를 즐기는 듯 한동안 들고 있었다.

잔 나무숲을 헤치고 사내 한 명이 다가왔다. 그도 역시 땀으로 흠뻑 젖어 있었다.

"형님, 입관하는 모양인데요."

"알고 있어."

고재봉이 내뱉듯이 말하자 사내는 주춤거리며 말을 잇지 않았다. 그도 돌아가자고 말하려고 온 모양이었다.

국도의 차량들이 세워진 곳에 다섯 명이 잠복하고 있었고 이곳에서는 세 명이 기다리고 있었다. 부하들이 제각기 풀숲으로 모습을 감추자 고재봉도 나무뿌리에 엉덩이를 걸치고 앉았다. 그 때 입관하는 쪽에서 사내의 울부짖는 목소리가 들려왔다. 배영근이다. 50미터쯤 아래쪽에서 땅에 엎드린 배영근이 몸부림을 치며 우는 것이 풀숲 사이로 보였다.

노인들은 불에 갇히기 전에 고재봉에 의해 목이 졸려 죽은 상태였으므로 큰 고통은 없었을 것이었다. 무릎 위에 두 팔을 올려놓은 고재봉은 우두커니 아래쪽을 내려다보았다.

어느덧 봉분이 다 만들어졌고 목사의 인도로 친척과 교인들이 마지막 기도를 올리고 있었다. 이제 배영근은 두 손으로 땅을 짚은 채 엎드려서 땅을 내려다보는 중이었다.

얼굴에서 땀방울을 떨어뜨리며 깜박 졸았던 고재봉은 눈을 떴다. 묘지에서 사람들이 수선거리며 떠날 채비를 하고 있었다. 머리 위쪽에서 매미가 자지러지는 소리를 내며 울었다.

"야, 이제 가자."

고재봉이 옆쪽을 바라보며 낮게 소리치는 순간 부스럭거리는 소리와 함께 풀숲 위로 사내 한 명이 상반신을 일으켰다.

"어어."

반사적으로 벌떡 몸을 일으킨 고재봉이 허리춤에 끼워 놓은 권총의 손잡이를 쥘 때였다. 그는 뒤통수에 강한 충격을 받고 그대로 앞으로 고꾸라졌다 그러나 악착같은 그가 엎어지면서도 권총을 들어 올리자 다시 팔목 두께만 한 몽둥이가 휘둘러지면서 그의 팔을 내려쳤다.

권총이 손에서 떨어져 나가자 고재봉은 머리를 들어 위에 선 사내를 올려다보았다. 배장근이었다. 초면이었지만 사진으로 익혀 두었던 얼굴인 것이다.

"형님, 골통을 한번 치시라우요. 아직 덜 죽었습메."

"다가온 사내가 마치 닭을 잡는 듯 가볍게 말했다. 그는 땅에 떨어진 권총을 집어 허리춤에 찔러 넣었다.

"이놈을 묶어라."

배장근이 갈라진 목소리로 말했다. 그러고는 몽둥이를 내던지더니 휘청거리며 아래쪽 묘지로 내려가기 시작했다.

산에 있던 두 명의 부하가 피살되고 고재봉이 행방불명된 것이 보고된 것은 두 시간이 지나서였다. 고재봉 일행이 산에서 내려오지 않자 국도에서 기다리고 있던 부하들이 몰려가 시체를 찾아낸 것이다.

두 명의 부하는 각각 목이 부러지고 심장을 칼에 찔려 풀숲에 눕혀져 있었으나 고재봉의 흔적은 아무 곳에도 없었다. 천기석은 그가 납치되었다고 믿었다.

"놈은 반대쪽 산을 넘어 그쪽으로 간 거야. 국도에 잠복해 있던 애들을 피해서 말이야."

천기석이 살기 띤 눈으로 주위를 둘러보았다.

"사장님이 경찰에 신고하라고 지시하셨어. 김선우하고 한동호가 목격자로서 경찰에 갔다."

오종갑은 잠자코 그의 얼굴을 바라보았다. 김선우와 한동호는 최태진이 당할 때부터 현장에 있었으니 빈틈없이 진술을 할 것이다. 그러나 밤의 총격 사건과 오늘의 피살 사건은 이쪽에서 아직

손을 대지 못하고 있다. 그렇게 되면 배장근과 조직과의 싸움이
드러날 염려가 있었다.

"경찰에 신고한다고 해서 우리가 손을 터는 것은 아니다. 우리
도 독자적으로 놈을 찾는다."

천기석이 옆에 앉아 있는 기무라를 바라보았다.

"여기 있는 기무라 씨가 서울의 신 회장께 부탁을 해주었어. 놈
이 서울로 튄다 해도 그쪽 사람들이 손을 써줄 것이다."

한국말이었지만 기무라는 내용을 짐작할 수 있는지 가볍게 머
리를 끄덕였다.

좌우의 동료들이 서로 얼굴을 마주 보았다. 서울의 신 회장이
라면 신용수일 것인데, 이제까지 이쪽은 한 번도 신용수와 연결
된 사업을 해본 적이 없었던 것이다.

"말이 나온 김에 이야기하겠는데."

천기석이 말을 이었다.

"앞으로 우리는 보다 큰 규모로 사업을 확장해 갈 것이고 인원
도 충원이 될 거야. 우선 여기 앉아 있는 기무라 씨를 중심으로
재일 동포 형제들이 우리와 같이 일하게 되었어."

다시 자신의 이름이 불리자 기무라는 번뜩이는 시선으로 주위
를 둘러보았다. 그와 시선이 잠깐 동안 맞부딪친 오종갑은 숨을
멈춘 채 눈에 힘을 주었다. 그러자 기무라의 시선이 슬쩍 옆으로
비켜 갔으므로 그는 소리 죽여 숨을 내쉬었다.

그 시간, 조성표는 부산 지검의 부장검사 정동재와 마주 앉
아 있었다. 바다가 내려다보이는 해운대의 선셋호텔 스카이라

운지였다.

조성표가 의자에 등을 기대며 담배를 입에 물었다.

"안도섭은 애국자입니다. 일본에 사는지는 몰라도 그곳에서 번 재산을 조국에 투자한다는 것은 애국 행위라고 봐 줘야 돼요."

정동재는 40대 후반으로 깔끔한 용모의 사내였다. 금테 안경을 손끝으로 추어올리며 그가 머리를 끄덕였다.

"그렇긴 해요. 그 돈으로 어떤 사업에 투자하느냐가 문제이긴 하지만."

"서울에서는 이미 시작되고 있어요."

조성표가 불을 붙이지 않은 담배를 재떨이에 내려놓았다.

"당 고위층에서도 적극 환영하고 있다고 들었습니다."

"……."

"지방자치제 시대에 지역 발전을 위해서는 안도섭의 자금을 보다 많이 끌어들여야 합니다. 시장님 생각도 나하고 같더군요."

"시장님이야 당연히."

"서울에는 야마구치조 세력이 기반을 굳히고 있습니다. 양승일이가 가토 노부야스와 밀착되어 있지요."

"……."

"일본 놈이 발을 붙이다니요. 내가 있는 한 부산에서는 어림도 없습니다."

"조 사장님."

정동재가 정색을 하고 그를 바라보았다.

"요즘 조직 내부에 무슨 문제가 있는 것 같더군요. 사내 한 명을 쫓고 계신다는 소문이 꽤 넓게 퍼져 있단 말입니다."

"나도 그 말씀을 드리려고 뵙자고 한 거요."

조성표가 자리를 고쳐 앉았다.

정동재와는 같은 부산 출신으로 그가 검사 초년 시절부터 돈 독한 관계를 유지해 오고 있어서 술좌석에서는 형님 동생 하는 사이였다.

"최태진 살해범이 그놈이오. 놈은 블라디보스토크 마피아의 일 원으로 지난번 영도의 총격 사건도 그놈이 일으킨 겁니다."

조성표는 말을 잠깐 끊었다가 다시 이었다.

"놈은 한국의 밤 세계를 뒤흔들어 놓으라는 밀로체프의 지시 를 받고 움직이고 있는 거요. 야쿠자의 기반이 굳어 있는 일본에 는 발을 붙일 수 없으니까 한국에 진출하려는 겁니다."

정동재가 머리를 한쪽으로 기울였다.

"글쎄, 저는 그렇게까지 심각한 것으로는 생각지 않는데요."

"놈은 전위대요. 그리고 놈은 기관총과 권총으로 무장하고 있 단 말이오. 놈을 잡아서 뿌리를 뽑아야 합니다."

"……."

"일본의 야쿠자나 러시아의 마피아가 침투해 들어오고 있는 상 황이오. 그런데 아무도 현재 상황의 심각성을 모르고 있단 말이 오. 오히려 당이나 정부의 몇 놈은 그놈들과 결탁하고 있단 말입 니다."

조성표의 눈이 열기로 번들거렸고 얼굴은 붉게 상기되었다.

시계를 내려다본 우길만은 자리에서 일어섰다. 밤 10시 25분이 었으니 약속 시간인 11시에는 넉넉하게 맞출 수 있을 것이다. 회사 빌딩이 있는 을지로 1가부터 장충동에 있는 국악원까지 직선 코스도 머릿속에 기억해 두었다. 주대홍이 도중에 차를 탈취할 것을 대비하여 그가 운전하는 승합차의 전후에 두 대의 승용차가 붙어 갈 것이었다.

그가 현관으로 나오자 승합차와 승용차 주위에 모여 있던 부하들이 일제히 몸을 굽혔다. 그들 사이에 서 있던 박철규가 그와 시선이 마주치자 얼굴에 웃음을 띠었다

"준비 끝났습니다, 사장님."

준비고 자시고 돈만 넘겨주면 끝나는 일이다. 걸음을 멈춘 우길만은 주위의 사내들을 둘러보았다. 사건의 발단은 자신이 세컨드의 아파트 현관에서 주대홍에게 2억 5천을 강탈당한 것이었다. 물론 일식집에서 작전을 떠벌린 유재복이도 자신의 부하였으니 그것도 자신의 책임이었다.

그러나 이런 식으로 사건을 끝내려는 양승일의 행동이 도무지 이해되지 않았다. 양승일의 행동 대장 격인 박철규가 웃음을 띠고 서 있는 것도 못마땅했다. 번번이 작전에 실패하고도 부끄러워하는 태도는 조금도 보이지 않는 놈이다.

"그놈은 이 돈으로 꽤 큰 일식집을 차릴 수 있겠군."

턱으로 승합차 쪽을 가리키며 우길만이 말했다. 물론 박철규를 비꼬려는 의도였다.

그러나 박철규는 웃음 띤 얼굴 그대로 머리를 끄덕였다.

"그럴 수도 있겠지요, 사장님."

"주방장 한 놈한테 내가 이런 꼴을 보이다니, 우습구만."

"회장님의 지시였습니다. 그저 이것으로 일을 끝내자는."

그리고는 얼굴에서 웃음기를 지운 박철규가 손을 뻗어 운전석 문을 열었다.

"자, 타시지요. 시간이 되었습니다."

"저 새끼, 아무래도 국악원으로 가는 것 같은데."

운전대를 잡은 손달섭이 백복동을 바라보았다.

"아무래도 주대홍인가, 그놈하고 무슨 일이 있는 모양이오, 국악원에서."

검은색 승합차는 오른쪽 국악원으로 회전해 들어갔으나 앞뒤에서 호위하듯 따르던 승용차는 곧장 직진하여 언덕길을 올라가고 있었다.

"어떡할까요, 형님?"

국악원 근처에 이르자 손달섭이 물었다.

"지나쳐. 그리고 신호등 앞에서 유턴해서 내려가자."

"지난번처럼 차에서 내려서 들어가잔 말씀이오?"

"우길만이가 승합차에 혼자 타고 있는 것이 수상해."

"허지만 지난번처럼 이쪽저쪽에서 개미 새끼들처럼 기어 나올 줄 누가 압니까?"

"지난번, 지난번 하지 마라. 오늘은 다르다."

그는 머리를 돌려 뒤쪽을 바라보았다. 차량 통행이 많지 않았으므로 미행하는 차가 있다면 쉽게 알아차릴 수 있을 것이다. 우길만이 회사를 떠날 때부터 따라왔지만 백복동은 이쪽을 미행하는 차량은 찾아낼 수 없었다.

아래쪽의 한적한 길가에 차를 세워 둔 그들은 서둘러 길을 건

넜다. 국악원 뒷길로 해서 지난번처럼 들어갈 작정이었다.

"주대홍이가 신용수의 부하가 된 것을 아직 양승일이가 알 리 가 없어요, 형님."

가파른 언덕길을 올라가던 손달섭이 허덕이며 말했다. 길은 잘 포장이 되어 있었지만 가로등이 없어 앞이 잘 보이지 않았다.

"홍득준이가 주대홍이더러 동생이라고 불렀고 주대홍이 반쯤 꺾어진 대답을 하는 걸 보면 바로 아래 동생 격이 된 것 같아요."

그들은 국악원 뒤쪽 담장을 향해 서둘러 다가갔다.

손달섭의 동생뻘인 마갑기는 어젯밤 홍득준을 따라 노래방에 갔었다. 그는 오늘 아침에 손달섭을 만나자마자 주대홍에 대해서 장황하게 설명을 했다. 한 손으로 카운터에 있던 사내의 목을 쥐 고 번쩍 들어 올렸다고 했고, 체중이 200킬로그램이 넘는데도 바 람같이 소리 하나 없이 걷는다고도 했다.

그의 말을 들은 손달섭이 백복동에게 전한 주대홍의 인상과 행동은 그야말로 사람이 아니었다. 백복동은 그의 말을 반만 믿 었지만 그것만 해도 대단한 거인에 괴력의 소유자였다. 어쨌든 주 대홍이 신용수의 수하가 되었다는 것은 사실인 것 같았다.

양승일과 외로운 싸움을 하는 입장이었기에 그것은 영리한 처 신이었다.

백복동은 이제 주대홍이 도화선이 되어 양승일과 신용수의 전 쟁이 시작될 것 같다는 예감이 들었다.

그들은 담장에 다가가 머리 높이의 담장을 가볍게 뛰어넘었다. 앞쪽에 국악원의 시커먼 건물이 밋밋한 뒷면을 희미하게 보이며 서 있었다.

온몸이 땀으로 젖어 끈적거렸으므로 백복동은 셔츠의 단추를 풀었다. 건물 옆쪽 언덕에 올랐을 때 둘은 지쳐서 한동안 헐떡이며 앉아 있었다.

잠시 후, 백복동이 시야를 가린 잔 나무를 헤치고 아래를 내려다보았다. 계단 앞에 승합차 한 대가 덩그러니 서 있는 것이 금방 시야에 들어왔다. 승합차 안의 룸 라이트와 전조등이 모두 켜져 있기 때문이었다.

우길만도 보였다. 그는 차 앞에 서서 담배를 피워 물고 있는지 가끔씩 입 주위에서 불똥이 반짝거렸다.

핸드폰의 벨이 울리자 우길만은 서둘러 스위치를 켜고는 귀에 대었다.

"여보시오."

─우 사장, 차를 두고 돌아가.

주대홍의 목소리였다.

─키는 꽂아 두었겠지?

잠자코 핸드폰의 스위치를 끈 우길만은 몸을 돌렸다. 인적이 없는 광장을 걸어 아래쪽 인도로 내려간 그는 주위를 둘러보았다. 건너편 길가에 검은색 승용차가 미등을 켠 채 세워져 있었다.

그가 길을 뛰어 건너 차 안으로 들어가 앉자 운전사가 몸을 돌려 그를 바라보았다.

"사장님, 어디로 모실까요?"

"집으로."

그는 수건을 꺼내 이마의 땀을 닦았다.

"대치동으로."

집이 두 곳이었으므로 불현듯 생각난 듯 말을 덧붙인 그는 의자에 등을 묻었다. 그때 주머니에 넣은 핸드폰의 벨이 다시 울렸다.

이를 악문 그는 핸드폰을 귀에 대었다.

"여보시오."

—사장님, 접니다.

박철규의 목소리였다.

—지금 어디 계십니까?

"집으로 가는 길이야. 놈이 차를 두고 가라고 해서."

—삼성동입니까?

"아니, 대치동으로."

—알았습니다. 그럼.

전화기의 스위치를 끈 우길만은 길게 숨을 내쉬었다. 이제는 양승일과 직접 통화를 할 수도 없고, 만나지도 못하는 입장이었다. 그것은 일단 그의 신임을 잃었다는 의미라고 봐도 되었다.

"두 놈이 끈질기게 따라붙어 차 번호를 조회해 보니까 건설 회사에 다니는 김 아무개란 놈의 찬데 타고 있는 놈들은 우길만이나 양승일의 부하가 아니었어."

홍득준이 말을 이었다.

"놈들의 사진을 찍어 두었으니 곧 알 수 있겠지만 내 생각엔 경찰 놈들 같아. 아니면 안기부 요원이든가."

그러고는 머리를 들어 주대홍을 바라보았다.

"왜, 돈 못 받아서 서운하냐?"

주대홍이 입술을 부풀리며 웃었다.

"내가 돈 욕심이 나서 그랬던 것이 아니여. 서운헌 것도 없고, 화날 것도 없소."

"그렇다면 싱거워지는군."

앞자리에 앉은 홍득준이 따라 웃었다.

"넌 생긴 것만큼 괴짜다. 너 같은 녀석이 이제까지 주방에서만 썩고 있었다니."

"나는 솔직히 주방 생활이 그립소."

그들은 서울호텔 특실에 앉아 이야기를 나누고 있었다. 탁자 위에는 이미 양주가 세 병째 올려져 있었다.

"허지만 10억이 적은 돈이냐?"

술잔을 집어 든 홍득준이 물었다. 국악원 계단 앞에 버려진 차를 끌고 온 것은 일당을 받은 택시 기사였고, 그 택시 기사는 또 다른 기사에게 인계를 하는 식으로 다섯 번쯤 서울 시내를 돌린 다음 새벽 5시쯤 되어서야 홍득준의 부하가 승합차의 짐을 점검했다. 그리고 그는 승합차에 실린 다섯 자루의 마대에는 책과 신문 뭉치가 들어 있다고 보고를 해온 것이다.

"어쨌든 너는 여기서 움직이지 말어. 당분간 말이다."

술잔을 든 채 홍득준이 주위를 둘러보는 시늉을 했다.

"봐라, 없는 것이 없다. 마실 것, 먹을 것, 텔레비전에 비디오까지. 사우나도 있고, 운동 기구도 있어. 여자도 보내줄게."

그의 말대로 서울호텔 최상층에 있는 특실은 하룻밤에 100만 원짜리 호화판 궁전이었다. 신용수는 호텔에 다섯 개밖에 없는 특실 중 하나를 주대홍의 은신처로 제공해 준 것이다.

"회장님은 잠잠해질 때까지 이곳에서 지내라고 하셨어. 너한테 특별 배려를 해주신 거다."

"고맙다고 전하슈."

"우리는 너 같은 녀석이 필요했어. 네가 때를 잘 맞춘 거다."

그때 노크 소리가 들리더니 곧 문이 열렸다. 사내 두 명이 커다란 쟁반으로 음식을 받쳐 들고는 방으로 들어섰다. 아침 식사가 온 것이다.

밤을 새우며 술을 마셨으나 주대홍은 말할 것도 없고 홍득준도 멀쩡한 얼굴로 아침상을 받았다. 주대홍이 태어난 후 처음 먹어 보는 진수성찬의 아침 식사였다.

*   *   *

검찰청 건물 지하 1층의 커피 자판기 앞에 선 이동천이 커피 두 잔을 뽑아 한 잔을 백복동에게 건네주었다. 그들은 커피 잔을 들고 복도의 플라스틱 의자에 나란히 앉았다. 아침 시간이라 오가는 사람은 드물었다.

"손달섭이는 승합차를 여섯 시간이나 따라다니느라 녹초가 되었습니다. 지금 자러 간다고 나갔습니다."

백복동이 가볍게 말했다.

"서울 시내를 아마 세 번쯤 돌았을 겁니다. 어떤 장소에 가면 운전사가 기다리고 있다가 바로 인계를 하더군요. 미행을 떨쳐 버리지 못하더라도 미행자를 알아내기가 쉬워지지요. 그렇게 오래 끌면 말입니다."

"고생 많이 하셨습니다, 백 형사."

"고생은 무슨. 제가 좋아서 하는 일인데요, 뭘."

백복동은 커피를 한 모금 마시고 나서 말을 계속했다.

"어쨌든 놈들은 저희들이 따라다니는 걸 눈치챘을 겁니다. 그리고 저희들한테 손을 대지 않은 걸 보면 우리 신분도 대강 눈치챈 것 같기도 하고."

"할 수 없는 일이지요."

"결국 천호동 고수부지에 승합차가 멈췄는데 그곳에서 기다리고 있던 승용차 두 대에서 사내들이 쏟아져 나오더니 승합차 안으로 들어가더군요. 그러고는 잠시 후에 도로 나와서 차를 몰고 가버렸습니다."

"……"

"처음 보는 놈들이었지만 신용수의 부하인 것 같습니다. 주대홍이가 신용수의 부하가 되었으니까요."

"신용수와 호흡이 맞는 모양이군."

"그럴 겁니다. 그래서 그놈들을 쫓아갈까 하다가 버려진 승합차로 가봤습니다. 차 안에는 다섯 개의 마대 자루가 찢겨져 있었는데 내용물이 모두 쏟아져 나왔더군요. 잡지와 신문 뭉치였습니다."

"……"

"제 생각입니다만, 주대홍이가 돈을 요구했는데 우길만이 속인 것 같습니다."

"양 회장 쪽에서는 주대홍이가 신용수와 손을 잡았다는 것을 알까요?"

"손달섭이가 신용수의 똘마니 입으로부터 정보를 얻는 것처럼 양 회장도 그럴 가능성이 있지요. 신용수의 부하도 몇백 명이 넘으니까요."

"주대홍이가 속았다면 다시 우길만에게 연락을 하거나 분풀이를 하지 않을까요?"

"글쎄요, 그것은."

백복동이 머리를 한쪽으로 기울였다.

"제가 보기에는 원한을 가지고 있는 것은 양 회장 쪽입니다. 주대홍이한테 당하기만 했으니까요."

"……"

"하지만 상처도 받아들이는 사람마다 다르니 두고 봐야겠습니다."

"양 회장과 신용수가 부딪칠 가능성이 더욱 커졌습니다. 그렇지요?"

"그렇죠. 주대홍이 문제로 더욱."

빈 종이컵을 오그라뜨려 쓰레기통에 던진 백복동이 힐끗 이동천을 바라보았다.

"제가 지금 압력을 좀 받고 있습니다."

"압력이라니요?"

"제가 검사님과 자주 접촉하는 것이 위에까지 알려진 모양입니다."

"……"

"어제 김 부장검사가 부르시더니 맡은 일만 하라고 하더군요."

"김성길 부장이 말이오?"

"예. 사무실로 저를 불러서는."

김성길은 강일도보다도 선배였고 서열이 높은 부장이다. 따라서 이동천에게는 까마득한 상전이었다.

"그 양반이 백 형사를 왜?"

이동천이 눈을 치켜뜨고 물었다.

"다른 이야기는 없습디까?"

"쓸데없는 일에 뛰어들어 질서를 깨면 안 된다는 겁니다. 잘 새겨들으라고 다짐까지 하시더구만."

"그자는 이용덕 총장의 사람이오. 고등학교 후배가 되지."

"차기 지검장을 바라보는 분이지요."

"상관없소, 문제가 생기면 내 지시 때문이었다고 말하세요. 내가 책임질 테니까."

"어쨌든 조심해야겠습니다, 검사님."

자리에서 일어난 그들은 잠자코 좌우로 갈라져 각각 계단과 엘리베이터로 향했다.

사무실로 돌아온 이동천이 자리에 앉자 박인규가 다가와 섰다.

"검사님, 양유경 씨한테서 전화가 왔었습니다. 다시 전화하겠다고 하더군요."

"고맙소."

잠자코 자리에 돌아가 앉는 박인규를 향해 이동천이 입을 열었다.

"박 형, 오늘 신문에 난 사건 기사, 읽어 보았지요?"

"어떤 사건 말씀입니까?"

"부산 사건 말이오. 러시아 마피아가 살인을 했다는."

"예, 읽어 보았습니다. 두 명을 죽였다는데, 부산이 시끄러워지 겠습니다."

"참고로 하려고 그러는데, 그자, 배 뭐라는 자의 경찰 기록을 받아주세요."

"알겠습니다."

"영장이 발부되었다니까, 부산 지검에도 연락을 해서 그자에 대한 기록이 있으면 그것도."

그때 전화벨이 울렸다. 아침 10시가 조금 넘었을 뿐이었으나 창밖은 벌써부터 강한 햇살이 내리쬐고 있었다.

"여보세요."

―저예요.

양유경의 밝은 목소리가 전화기에서 흘러나왔다.

―오늘 저녁에 시간 있어요?

"글쎄, 아직은 모르겠는데. 회의가 길어질지, 어떨지."

―아버지가 뵙자고 하세요, 저녁때.

"……."

―이태원의 대명이란 중국집 아시죠? 그곳에서 8시에.

"알았어, 가지."

전화기를 내려놓은 이동천이 머리를 돌려 박인규를 바라보았 다.

"박 형, 난 저녁에 일찍 퇴근해야 할 것 같아요. 약속이 있어 서."

"알겠습니다. 염려하지 마세요."

서류에서 시선을 든 박인규가 웃음 띤 얼굴로 말했다.

오후 3시가 되어서야 잠에서 깨어난 주대홍은 화장실에 들어가 샤워기에서 쏟아져 나오는 찬물을 맞으며 한동안 서 있었다. 홍득준과 새벽까지 폭음을 하였으나 머리만 멍할 뿐 찬물 샤워 한 번이면 멀쩡해질 것이다. 온몸이 차가워지도록 샤워를 하고 나서 새 옷으로 갈아입고 나자 전신이 가뿐해졌다.

소파에 몸을 기댄 주대홍은 옆에 놓인 전화기를 들었다. 아래층에 묵고 있는 고덕균이 궁금해진 것이다. 그가 다이얼을 누르는데 노크 소리가 났다. 문이 열리면서 앞장서서 들어오는 것은 홍득준이다. 그리고 낯선 30대 사내가 뒤를 따랐고, 맨 나중에 들어선 것은 신용수 회장이었다.

주대홍은 튕기듯이 자리에서 일어섰다. 신용수의 얼굴은 언젠가 매스컴을 통해 본 적이 있었다.

"이봐, 회장님이 오셨어."

홍득준이 엄숙해진 표정으로 말했다.

"어서 인사드려."

주대홍이 허리를 90도로 꺾자 신용수는 머리를 끄덕이며 소파에 앉았다.

"앉아라."

신용수가 눈으로 옆쪽의 의자를 가리켜 보이고는 얼굴에 웃음을 띠었다.

"과연 듣던 대로군. 너한텐 주먹이나 칼이 통하지가 않겠다."

신용수는 흰머리가 반쯤 섞인 머리에 피부는 윤기가 흘렀지만 검었다. 흰자위가 많아 보이는 쌍꺼풀진 커다란 두 눈이 똑바로 주대홍을 쏘아보았다.

"참으로 무모한 짓이었지만 효과는 있었다. 하지만 오래갈 수는 없지."

그러고는 주대홍을 바라보며 나란히 앉아 있는 홍득준과 사내에게로 고개를 돌렸다.

"사건이 잠잠해지면 내 주변에 있도록 하고 싶어. 알아듣겠나?"

"예."

홍득준이 깊게 머리를 숙였다. 그러자 흰 얼굴의 사내가 헛기침을 했다.

"대단한 사내군요. 눈빛을 보면 싸움의 달인이라는 것도 알 수가 있습니다."

일본어였으므로 놀란 주대홍이 눈을 껌벅이며 세 사내를 둘러보았다. 그는 일본어를 전혀 몰랐다.

"대홍이, 넌 오늘 이 사람을 따라 부산으로 가라."

신용수가 턱으로 기무라를 가리켜 보이면서 말했다.

"부산에 가면 조성표라는 사람이 있다. 부산 시의원이고, 사업체를 여럿 가진 기업가야. 가서 그 사람을 도와줘라."

여전히 눈을 끔벅이고 있는 주대홍에게 그가 말을 계속했다.

"물론 행동은 여기 있는 기무라 씨와 같이한다."

"이 사람, 일본 사람입니까?"

주대홍이 묻자 신용수는 머리를 저었다.

"재일 동포야. 하지만 한국말을 모른다."

"전 일본 말을 모릅니다."

"그건 걱정할 것 없다. 해결이 될 테니까."

"가서 어떤 일을 합니까?"

"시키는 대로만 하면 돼."

"……."

"널 잡으려고 양승일이 눈에 불을 켜고 있어. 더구나 네가 우리하고 같이 있다는 것이 알려지면 곧장 전쟁이 일어날 가능성이 있다."

"……."

"내가 그런 부담을 무릅쓰고 너를 받아들였다는 것을 기억해 둬라. 앞뒤가 이해가 가나?"

"예, 회장님."

"당분간이야. 잠잠해지면 올라오게 할 것이다. 기무라 씨가 올라왔길래 네 이야기를 했더니 마침 잘되었다는 거야. 조성표 사장이 너 같은 독불장군 한 놈한테 당하고 있다는 거다. 오늘 아침 신문에도 난 놈인데, 그놈을 잡는 데 너를 쓰겠다는 것이다."

그러면서 신용수가 흰 이를 드러내며 웃었다.

"우연인지 필연인지, 이에는 이로, 승냥이는 승냥이로 싸움을 붙이자는 거지."

"……."

"일석이조다. 넌 너대로 피신처를 가져서 좋고, 나는 조성표에게 생색을 내서 좋다. 그렇지, 또 있군."

신용수가 턱으로 석상처럼 앉아 있는 기무라를 가리켰다.

"여기 기무라 씨는 나와 조성표 양쪽에 처음으로 다리 역할을 하게 되었어. 너 때문에 말이다."

주대홍을 만나고 난 신용수가 2층의 사무실에 내려와 평소에 즐기던 녹차를 마시고 있을 때였다. 노크 소리가 들리더니 홍득준이 들어섰다.

"회장님, 방금 전창수로부터 보고를 받았습니다만."

그는 신용수의 앞에 와 섰다.

"우길만이 집 주변에 경호원들이 없습니다. 삼성동 본가는 물론이고 대치동 세컨드의 집에도 말입니다."

"그게 무슨 말이야?"

이맛살을 찌푸린 신용수가 녹차 잔을 내려놓았다.

"경호원이 있거나 말거나 무슨 상관이야? 이제 주대홍이는 더이상 그 지랄을 하지 않을 텐데."

"양 회장은 말할 것도 없고, 김양호, 박철규, 최기대, 하다못해 동원그룹 계열의 월급쟁이 간부들한테도 아직 경호원이 붙어 있다는 겁니다."

"……."

"우길만의 주변만 무방비 상태로 열려져 있는 겁니다, 회장님."

"함정을 판 것인가? 아마 그렇겠지. 눈에 띄지 않게 어디 숨어 있다가 주대홍이가 나타나면 잡으려고. 그렇지, 휴지를 마대에 넣어 잔뜩 약을 올렸으니까 말이야."

"그런데 전창수가 아무리 찾아보아도 함정 같은 것은 보이지 않는다는군요."

"상관없어, 못 찾아도."

신용수가 그제야 턱으로 앞자리를 가리켜 보이자 홍득준이 엉덩이를 걸쳤다.

"주대홍이의 서울 게임은 끝났어. 양승일이 혼자서 달밤에 체조하라고 해."

"우길만이는 김양호와 함께 양 회장의 양팔 노릇을 해왔습니다. 대외 관계는 김양호가 맡았고, 조직의 내부 관리는 우길만이 맡았는데."

"이번 일로 체면이 깎였겠군."

"체면 정도가 아닙니다, 회장님. 양 회장의 신임이 떨어졌다는 소문이 있습니다."

"그것이 내가 주대홍이를 귀여워하는 이유 중의 하나야."

그러면서 신용수가 얼굴에 웃음을 띠었다.

"노상 헛다리 짚는 꼴이 우습기도 하구만. 주대홍이는 부산에서 뛰놀고 있을 텐데, 저쪽은 열심히 함정을 파고 기다리는 꼬락서니가 말이야."

방문을 열고 들어선 양승일이 웃음 띤 얼굴로 이동천에게 손을 내밀었다.

"이 검사, 바쁘실 텐데 시간을 내주어서 고맙습니다."

"아닙니다, 회장님. 초대해 주셔서 영광입니다."

이동천 옆에 선 양유경의 얼굴도 밝았다. 그들이 원탁에 둘러앉자 지배인이 다가왔다. 중국 식당 대명은 정, 재계의 거물들이 출입하는 곳으로 소문이 났는데 이동천은 처음이었다.

주문을 받은 지배인이 방을 나가자 밀실 안은 잠시 정적이 흘렀다. 방음장치가 잘되어 있어서 바깥의 소음은 들리지 않았다. 이 호화롭고 폐쇄된 방에서 정치인들과 재계의 거물들이 밀담을 나누었을 것이다.

이윽고 양승일이 입을 열었다.

"내가 유경이의 남자 친구를 정식으로 만나는 것은 이번이 처음이오."

그의 말소리는 부드러웠다.

"난 좀 심하다 싶을 정도로 저놈의 생활에 간섭을 했지요."

양유경은 입술 끝으로 가볍게 웃을 뿐 입을 열지는 않았다.

"왜냐하면 내 일을 거들고 이어 가야 할 놈으로 생각했으니까. 자연히 저놈의 남편감을 떠올리지 않을 수가 없었소."

"……."

"믿을 것은 가족밖에 없다고 생각했지. 지금도 그 생각엔 변함이 없소."

"자식이 기대에 미치지 못하는 경우가 있을 텐데요. 또는 믿고 있던 가족이 말입니다."

이동천이 그를 바라보며 말했다.

"사람의 그릇은 저마다 다르고 야망도 제각각입니다. 그릇에 맞지 않는 욕심을 부리면 자신뿐만 아니라 다른 사람에게까지 피해를 줍니다."

그러자 양승일이 입을 벌리고 소리 없이 웃었다. 번들거렸던 눈이 거의 감기자 전혀 다른 사람같이 보였다. 시골 농부같이 소박한 인상이 된 것이다.

"자신의 분수를 아는 것도 중요하지. 맞는 말이오."

방문이 열리고 종업원들이 음식을 가져왔으므로 그들은 이야기를 잠시 멈추었다. 해산물 중심의 요리였는데, 대화에 방해를 받지 않으려는 듯 양승일이 한꺼번에 들여오도록 지시한 것이다. 종업원들이 나가자 그들은 잠자코 식사를 했다.

양유경의 태도는 여느 때와 전혀 달랐다. 그녀는 가만히 그들의 이야기를 들을 뿐 전의 당당하게까지 보였던 분위기는 간곳없었다.

"참고로 이 검사에게 내 국가관을 말해드리겠소."

씹던 것을 삼킨 양승일이 말했다.

"첫째로 난 반공주의자요. 공산주의자를 철저하게 배척하는 사람이란 말이오."

그는 젓가락을 내려놓고 어깨를 폈다.

"아직도 대한민국의 국시는 반공이오. 요즘은 사회의 모든 곳에 공산당 프락치가 심어져 있지만 아직까지는 감히 그것을 고치자는 놈이 없습니다."

"……."

"만일 그런 놈이 나타난다면, 물론 요리조리 현행법에 저촉되지 않게 빠져나가면서 농간을 부리겠지만, 그땐 내가 나서서 놈을 처단할 거요."

이동천이 머리를 들고 그를 바라보았다. 그가 이제 자신의 본색을 털어놓는 것같이 보였기 때문이다. 처단한다는 말은 기업가가 쓰는 말이 아니다.

"지금 우리는 국경이 없는 경제권들의 경제 전쟁 시대에 살고 있소. 이 검사도 잘 알고 있다시피 일본, 러시아의 조직들이 자금력을 기반으로 한국으로 침투해 오고 있어요."

"······."

"지금의 밤의 세계는 조선 말기의 상황과 비슷하단 말이오. 어설픈 무력으로 쇄국을 하느냐, 받아들여서 그들을 이용하느냐의 기로에 서 있소."

양승일이 엽차 잔을 들어 한 모금 마시고는 말을 이었다.

"일본의 기업은 이제 첨병으로 밤의 조직을 활용하고 있어요. 이것은 비공식적이지만 그들은 일본 정부의 지원을 받고 있습니다. 그들을 상대하려면 어떻게 해야 되겠소?"

이동천이 잠자코 있자 양승일이 결론지어 말했다.

"이쪽도 정부의 지원을 받아 그들을 상대해야 하는 거요. 그래야 늦지 않습니다."

"늦지 않다니요?"

이동천이 입을 열었다.

"우리 정부는 얼마든지 그들을 적발해 낼 힘을 가지고 있습니다, 회장님."

"낮이 있으면 밤이 있듯이, 조직 세계가 없는 시대가 없었고 없는 사회가 없어요. 이 검사, 우리는 현실을 인정하고 적응해 가야 한단 말이오."

"······."

"며칠 전 부산에서 일어난 사건이 그 조그만 예라고 봐도 되겠지. 마피아 조직원 한 놈이 휘두르는 총에 부산의 거대한 조직이 흔들렸소."

"······."

"총과 기관총, 그리고 첨단 장비로 무장한 놈들이오, 그들은. 우리는 아직도 야구 배트와 회칼로 싸우는데."

"아버지."

양유경이 부르자 그들은 고개를 돌려 그녀를 바라보았다. 그녀를 잊고 있었던 표정들이었다.

"이제 다른 얘기 해요. 그런 얘기 말고."

그러자 양승일이 얼굴에 웃음을 띠었다.

"난 너에게 처음 외박을 허락한 남자와 이야기를 하고 있는 거야."

그러자 양유경의 얼굴이 금방 새빨개졌다. 양승일의 시선이 이동천에게로 옮겨졌다.

"이 검사의 그런 행동은 예상 밖이었지만 난 받아들이기로 결심한 거요. 그리고 내가 먼저 가슴을 열어 보이자고 작정을 했어. 그래서 오늘 이렇게 만난 것이고."

"말씀 고맙습니다."

이동천이 앉은 채로 머리를 숙였다.

"그리고 유경 씨와 같이 있었던 것은 결코 하룻밤의 유희는 아닙니다."

"자네는 반골이야. 그리고 경솔한 사내도 아니고."

양승일은 이제 말을 놓았다.

"나는 30년이 넘도록 사내들만 상대해 와서 남자를 알아."

제6장

마피아 별동대

밤의
대통
령

"이보쇼, 다 알고 왔는데 개소리할 거야? 선장 놈 데리고 와서 대질시켜 줄까?"

강준열이 버럭 고함을 치면서 주먹으로 탁자를 쳤다.

"도대체 뭘 믿고 오리발을 내미는 거야?"

"이봐, 선장이 뭘 안다고 그래? 내가 받은 건 코끼리 밥통 50개 뿐이었어. 마약 같은 것은 있지도 않았다구."

전차섭도 만만치 않았다. 그의 옆에 쭈그리고 앉은 부하 두 명은 머리를 들지도 못했지만, 그는 벌게진 얼굴로 다시 말했다.

"도대체 어떤 씨발 놈이 그런 이야기를 해? 내가 헤로인을 3킬로그램이나 들여왔다고? 기가 막혀서."

"정말 끝까지 이럴 거야?"

강준열이 자리에서 벌떡 일어섰다.

"잘라서 말해. 이번에 들어온 건 코끼리 밥통 50개뿐이란 말이지?"

"그렇다니까?"

강준열이 주위에 모여 선 부하들을 둘러보았다. 이곳은 사하구의 바닷가에 있는 조그만 찻집 안이었는데 손님들은 한 사람도 없고, 건장한 사내들만 가득 모여 있었다. 찻집 주인인 전차섭이 밤 10시가 되자 종업원을 내보내고 문을 닫아버렸기 때문이다.

"이 새끼, 좋아, 해보자는 거지?"

두 손으로 탁자를 짚은 강준열이 전차섭을 내려다보면서 으르렁거렸다. 스물다섯 살의 그는 천기석의 별동대로 이제까지 밀수 조직으로부터 보호세를 걷는 역할을 해왔다.

"네가 계속 이 장사를 할 수 있을 것 같아?"

나이가 열 살 이상 아래인 강준열에게 수모를 당하고 있었지만 전차섭은 대들지 못했다.

강준열이 다시 말했다.

"야, 이 새끼야, 우리는 그 물건이 고베에서 실렸을 때부터 알고 있었단 말이다."

"……"

"그걸 건네준 일본 놈이 누구이고, 돈을 얼마 주었는지도 아는데, 밥통 50개뿐이라고?"

그는 부릅뜬 눈으로 찻집 안을 훑어보았다.

"당장 마약 3킬로그램을 내놔. 그러면 이제까지의 일은 없었던 것으로 할 테니까."

그 순간 그들의 뒤쪽에 있는 현관문이 요란한 소리와 함께 부서지면서 열렸다. 그러고는 사내 세 명이 뛰쳐 들어왔는데 손에는 제각기 권총이 쥐어져 있었다.

"움직이지 마, 이 간나 새끼들아."

중앙에 선 사내가 가는 눈을 번뜩이며 소리쳤다. 권총의 총구에는 묵직한 소음기가 끼워져 있다.

"아니, 이 간나 새끼가."

그가 다시 소리치는 순간, 그의 총구에서 푸른 섬광이 번쩍이면서 묵직한 발사음이 났다. 몸을 옆으로 크게 틀었던 강준열의 부하 한 명이 뒤로 넘어지면서 비명을 질렀다.

"모두 손을 들어!"

그의 고함 소리가 찻집 안을 울렸다.

"벽으로 붙어 서라! 날래 움직이라우! 이 간나 새끼들아!"

강준열의 부하는 그까지 포함하여 여덟 명이나 되었고 전차섭 일당도 세 명이었지만 기습을 당한 판이니 도리가 없었다. 바닥에 쓰러져 신음 소리를 내고 있는 부하를 제외한 나머지 사내들이 모두 벽에 등을 대고 서서 두 손을 들었다.

"이 집 주인이 뉘기야?"

사내가 총구를 거꾸로 돌리면서 물었다.

"날래 나서라우! 다치기 전에!"

그때 사내 한 명의 총구에서 불꽃이 튀었다. 조금 몸을 움직였던 강준열의 부하 한 명이 신음 소리를 내면서 바닥에 한쪽 무릎을 꿇었다. 두 손으로 옆구리를 움켜쥐고 있었다.

"뉘기야!"

"나다."

전차섭이 입만 벌려 말했다. 몸을 조금이라도 움직였다가는 세 사내 중 어느 한 명의 총에 맞을 것 같은 분위기였다.

"내가 주인이다."

"네놈이 밀수꾼 두목이군."

사내가 총구를 전차섭의 가슴에 겨누었다. 보통 체격으로 펑퍼짐한 얼굴에 가는 눈을 가진 평범한 사내였다.

"난 두말하지 않을 테니 잘 들어라. 네놈이 어젯밤에 일본에서 가져온 마약을 내놓아라."

전차섭이 숨을 들이마셨다가 멈추었다. 사내가 말을 이었다.

"3킬로그램에서 1그램이라도 모자라면 여기 있는 놈들을 몰살시킬 테니까."

"……"

"날래 가져오라우!"

사내가 버럭 고함을 치자 전차섭이 두 손을 든 채 한 걸음 앞으로 나섰다. 권총을 쥔 사내 한 명이 전차섭의 목덜미를 잡아 뒤쪽으로 끌어내었다.

"넌 누구냐?"

두 손을 들고 벽에 기대 선 강준열이 입을 열었다.

"네놈들이 이러고도 부산 바닥에서 살아 나갈 것 같으냐?"

"이제까지 잘만 살아 나왔다."

찻집의 현관 근처에서 누군가가 대답하더니 앞으로 모습을 드러내었다. 배장근이다.

강준열이 눈을 치켜뜨고는 숨을 멈추자 배장근이 말을 이었다.

"이제 네놈들의 밀수 조직은 내가 장악한다. 그렇게 조성표한 테 전해라."

전차섭을 따라갔던 사내가 검은색 알루미늄 가방을 들고 돌아 왔다. 그에게 총구로 등을 밀리며 다가오는 전차섭은 이를 악물고 있었다.

"찾았습니다."

사내가 말하자 배장근이 고개를 끄덕였다.

"압수한다."

"이보시오."

전차섭이 발악하듯 소리쳤다.

"그렇게 빼앗아 가는 법이 어디 있소?"

"보호자를 잘못 만난 탓이다."

배장근이 권총의 총구를 강준열에게로 겨누었다.

"그것은 네 보호자인 저놈들에게 항의해라. 그리고 이제까지 바쳤던 보호세를 돌려달라고 해."

"……."

"다른 조직도 마찬가지야. 나는 네놈들이 밀수해 온 귀중품을 모두 압수할 작정이다. 알아듣겠나?"

그러고는 배장근이 이를 악물고 자신을 노려보는 전차섭을 향해 웃었다.

배장근이 송정 북쪽의 해변가에 있는 대양모텔을 본거지로 삼은 것은 해수욕장이나 상가 등과 1킬로미터쯤 떨어진 야트막한 언덕 위에 있어서 전망이 좋기 때문이다. 전망이 좋다는 것은 경치가 좋다는 의미만이 아니다.

바다를 향한 모텔은 정면의 가파른 계단을 내려가야 선착장에 닿았고 반대쪽은 사방이 확 트인 밋밋한 자갈밭이다. 찻길이 가운데에 뚫려 있었으므로 누구나 모텔로 다가오려면 1킬로미터 전방에서부터 몸을 노출시킬 수밖에 없었다. 김달수의 표현대로 방어에 최상의 조건을 갖춘 곳이었다.

모텔은 2층 건물로 방이 20개에 식당과 커피숍까지 있었지만 지은 지 15년이 지나 곳곳에서 물이 새고 벽이 갈라져 있어서 작년부터는 손님도 받지 않았다.

배장근이 사람을 시켜 1년 동안 임대 의사를 묻자 울산 사람인 모텔 주인은 두말하지 않고 계약서에 도장을 찍고는 돈을 챙겨 떠났다. 그로서는 운수가 대통한 셈이었다. 폐업도 하지 못하고 갖가지 세금에 시달리는 판에 모든 걸 싸안는다는 조건으로 임대 계약이 되었으니 이쪽의 마음이 변하기 전에 얼른 도망치고 싶었을 것이다.

배장근이 모텔로 돌아왔을 때는 밤늦은 시간이었다. 그들이 탄 승용차가 벌판을 달려 올라가는 동안 두 번의 수하를 받았는데 그들은 모두 러시아에서 건너온 조선족이었다.

이틀 전에 배장근은 부산에 입항한 러시아 국적선 베레노프 호에서 어둠을 틈타 탈출한 12명의 조선족을 받아들였다. 사할린 출신 조선족에다 시베리아 벌목장을 탈출한 북한 노동자, 그리고 중국 출신 조선족까지 골고루 섞여 있었는데 모두 밀로체프 휘하의 마피아 단원이었다.

이제 그들의 보스는 배장근이었고 김달수가 행동 대장 격이 되어 있어서 조직의 틀이 잡혀 가는 중이었다.

모텔의 현관 앞에 차가 도착하자 현관에서 기다리고 있던 사내 한 명이 불빛 속으로 모습을 드러내었다. 오종갑이다.

"형님, 일 잘 끝냈습니까?"

그는 배장근을 서슴없이 형님이라 불렀다.

"물론이지. 강 아무갠가 그놈은 살려서 보냈다. 두 놈은 안 죽을 데를 골라서 쐈고."

그들은 아래층의 커피숍으로 들어가 자리를 잡고 앉았다. 김달수는 부하들을 둘러보러 갔으므로 커피숍에는 그들 둘만 남았다. 탁자 위에는 가방 한 개가 놓여 있었다. 그것은 전차섭으로부터 빼앗은 마약 3킬로그램이다.

오종갑이 가방을 바라보며 말했다.

"마약 판매책은 송한섭이라는 자입니다. 그자에 대해서 알려진 건 이름뿐인데, 그것도 가명일지 모르지요."

"그놈이 이걸 기다리고 있겠군."

배장근의 말에 오종갑이 고개를 끄덕였다.

"이렇게 큰놈이 들어오는 건 흔한 일이 아니지요."

"조성표와 송한섭이와는 관계가 없나?"

"제가 아는 바로는 없습니다, 형님."

"전차섭이한테서 이제까지 보호세로 마약을 3분지 1 정도 빼앗아 가지 않았어? 그것을 어떻게든 처리해야 할 것 아닌가?"

"그건 저는 모릅니다."

오종갑이 가방을 손에 쥐었다.

"그럼 1킬로그램을 빼고 나머지를 전차섭에게 도로 가져다주겠습니다."

"아니, 잠깐."

배장근이 가방을 바라보며 말하자 오종갑이 움직임을 멈추었다.

오늘 밤 전차섭을 습격한 것은 그와 미리 계획한 행동이었다. 조성표 일당 앞에서 이쪽에게 마약을 강탈당한 것처럼 보이게 하고 다시 전차섭에게 2킬로그램을 돌려주기로 한 것이다. 그것은 보호세의 수취인이 바뀌었다는 것을 의미했다.

"전차섭에게 송한섭과 약속을 하라고 해. 가방은 그때 우리가 가지고 간다."

배장근이 머리를 들고 오종갑을 바라보았다.

"물론 송한섭에게서 돈을 받으면 3분지 2는 전차섭에게 줄 것이다."

"무슨 말씀인지 알겠습니다, 형님."

오종갑이 머리를 끄덕였다.

"약속만 지켜 주신다면 전차섭도 시키는 대로 할 겁니다."

"세 명의 부하를 데리고 왔었다면 이젠 그놈이 세력을 모아 가는 모양인데."

천기석이 주위의 사람들을 돌아보았다.

"경찰이 지명수배를 해준 바람에 그놈은 대번에 명사가 되었어. 똘마니들을 모으는 게 편리할지도 모르겠군."

"북한 사투리를 쓰는 놈이 있었습니다, 실장님."

강준열의 말에 천기석이 눈을 치켜뜨고는 머리를 끄덕였다.

"밀로체프가 보낸 놈일지도 모른다. 그쪽에는 조선족이 꽤 살고 있으니까."

안 씨라는 40대의 꾀죄죄한 사내가 기무라 옆에 붙어 앉아 낮은 목소리로 통역을 하고 있었다. 그의 옆자리에 앉은 것이 주대홍이다.

그는 회의가 지겨운지 아까부터 목을 빼고 천장을 올려다보기도 했고, 천기석의 사무실 안에 있는 집기들을 찬찬히 훑어보기도 했다.

"조금 전에 전차섭이가 나한테 항의를 해왔어. 그 개자식은 마약을 빼앗긴 것이 억울한 모양이야."

"없다고 오리발을 내밀던 놈입니다. 우리가 책임질 일도 없습니다."

"이번 사건은 언론에 노출되지 않도록 하라는 회장님의 지시다. 성자병원 쪽에는 내가 단단히 일러두었지만 너희들도 입조심을 해야 돼."

그러자 통역의 말을 듣고 난 기무라가 머리를 들었다.

"전차섭이라는 그 밀수꾼, 그자의 입도 막아야 할 거요, 천 실장."

"말해두었소. 제 놈 찻집에서 일어난 일이니 사건이 노출되면 제 놈도 좋을 일이 없어."

천기석이 일본어로 말을 받았다.

"하지만 밀수 조직들 사이에는 금방 소문이 퍼져 나갈 텐데, 천 실장."

"그건 어쩔 수 없지."

"관리하기가 힘들지 않겠소, 그렇다면?"

"천만에. 우리의 도움 없이는 놈들은 오렌지 주스 한 통도 들여올 수가 없다는 것을 잘 알고 있을 테니까."

그러면서 천기석이 끝 쪽에 앉아 있는 오종갑을 바라보았다.

"놈들이 마약을 가졌으니 그것을 처분하려고 할 거야. 그만한 양을 가져갈 놈은 송한섭밖에 없어."

잠자코 그를 바라보는 오종갑을 향해 그가 말을 이었다.

"송한섭이와 연락이 닿는 놈은 전차섭이와 서동팔이 등 몇 놈밖에 없어. 자, 그러면 배장근이는 어떻게 할 것 같으냐?"

"전차섭이나 서동팔에게 연락을 할지도 모르겠군요. 특히 전차섭에게."

"……."

"아마 몫을 나눠 주겠다고 제의를 할지도 모릅니다."

그러자 천기석이 머리를 돌려 기무라를 바라보았다.

"기무라 씨, 당신이 데려온 그 거인을 빌립시다. 듣자 하니 기습의 명수라던데, 그자를 쓸 데가 있소."

통역의 말을 들은 주대홍이 이맛살을 찌푸렸으나 입을 열 형편이 아니다.

"그러려고 신 회장께 부탁해서 데려온 거요."

기무라가 말을 이었다.

"하지만 보스급 한 사람을 붙여서 같이 움직이게 해야 합니다. 이곳 사정에 익숙하지 못하니까."

"오종갑이, 네가 저 친구와 같이 행동해라."

천기석의 말에 주대홍과 오종갑이 서로 얼굴을 마주 보았다.

"알았습니다, 형님."

오종갑이 머리를 숙이자 기무라의 일본말을 통역이 옮겼다.

"기무라 씨의 직속 부하 여섯 명을 주대홍에게 붙일 작정이니, 그쪽은 두 명이면 됩니다."

"그렇게 해. 종갑이 네가 한 명을 데리고 가라."

천기석이 말을 받았다.

"주 형이 한 명을 데리고 있으니 모두 해서 열 명이군. 별동대로는 적당해."

*　　　　*　　　　*

터미널에서 부모를 배웅하고 난 오세미는 택시 정류장으로 갔다. 한낮의 더위에 지친 행인들은 흐느적거렸고, 그늘에 모여 선 사람들의 어깨도 늘어져 있었다. 습도가 높아 조금만 움직여도 온몸에서 땀이 배어 나왔다.

기다리고 있던 택시에 오른 오세미는 숨을 들이마셨다. 냉방 장치가 잘되어 있는 차 안이어서 금방 정신이 든 것이다.

"송정으로 가주세요."

그녀의 말에 운전사가 힐끗 백미러를 올려다보았다.

"해수욕장입니까?"

"아네요. 송정에서 조금 올라가요."

택시가 움직이자 오세미는 가방에서 손수건을 꺼내 얼굴의 땀을 닦았다. 눈가의 땀을 닦는데 갑자기 코가 매워지면서 눈물이 흘러내렸다.

아버지와 어머니는 이제 서울로 떠났으므로 이곳에는 오빠와 둘만 남게 된 것이다. 부모님은 더욱 난감한 심정이었으리라고 생각하자 눈물이 다시 앞을 가렸다.

오빠인 오종갑에게만 책임이 있다고 할 수도 없다. 그날 조금만 일찍 퇴근하여 그자들에게 납치당하지만 않았더라도 일이 이렇게까지 되지는 않았을지도 모른다. 그 일로 인해 오종갑은 조직을 배신하게 되었고, 가족은 보복을 피하여 뿔뿔이 흩어지게 된 것이다.

택시는 해수욕장을 지나 도로변에 10여 채의 건물이 세워진 마을 앞에서 멈추었다. 어촌도, 농촌도 아닌 어중간한 마을이었는데 건물의 반 이상이 상점과 음식점, 다방과 술집이었다.

오세미는 햇살이 하얗게 부서지는 길 위에 서서 방금 떠난 택시가 일으켜 놓은 먼지를 피하려는 듯 얼굴 앞에서 손수건을 저었다.

그때 상점 문이 드르르 열리더니 사내 한 명이 밖으로 나왔다. 화려한 남방셔츠에 밝은 색 바지를 입고 짙은 선글라스를 낀 사내였다.

"오세미 씨 아닙니까?"

그가 다가오며 묻자 오세미는 머리만 끄덕였다.

"저기, 저 집 옆에 차가 기다리고 있습니다. 저기로 가시지요."

사내는 마을 끝 쪽의 건물을 가리켜 보이더니 몸을 돌렸다. 마을 끝에는 오른쪽으로 빠지는 샛길이 있었는데, 그 샛길에 회색 승용차 한 대가 세워져 있었다. 건물에 가려 길도, 자동차도 보이지 않았던 것이다.

오세미가 다가가자 운전석에서 사내 한 명이 서둘러 나오더니 그녀의 가방을 빼앗듯이 들었다. 그러고는 뒷문을 열어 그녀를 타게 한 다음 가방을 앞자리에 던져 놓았다. 에어컨을 켜놓은 차 안은 서늘했지만 오세미는 긴장해서 굳어 있었다.

모텔 현관에 서 있던 배장근은 오세미가 다가오자 얼굴에 웃음을 띠었다.

"어서 오시오. 날씨도 더운데 오시느라……."

그러고는 그녀를 위해 현관문을 열고 그녀가 들어오기를 기다렸다. 모텔의 현관과 커피숍, 그리고 2층 계단에서도 사내들이 보였다. 모두 단정한 셔츠 차림이거나 넥타이를 맨 정장 차림이었는데 손님 같지가 않았다.

배장근은 그녀와 텅 빈 커피숍에 마주 앉았다. 커피숍의 구석에서 낡은 건물과 어울리지 않는 신형 에어컨이 찬바람을 뿜어내고 있었다.

"이 건물 안에는 남자들밖에 없어요. 당신이 유일한 여자입니다."

배장근이 말했다.

"당분간 이곳을 우리 본거지로 할 생각이오. 지금은 넓어 보이지만 곧 사람들이 더 옵니다."

"……."

"지난번에 일어났던 일, 사과합니다. 그리고 가족들과 헤어진 것에 대해서도 책임을 느낍니다."

오세미가 눈을 깜박이며 그를 바라보았다.

"제가 할 일은 뭐죠?"

"곧 러시아에서 사람들이 더 옵니다. 그중에는 여자들도 몇 명 있는데 당신이 그들을 통솔해 주셨으면 해서."

"러시아 사람들인가요?"

"모두 조선족이오. 말은 통하지만 문화에 익숙지가 않아요."

"……."

"러시아 마피아지요. 난 그들의 한국 진출 책임자가 되었습니다."

"전 그런 건 잘 몰라요."

"깊게 끌어들이지는 않겠습니다."

"오빠는 어디 계세요?"

"밤에 들를 겁니다."

배장근이 커피숍 입구에 서 있는 사내를 손짓해 부르면서 자리에서 일어섰다.

"이 사람이 안내해 드릴 겁니다. 여자가 없어서인지 이곳저곳에 부족한 것투성이일 겁니다."

오세미는 사내를 따라 커피숍을 나오면서 배장근의 가라앉은 분위기를 느꼈다.

승용차가 강남대로에서 논현로로 회전해 들어가자 우길만은 시계를 내려다보았다. 7시 10분 전이었다.

"이봐, 삼청호텔로 들어가라. 사우나나 하고 나와야겠다."

삼청호텔은 100미터쯤 앞이다. 운전사는 삼 차선으로 차선을 바꾸고 나서야 깜빡이등을 켰다. 승용차가 언덕을 올라 호텔 현관 앞에서 멈추자 우길만이 차에서 내렸다.

"한 시간쯤 걸릴 거야."

운전사에게 말하고 난 그는 곧장 호텔 안으로 들어섰다. 사우나는 지하 1층이었으므로 그는 곧장 로비를 가로질러 계단을 내려갔다. 사우나 입구가 바라보이는 곳으로 내려간 우길만은 오른쪽으로 발길을 돌렸다. 그곳은 호텔 후문으로 향하는 통로였다. 그가 호텔 후문을 나오자 검은색 대형 승용차 한 대가 소리 없이 다가와 그의 옆에 멈추어 섰다.

그는 문을 열고 빨려들어 가듯이 안으로 들어갔다.

"우 사장, 오랜만입니다."

안쪽에 앉아 있던 홍득준이 말했다.

"작년 초에 정 사장 장례식 때 보고 처음이지요?"

승용차는 호텔의 옆길을 달려 내려가 큰길로 들어서고 있었다.

우길만이 찌푸린 얼굴로 말했다.

"난 신 회장님을 뵙자고 했는데."

"회장님도 오려고 하셨지만 꼬리가 붙을지 몰라 안 오신 거요. 그렇게 되면 우 사장도 입장이 난처해지지 않겠소?"

"홍 전무를 믿지 못한다는 말은 아니야."

"나도 알고 있어."

정색을 한 홍득준이 우길만을 바라보았다.

"할 이야기가 뭐요?"

"녹음하고 있나?"

"글쎄, 이렇게까지 되었는데, 녹음 안 했다고 빠져나갈 수 있을까? 당신이 날 이렇게 만난 것만 해도 끝날 일인데."

"그렇다고 내가 끌려들 것 같은가?"

우길만이 입술 끝을 비틀며 웃었다.

"자네도 알다시피 난 조직에서 소외되고 있어."

"잘 알고 있어. 엿 먹고 있다는 것."

"말 비틀지 마라."

"당신은 이미 죽은 목숨이야. 알아?"

홍득준이 얼굴을 가까이 대었다.

"그 승합차에 실려 있던 마대가 휴지 조각으로 채워져 있었다는 것을 듣고 우리는 금방 알아차렸지. 당신 집 주위의 경호가 해제되었길래 우린 그것이 함정인 줄 알았어. 그런데 그것이 아니더구만."

"……"

"당신 쪽에서 정보가 흘러나오는 거야, 우리한테. 경호가 해제되어서 무방비 상태라고."

"……"

"그것이 어떤 의미라는 것을 알겠지? 주대홍이가 당신을 없애도 좋다는 뜻이야."

"내가 연락해 올 것도 짐작했었나?"

"언젠가는."

"그렇다면 시간이 촉박하군."

"그렇지. 양 회장이 이것도 예상하고 있을지 모르니까."

"난 동일그룹 내부 관리를 맡고 있던 사람이야. 현재의 사업과 미래의 계획까지도."

이제는 홍득준이 눈을 번들거리며 입을 다물었다.

우길만이 말을 이었다.

"일반 사람들하고는 달라서 신 회장은 놀라지 않겠지만 난 모든 자료를 가지고 있어. 이것은 양 회장에게 치명적인 약점이 될 거야."

"그러리라고 짐작했었어."

홍득준이 얼굴을 펴고 웃었다.

"그래, 조건이 뭐야? 그것을 넘겨주는 조건으로 바라는 것이."

"50억. 그것을 달러로 바꿔 외국 은행에 입금시켜 줄 것."

"흠, 50억이라."

홍득준이 손끝으로 턱을 쓸었다.

"꽤 큰돈인데."

"너희들이 얻는 이익은 그 몇십 배가 될 거다. 얼마든지 그 자료를 이용할 수 있을 테니까."

"……."

"나는 한국에 있는 내 재산을 정리할 시간도 없어. 버리고 가는 재산도 상당한 금액이야. 그 손해를 신 회장이 조금쯤은 변상해 줘야지. 그렇지 않나?"

*　　　　*　　　　*

눈을 뜬 양유경은 이동천과 시선이 부딪치자 활짝 웃었다. 금방 잠에서 깨어난 것 같지 않게 두 눈이 반짝였고, 얼굴에도 생기가 돌았다.

"왜 옷을 입었어요?"

그렇게 묻는 그녀는 알몸이었다. 침대 위에 반듯이 누워 그를 바라보면서 몸을 가리려는 시늉도 하지 않았다.

"난 잠깐 나갔다 와야 돼. 약속이 있어."

"지금이 몇 신데요?"

"10시 반."

"그럼 나도 가야겠네."

상반신을 일으키자 그녀의 젖가슴이 출렁이며 흔들렸다. 미끈한 어깨의 선을 따라 시선을 내리던 이동천은 다시 숨이 막히는 듯한 욕정을 느꼈다.

그에게 양유경은 전혀 새로운 여자였다. 다르게 표현한다면 시간이 지날수록 새롭게 느껴지는 여자였다. 이제까지 수많은 여자를 겪은 이동천이었지만 이렇듯 꾸밈없이 성을 탐하면서 상대방을 편안하게 만들어 주는 여자는 처음이었다. 그녀가 이천 별장에서 첫 경험을 했다는 것을 그는 알고 있었다. 그래서인지 그녀의 몸과 마음은 성숙해 있었지만 성에는 아직 호기심 많은 아이였다.

오늘도 식당에서 저녁 식사를 하다가 그의 시선을 받자 양유경의 얼굴은 금방 달아올랐다. 식사를 하는 둥 마는 둥 하고 그들이 아파트에 들어온 것은 두 시간 전이었던 것이다.

"어느 쪽으로 가세요?"

팬티를 입으면서 양유경이 물었다.

"절 데려다주고 가시면 안 돼요?"

"시간이 없어."

그는 그녀에게 다가가 팬티 차림의 몸을 가슴에 안았다.

"난 먼저 나갈 테니 천천히 나와. 집에 연락해서 차를 부르고."

약속 장소가 먼 곳에 있는 것은 아니었다. 아파트 건너편의 길가에 있는 3층짜리 건물 2층 생맥주집이다. 그가 차도를 건너 생맥주집에 들어섰을 때는 10시 55분이었다.

백복동은 손달섭과 함께 나란히 앉아 있었다. 그들 앞에 커다란 맥주잔과 안주 접시가 놓여 있는 걸 보면 온 지 꽤 된 모양이다.

이동천은 그들 앞자리에 앉았다.

"밤늦게까지 고생들을 시켜서 미안합니다."

"천만에요."

무표정한 얼굴로 백복동이 말했다.

"저는 신이 안 나면 일을 안 하는 사람 아닙니까? 그런 말씀 안 하셔도 됩니다."

그는 손등으로 입가의 물기를 닦았다.

"급히 보고드릴 일이 있어서 뵙자고 한 겁니다."

어두운 생맥주집 구석에 한 무리의 학생이 앉아서 시끄럽게 떠들어댔다. 백복동이 탁자 위로 몸을 숙였다.

"오늘 저는 우길만을 맡았고, 여기 있는 손달섭이는 홍득준을 맡았지요. 주대홍이가 그쪽에 붙었다길래 홍득준을 미행한 효과가 있었습니다."

차분한 얼굴로 백복동이 말을 이었다.

"오후 6시 반쯤 되면서부터 일이 재미있게 되더군요. 저하고 달섭이가 점점 가까워지는 겁니다. 서로 핸드폰으로 연락을 하다 보니까, 우리는 딱 삼청호텔에서 만나게 되었습니다."

"……."

"무슨 말씀인지 아시겠죠? 우길만이와 홍득준이 만났습니다. 달섭이가 보았는데, 홍득준이의 차에 우길만이가 타고 30분 동안 명동을 돌고 호텔로 돌아왔습니다."

이동천이 생각에 잠긴 얼굴로 머리를 끄덕이자 그가 다시 말했다.

"두 놈이 만날 이유가 없지요. 그렇다면 이유야 뻔합니다. 우길만이가 요즘 찬밥 신세가 되고 있거든요."

"배신했다는 말이군."

"그렇습니다. 주대홍 사건 이후로 우길만이 양 회장의 신임을 잃었다는 소문이 있습니다."

"……."

"주대홍의 습격을 제일 경계해야 할 우길만의 경호가 풀려 있었습니다. 조직에서 중요 인물로 생각하지 않는다는 증거지요."

"주대홍 소식은 들었습니까?"

이동천이 묻자 손달섭이 나섰다.

"서울을 떠났다는 소문입니다. 하지만 제 정보원도 자세한 것은 모르고 있습니다."

"수고들 하셨습니다."

이동천은 주머니를 뒤지더니 봉투 하나를 꺼내 탁자에 내려놓았다.

"그동안 교통비도 부족했을 텐데, 이것을 쓰시오."

"무슨 돈입니까?"

백복동이 봉투를 내려다보며 물었다.

"검사님이 무슨 돈이 있다고 이러십니까?"

"나라고 돈 만드는 재주가 없을 것 같습니까? 어서 넣어요."

"공금이라면 쓰겠습니다만."

"그렇소. 어서."

백복동이 손을 뻗어 봉투를 집고는 자리에서 일어섰다.

"그럼 저희들은 먼저 가겠습니다. 그리고 이 돈, 잘 받겠습니다."

그러고는 그들은 서두르듯 맥주집을 빠져나갔다.

*   *   *

야쿠자는 이탈리아 마피아, 홍콩의 삼합회(三合會 : Triads)와 함께 세계 3대 폭력단의 하나이다. 18세기 에도시대에 도박꾼 조직에서 변형된 것으로, 섰다 판의 8—9—3(끝수 0=손해를 의미)의 발음을 따서 야쿠자로 불린 것이다.

일본 야쿠자의 4대 조직은 야마구치 쿠미, 이나카와 카이, 스미요시 카이, 그리고 아이즈 고데츠 순인데, 2위의 이나카와 카이와 4위의 아이즈 고데츠 회장은 재일 동포이다.

1992년 말 일본 경찰 집계에 의하면, 야쿠자 단체 수는 3,380개에 구성원은 6만 4천 명인데 야마구치 쿠미가 전체의 30퍼센트를 차지하고 있다. 또한 야쿠자 집단의 1년 수입은 1992년을 기준하여 1조 5천억 엔으로 한화 8~10조억 원에 달했다.

거품 경제 전에는 야쿠자의 수입과 경기가 좋았지만 거품 경계가 끝나자 경기가 나빠져 협박이나 테러가 전보다 더 많이 발생하는 추세이다. 1991년에서 1992년까지 일본 경찰은 야쿠자 조직

소탕 작전을 개시했으나 조직들은 아직도 건재하다.

그러나 야쿠자는 최근 들어 프론트(front) 기업, 즉 합법적 활동을 보장받을 목적으로 표면에 내세운 업체를 통해 각종 기업에 진출하고 있어서, 야쿠자는 이제 제5의 권력으로 부상하는 중이다. 따라서 야쿠자가 각종 규제와 경찰의 감시를 받는 일본을 피해 외국으로 눈을 돌리는 것은 당연한 일일지도 모른다.

그들은 충분한 무력과 재력, 그리고 조직력으로 무장되어 있는데다 정부 권력층의 지원을 받고 있었다. 일본 정부 차원에서 보더라도 야쿠자의 해외 진출은 해될 것이 없는 일이었다.

가토 노부야스는 턱을 치켜든 자세로 거대한 몸을 흔들며 방으로 들어와 양승일의 앞자리에 앉았다. 그를 따라온 우에다 산자에몬이 김양호를 마주 보고 앉자 밀실의 방문이 닫혔다.

이곳은 테헤란로에 있는 타이티클럽으로 방은 일곱 개밖에 되지 않지만 조용하고 분위기 있는 곳이었다. 그러나 이곳에 아무나 올 수 있는 것은 아니다. 회원제를 적용하고 있어서 회원이 아니면 들어올 수가 없는 것이다.

"가토 씨, 여자는 조금 있다가 부르기로 합시다. 우선 이야기를 마치고 나서."

양승일이 허리를 펴고 가토를 바라보았다.

"아이즈 고데츠의 기무라란 자가 서울과 부산을 왕래하면서 신용수와 조성표와의 연합을 추진하고 있어요. 우스운 일은 이번에 서울에서 소란을 일으킨 주대홍이란 놈을 부산으로 데려갔다는 겁니다."

양승일이 얼굴에 웃음을 띠었다.

"나도 조금 전에야 알게 되었는데, 주대홍이를 데려간 것은 기무라였소. 그놈을 부산에서 써먹을 모양인데."

머리를 끄덕인 가토가 입을 열었다.

"조성표는 하나라도 더 손이 필요할 거요. 러시아 마피아를 상대하게 되었으니까."

"러시아 마피아라니, 이번에 신문에 보도된 놈 아닙니까?"

"그렇습니다. 배 아무개란 놈이지요."

"마피아의 일원이라고만 들었는데, 그놈이 무슨 세력이 있단 말이오."

그러자 가토가 옆에 앉은 우에다 산자에몬을 바라보았다.

"우에다, 네가 말씀을 드려라."

"예."

머리를 숙인 우에다가 양승일을 향해 자리를 고쳐 앉았다. 그는 40대 후반으로 다부진 인상의 사내였는데 가토의 보좌관이었다.

"배장근은 이제 마피아의 한국 책임자가 되었습니다. 그리고 그의 휘하에는 러시아에서 보낸 10여 명의 조선족 부하가 모여 있습니다."

"……."

"정보에 의하면, 10여 명이 더 보내질 것이고 막대한 자금도 지원될 예정입니다. 이제 그자의 세력을 만만히 볼 수가 없게 되었습니다, 회장님."

양승일이 굳어진 얼굴로 김양호를 바라보았다. 그로서는 처음

듣는 정보였으나 서툴게 입을 열지는 않았다. 야쿠자는 사할린과 블라디보스토크 지역에 단단한 정보망이 있는 것이다.

우에다가 말을 이었다.

"따라서 부산 지역은 이제 러시아 마피아를 상대로 조성표와 일본에서 건너온 아이즈 고데츠 연합 세력이 대결하는 양상이 되었습니다."

양승일이 입을 열었다.

"서울의 신용수도 조성표를 돕는 상황이니 연합 세력이 단단하군."

"그렇습니다, 양 회장."

가토가 나섰다.

"배 아무개 사건을 계기로 아이즈 고데츠의 중개자 역할이 빛을 내고, 조성표와 신용수의 연합이 자연스럽게 이루어질 것 같습니다."

"……."

"우리는 배 아무개를 뒤에서 지원해 주어야 합니다. 당분간은 러시아 마피아를 키워서 그놈들을 견제시켜야 한단 말입니다."

양승일이 김양호를 바라보았다. 그러나 김양호는 눈을 치켜뜬 채로 그의 시선을 받을 뿐이다.

이윽고 양승일이 머리를 끄덕였다.

"좋습니다. 이 기회에 신용수와 조성표가 결속한다면 놈들의 상대는 내가 될 것이 뻔하니까 말이오."

"밀로체프는 내가 잘 압니다. 놈은 무자비하고 탐욕스러운 인물이오. 이번 사건도 조성표가 밀로체프를 얕보고 그의 대리인인 배 아무개에게 무기 대금을 주지 않고 무기만 강탈하려고 했던 것에서 시작되었지요. 하지만 성격이 단순해서 우리가 조종할 수 있어요."

양승일이 만족한 듯 머리를 끄덕였다.

"자, 그럼 가토 씨, 여자들을 부릅시다. 기다리고들 있을 테니까 말이오."

가토와 우에다의 접대를 김양호에게 맡긴 양승일이 마리온클럽에 들어선 것은 12시가 조금 지났을 때였다.

클럽은 여느 때와 마찬가지로 조용했고 서너 팀의 손님만이 남아 있을 뿐이었다. 이 클럽은 문재은의 기분대로 밤 10시에 문을 닫을 때도 있고, 어떨 때는 새벽 5시까지 영업을 하기도 했다.

"어서 오세요."

문 앞에서 기다리고 있던 문재은이 다가와 그의 팔을 가볍게 잡았다.

"한 시간이 넘게 기다리고 계셨어요."

그녀는 그를 창가의 자리로 안내했다. 도시의 야경이 현란하게 박힌 창가에 앉아 있던 사내가 자리에서 일어나 그를 맞았다. 이동천이다.

"이 검사, 무슨 일이야? 이 시간에 보자고 하고."

앞자리에 앉으며 양승일이 물었다. 그는 이제 서슴없이 말을 낮추고 있었는데 자연스러웠다. 문재은이 돌아가고 둘만 남게 되자 양승일이 이동천을 찬찬히 바라보았다.

"무슨 문제 있어?"

"드릴 말씀이 있습니다."

"말해 봐, 무슨 일이든."

"제 일이 아니라 회장님 조직 안의 일인데요."

"……."

"우길만 사장이 신용수 회장의 오른팔인 홍득준을 만났습니다."

"……."

"어제 오후에 삼청호텔 후문에서 기다리고 있던 홍득준의 차에 타고."

이동천이 백복동에게 들은 상황을 이야기하는 동안 양승일은 담담한 표정으로 앉아 있었다.

"정황으로 보아 우 사장은 위험한 생각을 하고 있는 것 같습니다."

이동천이 말을 맺자 양승일이 천천히 머리를 끄덕였다.

"우선 고맙다고 말해야겠군."

"……."

"경호를 없애면서 감시를 붙일 생각까지는 하지 못했어, 내 참모들은."

"……."

"20년 가까이 수족처럼 지내온 자야, 우길만이는. 하지만 요즘 들어 사생활이 문란해지고 씀씀이가 헤퍼졌지. 바짝 긴장해야 할 시기에 제 사리사욕만 채우고 있었어. 주대흥 사건 때문에 소외된 것이 아니라네."

"……."

"이래서 남은 믿지 못한다는 거야. 결국은 독립해 나가거나 딴 생각을 하게 되지."

양승일이 얼굴에 웃음을 띠었다.

"자네의 정보원, 꽤 솜씨 있는 자 같은데."

"노련한 사람입니다."

"요즘 밤의 세계가 긴장되고 있어. 밖으로는 돌출되어 나타나지 않지만."

"대충은 알고 있습니다."

"자네, 부산으로 내려가 주지 않겠나?"

갑자기 양승일이 그렇게 물었으므로 이동천은 눈을 껌벅이며 그를 바라보았다.

"부산에 말입니까?"

"내가 알아서 할 테니까. 부산 지검장도 내가 움직일 수 있어."

"……"

"이건 자네가 내 사위라는 전제하에 말하는 거야. 물론 자네도 그런 생각이 있었으니 나에게 우길만이 이야기를 해주었을 것이고."

"부산에 무슨 일이 있습니까?"

"전쟁이 일어날 거야, 곧. 러시아 마피아와 한일 연합 조직 사이에."

"……"

"부산의 조성표와 아이즈 고데츠, 거기에다 서울의 신용수가 지원군을 보냈어. 그자들은 배장근이라는 러시아 마피아를 소탕하려고 하네."

"배장근이라면……"

"신문에 났던 수배자야. 서울의 주대홍이도 조성표를 도우러 내려갔어."

양승일이 부산의 상황을 이야기해 주는 동안 이동천은 온몸을 굳히고 앉아 있었다.

"부산에 내려가면 강력부에 배속되도록 하겠네. 가장 직접적 구속력을 가진 집행 기관이지."

"……"

"현장에서 뛰어 보게. 그러면 감각을 느낄 수 있을 거야. 내 후계자가 되어서 밤의 세계를 지배해야지."

"아이즈 고데츠가 신용수와 조성표를 엮어서 마피아를 밀어낸다면 곧 그자들의 세력이 부쩍 커지겠군요."

이동천의 말에 양승일이 얼굴에 웃음을 띠었다.

"그렇겠지. 그러면 자네, 어떻게 하겠나?"

"배장근이를 지원해서 그자들을 괴롭혀야겠지요. 오래 끌수록 양쪽의 피해는 더 클 겁니다."

"……"

"그래서 양쪽이 지쳤을 때 한꺼번에 소탕해야 합니다."

잠자코 그를 바라보던 양승일이 입을 열었다.

"내일 저녁에 집으로 오게. 유경이 엄마도 만나야 할 것이고, 다른 할 일도 있으니까."

거구를 흔들며 찻집 안으로 들어선 주대홍은 카운터 앞에 서서 주위를 둘러보았다. 아침 10시여서 손님은 한 사람도 없었고, 종업원 둘이 막 청소를 마치고 주방에서 설거지를 하는 참이었다.

구석 자리에 앉아 신문을 보고 있던 전차섭이 움직임을 멈추고 그를 바라보았다. 체격 큰 놈을 많이도 보아왔지만 저렇게 험악하게 생긴 놈은 처음이었다. 두 눈과 딱 맞부딪치자 그는 숨을 멈추었다. 놈은 자신을 찾아온 것이다.

사내가 발소리를 묵직하게 내면서 그에게로 다가왔다.

"당신이 전차섭이여?"

목소리가 늦쇠 울리는 소리 같았다.

전차섭이 엉거주춤 자리에서 일어섰다.

"그렇소만. 댁은?"

"그건 알 것 없고."

주대홍이 뒤쪽으로 고개를 돌리자 그것이 신호인 것처럼 서너 명의 사내가 찻집으로 들어섰다.

"아침부터 이러기는 싫은디."

주대홍이 앞자리에 털썩 앉으며 말했다.

"묻는 말에 정직허게 대답만 허면 살려 줄 티여."

주방으로 사내 한 명이 들어가자 곧 그릇 달그락거리는 소리가 멈추었다. 나머지 사내들은 찻집 안의 이곳저곳에 앉거나 서 있다.

"도대체 당신은 누구요?"

전차섭도 만만한 사내가 아니다. 하는 일도 목숨을 걸어야만 될 때가 많았으므로 배짱도 있다.

그는 자리에 다시 앉았다.

"당신이 뭔데 날 죽이고 살려?"

그러자 주대홍이 붉은 입안을 보이면서 소리 없이 웃었다.

"나는 뱃심이 든든한 놈이 좋다."

"그래, 넌 조 사장이 보낸 놈이구나. 좋아, 마음대로 해봐라."

전차섭이 들고 있던 신문을 탁자 위로 내동댕이쳤다.

"날 쥐어짜도 나올 건 없어."

"송한섭이하고 배장근이가 곧 만날 텐디, 그것에 대한 정보를 내."

"미친놈."

전차섭이 이를 악물고 주대홍을 노려보았다.

"내가 그걸 어떻게 안단 말이냐?"

"배장근이는 송한섭이와 접촉할 수가 없어. 너를 통해야만 한단 말이다."

"말도 안 되는 소리 말아. 나도 이가 갈리는 판이야. 그만두고 어서 꺼져."

"아무래도 네가 배장근이하고 미리 손발을 맞추어 둔 것 같다고 하는 사람들이 있어."

"개새끼들, 그만해."

"놈이 네가 마약을 갖고 있다는 것을 알고 있었다는 것도 그렇고, 우리가 널 찾아왔을 때 때맞춰 습격해 왔다는 것도 그렇다."

주대홍이 불쑥 한 손을 뻗어 전차섭의 멱살을 틀어쥐었다.

"자존심 때문에 금방 입을 열지는 못할 거여. 그러니 천천히 시작하자. 시간은 넉넉하니까."

어젯밤 킬로프 호에서 내린 열한 명의 사내 중에는 루벤스키가 껴 있었다. 요즘 들어 세관의 감시가 철저해졌고, 특히 러시아 국적선에 대해서는 감시선이 밤낮으로 붙어 있었으므로 이번에 들어온 사내들의 고생은 이만저만이 아니었다.

그들이 밤 11시에 러시아에서 준비해 온 잠수복을 입고 2킬로미터쯤을 헤엄쳐 어선 사이에서 기다리고 있던 배에 옮겨 타고 모텔 앞의 선착장에 도착했을 때는 수평선이 밝아올 무렵인 새벽 5시가 되어 있었다.

루벤스키는 서너 시간밖에 자지 않았지만 원기를 되찾은 듯 얼굴에서 생기가 흘렀다.

"이건 300만 달러야. 대장은 더 보낼 수도 있으니 돈 걱정은 하지 말라고 했어."

루벤스키가 부하들에게 나누어 가져오게 한 검은색 비닐 가방들을 가리키며 말했다. 10여 개의 비닐 가방이 탁자 밑에 있었는데 그 안에는 모두 달러가 들어 있었다. 이번에 루벤스키가 각종 무기도 가져왔기 때문에 이제 준비는 끝난 셈이다. 자금과 무기, 그리고 인력까지 갖추어진 것이다.

"자네가 세운 계획 모두를 대장이 승인했어. 특히 밀수 조직을 장악한다는 것에 대해서는 전적으로 찬성했어."

루벤스키가 텁수룩한 수염을 손바닥으로 문지르며 말을 이었다.

"모피와 금, 무기에 여자까지 얼마든지 공급할 수가 있어, 배 사장."

배장근이 머리를 끄덕였다. 그는 이미 선배가 경영하는 조그만 무역 회사를 인수할 준비를 하고 있었다. 자금에 쪼들려서 곧 문을 닫아야 할 회사였으므로 그 선배로서는 꼭두각시 사장으로도 감지덕지할 판이다.

"이번에 한국의 마약 공급책이라는 송한섭을 알게 되면 마약도 얼마든지 공급할 수 있어. 대장은 그에 대해 기대가 커."

"이번 마약은 송한섭이라는 자에게 넘기겠지만 마약 사업은 아직 위험해."

배장근이 말했다.

"마약에 관계된 일이라면 정부에서 눈을 까뒤집고 달려든단 말이야. 꼬투리를 잡히면 치명적이야."

"이제까지 마약 사업이 잘되어 오지 않았어? 조성표의 보호를 받고 말이야."

"보호세는 받았지만 조성표는 직접 손을 대지는 않았어. 전차섭이가 들여온 양의 3분의 1을 가져가거나 그만한 액수의 돈을 받았을 뿐이야."

"그렇다면 우리도 그런 방법을 쓰도록 해야겠군."

배장근이 퍼뜩 시선을 들자 루벤스키가 얼굴에 웃음을 띠었다.

"이를테면 내가 송한섭과 직접 거래를 한다든가 하는 방법으로 말이야. 자네와 자네 사업과는 관계가 없도록 말이지."

식당 문이 열리더니 오세미가 들어섰다. 진 바지에 반팔 티셔츠를 입은 가뿐한 차림이었다.

"시장에 다녀오겠어요."

그의 앞에 선 오세미가 또랑또랑한 목소리로 말했다.

"식구가 스무 명이 넘어서 식료품을 트럭으로 들여와야 할 것 같아요. 그리고 대형 냉장고도 두 대 사고."

"두 사람을 붙여 드리지요. 돈은 얼마든지 쓰셔도 좋습니다."

힐끗 루벤스키에게 시선을 준 오세미가 몸을 돌려 식당을 나갔다.

문이 닫힐 때까지 그녀의 뒷모습을 바라보던 루벤스키가 머리를 돌렸다.

"미인이군. 갓 잡은 생선같이 힘차고. 저 여자가 오종갑의 동생인가?"

"그래, 지금 우리한테는 그 둘이 가장 큰 조력자야. 동생은 안에서, 오빠는 밖에서 우릴 돕고 있어."

"저 여자를 납치했던 것은 잘한 일이었군. 그런데 오종갑이는 지금 어디에 있나?"

오종갑이 복도로 나오자 휴지통 옆에 서 있던 조세준이 다가왔다. 점심시간이어서 복도에는 왕래하는 사람들이 드물었다.

"형님, 주대홍이가 전차섭을 만나러 갔습니다."

바짝 다가선 조세준이 낮은 목소리로 말했다.

"천 실장이 지원해 준 애들 다섯 명을 데리고 아침에 나갔다는데, 아직 돌아오지 않았습니다."

"……."

"그 괴물이 왜 우리한테는 연락도 하지 않고 나갔을까?"

오종갑이 머리를 들고 조세준을 바라보았다.

"넌 이곳에 남아 있어라."

"어디 말입니까?"

"이곳에."

오종갑이 턱으로 사무실을 가리켰다.

"난 잠깐 다녀올 데가 있다."

"어딜 다녀오시려구요?"

조세준이 물었으나 그는 잠자코 몸을 돌렸다.

회사 빌딩을 나와 택시를 잡아탄 그가 내린 곳은 전차섭의 찻집이 보이는 건너편 길가였다. 바닷가에 일자로 늘어선 상가의 맨 끝에 있는 찻집은 장사를 하기 위해서라기보다 전차섭의 연락 사무실 역할을 해오고 있었다.

그가 찻집 안으로 들어서자 카운터에 앉아 있던 종업원이 눈을 둥그렇게 떴다. 서너 번 안면을 익힌 여자였다.

"이봐, 전 사장 어디 있어?"

찻집 안에는 대여섯 팀의 손님이 있었지만 전차섭은 보이지 않았다. 그가 묻자 종업원이 자리에서 일어섰다.

"아침에 남자들이 데려갔어요."

"누가?"

"어떤 큰 사람이, 남자들을 데리고 와서."

"어디로?"

"그건 몰라요. 우린 주방에서 나오지도 못하게 해서."

한동안 종업원을 바라보던 오종갑은 몸을 돌렸다.

찻집을 나온 그가 차도 쪽으로 서너 걸음 나섰을 때였다.

"이봐, 오종갑이."

뒤에서 부르는 소리에 그는 몸을 돌렸다. 찻집의 옆쪽 모퉁이에 기대서 있던 천기석이 웃음 띤 얼굴로 그를 바라보고 있었다.

"여긴 뭐 하러 온 거냐?"

"실장님은 여기에 웬일이십니까?"

"글쎄, 내가 먼저 물어보지 않았어?"

천기석의 뒤에서 사내 두 명이 모습을 드러내었는데 기무라의 부하들이었다.

"난 주대홍이가 이곳에 왔다길래 뒤쫓아 온 겁니다."

"그래? 극비로 움직였는데 너한테 벌써 정보가 새었군."

벽에서 몸을 뗀 천기석이 손을 들어 자신의 뒤쪽을 가리켰다.

"너하고 이야기할 것이 있다. 저쪽으로 가자."

찻집 옆은 공터였는데, 한쪽에 망가진 비치 파라솔과 의자들이 어지럽게 쌓여 있었다. 공터를 지나면 아직 개장을 하지 않은 해변이 나온다.

"가시죠. 그런데 실장님, 안색이 좋지 않으시군요."

그를 따라 공터로 가면서 오종갑이 말했다. 야쿠자 두 명이 양쪽에 붙어 섰지만 그는 본 척도 하지 않았다.

"몇 년 전에 부두에서 놀던 한 놈을 이런 분위기에서 해치웠지요. 그땐 내가 실장님처럼 어깨에다 힘을 주었었습니다."

천기석이 폐타이어 더미 앞에서 걸음을 멈추더니 그를 바라보았다.

"배영근이가 도망치도록 네가 애들에게 술을 먹였다는 이야기가 있을 적에 나는 그것을 묵살했었어. 넌 우릴 배신할 이유가 없었거든."

"……."

"그런데 이번의 전차섭 사건은 누군가가 배장근이에게 정보를 주어야 가능했던 일이야. 그것도 보스급에서."

"……"

"양쪽의 일에 모두 관계된 것이 너야. 네가 배장근이하고 통하고 있어."

오종갑이 입술 끝을 비틀며 웃었다.

"왜 이러십니까? 재판을 하려면 사장님 앞에서 합시다. 당신은 그럴 권한이 없어."

그는 양쪽에 서 있는 야쿠자들을 둘러보았다.

"이것들은 뭐요? 설마 이것들로 날 어떻게 할 생각은 아니겠지?"

"결정은 이미 내려졌어."

천기석이 낮은 목소리로 말했다.

"네 가족이 모두 종적을 감추었다는 것을 어젯밤에 알게 되고 나서 판결이 내려졌다."

"……"

"기회는 있다. 불면 목숨만은 살려 준다. 추방시키는 것으로 끝낼 테니까."

한낮이었다. 공터와 바닷가에서도 인적은 찾아볼 수 없었다. 푸른 바다 끝 쪽에 배 한 척이 동그마니 떠 있었다.

이윽고 바다에서 시선을 뗀 오종갑은 천기석을 향해 이를 드러내며 웃었다. 그리고 그 순간 몸을 날린 그는 옆에 서 있던 야쿠자의 사타구니를 발끝으로 찍어 올리면서 모래밭 위에 몸을 던졌다. 그러자 그의 등 위를 일본도가 바람 소리를 내며 스치고 지나갔다. 사타구니를 차인 사내는 모래밭에 무릎을 꿇고 앉아 그곳을 움켜쥐고 있었다. 다른 한 사내가 일본도를 번쩍 추켜들고는 한 걸음 앞으로 나섰다.

그 순간 오종갑은 손에 움켜쥐고 있던 모래를 사내에게 뿌렸다. 흙먼지가 섞인 모래였다. 얼굴을 찌푸린 사내가 두 눈을 치켜뜨려다 다시 감고는 칼을 내려쳤지만 땅바닥을 때렸다.

빙글 몸을 돌린 오종갑이 튕기듯이 일어서면서 주먹으로 사내의 턱을 쳤다. 사내가 휘청거리며 칼로 땅을 짚는 순간 사타구니를 쥐었던 사내가 허리춤에서 권총을 꺼내는 것이 보였다.

천기석은 그의 옆쪽에 선 채 움직이지 않았다.

오종갑은 도를 쥔 사내의 팔목을 내려치면서 다시 땅으로 뒹굴었다. 그러고는 한 손으로 모래를 집어 권총을 든 사내에게 뿌리면서 다른 손으로는 땅에 떨어진 도를 잡았다.

"잘한다."

천기석이 짧게 외쳤다. 사내는 권총을 들었으나 눈에 들어간 모래 때문에 아직 조준을 하지는 못했다.

오종갑이 모래밭 위를 두 번쯤 굴러갔을 때 사내가 쏜 총탄이 그의 옆구리를 스치고 지나갔다. 다시 두 번째 총탄이 어깨를 찢고 지나갔을 때 다시 한 번 몸을 굴린 오종갑은 누운 채로 칼날을 사내의 가슴 깊이 박았다.

"어억."

처음으로 비명 소리가 났다. 오종갑이 몸을 한 번 더 굴리며 칼을 비틀어 빼자 핏줄기가 분수처럼 쏟아졌고, 사내가 찢어지는 듯한 비명을 질렀다.

얼굴에 핏물이 튄 오종갑이 아수라와 같은 형상으로 일어섰다. 그는 칼을 한 손에 쥐고 천기석을 노려보았다.

"잘한다."

시선이 마주친 천기석이 웃음 띤 얼굴로 말했다. 어느덧 그는 소음기가 끼워진 권총을 오종갑의 가슴에 겨누고 있었다.

오종갑은 숨을 깊게 들이마셨다. 어깨가 부풀려지고 두 눈이 부릅떠졌다. 두 손으로 도를 움켜쥔 그가 도를 높이 쳐들고 천기석에게 짓쳐 들어갔을 때였다. 그는 총구에서 섬광이 뿜어져 나오는 것을 보았다.

제7장

총집결

밤의
대통령

이동천이 들어서자 김성길 부장이 웃는 얼굴로 앞쪽의 자리를 가리켰다.

"앉아. 같은 청사에 있으면서도 오랜만에 보는군."

그는 이제 다음 달 정기 인사에서 차장으로 승진될 것이므로 앞으로는 더욱 보기가 어려워질 것이다.

자리에 앉자 김성길이 부드럽게 말했다.

"이 검사는 활동적인 사람이야. 내가 여럿을 겪어 보았지만 그 중에서도 뛰어난 사람이야."

"그런 칭찬을 듣다니, 영광입니다."

"내 분위기가 너무 딱딱하지? 나는 차츰 고쳐 가고 있는데 나에 대한 선입관이 너무 굳어져 있는 모양이야."

그는 소파에 등을 기대고는 이동천을 똑바로 바라보았다. 50대 초반의 김성길은 대통령과 동향에다 고등학교 후배이기도 하다. 대통령이 기억해 주지 않는다고 하더라도 그것만으로도 엄청난 프리미엄이 붙는 것이다.

"부산 지검장이 강력부를 보강시킬 계획이야. 이 검사도 알다시피 요즘 부산 지역의 조직 세계가 심상치 않아."

김성길이 차분한 목소리로 말했다.

"야쿠자와 마피아가 얽혀 있고, 밀수가 부쩍 늘어났어. 총기 사건도 빈번해졌고."

"……"

"부산이 관문이야, 일본과 러시아의. 안기부에서도 신경을 곤두세우고 있네."

이동천이 잠자코 머리를 끄덕이자 김성길이 자리를 고쳐 앉았다. 본론으로 들어갈 자세였다.

"그래서 강 부장과 상의를 했는데, 자네만 괜찮다면 부산으로 내려가 주었으면 하네. 우리가 부산에 생색을 내면서 지원해 줄 수 있는 사람으로는 자네가 적격이야."

"강력부로 말입니까?"

"그래. 자네가 조직 사회를 전담하도록 되어 있네. 자네만 좋다면 말이야."

"글쎄요, 저로서는 너무 갑작스러운 말씀이셔서."

"자네는 검사 한 명을 지휘할 수 있게 되네. 그리고 손발이 맞는 수사관 한 명을 차출해 갈 수도 있어."

이동천이 잠자코 있자 김성길의 얼굴에 다시 웃음이 떠올랐다.

"설마 능력을 발휘할 절호의 기회를 사양하지는 않겠지?"

이동천이 고개를 들었다.

"저에게 왜 이런 기회를 주시는지……."

"그렇지, 그렇게 물어봐야 정상이야."

이제 김성길이 입안을 보이며 소리 없이 웃었다.

"내가 대답을 준비해 두었어. 자네는 럭키 가이라고 말이야. 그 렇게만 말하면 알아들을 것 같아서."

"……."

"그럼 준비하게. 청장께도 허락을 받았으니 발령은 일주일 후 야. 당장 업무 인계를 시작하게."

그로부터 두 시간 후 청사를 나온 이동천은 길 건너편의 태양 빌딩 안으로 들어섰다. 점심시간이 막 끝난 뒤라 빌딩 안을 오가 는 사람들의 입술은 기름기로 번들거렸다.

계단을 올라 2층 복도를 걷는데 옆쪽에서 백복동이 다가왔다.

"아니, 백 형사. 여기서 날 기다리고 있었던 거요?"

의아해하는 얼굴로 그가 묻자 백복동이 주위를 둘러보았다.

"3층으로 가시지요. 2층에는 아는 사람들이 많아서."

그들은 다시 계단을 올라 3층 복도에서 마주 보고 섰다.

"2층 커피숍에 강 부장이 있었습니다."

백복동이 미안한 듯 말했다.

"아무래도 신경이 쓰여서요."

"그런데 무슨 일이오?"

그가 묻자 백복동이 한 걸음 다가섰다.

"우길만이 죽었습니다."

"……."

"어젯밤에 퇴근하다가 길에서 뺑소니차에 치여 죽었습니다."

"길에서 죽다니? 차는 어떻게 하고?"

"차가 고장이 나서 운전사가 길가에 차를 세워 두고 연락을 하러 간 사이에 트럭이 차를 깔아뭉개고 달아났다고 합니다."

"……."

"양 회장이 눈치챈 것 같습니다."

"……."

"까짓것, 잘 죽은 것 아닙니까? 저희끼리 죽고 죽이라고 내버려 두지, 뭘."

"백 형사, 나하고 같이 부산에 가지 않겠습니까?"

그가 묻자 백복동은 멍한 얼굴이 되었다.

"부산에 뭐 하러 갑니까?"

"내가 부산으로 발령이 났어요."

그가 김성길로부터 들은 이야기를 간단히 말하자 백복동이 입맛을 다셨다.

"구미가 당기기는 하는군요. 이젠 마음대로 뛰게 한다니 말입니다."

"백 형사를 일 계급 승진시키도록 경찰청에 추천한다고 했어요."

"높은 놈들이야 나 같은 졸자의 계급은 쉽게 올리지요. 말 몇 마디면 될 겁니다."

"가 주겠소?"

"한 가지 여쭈어봐도 됩니까?"

그러면서 백복동이 얼굴에 어색한 웃음을 띠었다.

"양 회장 딸하고는 어떤 사이십니까?"

"어떤 사이라니?"

"물은 이유를 아실 텐데요, 검사님."

"결혼할 생각이오."

"양 회장의 사위가 되시겠군요."

"그렇소."

"러시아 마피아와 조성표, 신용수, 그리고 아이즈 고데츠가 우리가 부산에서 처리해야 할 무리군요."

이동천이 백복동을 찬찬히 바라보았다.

"그렇소. 양 회장의 조직은 부산에 있지 않으니까."

"그런 의미로 여쭤본 것이 아닙니다, 검사님."

백복동이 머리를 저었다.

"저는 양 회장과의 관계를 분명히 알고 싶었을 뿐입니다."

"……."

"검사님이 어떤 지시를 하든 따르겠습니다. 난 검사님이 좋아서 이 짓을 하는 것이니까요."

"고맙소."

"진급이나 꼭 부탁합니다. 그래야 마누라한테 큰소리치고 내려갈 수 있으니까요."

그날 밤, 이동천이 흑석동에 있는 양승일의 저택 앞에서 차에서 내리자 건장한 사내 한 명이 다가왔다. 30대 후반쯤으로 보이는 눈매가 날카로운 사내였다. 그의 뒤쪽에는 서너 명의 사내가 긴장한 얼굴로 서 있었는데 그의 부하들로 보였다.

"검사님, 어서 오십시오."

그는 허리를 90도로 꺾었다. 그와 동시에 육중한 철문 앞에 서 있던 사내들도 덩달아서 허리를 꺾었으므로 이동천은 당황했다.

"아니, 누구십니까? 이거, 초면에……."

"저는 그룹 비서실에서 보좌관으로 있는 박철규라고 합니다."

사내가 공손하게 말했다.

"오신다고 하셔서 미리 인사를 드리려고 기다리고 있었습니다."

"아아, 그렇습니까? 고맙습니다."

사내 한 명이 철문을 반쯤 열어 놓고 기다리고 있었다. 이동천이 박철규를 돌아보며 말했다.

"같이 들어가시지요."

"아닙니다. 저는 이만 돌아가겠습니다."

"아니, 그렇다면."

"회장님이 문 앞에서 인사만 하고 돌아가라고 지시를 하셨기 때문에."

박철규가 흰 이를 드러내며 웃었다.

"그럼 이만 물러가겠습니다."

다시 90도로 허리를 꺾은 박철규가 몸을 돌리자 이동천은 저택 안으로 들어섰다.

"이쪽으로."

문 옆의 어둠 속에서 사내 한 명이 나타나더니 앞장을 섰다. 저택은 2층 양옥으로 평범한 구조였지만 정원이 넓었다. 1층 응접실에서 흘러나온 밝은 빛이 잔디밭에 길게 내비치고 있었다.

현관 앞에 사내 한 명이 서 있다가 이동천이 다가오자 문을 열고는 비켜섰다. 저택 안에서 사람들의 밝은 말소리가 울려 나오고 있었다.

"어서 오게."

그를 제일 먼저 맞은 것은 양승일이다. 그는 응접실 겸 로비로 사용되는 넓은 홀에 서서 웃음기가 가득한 얼굴로 그를 맞았다. 짙은 색의 정장 차림을 하고 있었다.

"손님들이 기다리고 있네."

양유경은 보이지 않았으나 찾을 경황이 없었다. 이동천은 소파에 둘러앉은 서너 명의 사내들을 보았다. 양승일은 그의 팔을 끌고 그들에게로 다가갔다.

"자, 이분은 한민당 총장이신 이용덕 의원이셔. 인사해."

양승일이 검은 피부에 눈매가 날카로운 이용덕에게로 그를 이끌었다.

"이동천입니다."

그가 머리를 숙이자 이용덕이 이를 드러내며 웃었다.

"궁금했었소. 과연 양 회장이 반할 만한 사람이군."

양승일이 다음에 소개시킨 사내는 안기부 차장인 안홍건이다.

"반갑소, 이 검사."

웃음 띤 얼굴로 안홍건이 그의 손을 쥐었다.

양승일은 다시 그를 우두커니 서 있는 거인에게로 데려갔다. 몸무게가 150킬로그램은 될 것 같은 50대의 사내였다.

"이분은 가토 노부야스 씨로 일본에서 온 손님이야. 인사해."

일본어였다. 이동천이 가토를 향해 일본어로 말했다.

"반갑습니다. 한국에 자주 오신다는 이야기는 들었습니다."

"일본말을 잘하시는군."

가토가 얼굴에 웃음을 띠었다.

"반갑소. 그리고 축하합니다."

"자, 그럼 안으로 들어가서 간단한 기념 파티를 합시다."

양승일의 말에 사내들이 자리에서 일어섰다. 만면에 웃음이 가득한 양승일이 이동천을 바라보았다.

"오늘이 자네의 약혼식이야. 이분들이 자네의 후원자들이네."

*　　　　*　　　　*

"당신은 꿈이 뭐예요?"

새벽 2시가 넘어 찌르륵거리는 풀벌레 소리뿐이었으므로 양유경의 목소리는 방 안의 정적을 깨었다.

이동천의 가슴 위에 턱을 얹은 그녀는 대답을 기다리는 듯 잠자코 그를 바라보았다. 창으로 흘러 들어온 달빛이 방 안의 윤곽을 희미하게 비추고 있었다. 그녀의 눈동자에도 조그맣게 반짝이는 빛이 보였다.

"내 꿈은 대통령이야."

조그맣게 말했으나 양유경이 알아듣고 꾸르륵 웃었다. 그러고는 다시 정적이 감돌았다. 창밖의 풀벌레 소리는 이제 더욱 커다랗게 울려왔다.

약혼식은 그렇게 양승일의 가족과 후원자 세 사람이 참석한 가운데 간단하지만 엄숙하게 치러졌다. 그 자리에서 양승일은 자신의 후계자가 이동천임을 선언했다.

이동천에게 제일 관심을 기울이는 사람은 가토였다. 그는 쉴 새 없이 이동천에게 말을 걸었고 술잔을 건네주었다. 이제 앞으로는 손잡고 일해야 할 사이인 것이다.

어머니인 김 여사가 오늘 밤에 제일 불만이 많았던 사람일 것이다. 그녀는 가족만의 모임이 아닌 것을 아쉬워했기에 이동천은 다음에 다시 들르겠다는 약속을 해야만 했다.

풀벌레 소리가 다시 귀를 울렸다. 같이 식사를 하는 것으로 약혼식을 마친 그들이 10시가 넘어서 집을 떠나 이곳 이천 별장에 도착했을 때는 자정이 되어 있었다.

양승일은 그들이 나가는 것을 순순히 허락해 주었지만 김 여사는 걱정스러운 표정이었다. 어쨌든 이제 둘만의 외박이 공식적으로 인정이 된 셈이기는 했다.

정사가 끝난 후의 덥고 비린 공기가 방 안에 차 있었다. 아직 가시지 않은 짜릿한 여운을 즐기려는 듯 둘은 움직이지 않았다.

"내가 일주일에 한 번은 부산에 내려갈까 봐요."

양유경이 입을 열었다.

"당신이 올라오지는 못할 테니까."

"아버지께 허락을 받고 행동하도록 해."

그녀의 매끄러운 등을 손바닥으로 쓸면서 이동천이 말했다.

"내키는 대로 행동하면 안 된단 말이야."

"아버지 마음에 쏙 들게 말하는군요."

"……."

"아버지는 당신을 1년 전부터 관찰해 왔어요. 아세요?"

"……"

"그리고 나서 문 마담을 시켜 당신의 장점을 나에게 부각시켜 주더군요."

이동천의 손이 허벅지 사이로 들어가자 그녀는 머리를 틀었다.

"난 거부감이 들지 않았어요, 당신에 대해서."

"……"

"아, 편안해요."

한쪽 볼을 그의 가슴에 댄 그녀가 길게 숨을 내쉬었다.

"무슨 일이세요?"

오세미가 다가오며 묻자 배장근이 자리에서 일어섰다. 커피숍에 앉아 커다란 목소리로 부하들과 이야기를 하고 있던 김달수가 문득 말을 멈추더니 배장근을 바라보았다.

그들은 커피숍을 나와 모텔 앞쪽의 잔디밭으로 내려갔다. 잔디밭이라고 해야 겨우 30평도 안 되는 좁은 마당이었고 끝 쪽은 바다로 내려가는 가파른 계단이다.

배장근이 오세미를 돌아보았다. 비스듬히 비치는 아침 햇살을 받은 그녀의 얼굴에서 윤기가 묻어났다.

"조금 아래로 내려갑시다."

햇살에 눈이 부신 듯 두어 번 눈을 깜박이던 그녀가 그를 따라 계단을 내려왔다. 그들은 돌계단의 구부러진 모퉁이에 앉았다. 바다는 검푸른 빛을 띠고 있었다. 바람이 조금 세서 파도 끝의 흰 거품이 쉴 새 없이 만들어졌다.

오세미가 머리를 돌려 그를 바라보았다. 긴장 때문인지 두 눈을 동그랗게 뜨고 있었다.

"말씀하실 것 있어요?"

배장근이 머리를 끄덕였다.

"나는 얼마 전에 부모님을 잃었소."

"……"

"나 때문이지. 놈들은 날 잡기 위해서 내 동생을 납치했다가 나중에는 부모님을 살해한 거요."

오세미가 머리를 떨구고 돌계단을 내려다보았다. 바람이 그녀의 머리칼을 날려 볼 위에 흩뜨려 놓았다.

"나는 부모님의 장례도 치르지 못했습니다. 놈들이 기다리고 있는 바람에."

"……"

"모두 내 탓입니다. 나 때문에."

배장근이 손을 뻗어 오세미의 손을 잡았다.

"미안합니다. 오빠가 놈들에게 살해되었소."

그러자 눈을 치켜뜬 오세미가 그의 손을 뿌리쳤다.

"무, 무슨 말씀을. 오빠가……"

"어젯밤에 시체가 발견되었소, 바다에서."

얼굴이 하얗게 질린 오세미가 그를 바라보았다.

"아침에 사람을 보내 시체를 인수해서 장례를 치르라고 했습니다."

"오빠……"

오세미가 두 손으로 얼굴을 가렸다. 그러나 울음소리는 내지 않았다. 바다를 내려다본 채 배장근도 입을 열지 않았다. 주위에는 파도 소리만 들려왔다.

"세미 씨는 서울의 부모님한테 가는 것이 나을 것 같습니다. 놈들은 이제 가족들을 찾지는 않을 테니까요."

잠시 후 무거운 침묵을 깨며 배장근이 말했다. 그러나 오세미는 두 손으로 얼굴을 싸쥔 채 입을 열지 않았다.

"미안합니다. 종갑이는 나와 이상한 인연으로 만났지만 뜻이 통하는 친구였습니다."

"……"

"날 오빠처럼 생각해 준다면 좋겠는데. 나는, 기꺼이……"

오세미가 얼굴에서 손을 떼었다. 눈물로 범벅이 된 얼굴이었지만 두 눈을 크게 치켜뜨고 있었다.

"나는 안 가요."

그녀의 말소리는 또렷했다.

"여기 남아 있겠어요."

"……"

"도망치지 않겠어요. 그런 건 싫어요."

배장근이 머리를 끄덕였다.

"고맙소, 세미 씨. 내가 당신을 오빠처럼 보호해 드리겠소."

커피숍으로 돌아온 배장근에게 김달수가 다가왔다.

"형님, 그럼 나갔다 오갔시요."

배장근이 머리를 끄덕이자 그는 웅성거리며 서 있는 부하들을 이끌고 커피숍을 빠져나갔다.

그들은 며칠 전에 밀항해 온 조선족으로, 부산의 지리를 익히기 위해 시내로 나가는 것이다. 지리뿐만이 아니다. 사할린과 블라디보스토크와는 현격한 차이가 나는 한국의 문화에 빨리 익숙해져야만 하는 것이다.

그들이 썰물처럼 빠져나가자 배장근은 탁자 위에 놓여 있는 전화기를 들었다. 아침 10시 반이었다.

—어, 배 사장님. 그렇지 않아도 전화 기다리고 있었습니다.

전차섭의 목소리가 수화기에서 흘러나왔다.

—저쪽과 연락이 되었습니다. 오늘 밤에 만나자고 합니다만.

그의 말투가 전과 달라져 있는 것으로 배장근은 자신의 위상을 짐작할 수 있었다.

"그렇게 서두를 건 없어요, 전 사장. 오늘 밤은 내가 시간이 없는데."

—하지만 저쪽 사정도 생각해야 합니다. 그들이 우리만 기다리는 것은 아니니까요.

"내일 만나자고 전해주시오. 물론 당신과 같이 가야겠지만."

—장소와 시간은 그들이 정합니다.

"알고 있소."

—가격은 이미 정해졌으니 물건과 바꾸기만 하면 됩니다.

"가격은 얼마요?"

—킬로그램당 2억 원입니다.

"싸군, 엄청나게."

—그는 안심할 수 있는 사람입니다. 욕심 부리다가 골로 가는 수가 있지요.

"내일 송한섭이란 자를 만날 수 있겠군."

—그 사람은 나오지 않습니다. 대리인이 나올 겁니다.

"대리인이라니?"

—송한섭은 이제까지 한 번도 얼굴을 보인 적이 없습니다.

"……."

—우리한테는 상관없는 일이지요. 거래만 제대로 하면 되니까
요.

"그렇군."

—그럼 오후에 다시 연락을 주십시오. 장소와 시간을 알려드리
지요.

수화기를 내려놓은 배장근은 한참 동안 벽을 바라보며 움직이
지 않았다.

전화를 끊은 주대홍이 고덕균을 향해 눈을 부릅떴다.

"뭘 보는 거여?"

"온답디까?"

"오긴 뭘 와, 이 새끼야?"

고덕균이 입가에 웃음을 띠었다.

"형수 씨 미인입디다, 형님."

"까불지 말어."

그는 앞자리에 앉아 주대홍이 박미정과 통화하는 내용을 고스
란히 들은 것이다.

"이 집에서 살림 차리면 되겠수다, 형님."

고덕균의 말에 주대홍이 좌우를 둘러보았다. 조성표가 얻어

준 30평짜리 아파트에는 생활필수품은 물론이고 가전제품이 고루 갖추어져 있어서 살림집이나 마찬가지였다. 그러나 박미정에게 전화한 것은 궁금했기 때문이지, 다른 뜻이 있었던 것은 아니다.

"지집애한티 정신 쏟을 때가 아니다."

턱을 든 주대홍이 말했다.

"곧 전쟁이 벌어질 판인디 지집애를 데리고 와서 뭘 헌단 말이냐?"

"전쟁은 무슨."

고덕균이 입맛을 다셨다.

"배 씨 성을 가진 한 놈만 잡으면 되는 거 아뇨? 그게 뭐가 대단한 일이라구."

"가볍게 생각허지 마라. 놈은 벌써 다섯 명이나 살인헌 놈이다. 그러고 이제 기반도 있는 놈이여."

그때 현관에서 벨소리가 났다.

자리에서 일어난 고덕균이 문으로 다가갔다.

"거기, 누구요?"

"납니다."

낯선 목소리여서 그가 문에 뚫린 렌즈로 밖을 내다보았다.

"형님, 기무라가 왔는데. 통역하고."

찡그린 얼굴로 고덕균이 그를 바라보았다.

"문 열어."

주대홍의 말에 그가 문을 열었다. 정장 차림의 기무라가 통역과 함께 들어섰다. 얼굴에 웃음을 띠고 있었다.

"주 선생, 연락도 없이 찾아와서 미안합니다."

기무라의 말을 사내가 재빠르게 통역했다. 그들은 주대홍의 앞자리에 나란히 앉았다. 벽시계는 오후 2시 반을 가리키고 있었다.

"무슨 일이 있습니까?"

주대홍이 통역에게 물었다.

"앞으로 나한티 헐 말 있으면 통역 선생만 오시는 게 어떻습니까? 대가리를 이쪽저쪽으로 돌리는 게 귀찮기도 하고."

사내가 통역을 하는 동안 주대홍은 찬찬히 기무라를 바라보았다. 사내의 말을 들은 기무라가 히죽 웃었다.

"미안합니다, 주 선생."

주대홍은 같은 내용의 말을 두 번 듣는 셈이 되었다.

"직접 만나야 할 일이 있어서 들른 겁니다."

"무슨 일인데요?"

"내일 배장근이 송한섭이를 만납니다."

"……."

"아침에 배장근이 전차섭한테 전화를 해왔습니다. 내일 밤에 송한섭이를 같이 만나자고 했다는군요."

"그놈이 효자로구만."

주대홍이 입술 끝을 찌푸리며 웃었다.

찻집에서 전차섭을 잡았을 때 두드리거나 그를 어떻게 하겠다는 협박을 한 것은 아니다. 산전수전을 다 겪은 놈이라 그러마라고 해놓고는 부담 없이 배신할 놈이었다. 전차섭이 고분고분해진 이유는 산청에 살고 있는 그의 부모 때문이었다.

그는 배장근의 부모가 죽은 사실을 모르고 있었다. 시골에서 일어난 평범한 화재여서 신문에 조그맣게 보도되었기 때문이었을 것이다. 시골에서 농사를 짓고 있는 늙은 부모가 배장근의 부모처럼 우연히 불에 타 죽을지 모른다는 말에 그는 금방 두 손을 들었다.

"언제 어디서 만난다고 합디까?"

주대홍이 묻자 기무라가 통역을 통해 대답했다.

"오늘 중으로 알게 될 거요. 그쪽에서 연락이 올 겁니다."

"잘되었군. 일찍 끝나게 되어서."

"그래서 준비할 것이 있소."

기무라의 눈짓에 사내가 들고 온 가방을 탁자 위에 올려놓았다.

"이젠 이것을 지니고 다니도록 하시오."

사내가 가방을 열자 소음기가 끼워진 권총 두 정이 드러났다. 한쪽에는 탄창 서너 개와 탄알이 든 종이팩이 가지런히 쌓여 있었다.

"이젠 칼로 승부를 내는 시기가 아니오. 놈들은 총기로 무장한 집단입니다."

고덕균이 눈을 빛내며 권총을 꺼내 쥐었다. 권총은 베레타 92F였다.

"실탄은 많으니까 집 안에서라도 연습 삼아 쏘아 보시오. 소음기가 끼워져 있으니 괜찮을 거요."

말을 마친 기무라가 의자에 등을 기대고는 팔짱을 끼었다.

"주 선생, 나에 대해서 거부 반응을 느끼는 건 내가 한국말을 못하기 때문이오?"

주대홍이 입맛을 다셨다.

"잘 아는군. 그것도 그렇고, 뺀질뺀질한 인상도 그렇고."

사내가 어떻게 통역을 했는지는 알 수 없었지만 기무라가 정색을 했다.

"일본에서 살아가기 위해 어쩔 수 없었소."

"······."

"나는 어렸을 때 부모에게서 버려진 다음 이름만 갖고 고아원에 보내졌소."

"······."

"내 한국 이름은 이광진인데, 나는 부모의 얼굴도 모릅니다. 날키워 준 건 일본인들이었소."

"누가 뭐래?"

입맛을 다신 주대홍이 시선을 돌렸다.

"그러면 아예 한국 사람이라고 허덜 말든지. 한국 이름도 싹 잊어버리고 말이여."

그 시간 조성표는 시내를 달리는 차 안에 천기석과 함께 앉아 있었다. 점심을 마치고 회사로 들어가는 길이다.

"부산은 이제 기반이 굳었으니 서울로 올라가야 돼."

앞쪽을 바라보며 조성표가 말했다. 국산 대형 승용차는 미끄러지듯 달려가고 있었다.

"아이즈 고데츠 놈들은 신용수와 나를 각각 서울과 부산의 동맹자로만 생각할 뿐이야. 나의 서울로의 진출에는 관심이 없어."

조성표의 말에 천기석이 머리를 끄덕였다.

"그래야 중개자의 역할이 빛이 나지요. 이번에 주대홍이를 보내 우리를 도와주게 하는 것처럼 말입니다."

"신용수가 서울에서 양승일과 겨누려면 우리 힘이 필요할 텐데."

"양승일에게 밀립니다. 더구나 양승일은 야마구치조와 손을 잡고 있습니다."

그들은 한동안 입을 열지 않았다.

승용차는 번화가를 빠져나와 해변가를 달리는 중이었다.

"야마구치조가 아이즈 고데츠를 내버려 두지는 않을 거야."

조성표가 머리를 돌려 천기석을 바라보았다.

"야마구치조의 한국 장악을 가로막는 것은 아이즈 고데츠란 말이야. 그렇지 않나?"

"그건 그렇습니다. 하지만 우린 이미 야마구치조의 적이 되었습니다, 사장님."

"왜? 우리가 아이즈 고데츠와 손을 잡았다구?"

"그렇지 않습니까? 우린 이미."

"부산에 내 경쟁 상대가 있나?"

조성표가 번들거리는 눈으로 그를 바라보았다.

"야마구치조가 부산에서 독자적으로 뿌리를 내릴 수 있을 것 같느냔 말이야."

"그건……."

"아이즈 고데츠가 서울과 부산에서 기존 세력을 기반으로 뿌리를 내리려는 것처럼 야마구치조도 그러리라고 생각하지 않나?"

"……."

"아이즈 고데츠로부터 몇억 엔의 자금은 받았지만 그것은 합작 사업용으로 받은 거야. 이익을 반씩 나누기로 했는데 우리는 이미 기반을 굳힌 상태였으니 7 대 3은 되었어야 돼."

"그렇지요."

그러면서 천기석이 머리를 끄덕였지만 크게 공감하는 눈치는 아니다. 그는 조성표와 아이즈 고데츠의 안도섭이 처음 계약을 맺었을 때의 분위기를 잘 알고 있었다. 그때 조성표는 자금이 부족한 상태였다. 그는 안도섭의 투자를 간절히 바라는 입장이라 30억에 가까운 현찰을 감지덕지하면서 받았던 것이다.

"안도섭이 양다리를 걸치는 것처럼 나도 양쪽에 다리를 걸치겠다. 일본 놈의 뒤통수를 치는 것이지."

조성표가 이를 드러내며 소리 없이 웃었다.

"그렇게 되면 일본 놈들을 견제하는 역할을 내가 맡을 것이야. 그것이 나라를 위한 일도 될 것이니."

다음 날 저녁 다대포 해수욕장 근처의 횟집 남강은 '금일 휴업'이라는 푯말이 걸린 채 문이 닫혀 있었다. 그러나 유리창 안에는 불이 환하게 켜져 있었으므로 단골손님 몇 명이 문을 두드리다가 지친 듯 몸을 돌렸다.

남강은 해수욕장 옆쪽의 솔밭 가에 세워진 운치 좋은 횟집이었다. 싱싱한 회 맛이 일품이어서 단골이 많았는데 그중 내로라하는 유명 인사도 여럿 있었다. 집주인인 한윤호가 전직 경찰 출신으로 발이 넓기 때문이기도 할 것이다.

50평쯤 되는 남강의 홀은 텅 비어 있었다. 다만 바다 쪽을 향한 창가에 한 사내가 앉아 있을 뿐이었다. 바로 집주인 한윤호였다. 50대 중반으로 온몸에 둥글게 살이 붙은 그는 대머리에 혈색이 좋았다.

손가락 끝으로 가볍게 탁자를 두드리며 앉아 있던 그는 벽시계를 올려다보았다. 8시 10분 전이었다. 종업원들을 모두 퇴근시킨 후여서 열려진 창으로 파도 소리만 들려올 뿐 주위는 조용했다.

그는 탁자 위에 놓인 담뱃갑을 집어 들었다. 그때 문을 두드리는 소리가 들렸다 세 번과 두 번, 그리고 한 번이다.

자리에서 일어선 그는 문으로 다가갔다.

"누구요?"

"한 사장 계십니까? 나는 전차섭이오."

한윤호는 문고리를 풀고 문을 열었다.

"날씨가 덥습니다."

전차섭이 들어서며 식당 안을 둘러보았다.

"아직 안 왔습니까?"

"예, 아직."

"한 사장님, 이거 초면에 실례가 많습니다."

"아니, 천만에요."

그들은 창가의 의자에 마주 앉았다.

"식당이 깨끗한데요."

전차섭이 인사치레로 말하자 한윤호는 건성으로 머리를 끄덕였다. 둘은 초면이었다.

한윤호는 송한섭의 심부름꾼일 뿐 실제로 자신이 무슨 일을 하고 있는지 모르고 있을 것이 틀림없었다. 그것이 송한섭의 거래 방법인 것이다.

한윤호가 머리를 들어 벽시계를 바라보자 전차섭도 그의 시선을 따랐다.

그때 다시 문을 두드리는 소리가 들렸다. 세 번과 두 번, 그리고 한 번이다. 그러자 그들은 거의 동시에 몸을 일으켰다.

"누구요?"

한윤호가 소리쳐 물으며 문으로 다가갔다. 그러나 밖에서는 아무 대답이 없었다.

문에 다가선 그가 다시 물었다.

"밖에 누구요?"

"배장근이오."

한윤호가 문을 열자 배장근이 사내 한 명과 함께 들어섰다.

"어서 오십시오, 배 사장님."

뒤쪽에 서 있던 전차섭이 얼굴에 웃음을 띠었다.

"시간, 정확하게 지키시는군요."

"두 놈뿐인데요, 형님."

고덕균이 그를 바라보았다. 어두워지기 시작하고 있었지만 아직 사물을 구분하지 못할 만큼 어둡지는 않다.

고덕균은 의심쩍다는 표정을 짓고 있었다.

"차에서 내린 건 두 놈이오. 한 놈은 배장근 같은데."

남강 정문에서 그들과의 거리는 채 50미터도 되지 않았다. 주대홍은 이미 사진으로 배장근의 얼굴을 익혀 온 터였다. 차에서 내린 것은 배장근이 틀림없었다.

주대홍은 풀숲에서 일어나 앉아 남강을 바라보았다. 창문에서 밝은 불빛이 흘러나오고 있었지만 이쪽에서는 안이 잘 보이지 않는다. 뒤쪽에서 풀숲을 헤치는 소리가 들리더니 사내 두 명이 다가와 섰다. 천기석의 보스급 부하인 김정구와 기무라의 부하 강재성이다. 그들은 명령을 기다리는 듯 잠자코 그를 바라보았다.

"식당에는 우리 둘이서 들어가겠다."

주대홍이 턱짓으로 고덕균을 가리키며 말했다.

"너희들은 밖에서 기다려. 안은 우리한테 맡기고 밖을 지키란 말이여."

"알았습니다, 형님."

김정구가 시원스럽게 말했다.

"제가 길 쪽을 맡지요."

그렇게 되면 강재성은 자연히 반대쪽인 바다 쪽을 맡게 될 것이다. 그들이 뒤쪽의 부하들에게로 돌아가자 주대홍은 일어서서 손바닥과 엉덩이를 털었다.

"들어가서 냅다 갈겨 버립시다, 형님."

허리춤에서 베레타를 꺼내 쥔 고덕균이 그를 바라보며 웃었다. 신바람이 난 표정이었다.

그들은 모래사장을 가로질러 남강의 정문으로 다가갔다. 주위는 이미 어두워져서 해변을 따라 가로로 줄지어 선 식당에서 흘러나오는 불빛이 붉은 띠를 이루고 있었다.

문 앞에 다가선 주대홍은 고덕균을 돌아보았다. 이제 그의 얼굴은 긴장으로 굳어 있었고, 두 눈만 번득거릴 뿐 입을 열지 않았다. 주대홍은 숨을 들이마시고는 한 발짝 문에서 물러났다. 그러고는 한쪽 발을 번쩍 들어 올려 문을 찼다. 우지끈 소리와 함께 문짝이 안쪽으로 부서졌다.

그는 문짝과 함께 식당으로 뛰어 들어갔다. 창가의 테이블에 앉아 있던 네 사내가 황급히 일어서고 있었다. 그중 배장근으로 보이는 사내는 전차섭 앞쪽에 있었다.

주대홍은 그를 향해 권총의 방아쇠를 당겼다. 그와 동시에 뒤따라 뛰쳐 들어온 고덕균의 권총에서도 둔한 발사음이 들렸다.

"아니오!"

전차섭이 소리친 것은 그 순간이다.

"이자는 배장근이 아니오!"

"뭐라구?"

총을 겨눈 채 다가간 주대홍이 짖듯이 물었다. 두 사내는 이미 바닥에 쓰러져 있었는데 고덕균의 총에 맞은 사내는 아직도 꿈틀거리고 있었다.

"배장근의 심부름을 왔다고 합니다. 놈은 부하를 보낸 거요."

"지기미."

이맛살을 찌푸린 주대홍이 전차섭을 노려보았다.

"배장근이가 나타나기로 했다면서?"

"그랬지요. 그런데 마음이 변한 모양이오."

"……"

"이제 야단났소. 배장근이가 날 내버려 두지 않을 거요."

"배장근이가 그렇게 무섭나?"

의자에 걸터앉은 주대홍이 전차섭을 흘겨보았다.

"여우 같은 자식, 인자 내가 사라지면 그놈한티 붙겠고만."

"그자가 안 오고 부하들을 보낸 걸 보면 눈치를 챘는지도 모릅니다."

"상관없어."

주대홍이 주위를 둘러보았다.

"물건을 가져왔나?"

"가까운 곳에 있다고 했는데, 이렇게 되었으니."

전차섭이 바닥에 쓰러져 있는 두 사내를 힐끗 바라보았다.

"그렇게 들어오자마자 쏴 죽이면 어떻게 합니까?"

*   *   *

"우리 애들이 당했수다, 형님."

망원경을 눈에서 뗀 김달수가 소리쳤다.

"형님! 보았시요?"

"그래, 보았다."

배장근도 망원경을 내렸다. 모터보트는 어둠이 덮인 바다 위에서 좌우로 심하게 흔들리고 있었다.

"개새끼들이 무조건 쏬시요."

김달수가 배의 난간에 걸쳐 놓은 AK 소총을 집어 들었다.

"쏘아 죽입시다레, 우리도."

"가만."

배장근이 그의 팔을 잡았다.

"서두르지 마라."

모터보트와 남강과의 거리가 200미터쯤 되었지만 횟집은 불이 환하게 켜져 있어 내부가 훤히 들여다보였다. 다시 망원경을 눈에 대자 네 명의 사내가 서서 이야기하는 것이 선명하게 보였다. 이쪽에 등을 보이고 서 있는 것은 전차섭이고 그의 앞에 서 있는 거인은 죽은 오종갑이 말해준 서울에서 내려온 주대홍일 것이다. 그리고 옆모습을 보이고 있는 대머리의 비대한 사내가 남강의 주인인 한윤호가 틀림없었다.

배장근이 망원경을 눈에서 떼었다.

"좋아, 가까이 가자."

그러자 키를 쥐고 있던 부하가 엔진의 스위치를 켰다. 낮은 엔진 소리와 함께 배는 천천히 남강 쪽으로 다가가기 시작했다. 배에 타고 있던 부하들이 숨을 죽이며 앞쪽을 바라보았다.

"밖에 있는 놈들이 눈치채지 못하게 조심해라."

배는 어두운 바다 위를 천천히 움직여 해변 쪽으로 다가갔다. 놈들은 이쪽이 바다 위에 떠서 자신들을 바라보고 있으리라고는 생각도 하지 못하고 있을 것이다. 그러나 대신 들여보낸 부하 두 명이 순식간에 사살될 줄은 이쪽도 몰랐다. 이제 배와 남강의 거리는 100미터 정도로 가까워졌다.

배장근이 옆에 선 김달수를 바라보았다.

"누가 사격 솜씨가 좋으냐?"

"나보단 저 애가 낫소."

김달수가 머리를 돌려 뒤에 서 있는 부하들을 향해 나지막이 소리쳤다.

"양재동이, 날래 나오라우."

어둠 속에서 부하 한 명이 다가와 그의 옆에 섰다. 배에 타고 있는 네 명의 부하 중 한 명이다.

김달수가 그의 어깨에 손을 얹으며 배장근을 바라보았다.

"야는 인민군 상사 출신이야요. 특등 사수로 저격병 출신이오."

배장근이 머리를 끄덕이며 이제 환한 불빛 속에 서 있는 남강 안의 네 사내를 손으로 가리켰다.

"우선 저기, 전차섭이를 쏘아 죽여라. 단 한 방에."

"예."

절도 있게 대답한 양재동이 한쪽 무릎을 꿇고 앉더니 AK 소총을 쥐었다. 뒤에 서 있던 부하 한 명이 그의 몸이 흔들리지 않도록 두 손으로 등을 받쳐 주었다. 양재동은 총신을 배의 난간에 걸치고는 망원렌즈에 눈을 대었다.

모터보트는 다시 엔진을 껐으므로 파도에 흔들리고 있었다.

"그다음은 체격이 큰 놈이다. 자, 쏘아라."

배장근의 말이 끝나자 배 안에는 잠시 침묵이 흘렀다. 파도가 뱃전을 두드리는 소리가 났고 해변의 술집에서 흘러나오는 갖가지 소음이 희미하게 들려왔다.

배가 출렁이며 흔들렸다가 다시 중심을 잡았을 때 요란한 총성이 울렸다.

"어쨌든 나는 당분간 몸을 숨겨야 할 것 같소."

전차섭이 짜증 난 얼굴로 말하고는 주대홍을 바라보았다.

"내가 천 실장한테 연락을 하겠소."

바로 그 순간이다. 주대홍은 갑자기 전차섭의 이마에 붉은 구멍이 뚫리는 것을 보았다. 전차섭이 눈을 치켜뜨고 입을 딱 벌리는 순간 총성이 울렸다.

의자에 앉아 있던 주대홍은 잽싸게 몸을 숙이면서 땅바닥으로 몸을 굴렸다. 그러자 다시 총성이 울렸다.

"습격이다!"

허리춤에 꽂아 두었던 권총을 빼 든 고덕균이 소리를 지르며 주위를 둘러보다가 바닥에 엎드린 주대홍과 시선이 맞부딪쳤다.

"형님."

"병신아, 엎드려!"

그 순간 또 한 발의 총성이 울렸고, 고덕균이 한 바퀴 몸을 돌리더니 바닥에 쓰러졌다.

"덕균아!"

주대홍은 무릎으로 기어 다가갔다. 고덕균은 두 눈을 크게 뜨고 바닥에 누워 있었다.

"형님."

그 순간 고덕균의 입에서 한 움큼의 피가 쏟아져 나왔다.

"덕균아!"

주대홍은 고덕균의 양쪽 어깨를 움켜쥐었다. 고덕균의 가슴은 이미 피로 범벅이 되어 있었다.

"형님."

문이 열리더니 김정구가 뛰어 들어왔다. 그러자 다시 총성이 울리면서 유리창이 부서져 떨어졌다.

김정구가 바닥에 납작 엎드리고는 주대홍을 바라보았다.

"형님, 놈들은 바다에 있습니다."

그가 헐떡이며 소리쳤으나 주대홍은 고덕균의 상체를 번쩍 안아 들었다.

"덕균아! 야, 이 새끼야!"

그가 소리쳐 불렀으나 고덕균은 머리를 힘없이 떨군 채 건들거렸고 초점 없는 눈동자는 더 이상 움직이지 않았다.

＊　　　　＊　　　　＊

장인식 지검장은 마른 몸매에 얼굴이 창백했다. 그러나 짙은 눈썹 밑의 두 눈에서 뿜어져 나오는 강렬한 안광이 인상적인 사내였다. 50대 초반의 그는 동기들에 비하여 승진이 빨랐다. 능력이 뛰어났기 때문이기도 하겠지만 단단한 배경이 있다는 소문이었다.

장인식은 앞에 앉은 이동천을 바라보면서 차분한 목소리로 말을 이었다.

"어젯밤 다대포 근처에서 세 명이 총에 맞아 죽었어. 한 사람은 전차섭이라고 밀수에 관계가 있는 자이고, 나머지 두 사람은 신원 불명이야."

아침 신문에는 보도되지 않은 사건이었다.

그가 말을 이었다.

"요즘 들어 총격 사건이 많아. 대부분이 배장근이 연루된 사건인데, 놈은 꼬리가 잡히지 않아."

"그자가 러시아 마피아의 일원이라는 소문을 들었습니다."

"그건 확실한 것 같네, 이 검사. 놈이 소지하고 있는 총기를 봐도 그렇고, 어젯밤 사건도 그자가 관계된 것 같네."

장인식이 소파에서 등을 떼고는 이동천을 바라보았다.

"부산의 조직 세계 보스는 조성표야. 잘 알고 있겠지? 시의원에
다 기업체를 여러 개 거느린 저명인사지."

"……"

"대부분의 보스는 이제 낮의 세계에서도 저명인사가 되어 있
어. 그렇지 않은가?"

장인식이 입술 끝으로만 웃었다.

"조성표 씨는 부산 지역의 밤의 대통령이네. 그는 수십 년에 걸
쳐 재력과 기반을 닦아왔고, 끈이 닿지 않는 데가 없어."

"……"

"그런데 배장근이라는 피라미가 도전을 한 거야. 러시아 마피
아를 등에 업고 말이네."

이동천은 양승일로부터 부산으로 내려가 달라는 말을 들었을
때 그가 덧붙여 했던 말이 떠올랐다. 그는 부산에서부터 전쟁이
시작될 것이라고 말했었다.

"자네 직속상관은 정동재 부장이야. 그리고 자네 밑에 오정한
검사를 배속시키도록 했어."

장인식이 말을 이었다.

"정 부장은 부산 토박이고, 오 검사는 대전 출신이야. 참신하
지."

"……"

"오 검사가 말이야, 검사 생활 2년째라 의욕이 있어."

사무실로 돌아오자 그를 기다리고 있는 것은 정동재 부장이었다. 그는 사람 좋아 보이는 웃음을 지으며 이동천을 맞았다.

"어때? 지검장의 잔소리를 듣고 난 소감이?"

"서울에서도 여러 차례 겪던 일입니다."

마주 앉은 그들에게로 미스 차가 다가와 커피 잔을 내려놓고 돌아갔다. 그녀는 이동천의 사무실에 배속된 여직원이었다.

"오늘부터 일을 시작해 주어야겠어. 어젯밤에 일어난 다대포 총격 사건부터."

정동재가 탁자 위에 놓인 서류를 그의 앞으로 밀어 놓았다.

"경찰에서 가져온 어젯밤 사건 현황이네. 범인은 배장근이야. 남강의 주인인 한윤호란 자가 증언을 했어."

이동천이 서류를 집어 들었다.

"알겠습니다. 배장근은 이미 수배가 되었으니 최선을 다해 잡겠습니다."

"놈은 러시아에서 온 놈들을 데리고 다닌다는 소문이 있네. 조선족이라고도 하는데 그놈들도 잡아야 돼. 틀림없이 밀입국한 놈들일 테니까."

자리에서 일어선 정동재가 얼굴에 웃음을 띠었다.

"서울에서 인정받은 솜씨를 멋지게 한번 발휘해 봐, 이 검사."

그가 방을 나가자 이동천은 옆쪽에 앉은 차미영을 바라보았다.

"미스 차, 백 형사한테서는 아직 연락이 없나?"

"아직 없습니다."

부산에 도착한 지 이틀째였고 업무는 오늘부터 시작한 참이다. 차미영은 긴장한 탓인지 표정이 굳어 있었다.

"미스 차, 조성표 씨에 대한 자료를 모아 줘. 그리고 근래의 사건에 대한 자료도."

그의 말에 차미영이 머리를 들었다.

"근래라면 언제부터 시작하죠?"

"그렇지. 총격 사건이 있었을 때부터. 한 사람이 죽고 몇 명이 다친 사건."

"알았습니다."

옆얼굴의 선이 분명한 차미영은 이번에 전출된 부장 검사의 소속이었다가 그에게 배치된 직원이었다. 다소 침울해 보이는 인상이었지만 말수가 적고 용모가 단정한 그녀는 이곳 경력이 5년인 고참이었다.

이동천은 탁자 위에 놓인 전화기를 들었다. 7월 중순이어서 창밖은 살을 태울 듯한 햇살이 내리쪼이고 있었다.

"지랄같이 덥구만."

백복동이 투덜거리면서 길가에 세워 놓은 승용차로 다가가는데 주머니 속의 핸드폰이 울렸다.

그는 서둘러 차 안으로 들어가 시동을 걸고는 에어컨을 켰다. 찬바람이 나오는 데는 10초쯤 걸릴 것이다. 찡그린 얼굴로 그는 핸드폰을 귀에 대었다.

"여보시오."

—백 형사, 나요.

이동천의 목소리였다.

—지금 어디요?

"다대포에 와 있습니다. 금방 남강에서 나온 길입니다."

그제야 에어컨에서 찬바람이 나오기 시작했다. 백복동은 의자에 등을 기대었다.

"검사님, 한윤호는 배장근이 나타나 세 명을 쏴 죽이고 도망쳤다고 했지만 아무래도 이상합니다."

그는 앞쪽의 솔밭과 남강을 번갈아 바라보았다.

"죽은 두 사내는 전차섭과 같이 왔다고 하는데 전차섭의 부하가 아닙니다. 전차섭의 부하들을 모조리 조사했지만 그런 자들은 없었습니다."

─그렇다면 배장근의 부하들인가?

"배장근의 부하라면 시체를 두고 갈 리가 없습니다. 배장근이 세 명을 데리고 왔다니까요."

─그건 그렇군.

"그리고 바다 쪽의 유리창이 모조리 깨져 있었습니다. 한윤호는 배장근이 총을 쏴서 그랬다고 했지만요."

─…….

"그리고 빌어먹을."

백복동이 말을 끊고는 입맛을 다셨다.

"살인 현장이 하나도 보존되어 있지 않습니다. 바닥의 핏자국은 깨끗이 닦였고, 유리창도 지금 갈아 끼우고 있어서 곧 멀쩡해질 겁니다. 경찰이 치우라고 했답니다."

─한윤호는 어때요?

"전직 경찰 간부입니다. 여우지요. 설령 그자가 살인을 했더라도 증거 한 점 남기지 않을 작자같이 보였습니다."

─배장근이 왜 그곳에 갔을까요?

"한윤호는 전차섭이 앉아 있었는데 배장근이 갑자기 나타났다고 합니다."

─……

"검사님, 그런데 이상한 것은 그 시간에 종업원이나 손님이 한 사람도 없었다는 겁니다. 한윤호는 종업원들을 모두 집으로 보내고 문을 닫으려고 했다는군요."

─……

"빈 식당에 전차섭이 앉아 있었던 것도 그렇고, 배장근이 알고 온 것도 이상합니다."

─한윤호와 전차섭의 관계는 어떻습니까?

"식당 손님으로 알게 된 사이랍니다."

─……

"이젠 그자의 유일한 증인이 되었지만요."

*   *   *

수저를 내려놓은 배장근이 옆을 지나는 오세미를 불렀다.

"오세미 씨, 잠깐만."

점심 식사 시간이어서 오세미는 식당 당번인 사내들과 함께 바쁘게 움직이고 있었다. 오세미가 식탁 앞쪽에 앉아 잠자코 그를 바라보았다.

"오세미 씨, 혹시 오빠 친구들이나 부하 중에서 믿을 만한 사람이 있습니까?"

배장근이 묻자 그녀는 서너 번 눈을 깜박이며 생각하는 표정이 되었다.

이윽고 그녀가 입을 열었다.

"있어요, 후배 하나. 조세준이라고, 저하고도 잘 알아요."

"지금도 그쪽 일을 합니까?"

"아마 그럴 거예요."

이번에는 배장근이 무언가를 골똘히 생각하는 표정을 지었다. 잠시 후 주위에서 식사를 하고 있는 사내들을 둘러보던 그가 말했다.

"어젯밤에 부하 두 명이 죽었습니다."

"알고 있어요."

"오빠는 서울에서 내려온 주대홍이란 거인과 함께 일하게 되었다고 했어요. 어젯밤에 나타난 게 그놈인 것 같습니다."

"……"

"우리에게 지금 제일 필요한 것이 정보요. 오빠가 갑자기 그렇게 되어서 우린 조금 난처하게 되었습니다."

"저더러 밖에서 일하란 말씀인가요?"

그러자 배장근이 손을 저었다. 당황한 듯 머리까지 덩달아 흔들어 댔다.

"아니요, 아닙니다. 그냥 좀 답답해서."

그는 손을 들어 주위의 사내들을 가리켰다. 그러자 밥을 먹던 서너 명이 이쪽을 힐끗거렸다.

"보세요. 저 녀석들은 싸움은 잘할지 모르지만 지리에도 어두운 촌놈들이란 말입니다. 어젯밤에도 정보가 조금이라도 있었더라면."

"그래도 다행이에요, 식당에 직접 들어가시지 않아서."

오세미가 그를 똑바로 바라보았다.

"밖에서 일하겠어요. 그렇지 않아도 가슴이 터질 것 같았거든요, 집안일 때문에."

"……."

"그런데 조건이 있어요."

"뭡니까?"

"보수를 주세요, 내가 일한 만큼."

"그거야 뭐."

"오빠의 복수를 한다는 것도 어색하고, 그렇다고 당신처럼 무슨 큰 뜻을 품고 있는 것도 아니고, 당신 부하도 아니니까 말에요."

"배장근이, 이놈."

주대홍이 잇새로 말을 내뱉고는 술잔을 들었다 얼굴이 시뻘겋게 될 정도로 소주를 마셔 대는 중이다.

나무들이 울창한 산중턱에 금방 봉분을 올린 묘 앞에 퍼질러 앉은 그는 벌써 한 박스에 가까운 소주를 비워내고 있었다. 흐린 하늘에서는 금방이라도 빗방울이 떨어져 내릴 것처럼 보였고, 습기 찬 바람이 나뭇가지를 흔들며 지나갔다.

아래쪽 나무 등걸 옆에 부하 한 명이 서서 걱정스러운 시선으로 이쪽을 올려다보고 있을 뿐 주위는 조용했다.

"덕균아, 내가 니 원수를 갚어 줄 테여. 그러니 걱정 말고 자거라."

주대홍은 종이컵에 담긴 소주를 단숨에 들이켰다. 그는 비밀리에 고덕균을 산속에 묻을 수밖에 없었던 것이다. 그것은 그의 죽음이 알려지면 주대홍까지 부산에 있다는 것이 노출된다는 기무라의 생각 때문이었다.

그러나 주대홍의 가슴을 더욱 북받치게 하는 것은 고덕균의 가족이었다. 그들은 고덕균이 교통사고로 죽었다는 연락을 하자 내려갈 사람이 없으니 화장을 시켜 뿌려주면 사례하겠다면서 전화를 끊었던 것이다.

아래쪽에서 풀숲을 헤치며 기무라의 부하 강재성이 올라왔다.

"형님, 내려오시랍니다."

그가 주대홍의 시선을 피하면서 말했다.

"아래서 기다리고 계십니다."

"시끄러! 이 씨발 놈아."

산이 울리도록 고함을 친 주대홍이 번쩍 머리를 들고 흐린 하늘을 올려다보았다. 자신도 고덕균과 마찬가지인 인생이다. 아니, 연락할 사람도 없었다. 그러자 박미정의 얼굴이 떠올랐다.

제8장

제물

밤의
대통령

조성표의 유람선 안이다. 오늘은 유람선이 진해만 해변가에 정박해 있었다. 오랜만에 움직인 것이다. 유리창에 한두 방울의 빗방울이 떨어지기 시작했고 거칠어진 파도가 배에 부딪쳐 흰 거품을 내었다.

"장마가 시작되겠군요."

창밖을 바라보던 우에다 산자에몬이 말했다.

"여름에는 햇살이 비치는 것보다 비가 내리는 것이 좋습니다. 불쾌지수도 낮고."

앞자리에 앉은 조성표가 머리를 끄덕였다.

"더구나 요즘은 비가 내리지 않아서 가뭄 걱정들을 하고 있었지요."

천기석은 그들의 이야기를 들으며 옆쪽에 잠자코 앉아 있었다.

양쪽 모두 긴장해 있어서 아무도 먼저 이야기의 본론으로 들어가려 하지 않는다. 그러나 이쪽에서 연락을 한 지 하루 만에 우에다가 찾아온 것은 야마구치조에서도 이쪽의 행동에 대단한 관심을 갖고 있다고 봐도 될 것이다.

"우에다 씨, 내가 당신들에게 연락을 한 이유를 말하겠소."

이윽고 조성표가 운을 떼었다. 유리창에 빗줄기가 어지럽게 미끄러져 내렸고 창밖의 흐린 바다는 더욱 성내고 있었다.

"나는 아이즈 고데츠와 여러 가지 합작 사업을 벌이고 있지만 야마구치와 적대감이 있는 것은 아닙니다."

우에다가 무표정한 얼굴로 잠자코 있자 그가 말을 계속했다.

"만약 야마구치조에서 나하고 같이 사업을 하자고 했어도 나는 검토해 봤을 겁니다."

"그렇습니까? 그건 뜻밖의 말씀이신데."

우에다가 머리를 한쪽으로 기울였다.

"조 사장께서는 야마구치조와 아이즈 고데츠가 같은 배를 타고 갈 수 있다고 생각합니까?"

"그렇진 않소. 다만 내가 양쪽의 배에 같이 탈 수 있다고 말한 겁니다."

"그것이 가능할까요?"

"가능하지요. 나하고 손을 잡으면 당신들은 일단 부산에 기반을 굳힐 수가 있지."

"그러지 않는다면?"

조성표가 머리를 저었다.

"안 될 거요, 서울은 몰라도 부산에서는."

"……."

"나는 부산을 완전히 장악하고 있소."

"……."

"당신도 아시다시피 아이즈 고데츠는 나하고 손을 잡은 후에 영도와 해운대에 두 개의 호텔을 짓는 중이고, 유흥 업체와 여행사 등 다섯 개의 사업체를 차릴 수 있었습니다."

"……."

"호텔 설립 인가에서부터 등록, 면허, 허가, 승인, 모든 걸 내가 맡았지요. 한국에서는 공장을 하나 짓는 데도 도장을 천 번이나 찍어야 한다는 사실을 알고 있지요? 세계에서 도장업이 제일 발달한 나라가 한국이오. 아무도 나와 손잡지 않고는 부산에 진출할 수가 없습니다."

우에다가 굳은 얼굴로 머리를 끄덕였다.

"요즘 러시아 마피아가 그래서 고생하고 있군요. 그 배장근이란 자가 말입니다."

"……."

"어쨌든 우리에겐 좋은 소식입니다. 곧장 보스에게 연락을 하지요. 부산에서 우리와도 동업 관계를 맺고 싶다는 말씀 아닙니까?"

"그렇소. 그리고 또 한 가지가 있습니다."

"……."

"우리는 곧 서울로 진출할 거요."

"서울이라."

우에다가 눈을 끔벅이며 그를 바라보았다.

"서울의 기존 세력이 가만히 있을까요? 신 회장은 그렇다고 하더라도 양 회장이."

"그 양 회장을 맡아주시오."

"맡아달라니, 어떻게 말입니까?"

"야마구치조와 양 회장이 동업 관계라는 것을 모르는 사람이 없어요. 야마구치조에서 그를 눌러주시오."

"……."

"신 회장은 아이즈 고데츠 쪽에서 다독거려 줄 거요. 그들에게 손해 갈 것이 없으니까."

"위험한 생각이신데."

"하지만 당신들에게는 유리한 제안이지. 한국 조직들의 세력이 서로 비등해져 있는 것이 낫지 않습니까? 그래야 그동안 이쪽저쪽을 이용해서 기반을 닦을 수가 있을 것 아뇨?"

"그런가요?"

"당신들은 낮 세계의 남북한이 통일되는 것을 탐탁지 않게 생각하는 것처럼 밤의 한국 조직도 통일되는 걸 원치 않고 있소."

그러면서 조성표가 이를 드러내며 웃었다.

"물론 나도 그런 것 상관하지 않고 있지만 말이오, 지금까지는."

그 시간, 빗발이 굵어지기 시작하는 해안 도로를 승용차 한 대가 물보라를 일으키며 달려가고 있었다. 오른쪽으로는 검푸른 바다가 비안개에 싸여 출렁였고, 왼쪽은 드문드문 세워진 건물들이 비에 젖어 있는 한적한 길이었다.

"시간이 없다. 서둘러라."

뒷좌석에 앉은 사내의 말에 차는 더욱 속력을 내었다. 국산 대형 승용차는 비에 젖어 번들거리는 포장도로를 맹렬한 속도로 달려 나갔다. 비는 점점 더 세차게 뿌려지고 있었다.

"다 왔습니다, 형님."

조수석에 앉은 사내가 몸을 돌려 뒤를 바라보았다. 빠르게 움직이는 와이퍼 사이로 회색 건물이 보였다. 승용차는 이제 해변을 뒤로하고 샛길을 달려가는 중이었다. 앞쪽의 회색 건물 윗부분에 국제모텔이라고 쓰인 붉은색 간판이 보였다.

박철규는 손바닥만 한 모텔 로비를 지나 곧장 오른쪽 커피숍으로 들어갔다. 커피숍은 열 평도 안 되었는데 아직 휴가철이 아니어서 손님이라고는 이쪽을 바라보고 앉은 이동천 한 사람뿐이었다.

"비행기가 늦게 도착해서 30분이나 늦었습니다. 죄송합니다."

박철규가 90도로 허리를 꺾었다.

"갑자기 웬일입니까?"

그렇게 묻는 이동천의 이맛살이 찌푸려져 있었다. 부산 위쪽의 해안가에서 만나자고만 했지, 박철규는 이유를 말해주지 않았다.

앞자리에 앉은 박철규가 그를 똑바로 바라보았다.

"저는 이제부터 검사님의 수족입니다. 회장님의 지시로 모시게 되었습니다만, 진심으로 영광으로 생각하고 있습니다."

이동천이 잠자코 있자 그가 말을 이었다.

"회장님은 검사님이 활동하시는 데 여러 가지 위험이 따를 것이라고 말씀하셨습니다."

"회장님의 뜻은 고맙지만 나는 관직에 있는 사람이오. 박 형과 함께 있을 수가 없는데."

"그래서 이렇게 인적이 드문 곳에서 뵙자고 한 것입니다."

박철규가 얼굴에 웃음을 띠었다.

"검사님께 폐를 끼치지 않겠습니다. 백 형사에게도 우리를 노출시키지 않겠습니다."

"백 형사를 알고 있는 모양이군."

"서울에 있을 때 우릴 밤낮으로 쫓아다닌 사람이라 제 부하들 대부분이 알고 있습니다."

그러자 이번에는 이동천이 쓴웃음을 지었다.

"엊그제 다대포에서 일어난 총격 사건 말씀입니다."

박철규가 다시 정색을 했다. 이제까지 보이지 않던 여자 종업원이 다가와 주문을 받고 돌아갔으므로 박철규는 잠시 말을 끊었다가 이었다.

"횟집 남강의 주인 한윤호가 사건의 진상을 알고 있습니다. 그 자는 일명 송한섭이라고 불리는 마약계 대부의 하수인이지요."

"……."

"마약은 대부분 서울에서 판매되고 소비됩니다. 따라서 수십 명의 판매책이 있지요. 요즘 판매책들 사이에 일본에서 순도 100퍼센트의 헤로인이 건너왔다는 소문이 있습니다."

"……."

"송한섭은 절대로 마약을 들여오는 일을 하지 않습니다. 위험하기도 할 뿐만 아니라 표면에 나타나야 할 일이 많으니까요."

"이제까지 들여온 마약만 처리했단 말인가?"

어느덧 이동천도 이야기에 빠져들어 긴장하고 있었다.

"그렇습니다. 그리고 한 번도 검경에게 증거를 잡혀 본 적이 없습니다. 이제까지 걸려든 것은 마약을 들여온 놈들과 중간 판매책들, 그리고 소비자들이었지요."

"그 한윤호가 송한섭의 하수인이란 말이오?"

"예, 검사님. 서울의 판매책들은 그렇게 생각하고 있습니다."

"그렇다면 죽은 전차섭이 마약을 들여온 자였군."

"예. 그리고 마약이 없어졌다는 소문이 난 걸 보면 배장근이 그 것을 탈취해 간 것이 틀림없습니다."

"전차섭이는 조성표에게 보호세를 바치는 입장인데."

이동천이 박철규를 물끄러미 바라보았다.

"이 일도 조성표와 배장근의 싸움일지 모르겠군."

박철규가 날카로운 눈꼬리를 내리면서 웃었다.

"정보전입니다, 검사님. 저도 오늘부터 애들을 부산 바닥에 모두 풀어놓을 생각입니다."

"그렇게 해주시오."

이동천이 결심한 듯 말했다.

"이왕 시작한 일이니 끌려다닐 수만은 없어. 잘 와주었소."

배장근이 창고 안으로 들어서자 앞쪽에 서 있던 서동팔과 김 억수가 주춤거리며 다가왔다. 얼굴이 긴장으로 굳어져 있었다.

"오랜만입니다, 두 분."

배장근이 내민 손을 그들은 공손히 잡았다가 놓는다. 전에 한 두 차례 얼굴을 익힌 사이였는데, 그때는 이런 상황이 아니었다.

그들은 무역을 한답시고 서류를 들고 다니는 배장근을 어린애 취급했던 것이다.

창고의 천장에서 빗물이 호스로 뿜어내는 것처럼 쏟아지는 바람에 바닥에는 물이 흥건히 고여 있었다. 함석으로 만든 천장 이곳저곳이 찢겨져 나가 흐린 하늘이 보였다.

배장근이 녹이 빨갛게 슨 트랙터의 발 디딤쇠에 엉덩이를 걸치고 앉자 서동팔과 김억수가 제각기 나무 상자 위에 따라 앉았다. 함석 지붕을 때리는 빗소리가 요란했고, 그들의 어깨와 머리에 빗방울이 뿌려졌다.

"내가 두 분을 부른 이유를 대충 짐작하시리라고 보는데."

배장근이 그들의 얼굴을 둘러보았다.

"이제 부산에서 제법 크게 일을 하시는 분은 두 분이지요. 며칠 전까지만 해도 세 분이었지만."

"……."

"전차섭이는 두 번을 배신했지요. 처음엔 조성표를, 다음이 나였소. 세 번째 배신하기 전에 내가 머리에 야구공이 들어갈 만한 구멍을 내주었지."

"……."

"나는 당신들과 좋은 관계를 맺고 싶소."

그 순간, 창고의 열려진 문으로 두 명의 사내가 들어와 벽을 등지고 섰다. 그들이 두 손에 움켜쥐고 있는 것은 기다란 소총이다. 반월형으로 구부러진, 검은 탄창이 두드러진 AK 소총이었다.

"조성표와 관계를 끊으라는 것이 아니오. 그놈과는 예전과 같이 거래를 하시오. 해양경찰이나 단속반에 있는 그놈의 끈들을 이용해야만 할 테니까."

"그렇다면 우리한테 원하는 건 뭡니까?"

서동팔이 물었다. 그는 택시 회사 사장으로 50대 중반의 비쩍 마른 사내였다.

"당신한테도 보호세를 내라는 겁니까?"

"아니, 천만에."

웃음 띤 얼굴로 배장근이 머리를 저었다.

"내 물건을 처리해 달라는 거지. 오히려 내가 이윤을 듬뿍 떼어 주겠소."

"어떤 물건입니까?"

이제까지 굳어진 얼굴로 꼼짝 않고 있던 김억수가 입을 열었다. 40대의 그는 자동차 대리점 사장이다. 모두 내로라하는 직업을 가진 밀수 조직의 보스인 것이다.

배장근이 다시 웃었다.

"러시아에서 들여오는 보석, 금, 필요하다면 석유와 원목까지, 물건은 얼마든지 있소."

그는 턱을 들어 문 앞에 선 사내들을 가리켰다.

"모두 특등 사수들이오. 저건 망원렌즈가 부착된 칼라시니코프 소총인데, 우린 기관총에 미사일까지 갖추고 있지."

"……."

"내가 이런 제안을 서슴없이 하는 것은 내 제안이 당신들에게 하등 손해될 게 없을 것이라는 자신이 있어서이고, 저런 내 부하들이 있기 때문이지."

"……."

"배신한다면 미사일 한 방으로 당신들 가족을 몰살시켜서 뼈도 못 찾게 할 거요. 알겠소?"

"……."

"내가 말을 꺼낸 이상 나하고 거래를 할 수밖에 없소. 당신들은 거절할 수가 없어. 알아들었소?"

"압니다."

서동팔이 입을 열었고 배장근의 시선이 김억수에게로 옮겨지자 그도 머리를 끄덕였다.

"합시다. 하지만 계산은 분명히 해주시오. 동업하는 입장이니까 말이오."

"당연하지요."

배장근이 머리를 끄덕였다.

"물건이 오기 전에 미리 가격을 절충합시다. 당신들은 아마 이제까지 만지지도 못한 물건들과 돈을 만지게 될 거요."

이제 서동팔과 김억수의 얼굴에도 긴장이 풀렸다. 빗방울에 온몸이 젖었지만 그들은 상관하지 않았다.

배장근이 다시 말을 이었다.

"우리의 계약 기념으로 며칠 안에 놀이를 한번 보여주겠소. 그렇지, 중국의 불꽃놀이 같은 것 말이오."

"놈들은 지난번에 바다에 떠 있는 배에서 사격해 왔습니다."

기무라가 탁자 위에 펼쳐 놓은 지도 위를 손가락으로 짚었다. 부산시와 부근을 확대한 지도여서 좁은 골목길도 표시가 되어 있었다. 그가 손가락으로 짚은 곳은 다대포 앞바다였다.

"여간내기가 아니오. 머리가 좋은 놈입니다."

"놈을 잡아서 회를 칠 거여."

주대홍이 지도에서 눈을 떼어 머리를 들었다.

통역이 어떻게 전했는지는 알 수 없었지만 기무라는 머리를 끄덕였다.

"곧 그럴 기회가 올 거요. 놈은 아직 마약을 처분하지 못하고 있으니까."

"멍청한 놈들이 아직도 못 찾아냈단 말이여?"

주대홍이 눈을 부릅떴다가 이내 머리를 돌렸다. 며칠 사이에 그의 얼굴은 깎지 않은 수염과 더욱 붉고 커진 눈망울로 무시무시한 형상이 되어 있었다. 아파트 이곳저곳에 굴러다니는 빈 소주병에다 치우지 않은 옷가지가 분위기를 더욱 어수선하게 만들었다.

오늘은 아침부터 기무라가 통역과 함께 찾아와 있었으므로 해장술도 마시지 못했다.

"천 실장이 이야기해 주었는지 모르겠는데."

기무라가 입을 열었다.

"이번에 부산 지검으로 내려온 이동천이라는 검사가 있어요. 그자가 사건을 맡게 되었습니다."

"그게 어쨌단 말이여?"

주대홍이 퉁명스럽게 물었다.

"검사가 사건 맡지, 공사 맡나?"

"이동천은 양승일의 사위가 될 놈이오."

"……."

"조 사장이 긴장하고 있어요. 놈이 내려온 목적은 첫째가 우리들을 견제하는 것이고."

"두 번째는 나를 잡는 것이겠구만, 장인 영감의 명령으로."

"그것도 그렇지만 부산에서는 러시아 마피아가 소란을 일으키고도 있으니까."

"……"

"그래서 조심하라고 전해주려고 온 거요. 이동천은 고집이 세고 끈기가 있는 놈이라고 알려져 있소."

"그걸 딱 그치게 해주지, 모가지 뻑다구를 분질러서."

"당분간 출입을 삼가 주시오. 일이 있으면 부하들을 시키고. 애들 세 명을 항상 대기시켜 두겠소."

주대홍이 혀를 차면서 의자에 등을 기대고 앉았다.

"언지 배장근이를 찾을 거여?"

"그놈도 당신만큼 이를 갈고 있을 거요. 당신이 부하 두 명을 죽였으니까."

기무라가 창백한 얼굴을 찌푸리며 웃었다.

"당신들은 반드시 만나게 되어 있어. 그러니 서두르지 마."

저녁때가 되었을 때 주대홍은 재킷을 걸치고 아파트를 나왔다. 며칠 만의 외출이어서 그런지 저녁의 신선한 공기를 들이마시자 정신이 들었다.

며칠 동안 계속되던 장맛비는 오후부터 그쳐서 대기는 싱그러운 땅 냄새를 뿜어 올리고 있었다. 습기가 조금 섞였지만 선선한 바람까지 불어와 행인들의 발걸음도 가벼워 보였다.

아파트 앞의 택시 정류장에 선 그는 빈 택시가 다가오자 뒤를 돌아보았다.

"어서 타라구."

그러자 뒤쪽에 서 있던 두 사내가 당황한 듯 얼굴을 마주 보았다. 기무라의 부하로 주대홍의 경호를 맡고 있는 자들이다. 그가 뒷좌석에 오르자 사내들은 그의 옆과 앞자리에 나뉘어 탔다.

"남포동으로 갑시다."

그가 운전사에게 행선지를 말하자 옆자리의 사내가 그를 바라보았다. 30대의 직장인처럼 단정한 옷차림에 골격이 가는 사내였다.

"형님, 어디 가십니까? 가시는 데를 말씀해 주시면 제가 미리……."

"집어치워, 인마."

주대홍이 한마디로 그의 말을 잘랐다.

"나도 어디 갈지 모른다."

"……."

"술 먹고 오입허러 가는 거여, 이 시키야."

사내들이 잠자코 있었으므로 주대홍도 의자에 등을 기대었다.

남포동 입구에 이르자 택시에서 내린 그들은 번화한 거리의 인파 속으로 휩쓸려 들어갔다. 주대홍은 이곳저곳을 기웃거리지도, 발걸음을 멈칫거리지도 않았다.

사람들을 헤치며 곧장 걸어가던 그가 걸음을 멈춘 곳은 서진이라고 영문으로 네온사인을 붙인 룸살롱이었다. 제법 규모가 큰 곳이어서 현관 앞까지 붉은색 양탄자가 깔려 있었고 나비넥타이를 맨 서너 명의 사내가 문 옆에서 그들을 바라보며 서 있었다.

"서진이라, 이름이 좋다."

그가 뒤에 선 사내들을 바라보며 웃었다. 얼마 전까지만 해도 그가 서울의 서진호텔 일식부 주방 과장이었다는 사실을 말할 필요까지는 없었다.

주대홍이 현관으로 다가가자 나비넥타이의 사내들이 일제히 허리를 숙였다.

"어서 오십시오."

룸살롱은 지하 1층에 있었다. 양탄자가 깔린 계단을 내려가는데 안에서 나비넥타이를 맨 40대의 사내가 나왔다.

"어서 오십시오."

"우린 세 명이야."

"아닙니다, 형님. 저희들은……."

뒤를 따르던 부하가 입을 열었다가 주대홍이 눈을 치켜뜨자 입을 닫았다. 그들은 지배인의 안내를 받아 방에 들어가 앉았다.

"자아, 술, 여자."

주대홍이 소리치듯 말했다.

"나는 여자 두 명을 데려와. 하나는 고덕균의 몫이여. 그리고 술은 니가 좋아허는 것으로 우선 열 병을 가져와라."

"예."

지배인이 황당하다는 듯 우선 머리부터 숙여 보이고는 물었다.

"저어, 안주는?"

"이런, 씨발 놈이."

주대홍은 주머니를 뒤져 한 움큼의 10만 원권 수표를 내던졌다. 수표가 어지럽게 방 안을 뒤덮으며 떨어져 내렸다.

"니 마음대로 가져와, 이 시키야."

지배인의 시선에 퍼뜩 빛이 났으나 곧 다시 머리를 숙였다.

"예, 사장님."

"돈을 집어라."

주대홍의 목소리가 방 안을 울렸다.

"어서 집어, 이 시키야."

"예, 사장님."

지배인이 수표를 집는 동안 방 안에는 잠시 침묵이 흘렀다. 복도에서 여자들의 웃음소리가 들리다가 곧 그쳤다. 이윽고 허리를 편 지배인이 한 움큼의 수표를 두 손으로 쥐고 그를 바라보았다.

"그럼 곧 준비하겠습니다."

그러나 주대홍이 시선도 주지 않았기에 그는 몸을 돌렸다.

그 시간, 이동천은 숙소로 정해 놓은 해운대의 아파트로 향하는 택시 안에 앉아 있었다. 귀에 댄 핸드폰을 고쳐 쥔 그는 힐끗 운전사를 바라보았다.

"말해요, 박 형. 나는 지금 택시 안에 있으니까."

그러자 박철규의 목소리가 울려 나왔다.

—저는 지금 주대홍이 들어간 룸살롱 근처에 있습니다.

"아니, 그렇다면."

퍼뜩 시선을 든 이동천의 목소리가 높아졌다.

"어떻게 찾은 거요?"

―이야기가 조금 복잡합니다, 검사님.

복잡하다고는 했지만 그의 목소리에서는 활기가 느껴졌다.

―조성표가 놈을 제물로 바친 것이지요. 조성표는 야마구치조의 우에다 산자에몬을 만나 해명을 했다는 겁니다.

"……."

―아이즈 고데츠와 손을 잡은 것은 단순히 사업 때문일 뿐 구속받지는 않는다고 했답니다.

"나쁜 놈, 배신하는군."

―그렇습니다. 놈은 아이즈 고데츠나 신 회장이 자신의 서울로의 진출에 비협조적이라는 것을 알고 있었지요. 그리고 진출해 온다고 하더라도 우리와 야마구치조의 견제를 당해낼 수는 없을 겁니다.

"……."

―그래서 양다리를 걸친 것이지요. 주대홍이를 제물로 바치고 말입니다.

"그자는 지금 술을 마시고 있소?"

―예, 검사님. 10분쯤 전에 부하 두 놈하고 들어갔으니 시간이 좀 걸리겠군요.

"거기 위치를 자세히 말해 봐요."

그러면서 이동천이 운전사의 어깨를 손으로 가볍게 쳤다.

"기사 양반, 차를 돌립시다."

그가 남포동의 서진룸살롱 근처에 도착한 것은 그로부터 한 시간이 지난 후였다. 담배 가게 앞에 서 있던 박철규가 사람들을 헤치며 다가왔다.

"아직 나올 시간이 안 됐습니다, 검사님."

박철규가 모난 얼굴의 표정을 풀면서 말했다.

"아직 식사 안 하셨을 테니, 저기, 국밥집으로 가시죠."

"박 형은 했소?"

"검사님이 오신다고 해서 저도 아직입니다."

밤 10시가 되어 가고 있었다. 서진룸살롱은 음식점에서 50미터도 떨어지지 않았고 그 주변에는 박철규의 부하들이 깔려 있을 터였다. 그들은 국밥집에 들어가 순댓국을 시켰다.

"아이즈 고데츠는 야마구치조의 상대가 되지 못하지요. 자금이나 조직 면에서 말입니다. 그리고……"

반찬을 씹어 삼킨 박철규가 말을 이었다.

"제일 중요한 것인데, 정부 차원의 로비가 없습니다. 야마구치조는 일본 정치인들을 움직여 한국 정치계 거물들에게 로비를 해 주거든요."

"……"

"약삭빠른 조성표가 그것을 모를 리가 없지요. 일단은 아이즈 고데츠의 자금을 이용해서 제 실속도 차렸지만 길게 갈 상대가 아니라고 생각했을 겁니다."

국밥의 밥알이 너무 불어 있어서 이동천은 국물만 먹고 수저를 내려놓았다. 국밥집은 젊은 남녀들이 내는 소음으로 옆 사람의 말소리도 들리지 않을 정도였다.

"주대홍이는 그런 상황인데도 술을 퍼마시러 돌아다니다니, 어이없는 놈이로군."

이동천의 말에 박철규가 입술을 구부려 웃었다.

"무모한 놈이지요. 곧 보시게 되겠지만 멧돼지 같은 놈입니다. 놈이 20년 전에만 태어났어도 서울 바닥의 한쪽은 쥐었을 겁니다. 그때는 주먹만으로도 가능했으니까요."

"……."

"하지만 우리도 서울에서 놈에게 허점을 찔렸지요. 너무 자만했던 것 같습니다."

"박 형은 우리의 미래를 어떻게 보시오?"

문득 이동천이 묻자 박철규가 눈을 껌벅이며 그를 바라보았다. 그도 이제 수저를 내려놓고 있었다.

"우리의 미래라고 하셨습니까?"

"그렇소."

"검사님도 우리에 포함시켜서 말씀하시는군요."

"물론이오. 나는 양 회장의 후계자로 이젠 마음을 굳혔소."

"제 미래는 없습니다, 검사님."

박철규가 똑바로 이동천을 바라보았다.

"검사님의 미래가 제 미래입니다. 저는 지시받은 대로만 움직일 겁니다. 양 회장님으로부터 그렇게 가르침을 받았지요."

"……."

"그리고 그렇게 하는 것이 저에게도 편합니다. 앞으로 저를 그렇게 부려 주십시오."

"인자 그만."

빈 술병을 내려놓은 주대홍이 허리를 펴고 좌우를 둘러보자 주위는 순식간에 조용해졌다. 기무라의 부하들은 술을 마시지 않았다. 옆의 여자들도 마찬가지였기에 주대홍만 마신 셈이 되었다.

"인자 되었어. 그만 나가자."

주대홍이 양쪽에 앉은 여자들을 번갈아 바라보았다.

"옷 갈어입고 와, 둘 다."

"둘 다요?"

한쪽에 앉은 짧은 머리가 물었다가 주대홍이 잠자코 노려보자 얼른 자리에서 일어섰다. 여자들이 방을 나가자 왼쪽에 앉은 김 건이 그를 바라보았다. 단정한 옷차림은 조금도 흐트러지지 않았고 눈빛도 맑다.

"형님, 제가 연락을 해두었습니다. 모시러 올 때까지 조금만 더 기다리시면."

"어디에다 연락을 했단 말이여?"

양주를 일곱 병이나 마셔서 어지간히 취기가 돈 주대홍이 그를 쏘아보았다.

"필요 없어. 나가자. 너희들도 한탕 뛰어."

그가 자리에서 일어나는 것과 동시에 방문이 열리더니 지배인이 들어섰다. 그의 뒤를 따라 서너 명의 사내가 들어섰는데 종업원 복장이 아니었다.

"뭐여? 왜 기집애들은 안 오고."

주대홍이 소리쳐 묻자 지배인이 빙그레 웃었다. 긴 얼굴에다가 웃으면서 드러난 치아도 길어서 꼭 말이 웃는 것 같았다.

"부산 바닥에서 노는 놈이라면 내가 모르는 상판이 없는데 너희들 세 놈은 처음 보는 화상이야."

그가 이를 드러내며 말했다.

"그래서 너희들이 술 퍼먹는 동안 노는 애들에게 종업원 옷을 입혀 들여보냈었지. 근데 모두 네놈들은 처음이라는 거야."

그에 김건이 입을 열려고 하는 것을 주대홍이 손을 들어 막았다.

"아자씨, 그러면 우리들을 어쩔라고 허쇼? 처음이라면 말이요."

"내가 이 생활 20년에 오늘같이 열통이 터지는 날은 처음이다. 이 새끼, 내 얼굴에 돈을 던져?"

그가 눈을 치켜떴다.

"쥑여 버리기 전에 어서 무릎 꿇어, 이 새끼야. 그리고 잘못했다고 빌어라."

"허어."

주대홍이 입을 쩍 벌리고는 김건과 다른 부하의 얼굴을 둘러보았다. 김건은 그의 눈이 활기로 반짝이는 것을 보았다.

기무라가 부하들을 데리고 방에 들어선 것은 그로부터 10분쯤 후였다.

잔뜩 언짢은 표정으로 방 안을 둘러보던 그는 눈을 둥그렇게 뜨고는 몸을 굳혔다. 대여섯 명의 사내가 한쪽 구석에 포개지듯 쌓여 있었는데 그쪽에서 신음 소리가 들려왔다. 그 앞에 뒷짐을 지고 서 있던 주대홍이 머리만 돌려 그를 바라보더니 싱긋 웃었다. 그의 옆에 있던 김건과 다른 한 명의 부하가 황급히 머리를 숙였다.

"어떻게 된 거야?"

기무라가 김건에게 소리쳐 물었다. 그러나 시선은 쌓여진 사내들에게서 떨어지지 않는다. 김건이 빠른 일본어로 그에게 설명을 하고 있는데 주대홍이 한 사내의 목덜미를 잡아 밑쪽에서 끌어내었다. 어디를 다쳤는지 사내가 죽는 소리를 내었다.

"내가 너한티서 기념품 한 개만 가져가야겄다."

엎드려 있는 사내에게로 몸을 숙인 주대홍이 말했다. 그리고 다음 순간 기무라는 주대홍이 허리 근처에서 번쩍이는 회칼을 빼내는 것을 보았다. 기무라가 미처 입을 열기도 전에 주대홍은 지배인의 한쪽 귀를 잡고는 송두리째 베어내었다.

귀가 섬뜩한 것을 느낀 지배인이 머리를 들고 주대홍을 올려다보았다. 그의 손에 쥐어진 것이 자신의 귀라는 사실을 알아차린 것은 5초쯤 지나서였다.

그제야 그는 방 안이 떠나갈 듯한 비명을 질렀는데 주대홍이 한 발 다가서자 덥석 입을 다물고는 숨을 죽였다.

*　　　　*　　　　*

"기무라까지 들어가다니, 오늘은 여우굴만 잘 지키면 소득이 대단하겠습니다."

박철규가 생기 있게 말한다.

그들은 서진에서 30미터쯤 떨어진 24시간 매장 안에 들어가 창밖을 바라보는 중이었다. 기무라가 데려온 사내 중에서 세 명이 현관 앞에 서서 주위를 둘러보고 있었다. 그리고 대여섯 명은 기무라를 따라 안으로 들어갔으므로 열 명에 가까운 사내가 온 것이다.

"장소가 좋습니다. 행인들이 많아서 피아를 구분할 수 없는 데 다 길이 사방으로 뚫려 있지 않습니까?"

박철규가 낮게 말하는 사이에도 부하들이 창밖을 지나면서 이쪽과 눈을 맞추었다. 이동천이 보기에도 훈련이 잘된 사내들이었고 숫자도 열이 넘었다. 더구나 그중 서너 명은 총기를 휴대하고 있어서 기습은 성공할 확률이 높아 보였다.

"아, 저기 나옵니다."

박철규가 낮게 소리쳤지만 이동천은 이미 서진의 현관을 나오는 사내들을 보고 있었다. 기무라의 부하들이 빠른 걸음으로 나온 다음 기무라와 주대홍이 모습을 드러내었다.

사진으로만 보아왔던 놈들이었다. 기무라는 호리호리한 체격에 흰 피부와 윤곽이 뚜렷한 용모의 사내였다. 날카로운 시선으로 주위를 훑어보았는데 섬뜩했다.

주대홍은 어깨를 늘어뜨리고 그의 옆에 서 있었다. 기무라보다 머리통 하나는 더 컸고, 어깨도 두 배 정도 넓어서 어디서나 쉽게 눈에 띄는 거인이었다. 부리부리한 눈과 주먹코, 그리고 심통이 난 듯 부풀어 있는 두툼한 입술은 도무지 호감이 가지 않았다.

박철규가 머리를 돌려 이동천을 바라보았다.

"시작할까요?"

주대홍에게서 시선을 뗀 이동천이 머리를 저었다.

"오늘은 그냥 보냅시다."

"……."

"집도 알아두었으니 마음만 먹으면 얼마든지 끝낼 수 있을 거요."

"알았습니다."

짧게 대답한 그가 매장을 나가 문 앞에 서 있던 부하에게 무언가를 지시하자 부하는 금방 행인들 사이에 묻혔다.

박철규가 돌아와 다시 그의 옆에 섰다.

"두 패로 나누어 기무라와 주대홍을 쫓으라고 했습니다. 이제 놈들은 주머니 속의 물건입니다."

"배장근이의 행방만 찾으면 부산 지역의 정황을 한눈에 볼 수 있겠는데."

이동천이 혼잣말처럼 말하는 순간 기무라와 주대홍이 행인들과 함께 그들의 앞쪽을 지나갔다. 매장의 서가 뒤쪽으로 몸을 숨긴 그들은 숨을 죽이고 그들의 옆모습과 뒷모습을 바라보았다.

택시에서 내린 오세미가 샛길의 입구로 들어서자 어둠 속에서 인기척이 났다. 벽에 붙어 서 있던 김달수와 부하가 그림자처럼 나타난 것이다.

그녀를 알아본 사내가 다시 몸을 감추었으므로 주위는 짙은 적막에 싸였다. 밤 12시가 넘어서 국도를 달리는 차량의 통행도 거의 끊겨 있었고 상점의 불도 꺼진 지 오래였다.

차량 한 대가 겨우 다닐 수 있는 2킬로미터의 샛길은 걸어서 30분도 넘는 거리였다. 앞쪽에서 불어오는 바닷바람에 머리칼이 날렸고 피부는 금방 끈끈해졌다. 별빛도 보이지 않는 짙은 어둠 속을 그녀는 어깨를 펴고 걸었다.

길가에 드문드문 박힌 돌멩이로 겨우 길을 분간할 수 있었지만 이제는 무섭지 않다. 500미터쯤 더 가면 길가의 바위틈에서 김달수의 부하가 보초를 서고 있을 것이었다. 낮에는 시야가 트여서 보초를 내보내지 않지만 밤에는 샛길 입구와 바위틈, 그리고 모텔 근처의 잡목 숲에서 한 명씩 교대 근무를 한다.

오세미는 메고 있던 가방을 반대쪽 어깨에 바꿔 메고는 깊게 숨을 들이마셨다. 어제는 창고 옆에서 기다리고 있던 차를 타고 모텔로 들어갔는데 오늘은 배차 여유가 없는 모양이었다.

"거기, 누구요?"

앞에서 들리는 말소리에 오세미는 주춤 걸음을 멈추었다. 목소리가 낯이 익었다.

"전데요."

누구라고 이름을 밝힐 필요는 없다. 모텔에서 생활하고 있는 20여 명 가운데 여자는 그녀 한 사람뿐인 것이다. 앞쪽에서 그림자가 흔들리는 것 같더니 누군가가 다가섰다. 배장근이다. 그들은 샛길 한복판에서 마주 보고 섰다.

"바람을 쏘이러 나왔다가."

배장근이 입을 열었다.

"오늘은 차가 시내에 나가 있어서."

"조세준을 만났어요."

그들은 불빛도 보이지 않는 모텔을 향해 걸었다. 오세미가 말을 이었다.

"그 사람은 오빠가 살해당한 후로 조직에서 따돌림을 받고 있더군요."

"……."

"나한테 정보를 주기로 했어요. 이틀에 한 번씩 만나서요."

"잘되었군."

경사진 길을 다 오르자 앞쪽으로 불빛이 반짝이는 모텔이 보였다. 주변에는 인가가 한 채도 없었으므로 모텔의 불빛은 유난히 눈에 띄었다.

"쉬어 가지 않겠소?"

배장근이 머리를 돌려 그녀를 바라보았다. 샛길 옆쪽에 앉기 좋게 잡초가 깔린 평지가 있었다. 그들은 모텔을 바라보며 잡초 위에 앉았다. 바다는 보이지 않았지만 거침없이 불어오는 바람에서 바다 냄새가 생생하게 맡아졌다.

"나는 조성표의 조직을 산산조각 낸 다음 흡수하겠어."

배장근이 낮은 목소리로 말했다.

"이제 밀수 조직들은 내가 장악하고 있다고 봐도 됩니다. 그리고 우리 자금을 투자한 기업체와 유흥업소가 여덟 군데가 되었소. 그것을 기반으로 세력을 넓혀 갈 거요."

오세미는 스커트 밑의 두 다리를 앞으로 뻗었다. 주위는 풀벌레 소리가 귀를 울릴 뿐 적막에 싸여 있었다.

"한국은 썩었어요. 아시오? 조성표 같은 놈은 정부 관리와 결탁해서 한 달에 수십억을 거둬들이고 있어요. 돈으로 매수한 관리들이 모두 그의 동업자가 되어 있단 말이오."

"……."

"나라고 그렇게 못 되라는 법이 없어. 이왕 낮에 얼굴을 내밀고 다닐 수 없는 이상 밤의 세계를 장악할 테요."

그는 머리를 돌려 오세미를 바라보았다.

"당신을 좋아하고 있어."

"……."

"당신이 떠나지 않겠다는 말을 듣고 가슴이 뛰었어."

그는 팔을 뻗어 오세미의 어깨를 안았다. 오세미가 두 손을 들어 그의 가슴에 대었으나 밀지는 않았다. 풀밭 위에 누운 오세미의 얼굴에 곧 그의 뜨거운 숨결이 부딪쳐 왔다.

"잠깐만요."

오세미가 덮쳐 오는 그의 가슴을 밀었다.

"제가 벗을게요."

상반신을 일으킨 오세미가 스커트를 벗어 옆쪽에 놓았다. 그러고는 재킷의 단추를 침착하게 풀어 다시 그 위에 포개 놓는다. 이제 그녀는 브래지어와 팬티 차림이 되었는데, 어둠 속이었으나 그녀의 흰색 브래지어가 뚜렷하게 드러났다.

배장근은 서둘러 바지를 내리고는 그녀의 상반신을 다시 안았다. 거칠어진 숨소리가 주위에 울렸지만 거칠 것이 없다.

배장근의 입술이 부딪쳐 오자 오세미는 두 팔을 들어 그의 목을 감았다. 이어서 그의 한쪽 손이 팬티를 끌어내리자 허리를 들어 그것을 도왔다. 바람이 벌거벗은 하체를 스치고 지나는 느낌도 잠깐, 배장근의 뜨거운 몸이 겹쳐 오자 그녀는 두 다리를 벌려 그를 맞았다. 곧 그의 뜨거운 남성이 느껴지면서 저도 모르게 입에서 신음 소리가 뱉어졌다.

바람이 스쳐 지나면서 풀숲에서는 맵고 비린 풀 냄새가 풍겨

왔다. 쫓기며 살아가는 두 사람이었지만 이곳은 별도 보이지 않는 짙은 어둠 속인 데다 바람과 풀벌레 소리만 들리는 황야였다.

배장근의 거친 몸놀림을 받아들이는 오세미가 느끼는 감정은 희열과 자유로움이었다. 억압에서 해방된 것 같은 기쁨이 그의 조그만 동작 하나하나에서 느껴졌고, 그녀는 그것을 서슴없이 받아들이고 있었다.

배장근은 거친 숨을 몰아쉬면서 그녀가 자신을 받아들일 때마다 기쁨의 탄성을 뱉어내었고 오세미 또한 마찬가지였다. 두 다리를 어둠 속으로 휘저으며 황야에 내지르는 자신의 신음 소리가 귀에 들릴 때마다 그녀 또한 하늘로 치솟았다가 떨어지는 듯한 희열을 맛보았다.

*　　　*　　　*

해운대의 해장국집 안.

간밤에 마신 술이 덜 깨었는지 두 눈이 충혈된 서너 명의 사내가 말없이 국물을 떠먹고 있을 뿐 식당 안은 한적했다. 아침 9시가 지났으니 지금 해장국집에 있는 사람들은 정상적인 직장인이 아닐 것이다.

벽 쪽에 앉아 국물만 대여섯 번 떠 마신 백복동은 수저를 내려놓았다. 해장을 할 만큼 위장이 찌들어 있지는 않았다. 어젯밤에는 술을 입에 대지도 않았다.

"이것 보쇼. 댁은 어젯밤에 술을 꽤나 마신 것 같구만."

찌푸린 얼굴로 백복동이 말하자 박철규가 씹고 있던 국밥을 삼키고는 빙그레 웃었다.

"이 집이 소문난 집이오, 맛이."

"젠장."

입맛을 다신 백복동이 의자에 등을 기대었다.

"당신, 나이가 몇이오?"

"왜 그러십니까, 백 형사님?"

박철규는 여전히 웃고 있었다. 이동천이 박철규를 만나 보라고 했을 때 백복동은 놀라지는 않았다. 어떻게 보면 자신과 박철규는 이동천을 낮과 밤의 세계에서 보좌하는 역할이 될 것이다. 그러나 막상 박철규의 상판을 면전에서 보게 되자 자신도 모르게 짜증이 났다.

박철규가 입을 열었다.

"주대홍이의 거처를 알게 되었으니 이제 언제든지 그놈의 명줄을 딸 수 있지요."

입맛을 다신 백복동이 입을 열었다가 닫았다.

박철규가 말을 이었다.

"놈을 없애지 않은 것은 놈이 조성표한테서 우리에게 제물로 바쳐진 상태이기 때문이오. 그 둔한 놈은 자신이 어떤 상황에 놓여 있는지도 모릅니다."

박철규가 우에다 산자에몬과 조성표와의 밀담 내용을 말해주자 백복동의 얼굴이 점점 긴장으로 굳어졌다.

"그렇다면 아이즈 고데츠는 그것을 모르고 있겠군?"

"물론이오. 조성표는 양다리를 걸치고 있는 거요."

"……"

"그래서 그건 일단 그대로 두고, 검사님은 배장근이를 찾으라고 하셨습니다."

"그건 나도 알아."

"나는 30명을 데리고 내려왔어요. 애들을 몽땅 풀어놓았는데 아직 놈의 종적이 잡히지 않습니다."

"흥."

백복동이 턱을 쳐들고 천장을 보았다. 어쨌든 수사는 그의 천직이다. 백복동의 얼굴에 가소롭다는 표정이 역력히 떠오르자 박철규는 얼굴을 찌푸렸다.

"이것 보시오, 백 형사. 나도 좋아서 당신을 만나는 것이 아니오. 그러니 서로 예의는 지킵시다."

"지킬 것도 많은데, 어떻게 예의까지."

"아니, 뭐야?"

박철규가 눈을 치켜뜨자 백복동이 헛기침을 했다.

"조성표의 심복으로 천기석이가 있고, 그놈의 일급 부하로 오종갑이가 있었어."

"……"

"그 오종갑이가 칼에 찔려 죽었는데 경찰은 이제 그놈까지 배장근이가 죽였다고 추정하고 있더구만. 아마 근래에 부산에서 일어나는 의문의 살인 사건은 모두 배장근이 몫이 될 거야."

"……"

"그래서 이쪽저쪽에 귀를 대어 보았더니 조성표의 조직에서 오종갑이를 처단했다는 말이 공공연히 떠돌더구만."

"잠깐만, 그게 배장근이하고 무슨 상관이 있소?"

"내 말을 끝까지 들어."

백복동이 눈을 흘겼다.

"오종갑이가 배신을 했다는 거야. 그래서 오종갑의 부하로 있던 놈들을 찾아 나섰어. 심복으로 있던 두 놈을 교대로 감시했지. 어떻게든 내막을 알아보려고."

"……."

"오종갑이와 배장근이 혹시 통하지 않았나, 그래서 배신했다는 소문이 떠돈 것이 아닌가, 하는 희망이 있었어. 그런데……"

이제 박철규는 꼼짝하지 않고 그를 바라보았다.

"어제 한 놈이 한 여자를 만났어. 오종갑 부하가 말이야. 그리고 그 여자는 오종갑 동생이었어."

백복동이 주머니에서 구겨진 사진 한 장을 꺼내 탁자 위에 내려놓았다. 명함판 사진이었는데, 끝부분이 떨어져 있는 것이 어디에서 떼어낸 모양이었다.

"동사무소에서 주민등록 사진을 잠깐 실례했지."

박철규가 사진에서 시선을 떼었다.

"오종갑 동생과 부하가 만난 것이 어쨌단 말이오?"

"나는 어젯밤에 여자를 미행했어."

다시 의자에 등을 기댄 백복동이 분위기를 즐기려는 듯 담배를 꺼내 입에 물었다.

*　　　　*　　　　*

해운대 앞바다에 정박한 유람선은 남빛 바다에 흰 자태를 뽐내듯 떠 있었다. 장마가 지나가고 푸른 하늘이 더욱 높아 보이는 맑은 날씨였다.

한낮의 뙤약볕이 내리쬐고 있었으나 시원한 바닷바람에 더위가 느껴지지 않았으므로 해변에는 사람들이 많이 나와 있었다. 아직 해수욕을 즐기기에는 이른 시기였다.

갑판에 서서 해변 쪽을 바라보던 안을수는 인기척에 몸을 돌렸다. 선실에서 박종호가 나오고 있었다.

"야, 주방 냉장고에 돼지 다리가 있던데, 덕배한테 그걸 삶으라고 해."

안을수의 말에 박종호가 눈을 껌벅이며 그를 바라보았다.

"형님, 괜찮습니까?"

"병신."

안을수가 웃었다. 그는 자신을 건달이라고 불러 주는 것을 좋아하는 서른 살 난 전과 3범이었다. 학력은 고졸로 특별한 재능도 없고 성실하지도 못했지만, 눈치가 빠르고 악착같은 근성의 사내였다. 폭력 전과로 별을 세 개 달았다는 것이 그의 자랑이라면 자랑이었다.

"잔말 말고 덕배한테 가서 말해. 배가 출출하단 말이다."

안을수가 눈을 치켜뜨자 박종호는 다시 선실로 들어갔다. 오늘은 조성표가 유람선에 올 일이 없고, 내일도 그렇다. 유람선의 경호 책임자로서 냉장고 안의 음식물쯤이야 얼마든지 꺼낼 수 있다는 것을 박종호는 모르고 있는 것이다.

안을수는 유람선 근무 일주일째인 박종호에게 철저히 교육을 시켜야겠다고 마음먹었다. 그러다가 근무자 일곱 명 전원에게 기합을 넣을 필요가 있겠다는 데까지 생각이 미쳤다.

"여보슈, 선생님."

앞을 지나가던 어선이 속력을 줄이더니 이쪽으로 다가왔다. 2톤짜리 낡은 어선이었는데 선미에서 허름한 작업복 차림의 사내 두 명이 그를 올려다보고 있었다.

"뭐야?"

안을수가 찡그린 얼굴로 짜증 난 듯 물었다. 가끔가다 낙지나 생선 횟감을 팔려고 이렇게 추근대는 놈들이 있었다. 어선은 이제 바로 코밑으로 다가와 멈추어 섰다.

"선생님, 이것 한번 잡숴 보시지 않겠습니까?"

밀짚모자를 눌러쓴 사내가 허리를 굽혀 상자 속에서 고기를 집어 들려고 한다. 선실에 있던 부하 한 명이 밖으로 나와 그들을 내려다보고 있었다.

"마, 치아라! 안 사! 꺼져!"

"잡숴야 합니다."

허리를 편 사내가 집어 든 것이 얼핏 분간이 가지 않는데, 곧 그것에서 흰 불꽃이 뿜어져 나왔고, 가슴에 격렬한 충격을 받는 순간 그는 깨달았다. 총이다.

안을수는 선실의 벽에 머리를 부딪치며 의식이 끊겼다. 부하 한 명도 다른 사내가 겨누어 쏜 총에 맞아 바닥에 굴러떨어졌다.

그때 어선의 손바닥만 한 조타실에서 세 명의 사내가 모습을 드러내었다. 그러고는 익숙한 동작으로 양쪽 배를 고정시키면서 유람선으로 뛰쳐 올라갔다.

사내들은 우선 쓰러진 두 사내를 선실 안으로 끌어다 놓고는 응접실과 조타실, 주방과 침실을 수색해 나아갔다.

응접실에서 텔레비전을 보고 있던 두 명의 경호원이 먼저 의자에 앉은 채로 총에 맞아 숨이 끊어졌다. 선장은 집에 볼일이 있다면서 외출했는데, 대신 배를 지키고 있던 항해장이 조타실에서 신문을 보고 있다가 총에 맞았다. 그리고 박종호와 주방장은 주방에서 돼지 다리를 든 채로 죽었다.

마지막으로 침실에서 자고 있던 경호원을 처치하고 난 김달수는 부하들을 돌아보며 말했다.

"시체들을 한곳에 모아라. 서둘러."

배의 중심 부근에 있는 응접실에 시체를 쌓아 놓고 휘발유를 배의 구석구석에까지 뿌린 다음 그들은 배를 떠났다.

어선이 파도에 흔들리며 2킬로미터쯤 떨어진 바다 위를 달리고 있을 때 선미에 서 있던 부하가 소리쳤다.

"불이 났습네다."

유람선 선실에서 검은 연기가 솟아 올라오고 있었다. 그러나 그것도 잠깐, 연기는 곧 시뻘건 불꽃으로 바뀌었고 유람선 전체가 하나의 불덩이로 변했다.

"잘 탄다."

누군가가 감탄하듯 말하는 소리가 들렸다.

"배장근의 짓입니다."

천기석의 조심스러운 말에 조성표는 이제 막 침몰해 가는 유람선을 바라보기만 할 뿐 아무 말도 하지 않았다.

유람선 주위에 새까맣게 모여 있는 소방정과 경비정, 그리고 크레인 선 등도 속수무책이었다. 화재 현장에 도착했을 때는 선체가 불덩어리가 되어 있었기 때문에 물줄기를 뿜어대는 것이 오히려 기름을 붓는 격이어서 불길이 더욱 거세어졌던 것이다.

선체가 큰 탓인지 끈질기게 버티며 물 위에 떠 있었다.

조성표가 화재 소식을 듣고 달려왔을 때는 화재가 발생하고 한 시간이 지난 후였지만 그때까지도 새까맣게 그은 선체에서는 불기둥이 솟아오르고 있었다. 소방관들은 생존자를 구출하기 위해 배에 올라갈 엄두도 내지 못하고 있었다.

잠시 후 소방 헬기가 날아와 막 약품을 뿌리려는 순간 배에서 폭발이 일어났다. 기름통이 터진 것이다. 소방 헬기는 놀라 달아났고, 그제야 배는 선수를 위로 쳐들고 기울기 시작했다. 폭발이 여러 차례에 걸쳐 일어났기 때문에 소방정들은 멀찍이 도망쳤다가 모여들기를 반복했고, 근처의 바다 위에는 배에서 날아온 파편들이 어지럽게 떠다니고 있었다.

해변가는 구경꾼들로 인산인해를 이루었다. 배를 타지 못한 텔레비전 방송국 기자들이 이리저리 뛰며 신바람을 내는 중이었다.

"주방에서 가스가 폭발한 것이라고 해."

조성표가 낮은 목소리로 말하자 옆자리에 앉아 있던 천기석은 알아듣지 못한 듯 그에게로 고개를 기울였다.

"예? 뭐라고 말씀하셨는지."

"소방서에 로비를 하든지 해서 가스폭발로 발표하게 만들란 말이야."

"알겠습니다."

그제야 천기석은 그의 말뜻을 알아들었다. 외부에서 방화한 것으로 발표되면 조직의 체면에 먹칠을 하게 되는 것이다. 그렇지 않아도 배장근의 준동에 방계 조직들이 흔들리는 낌새가 보이는 중이다. 유람선은 선수에 불꽃을 피워 올리면서 곤두서고 있었다.

그들은 해안가에 세워 놓은 차 안에서 숨을 죽이고 배의 마지막을 지켜보았다. 차 안에 켜놓은 라디오에서 배 안에 몇 사람이 있었는지 확인할 수 없다고 말하고 있었다. 그 순간 배는 바닷속으로 빨려들어 갔고, 거품이 끓어오르다가 그것마저 서서히 사라졌다. 이제 소방정들만 바다 위에 빙 둘러서 있을 뿐이다.

"배에 몇 명 타고 있었지?"

바다에서 시선을 뗀 조성표가 묻자 앞쪽 자리에 앉아 있던 사내가 그에게로 머리를 돌렸다.

"선장은 집에 있습니다. 배에 남아 있던 사람은 항해장하고 안을수, 그리고 다섯 명입니다."

"……"

"한 명도 배 밖으로 탈출하지 못한 걸 보면 아무래도……."

"가스폭발이다."

"예, 사장님, 가스폭발입니다."

조성표가 번들거리는 눈으로 천기석을 바라보았다.

"배장근에 대한 정보에 10억의 현상금을 걸어라. 물론 이번 배 사건과는 관련짓지 말고."

　　　　*　　　　　*　　　　　*

　기무라는 걸음을 멈추고는 상점에 진열된 마네킹을 바라보았다. 저녁 무렵이어서 오가는 행인들이 많았으므로 그는 유리 벽에 바짝 붙어 섰다. 그의 뒤를 따르던 부하 두 명도 제각기 신문 가판대 앞에, 택시 정류장의 대열 끝에 섰는데 조금 당황한 듯 시선을 이리저리 굴리고 있다.

　기무라가 진열대에 전시된 모든 옷가지를 점검하듯 유심히 시선을 주는데 그의 옆으로 헐렁한 노타이셔츠 차림인 대머리 사내가 다가와 섰다. 작달막한 키여서 셔츠가 커 보였다.

　"기무라 씨, 당신이 여자 옷에 관심이 있는 줄은 몰랐는데."

　기무라가 머리를 돌려 사내를 바라보았다. 그러나 그쪽은 시선만 보내올 뿐 입을 열지는 않는다.

　뒤쪽에 있던 경호원들이 제각기 이쪽으로 발을 떼었다가 기무라의 손짓에 멈추어 섰다.

　"조성표는 요즘 되는 일이 없군. 안 그래? 서울에서 데려온 주대홍이도 골치만 썩이고."

　기무라가 무표정한 얼굴로 말했는데 일본어였다.

　"나는 한국말을 모르는데."

　"개소리 말어. 넌 한국말을 잘해."

　백복동이 얼굴에 웃음을 띠었다.

　"이봐, 나는 한국의 수사관이야. 베테랑 형사란 말이다. 경찰청의 자료는 모두 내 머릿속에 있어."

　그는 손을 들어 둘째 손가락으로 자신의 머리를 가리켰다.

"넌 한국말에 능통하지만 통역을 데리고 다니지. 부주의하고 거만한 한국 놈들이 네 앞에서 한국말로 비밀을 말하는 것을 들으려고 말이야."

"당신이 이번에 서울에서 내려온 백 형사로군."

기무라는 이제 한국말을 했다.

"컴퓨터에 당신 자료가 없었어. 그래서 알아보지 못했으니 사과하겠어."

"개소리 말고 따라와. 이야기할 것이 있으니까."

그들은 근처의 커피숍에 들어가 마주 앉았다. 부하 두 명이 입구 근처의 테이블에 앉아 불안한 표정으로 이쪽을 바라보는 것과는 대조적으로 기무라와 백복동은 여유 있는 모습이었다.

"내가 알기로 이동천 검사는 서울에서 밀려났다던데, 당신도 함께 당했군. 안됐어. 주인을 잘 만나야 하는 건데."

기무라의 말에 백복동이 얼굴에 웃음을 띠었다.

"역시 정보는 빠르구만. 한국말을 모르는 척하고 사람들 사이에 끼어 있으면 주워듣는 게 많은 법이지."

"건드릴 사람을 건드려야지. 김양호가 어떤 놈인데. 양승일의 오른팔이야."

"개소리 말고, 내 말 잘 들어."

백복동이 정색을 했다.

"네가 이번에 데려온 주대홍이는 지금 조성표의 제물이 되어 있어. 무슨 말인지 알겠나?"

이맛살을 찌푸리며 기무라가 노려보았으나 그는 말을 계속했다.

"조성표가 우에다 산자에몬을 만났단 말이야. 놈은 우에다에게 서울로의 진출을 상의했어. 양다리를 걸친 게지. 그래서 우의의 표시로 양 회장의 애를 먹인 주대홍에 대한 정보를 내놓았지."

"……"

"내 정보원은 말할 수 없으니 네 마음대로 추측해라. 하지만 정보를 주는 이유는 말해줄 수 있지. 그건 네놈들이 사이좋게 지내면 안 되기 때문이야. 우리들의 희망은 너희들이 서로 싸워서 양쪽이 모두 없어지는 거야."

"……"

"아이즈 고데츠가 야마구치조하고, 또 조성표가 마피아, 양승일이 신용수, 그리고 조성표가 아이즈 고데츠……"

"개소리는 네가 하는군."

"정보를 주는 것이니까 잘 살펴봐, 조성표를. 설마 나한테 이런 이야기를 들었다고 조성표에게 말하지는 않겠지?"

제9장

새로운 세대

밤의
대통령

"어서 오게, 김 사장. 기다리고 있었어."

니트 셔츠 차림의 양승일이 양유경과 이야기를 하고 있다가 김양호를 맞았다.

"안녕하셨어요?"

자리에서 일어선 양유경이 인사를 하자 김양호가 웃어 보였다. 그는 양승일의 앞자리에 앉았다.

양승일의 흑석동 저택은 서울에 있는 네 곳의 숙소 중 가장 규모가 크고 오래된 목조 건물이었다. 그러나 양승일은 특별한 일이 없는 날은 이곳에서 화초를 가꾸거나 골동품을 매만지는 것을 낙으로 여기고 있었다.

"부산에서 소란이 끊이질 않는구만."

양승일이 웃음 띤 얼굴로 말하자 김양호도 따라 웃었다.

"조성표의 유람선은 배장근이 공격한 것 같습니다. 일곱 명이 실종되었다는군요."

"그자가 우리에게 추파를 던질 만도 해. 배장근이 하나 처리하지 못하고 있으니."

김양호가 힐끗 양유경을 바라보았다. 이제까지 양유경 앞에서 사업 이야기를 나눈 적이 없었다.

"내가 오늘 김 사장을 부른 것은 우리 그룹을 정비할 때가 되었다고 생각해서야. 그래서 유경이도 불렀네."

양승일이 말을 이었다.

"이제 사업체들을 양성화시킬 때가 되었어. 대리인 명의로 되어 있는 업체들도 모두 명의 변경을 해야 할 것이고."

"당연한 조치입니다, 회장님."

김양호가 고개를 끄덕였다.

"이제 후계 체제도 정비되었으니 응당 그런 조치가 뒤따라야 합니다."

"정리하려니 골치가 아파."

탁자 위에 놓인 서류를 김양호 앞으로 밀어놓은 양승일이 소파에 등을 기대었다.

"유흥업소 28개는 모두 타인의 명의로 되어 있지만, 당장에 나나, 유경이, 또는 이 검사 앞으로 돌릴 수는 없어. 당분간은 그대로 두는 수밖에."

"그렇습니다. 만일 지금 옮기신다면 후유증이 큽니다. 그리고 이제까지 대리 사장들이 잘해왔으니까요."

고개를 끄덕인 양승일이 양유경을 바라보았다.

"잘 듣고 네가 이 검사에게 이야기해 줘라. 그 사람, 나한테서 이런 이야기 듣는 것을 거북해할 테니까."

그러자 김양호가 얼굴에 웃음을 띠었다.

"가토 씨가 부러워하더군요, 회장님. 사내답다고 했습니다."

"나는 겉모양 같은 건 개의치 않아. 그놈의 천성과 기질을 본 것이지."

양승일의 말은 계속되었다.

"가토 씨와 합자한 사업은 어제 그 사람과 만나 이야기가 되었고, 나머지 16개의 사업체는 거기 적힌 대로 명의를 바꾸고 주식을 옮겨주게."

서류를 훑어보며 양승일의 말을 듣던 김양호가 고개를 끄덕였다.

"주식 상속에 조금 비용이 들겠지만 곧 끝내겠습니다. 별문제는 없습니다, 회장님."

"자네 앞으로 동원전자의 지분을 옮겨 놓았어. 자네가 애착을 갖는 것 같아서."

서류를 훑어보던 김양호의 눈이 둥그레졌다. 자본금 50억에 연간 매출 2천5백억의 회사인 동원전자는 반도체를 생산하는 유망업체로 매년 200퍼센트의 성장률을 기록해 왔다. 그 회사의 지분 60퍼센트가 그의 앞으로 옮겨지도록 되어 있는 것이다. 그것은 2천5백억 매출의 업체를 소유하는 것과 마찬가지였다.

"저에게 이런······."

김양호는 목이 메인 듯 헛기침을 했다.

"저는 그런 자격이 없습니다, 회장님."

"함께 살아가는 거야."

웃음 띤 얼굴로 양승일이 말했다.

"나는 이제 돈에 대한 애착이 없어. 남은 것이 있다면 명예뿐일세."

본채에서 잔디밭을 사이에 두고 별채가 세워져 있었는데 그곳이 말하자면 안채였다. 별채로 돌아온 양유경은 응접실의 탁자에 서류를 던져 놓고는 소파에 앉았다. 어머니는 쇼핑하러 나갔으므로 집 안은 조용했다.

이윽고 탁자 위의 인터폰을 집어 든 그녀는 스위치를 눌렀다.

—여보세요.

굵은 남자의 목소리가 귀를 울렸다.

"전데요. 잠깐만 저 좀 보아요."

인터폰을 내려놓은 양유경은 심호흡을 하듯이 길게 숨을 쉬었다. 고대구가 그녀의 앞에 나타난 것은 그로부터 5분 후였다.

"부르셨습니까?"

조금 느린 말투로 물으며 그가 양유경을 내려다보았다. 각진 턱에 콧등이 중간 부근에서 무너져 내리고 한쪽 눈 밑에 가로로 찢어진 상흔이 있어서 누가 보아도 쉽게 권투 선수 출신임을 알 수 있었다. 실제로 그는 예전에 아마추어 미들급 챔피언이었다.

"거기 앉으세요."

양유경이 웃는 얼굴로 앞자리를 가리키자 고대구는 무표정한 얼굴로 자리에 앉았다. 그는 양유경의 전속 보디가드로 양승일에 의해 특채된 사내였다.

"요즘 바쁘세요?"

"바쁘지 않습니다."

그럴 수밖에 없다. 요즘 양유경은 거의 밖으로 나가지 않았던 것이다.

"저어, 내일 말예요."

양유경이 웃음 띤 얼굴로 말했다.

"아침 일찍 비행기로 부산에 갔다가 저녁때 돌아와요, 우리."

"그러지요."

고대구가 머리를 끄덕이며 말했다.

"회장님 허락을 받구요."

"……."

"몇 시 비행기로 가십니까?"

"됐어요."

얼굴에서 웃음기가 사라진 양유경이 눈을 깜박이며 고대구를 바라보았다.

"100만 원 드릴게요. 절대로 아버지껜 비밀로 해줘요. 고대구 씨하고 저만 알기로 하고. 부탁드리는 거예요."

"……."

"200만 원을 드릴게요. 돈 이야기로 자존심이 상하셨다면 사과하겠어요. 하지만 다른 방법이 생각나질 않아서."

"……."

"아침에 갔다가 저녁에 오면 아무도……."

고대구의 무표정한 얼굴을 향해 말하던 양유경이 말을 멈추었다.

방 안에는 한동안 정적이 흘렀다. 고대구는 턱을 든 채 그녀를 물끄러미 바라보는 자세였고 양유경은 아랫입술을 물었다가 침을 삼켰다.

이윽고 그녀가 정적을 깨었다.

"알았어요. 제 말, 기분 상하셨다면 사과할게요. 제가 어린애같이 굴었어요."

"아닙니다."

자리에서 이어선 고대구가 머리를 숙였다.

"제가 그냥 미안합니다."

고대구가 방을 나가자 양유경은 벽시계를 올려다보았다. 오후 3시였다. 이동천이 자리에 앉아 있을 시간이다.

탁자 위에 놓여 있는 전화기로 시선을 옮긴 그녀는 한동안 그 자세로 움직이지 않았다. 전화는 당장의 갈증을 풀어주기는 해도 끊고 나면 더욱 목이 타는 것이다.

택시에서 내린 오세미는 빠른 걸음으로 건널목으로 다가갔다. 오후 6시가 되어 있었지만 아직도 이글거리는 열기에 피부가 따가운 무더운 날이었다.

사람들 사이에 서서 건너편 신호등을 바라보고 있던 그녀는 다시 손목시계를 내려다보았다. 약속 시간에 늦은 것은 아니지만 왠지 조바심이 났기 때문이다.

건너편의 수영공원에서 오가는 남녀들이 조그맣게 보였다. 기다리는 사람들이 많아지자 옆으로도 사람들이 부딪쳐 왔다. 반걸음쯤 옆으로 비켜선 오세미는 이맛살을 찌푸렸다. 오늘따라 신호가 길게 느껴진 것이다.

"이봐, 오세미 씨. 나하고 같이 좀 가실까."

조금 전 옆에 붙어 선 사내였다.

그가 다시 옆으로 바짝 붙어 서는데 사람들이 차도로 몰려 나갔다. 그 사내가 오세미의 한 팔을 붙잡자 반대편에서도 다른 사내가 다가와 그녀와 어깨를 마주 대었다. 그들은 걸어가는 사람들 틈에 끼어 차도를 건넜다.

"우린 경찰이야. 반항하지 말고 따라와."

사내의 말소리는 낮았으나 저항할 수 없는 무게가 실려 있었다. 그리고 사내가 그녀의 이름을 불렀을 때부터 오세미는 다리의 힘이 쭉 빠져 있었다.

그들이 공원의 담을 끼고 돌아 나가자 승용차 한 대가 그들에게로 다가와 멈추었다. 그들은 뒷좌석의 문을 열고 들어가 앉았다.

"오세미 씨, 지금 어디로 가는 길이지?"

그에게 처음 말을 건넸던 이가 물었다. 모난 얼굴에 눈매가 날카로운 사내였다. 차는 느리게 공원 앞을 지나더니 대로로 나와 달리고 있었다.

"내가 무슨 죄가 있어요?"

이제 오세미도 기운을 차렸다. 두 눈을 치켜뜬 그녀가 다시 소리쳤다.

"이것 보세요, 대체 왜 이러시는 거예요?"

"정말이야? 정말 죄가 없어?"

옆쪽의 사내는 잠자코 있었지만 나이가 들어 보이는 사내가 눈을 부릅뜨고 물었다.

"네가 지금 누구하고 같이 있는지 말해줄까? 그만하면 알겠지?"

"……."

"넌 지금 조세준이란 놈을 만나러 가는 거야. 그렇지?"

아랫입술을 깨문 오세미는 대답하지 않았다. 가슴이 뛰어서 대답할 수가 없었던 것이다.

얼굴에 웃음을 띠며 사내가 말을 이었다.

"우린 네 목숨을 구해준 거란 말이다, 이 순진한 자식아."

"……."

"조세준이 널 배신했어. 지금 수영공원 안에는 조성표 부하들이 좌악 깔려 있단 말이다."

"당신들은 누구예요?"

마침내 오세미가 입을 열었다. 이제 그녀는 두려움에 가득 찬 시선을 숨기지 않고 있었다. 그들은 이쪽의 위치도, 그리고 행동도 파악하고 있는 것이다.

사내가 다시 입을 열었다.

"배장근이도 그렇지. 널 이렇게 혼자 내보내다니, 하다못해 경호라도 붙여줄 것이지."

"……."

"나는 서울에서 온 박철규라고 한다. 배장근이는 이 바닥에서 발이 넓지 못하니까 조금 자세히 말해주겠는데, 나는 양승일 회장님을 모시고 있다."

"……."

"조세준이는 4시에 여행사를 나왔는데 지금 수영공원에서는 스무 명이 넘는 조성표의 부하가 눈이 빠지게 널 기다리고 있어."

"……."

"널 모텔 앞의 샛길까지 데려다주마. 그만하면 우리가 너희들의 적대 세력이 아니라는 증거도 될 것이다. 우린 너희들의 아지트를 진즉 알고 있었어."

오세미가 침을 삼키고는 시선을 내리깔았다.

"그런데 배장근에게 내 말을 전해 줘야겠어. 모레 밤 9시에 해운대 끝 쪽의 월강이란 음식점에서 만나자고 해. 알아들었어?"

그들이 탄 승용차는 이제 해안 도로를 달려가고 있었다. 모텔로 향하는 길이다.

"횟집에는 배장근과 동행, 두 사람만 들어올 것. 이쪽도 둘이다. 물론 밖에서는 몇십 명이 기다려도 좋아. 러시아에서 들여온 총들을 가지고."

그러고는 박철규가 이를 드러내며 웃었다.

*　　　　*　　　　*

술잔을 든 기무라가 조성표를 바라보며 말했다.

"걱정하실 것 없습니다. 이 기무라에게 맡겨 주십시오."

웅얼거리듯 말하는 그의 두 눈은 초점이 없었고, 술잔을 든 손은 건들거리고 있다.

"야마구치조가 숫자는 많을지 몰라도 이곳은 한국이오. 아이즈 고데츠는 한국계 야쿠자란 말입니다."

"그거야 당연하지."

천기석이 맞장구를 쳤다. 그는 기무라의 빈 잔에 위스키를 채워주고는 힐끗 상좌에 앉은 조성표를 바라보았다.

해운대의 고급 룸살롱인 마우이의 밀실 안이다. 그들은 지금 야마구치조의 한국 상륙에 대해서 이야기를 나누는 중이었다. 조성표가 아가씨의 어깨에서 팔을 풀고는 술잔을 들었다.

"자아, 아이즈와 우리의 결속을 위해 한잔하자."

방 안의 세 사내는 일제히 잔을 올리고는 한 모금에 술을 삼켰다.

"야마구치조는 더 이상 아이즈 고데츠의 서울 진출을 방해할 수 없을 겁니다. 제아무리 한국 정부와 밀착해 있다 하더라도 말이오."

기무라는 술에 취했는지 다소 흥분해 있었다. 그는 아가씨가 따라 놓은 술잔을 집으려다 손이 빗나가 술잔을 엎질렀다.

"그건 우리도 바라는 바요, 기무라 씨. 하지만 당신도 서울에서 겪어 보았겠지만 그게 뜻대로 되지는 않을 거요."

기무라가 술기운에 벌게진 눈을 들었다.

"우선 하나씩 정리해 나갈 작정입니다. 가까운 곳에서부터."

"가까운 곳이라니?"

천기석이 묻자 기무라가 손으로 권총을 만들어 쏘는 시늉을 했다.

"우에다 산자에몬을 없앨 거요. 가토는 곧 제 심복을 잃게 될 겁니다."

"호오."

조성표가 눈을 크게 떴다.

"우에다라면 가토의 보좌관 아니오?"

"그렇습니다."

"그를 어떻게?"

"놈은 일본에 돌아갈 때는 꼭 부산으로 내려와 페리 호를 탑니다. 비행기 공포증이 있는 놈이지요."

기무라가 그들을 둘러보며 웃었다.

"한 달에 한 번, 매월 말에 부산으로 내려오지요. 그리고 내일이 월말입니다."

"……."

"아이즈 고데츠와 야마구치의 전쟁이 시작되는 겁니다."

하얗게 불을 밝힌 대여섯 척의 배가 수평선 위에 떠 있었다. 밤바다는 온통 칠흑 같은 어둠에 덮여 어디가 하늘인지 구분조차 할 수 없었다. 다만 배에서 흘러나온 불빛으로 수평선이 희미하게 드러났다. 그러나 불빛의 크고 작은 것으로 배들의 거리를 산정할 수는 없었다. 왜냐하면 배의 등불의 크기는 제각각일 테니까.

계단 위에 앉아 바다를 내려다보던 오세미가 옆에 앉은 배장근에게로 머리를 돌렸다.

"가실 거예요?"

오늘 밤에는 별이 총총히 떠 있었다. 그녀의 눈동자에 희미한 불빛이 박혀 있었고 얼굴의 윤곽도 뚜렷하게 보였다.

"갈 거요."

배장근은 시선을 돌리지 않았다.

"양승일의 조직은 서울의 최대 조직이오. 아니, 대한민국의 최대 조직이지. 그자는 일찍이 기업 경영을 익히고 전문 경영인들을 영입해서 기업과 조직을 확장해 왔어."

"……."

"그자는 야마구치조와 제휴해서 세력을 확장하고 있어요. 그런데 이곳의 조성표는 야마구치조의 경쟁 세력인 아이즈 고데츠와 연합하고 있지."

"……."

"적의 적은 동지란 말이 있어. 내가 조성표에 대항하고 있으니 나에게 적대감을 가질 이유가 없어. 그리고 당신을 구해 준 것이나, 우리 위치를 알고도 내버려 둔 것을 보아도."

"조세준이 배신했다는 것이 믿어지지 않아요."

"나한테 말도 하지 않고 나가는 법이 어디 있어?"

꾸짖듯이 말했지만 배장근이 얼굴을 가까이 대었으므로 분위기는 경직되지 않았다.

"놈이 배신한 것은 당연한 일이야. 목숨을 걸고 의리를 지킬 만한 놈이 아니야."

배장근이 그녀의 어깨를 끌어당겨 안았다. 바람에 실려 그녀의 향기가 풍겨 왔다.

"오늘 아침에 사람을 시켜 조세준의 집을 살펴보았어."

볼을 마주 댄 채로 그가 말했다.

"놈은 집에서 당신을 기다리는 모양이었어. 그리고 집 주위에는 애들이 열 명도 넘게 흩어져 있다는 거야."

"……"

"개 같은 놈들."

"당신한테 무슨 일이 생기면 안 돼요."

오세미가 그의 어깨에 머리를 기대면서 말했다.

"나는 지금처럼 행복한 적이 없었어요."

파도가 부서지는 소리가 들려왔다. 옆쪽에서는 풀벌레가 찌르륵거리며 울었다. 이윽고 그들은 서로의 숨소리까지 들을 수 있게 되었다.

*　　　　*　　　　*

국제호텔 3층에 있는 사장실에서 김양호와 이야기를 마친 우에다 산자에몬은 곧장 아래층의 로비로 내려갔다. 바캉스 철에는 여행객도 많지만 하릴없이 호텔로 모여드는 군상도 많다. 아직 오전 10시밖에 되지 않았는데도 로비는 사람들로 북적거리고 있었다.

"끝나셨습니까?"

옆쪽에서 다가오는 사내는 최기대였다. 그는 우길만이 죽은 이후로 동원기획 대표이사가 되어 있었다.

"차를 대기시켜 놓았으니 가십시다."

최기대가 앞장을 서면서 말했다. 그들은 현관 앞에서 대기하고 있던 벤츠에 올랐다. 벤츠는 뒤를 따르는 호위 차량과 함께 호텔 앞을 떠났다.

"우에다 씨, 모험하는 것 아닙니까?"

차가 속력을 내 달리자 최기대가 우에다를 바라보았다.

"아니, 천만에. 오히려 잘된 일이오."

우에다가 얼굴에 웃음을 띠었다.

"기무라가 날 공격할 만도 하지. 그놈과 나는 아이즈 고데츠와 야마구치조의 선봉장 노릇을 하고 있으니까."

"……."

"놈은 기습을 계획하고 있지만 다행히 우리는 그 정보를 얻게 되었소. 전쟁은 첫째가 운이 좋아야 하고, 둘째는 기세가 있어야 합니다. 이건 오다 노부나가가 한 말이오. 당신은 모르겠지만."

벤츠는 기세 좋게 달려가고 있었다.

박철규가 지검 청사를 찾아온 것은 처음이었다. 지검 별관 1층의 휴게실에 들어선 그는 주춤거리면서 주위를 둘러보았다. 마치 공판을 받으러 온 피의자 같은 모습이어서 이동천은 얼굴에 웃음을 띠었다. 전혀 그답지 않은 태도였던 것이다.

이윽고 그를 발견한 박철규가 다가와 그의 앞자리에 앉았다.

"한 번도 재판을 받아 본 적이 없어서요."

박철규가 얼굴을 풀고 웃었다.

"이런 곳에 올 때는 긴장이 됩니다."

"그런데 웬일이오?"

자리에 앉은 박철규가 버릇처럼 주위를 둘러보았다. 이쪽에 주의를 기울이는 사람은 없었다.

"서울에서 연락이 왔습니다."

"……."

"우에다 산자에몬이 부하들을 데리고 온답니다."

"그렇다면."

"기무라가 조성표에게 우에다를 치겠다고 했답니다."

"그 말을 조성표가 우에다에게 전했군."

"그렇습니다. 그래서 먼저 선수를 치려고."

박철규가 탁자 위로 상체를 숙이며 그를 바라보았다. 얼굴을 잔뜩 찡그리고 있었다.

"검사님, 김 사장은 저에게 우에다를 도우라고 했습니다."

머리를 끄덕인 이동천이 엽차 잔을 들었다. 김양호는 박철규가 기무라를 만난 것을 모른다. 박철규가 다시 입을 열었다.

"검사님, 회장님께서는 이 일을 아십니까?"

이동천이 머리를 끄덕이자 그는 머리를 한쪽으로 기울였다.

"그렇다면 김 사장이 저에게 그런 지시를 내릴 수가 없을 텐데요."

"당신을 움직이게 하는 건 나요."

"그렇습니다."

"회장님은 나에게 이쪽 일을 일임하셨소."

허리를 편 박철규가 머리를 끄덕였다.

"알고 있습니다."

"회장님은 모른 척하실 거요."

"우에다와 기무라 사이에 싸움이 일어나면 그 배후에 있는 우리와 조성표의 입장이 드러납니다."

"조성표가 기무라를 도울까?"

"우리가 우에다를 돕는다면 기무라는 사면초가가 됩니다."

"그러면 아이즈 고데츠의 힘이 반감되겠군."

"……."

"상대적으로 야마구치 쿠미의 힘이 강화될 것이고."

어깨를 편 이동천이 박철규를 찬찬히 바라보았다.

"그렇게 되면 야마구치 쿠미는 우리와 조성표를 양팔로 끌어안게 되겠는데."

"……."

"회장은 조직을 확장시키려고 야마구치 쿠미를 끌어들이셨소. 김양호 사장과 함께 말이오."

"그렇지요."

"나는 조직의 자주성을 강화시키기 위해 야마구치 쿠미의 힘을 뺄 거요. 아이즈 고데츠, 또는 러시아 마피아와 부딪치게 해서."

"……."

"또 조성표와 아이즈 고데츠, 가능하다면 신용수까지 끌어들여서."

"……."

"회장님은 싸안고 나는 싸웁니다. 이렇게 해야 지금 같은 난국을 평정할 수 있다고 생각했소."

"지시대로 따르겠습니다."

박철규가 머리를 숙였다.

"백 형사하고도 이야기를 했었습니다. 이제 저도 일하는 명분이 섭니다."

"우에다를 도와주도록 하시오."

"알겠습니다. 하지만 기무라한테는 이 일을 알려 주어야겠지요?"

둘의 시선이 부딪쳤고 거의 동시에 그들의 얼굴에서는 웃음이 떠올랐다.

기무라가 방에 들어서자 테이블에 앉아 있던 조성표가 눈을 크게 떴다.

"아니, 기무라 씨. 잠자기 웬일이오? 전화도 않고?"

"예, 급한 일이 있어서요."

기무라는 조성표가 권하는 의자에 앉았다. 점심시간이 막 지난 시간이었다.

"급한 일이라니, 무슨 일이오?"

조성표가 그의 앞자리에 앉았다. 얼굴에 번질거리는 기름기가 배어 있었다.

"서울에 일이 있어서요."

"서울에?"

눈을 깜박이며 조성표가 그를 바라보았다

"서울에 일이라……."

"그래서 지금 출발해야겠습니다."

"……."

"오늘이 월말이라 우에다가 내려오는 날이지만, 할 수 없군요. 일이 생겨서요."

"도대체 무슨 일인데? 내가 알아서는 안 될 일이오?"

"신 회장께 가야 합니다. 보스의 지시를 받아서요."

그러자 조성표가 천천히 머리를 끄덕였다.

"그렇다면 할 수 없지. 잘 다녀오시오. 그런데 언제 돌아올 작정이오?"

"서울에서 연락을 드리겠지만, 아마 일주일쯤 걸릴 겁니다."

손목시계를 내려다본 기무라가 자리에서 일어섰다.

"참, 그런데 이번에 주대홍이를 데리고 갔다 오겠습니다."

"주대홍이를?"

따라 일어선 조성표가 다시 눈을 크게 떴다.

"그놈은 또 왜?"

"여기에 혼자 놔두면 사고를 칠까 봐서요. 그리고 가서 할 일도 있고."

"하긴, 그렇군."

조성표의 방을 나온 기무라는 서둘러 엘리베이터로 다가갔다.

남구청 근처의 바닷가에 있는 찻집에 기무라가 들어선 것은 그로부터 한 시간 후였다. 찻집은 아직 어린 티가 가시지 않은 10여 명의 청년으로 떠들썩했다.

주대홍은 구석 자리에서 우거지상을 하고 있었다. 그의 앞자리에 앉아 있는 기무라의 부하 두 명도 마찬가지였는데 그것은 주대홍의 분위기가 옮겨진 까닭이었다. 기무라가 다가가자 부하들이 팅기듯이 자리에서 일어났다.

"이런, 제미랄. 통역도 없이 와 앉으면 어쩌겠다는 것이여? 쪽바리 자식이."

차마 대놓고는 말하지 못하겠던지 옆쪽을 바라보며 주대홍이 말했다.

"통역은 없어도 돼."

"어이고."

기무라의 한국말에 주대홍이 저도 모르게 소리를 내었다.

"당신, 한국말 허네?"

"문자까지 쓸 수 있어."

"허어, 나 참."

주대홍이 입맛을 다시더니 곧장 이맛살을 찌푸렸다.

"그린디 왜 이제까지."

"쓸데없는 소리는 그만두고."

기무라가 정색을 했다.

"날 치려고 서울에서 내려오는 놈들이 있어. 그래서 당분간 부산을 떠날 생각인데."

"도망치려고?"

"내가 없으면 일이 일어나지 않아. 그래서 잠깐 떠나 있는 거야."

"그럼 잘 가."

"그런데 내려오는 놈들이 양 회장과 동맹 관계인 야마구치조야. 그리고 양 회장의 부하들이 여기에 있고."

"……"

"당신이 위험하게 되었어. 나는 둘째로 치고, 당신이 제물로 넘겨졌단 말이야."

"제물이라니?"

"그자들 말이 믿기지 않아서 내가 시험해 보았는데, 사실이었어."

기무라는 박철규를 만나 이야기를 들은 것과 그것의 진위를 알아보려고 조성표에게 우에다를 치겠다고 한 것, 그래서 우에다가 부하들을 끌고 먼저 기습하려고 내려오고 있다는 것을 말해 주었다. 그러고 나서 부산에 있는 박철규 등이 우에다와 같이 있게 되면 어쩔 수 없이 주대홍을 쳐야만 하는 상황이 된다고 이야기했다.

주대홍은 멍한 얼굴이 되었다. 그는 정신을 차리려는 듯 머리까지 흔들었다.

"어이고, 골이야."

주대홍이 말했다.

"어떻게 돌아가는지 하나도 모르겠다."

"나도 이제야 알았으니까 당연하지."

"뭐라고?"

"양 회장이 당신에게 호의를 가질 이유가 없었어. 나도 믿기지가 않았단 말이야."

"……."

"양 회장의 사위 될 사람이 부산에 있어. 그 사람의 작전이야."

"사위라니?"

"부산 지검에 있는 이동천이란 검사야. 양 회장의 후계자지."

"그놈이 나를 왜? 그리고 당신도 별로 예쁜 데가 없을 텐데."

"야마구치조를 좋아하지 않는 모양이지."

"……."

"어떤 의도가 있었건 간에 당장은 우리를 위한 정보를 주었어. 그리고 그것은 사실이었고. 자, 일어나자구."

기무라가 자리에서 일어서자 주대홍이 눈을 껌벅이며 그를 올려다보았다.

"어딜 가자는 거야?"

"우리를 보자는 사람이 있어."

물론 기무라는 이동천을 본 적이 없다. 그리고 주대홍은 말할 것도 없다. 그러나 그들은 고속도로 변에 있는 휴게실에 들어섰을 때 이쪽을 바라보고 앉은 사내를 보고는 그가 이동천임을 금방 알아차렸다.

저녁 무렵이었는데 대여섯 명의 승객 사이에 앉아 있던 이동천은 다가오는 그들을 향해 웃음을 지었다.

"당신이 기무라 씨고, 그쪽은 주대홍?"

앞에 선 그들을 향해 이동천이 말했다.

"나는 이동천이오. 낮과 밤의 얼굴이 다른 사람이지."

자리에 앉은 그들을 바라보며 이동천이 말을 이었다.

"기무라 씨, 당신은 서울로 떠나야 할 테니, 주대홍 씨는 나에게 맡기고 올라가시오."

"아니, 내가 왜?"

입을 연 것은 주대홍이다. 그는 찌푸린 얼굴로 앞에 앉은 이동천을 바라보았다.

"나를 맡다니, 그게 무슨."

"나는 양승일 회장의 후계자야."

이동천이 부드럽게 말했다.

"지금은 검사로서 말하는 것이 아니야."

"그게 무슨 상관이여?"

눈을 치켜뜬 주대홍의 말에 이동천이 얼굴에 웃음을 떠었다.

"널 받아들이겠다는 말이다."

"이런, 지기미."

"비록 네가 우리 조직에 엄청난 피해를 입혔지만 네 의기를 높게 평가한다는 뜻도 된다."

"젠장."

"널 이용물로만 생각하는 자들에게서 떼어내 명분 있는 일을 하도록 기회를 주겠다는 말이다."

이동천이 주대홍을 똑바로 바라보았다. 시선이 부딪친 후 한동안 서로 노려보고만 있자 기무라는 침을 삼켰다. 옆쪽에서 시골 부인 두 명이 목청을 높여 다투고 있었다.

이윽고 주대홍이 시선을 내리자 이동천이 입을 열었다.

"기무라 씨도 이해를 했다. 물론 내 호의에 대한 보답이기도 하겠지만."

"내가 무슨 물건이야?"

주대홍이 버럭 고함을 쳤으므로 옆자리에 있던 부인들의 말싸움이 뚝 그쳤다.

"누구 맘대로 날 주고받아?"

"그렇게 되지 않으려면 명분 있는 일을 해라. 그런 조직에 들어가서."

그때 휴게실 입구로 박철규가 들어섰다. 그는 곧장 다가와 그들 앞에 섰다.

"기무라 씨, 차가 기다리고 있는데. 부하들도 아까부터……."

기무라가 자리에서 일어섰다.

"다음에 또 뵙게 될지 모르겠습니다."

이동천에게 머리를 숙여 보인 기무라가 서둘러 밖으로 나갔다. 주대홍에게는 시선도 돌리지 않았다.

경부고속도로의 상행선이다.

시속 120킬로미터로 달리는 승용차 안에서 우에다 산자에몬은 핸드폰을 귀에 대고 있었다. 그가 소리치듯 말했다.

"기무라는 신용수에게 간다니까, 아마 서울호텔에 묵을 거요."

─그렇다면 조금 곤란한데.

말을 받는 것은 김양호이다.

─서울에서 칠 수는 없어요, 우에다 씨. 부산에서라면 다른 놈의 짓으로 넘길 수 있겠지만, 여기서는 안 돼.

"알고 있어요."

─당장 신용수와 우리 사이에 전쟁이 일어날 가능성이 있단 말이오.

"보스한테도 그런 말을 들었지만 보류하라는 지시였소."

─운이 좋은 놈이오. 때맞춰서 서울로 올라오는 걸 보면.

"하지만 두고 봐야지."

우에다가 앞쪽을 노려보며 말했다.

"주대홍이까지 데리고 간다니, 어쨌든 당신들이 긴장하게 되겠는데. 그렇지 않소?"

─……

"한동안 서울이 잠잠했는데 말이오."

―올라와서 이야기합시다. 참, 가토 씨는 지금 어디에 계시오?

"오사카의 별장이오."

―알았소.

차는 이제 수원을 지나고 있었다. 천안 근처까지 내려갔다가 톨게이트를 돌아 다시 올라오는 싱거운 드라이브가 되어버린 것이다.

오늘은 회사에 나가지 않았으므로 양승일은 응접실 한쪽에 진열해 놓은 난을 정성스레 닦고 있었다.

그저 걸레나 헝겊으로 닦는 것이 아니다. 깨끗한 솜뭉치를 물에 적셔 꼼꼼히 닦아내는 것이어서 옆에서 거드는 양유경은 이제 진력을 내고 있었다.

"솜을 더 가져오너라."

머리를 든 양승일의 말에 양유경이 눈으로 그의 옆을 가리켰다.

"옆에 있어요, 아버지."

"이놈이 왔다 갔다 하기 싫으니까 아예 박스로 가져다 놓았구만."

양승일이 닦고 있는 난은 조금 전에 자신이 닦은 것이었기 때문에 양유경은 눈썹을 찌푸렸다. 양유경은 응접실에 들어왔다가 양승일에게 꼼짝없이 잡힌 것이다.

"동천이는 야망이 있는 놈이야."

문득 양승일이 입을 열자 양유경은 손을 멈추었다.

"야망이오?"

"그래, 대야망이다."

"책 이름 같네."

양유경이 다시 난을 솜으로 문질렀는데 잎 하나가 반쯤 꺾였다. 그녀는 화분을 들어 구석 쪽으로 옮겨 놓았다.

양승일이 다시 말을 이었다.

"요즘 하는 일을 보면 알아."

"어떤 일인데요?"

"야마구치조를 견제하고 있다."

다시 양유경이 손을 멈추었다.

"왜요?"

"세력이 커지면 우리에게도 이로울 게 없다. 한국 조직이 한국에서 야쿠자의 영향력 안에 들어가면 안 돼."

"아버지가 야마구치조를 끌어들이셨잖아요? 그러시구선."

"제동을 걸어 주는 참모가 없었다."

"아버지가 하실 수 없었어요?"

손을 멈춘 양승일이 머리를 저었다.

"욕심이 컸어. 그것을 느꼈을 때는 너무 늦었고, 협정을 맺은 이상 지켜야만 했다."

"그런데 동천 씨가……."

"동천이는 조직 세계를 부정했던 놈이야. 지금도 그것이 남아 있을지 모른다."

양승일이 다시 난을 닦기 시작했다.

"그래서 너에게 정책적으로 접근했는지도 모르지."

"아버지."

"하지만 일단 발을 딛고 난 이상 책임감을 가지는 사내야."

"아버지."

"네 이야기가 아니다. 내 조직 이야기야."

"……"

"밤의 세계가 없어질 수 없다는 것을 지금쯤은 알았을 것이다. 그렇다면 밤의 세계를 통일하여 혼란과 피를 막아야만 한다는 각오도 설 것이고."

"……"

"잘하고 있어. 나하고 손발이 맞는다. 나는 놈이 자랑스럽다."

어느새 양유경의 얼굴에는 웃음이 떠올라 있었다. 그녀는 난 화분을 내려놓고 아버지를 바라보았다.

"아버지, 저 부산 내려가도 돼요? 아침에 내려갔다가 저녁에……"

"조만간 동천이를 부를 것이다."

양유경이 눈을 크게 떴다.

"언제요?"

"곧. 김 사장한테 업체 현황에 대한 브리핑 준비를 하라고 했으니, 그게 준비되는 대로."

*　　　　　*　　　　　*

밤이다. 오늘은 하늘이 저녁부터 흐려지더니 습기 찬 바람이 불었고 물결이 거칠어졌다.

제방을 두들기는 파도 소리도 높아져서 사람들은 일찌감치 집으로 돌아가 변에는 인적이 드물었다.

밤 9시 정각이 되자 인적이 드문 바닷가를 걸어오는 두 사내가 있었다. 도로 쪽에서 상가를 향해 걸어오던 그들은 바다 쪽으로 나가려는 듯 걸음을 멈추지 않았다. 바람이 세차게 불어 휴지 조각이 그들의 몸을 스치고 지나갔다.

월강은 바닷가 쪽에 위치한 허름한 음식점이었다. 흔한 네온사인도 없이 함석 위에 서툰 글씨로 상호를 써놓았지만 월강의 창문은 환하게 밝혀져 있었다.

그들은 거침없이 월강의 미닫이문을 열고 안으로 들어섰다. 테이블 대여섯 개 정도의 좁은 식당 안에 두 사내가 앉아 들어서는 그들을 바라보고 있었다.

"어서 오시오."

자리에서 일어선 이동천이 그들을 맞았다. 옆에 서 있는 건 박철규였고, 들어선 사내들은 배장근과 김달수였다. 그들은 제각기 손을 잡은 후에 자리에 앉았으나 잠시 어색한 침묵이 흘렀다. 바다 쪽으로 열려진 창문을 통해 바람이 휘몰아쳐 들어왔다.

이윽고 이동천이 입을 열었다.

"나는 이동천이오."

그는 배장근을 똑바로 바라보았다.

"당신을 만나 보고 싶었소."

"지난번 일은 고마웠습니다."

배장근이 말을 받았다.

"하지만 이제 더 이상의 도움은 필요 없습니다. 나와 조성표의 싸움이니까."

"그간의 사정은 들었소. 부모님에 대한 이야기도."

"……"

"하지만 나는 러시아 마피아의 한국 책임자와 이야기를 하려고 당신을 만나자고 한 거요."

"양승일 회장의 지십니까?"

배장근이 무표정한 얼굴로 물었다.

같은 시간, 서울 흑석동에 있는 양승일의 저택.

저택은 담 위에 설치된 고압 전류와 한 치의 사각도 없는 감시 카메라, 그리고 담 바로 밑의 적외선 감지기에 의해서 철저히 경비되고 있었다. 그리고 저택 내부는 상주하고 있는 여섯 명의 경호원에 의해 빈틈없이 체크되고 있어서 아마 청와대 다음으로 보안이 잘되고 있는 곳일 것이었다.

날씨는 맑았다. 맑은 날씨더라도 서울 시내에서는 도시의 야광 때문에 별이 잘 보이지 않았지만 이곳에서는 별이 선명히 보였다. 우측 담장 안쪽, 감지기 바로 옆에 선 유동규는 담장을 향해 소변을 보면서 머리를 쳐들고 별을 보고 있었다. 꼭 별이 보고 싶어본 것은 아니다. 앞쪽의 담장 대신 머리를 쳐들고 하늘을 본 것이다.

일을 막 끝낸 그가 진저리를 칠 때였다. 그는 담장 위로 불쑥 솟아오른 물체를 보았는데 둥글고 커서 얼른 구분이 되지 않았다. 담장이 어둠 속에 묻혀 있기 때문이기도 했지만 담장이 부풀어 오른 것처럼도 보였던 것이다.

담장 위의 부풀어 오른 물체는 사람이었다. 그쪽도 이쪽을 본 모양인지 순간 멈칫했는데 동작은 그쪽이 빨랐다.

손에 쥐어진 검은 물체에서 섬광과 함께 둔탁한 발사음이 들렸고 유동규는 소리 한 번 지르지 못하고 뒤쪽으로 넘어졌다. 담장 위의 사내는 가볍게 몸을 날려 적외선 감지기를 넘어 쓰러진 유동규의 옆으로 내려섰다.

눈만 내놓은 스키용 가리개를 쓴 그는 잠시 앞쪽 별채를 바라보다가 몸을 돌렸다. 그러자 담장 위에 또 한 사내가 나타났다. 그에게로 손을 흔들자 사내는 그의 옆으로 뛰어내렸다. 먼저 떨어진 사내는 별채 쪽으로 소리 없이 달려 나갔다. 담장 위에서 또 한 명이 뛰어내렸고 나중에는 다섯 명이 되었다. 그들은 한마디 말도 나누지 않은 채 저택의 본채와 별채를 향해 뛰었다.

양승일은 응접실에서 신문을 읽는 중이었다. 그는 문이 열리는 소리를 들었지만 머리를 들지 않았다. 가정부가 소리 없이 다가와 녹차를 놓고 가는 경우가 많았기 때문이다.

그러나 이번에는 차가운 공기가 느껴졌기에 그는 머리를 들었다. 문 앞에서 복면을 쓴 두 사내가 그를 바라보고 서 있었다. 그리고 그들이 손에 쥐고 있는 것은 소음기가 끼워진 권총이었다.

신문을 내려놓은 그는 사내들을 물끄러미 바라보았다. 여섯 줄의 시선이 빗금으로 교차되었지만 그것은 순간이었다.

이윽고 양승일이 한쪽 입술 끝을 올리며 희미하게 웃었다. 그것이 신호라도 된 듯 사내들의 권총에서 불줄기가 뿜어졌고, 가슴에 두 발을 맞은 양승일은 앉은 채로 머리만을 떨구고 숨을 거두었다.

제10장

배신의 밤

밤의 대통령

새벽 4시, 국제호텔의 대회의실.

양승일의 급사로 인해 소집된 비상 회의가 열리고 있다. 동원 그룹은 전자와 섬유, 유통, 건설 등 10여 개의 상장 회사와 10여 개의 비상장 회사, 그리고 동원그룹의 사명(社名)은 쓰지 않지만 양승일이 투자한 20여 개의 조직과 관련된 업체로 나누어져 있었 다. 따라서 사장단만 모아도 50명이 넘었으나 오늘 회의에 참석한 것은 유통과 기획의 간부급들과 조직과 관련된 업체의 사장들이 었다.

상장 회사나 비상장 회사는 모두 양승일에 의해 임명된 전 문 경영인이 있었고 상속인이 양유경으로 정해져 있어서 양승 일이 사망했다고 해도 영업에 큰 지장은 없다. 그러나 20여 개 의 조직과 관련된 업체는 하룻밤 사이에 통치자를 잃어버린 셈이었다.

후계자를 분명히 주지시키고 대리인을 얼굴로 한 조직의 질서를 확립시켜야만 했다. 지금 무거운 분위기로 회의실에 모여 앉아 있는 100여 명 중에는 동원전자, 섬유, 실업 등 상장 회사의 핵심 간부들도 있었는데 그들은 조직에서 파견된 것이었다.

의장석에는 김양호가 임시 의장을 맡아 앉아 있었고 그의 옆자리에 앉아 있는 것은 가토 노부야스였다. 그는 참관인 자격이었지만 조직과 관련된 사업에 막대한 자금을 투자한 동업자인 것이다.

김양호가 머리를 들고 길게 늘어앉아 있는 좌우의 무리를 바라보았다. 회의실은 다시 긴장감에 휩싸였다.

"조직 운영에 대해서 우리가 제일 먼저 결정해야 할 일이 있소. 그것은 위대하신 고 양 회장님의 업무를 대행할 사람을 결정하는 일이오."

김양호의 목소리가 회의실을 울렸다.

"우리는 한 시간이라도 지휘 체계에 공백이 있어서는 안 됩니다. 이런 때일수록 일사불란한 리더십이 필요하오."

말을 그치고 그가 주위를 둘러보자 우측 줄의 다섯 번째에서 손을 들고 일어서는 사내가 있었다. 동원기획의 임시 대표로 있는 최기대였다.

"그것은 거론할 필요도 없는 일입니다. 양 회장님 생존 시부터 그룹의 대외적인 대표자였으며 신임을 받고 있던 김양호 사장께서 맡아 주셔야 합니다."

그의 목소리는 크고 힘차서 벽에 부딪친 소리가 실내를 울리는 듯했다.

"또한 조직과 정부의 관계를 매끄럽게 유지시키는 데는 양 회장님께서도 김 사장님에게 의존하고 계셨습니다. 그래서 나는 김 사장님을 만장일치로 추대할 것을 제의합니다."

그러자 이쪽저쪽에서 박수 소리가 들리더니 곧 회의장은 박수 소리에 뒤덮였다. 이맛살을 찌푸린 김양호가 난처한 표정으로 가토에게로 고개를 돌리자 가토가 머리를 끄덕이며 박수를 쳤다.

김양호가 다시 사내들에게로 고개를 돌렸을 때였다. 왼쪽의 여섯 번째 자리에 앉아 있던 박철규가 자리에서 일어섰다. 어깨를 펴고 턱을 치켜든 그의 표정은 굳어 있었다. 그러자 박수 소리가 멈추었다.

"나는 회장님의 보좌관으로 회장님의 근래의 계획을 알고 있는 사람이오."

조용해진 회의실 안에 그의 말소리가 다시 이어졌다.

"회장님은 따님인 양유경 씨의 약혼자이자 현직 검사인 이동천 씨를 후계자로 정하셨습니다. 그것은 앞에 앉아 계신 김 사장님과 가토 씨께서 잘 알고 계실 겁니다."

"……"

"김 사장님과 가토 씨에게 협조를 당부하셨고, 저 또한 이동천 씨를 도우라는 지시를 받고 부산에 내려가 있었습니다."

"……"

"회장님의 지시대로 이동천 씨를 후계자로 모셔야 합니다. 회장님의 사위가 자리를 이어받는 것이 당연한 일입니다."

회의실 안은 금방 찬물을 쏟아부은 것처럼 분위기가 식었다.

박철규가 주위를 둘러보았다.

"김 사장님과 가토 씨, 그리고 우리가 협조해 드린다면 아무 문제가 없을 것이고, 그것이 돌아가신 회장님의 뜻을 받드는 길이 될 것입니다."

"잠깐, 내가 한마디 해야겠는데."

의장석에 앉은 김양호가 부드러운 표정으로 입을 열었다. 이제 모든 사람들의 시선이 그에게로 집중되었다.

"내막을 잘 모르고 말하는 것 같은데, 박 보좌관. 이동천은 약혼자로 정식 결정된 것도 아니고, 또한 후계자로 결정되지도 않았소."

회의실은 숨소리도 들리지 않을 정도로 조용했다. 김양호가 말을 이었다.

"그것은 이동천 검사가 주위의 압력에도 불구하고 조직을 파헤치려 했기 때문에 회장께서 따님을 이용하신 것이오. 그 덕분에 이동천의 조사는 유야무야되었소."

박철규가 눈을 치켜뜨고 입을 열었으나 말은 뱉지 않았다.

"그것은 나와 여기에 있는 가토 씨가 증인이오. 회장께서는 우리에게 그 말씀을 해주셨소. 약혼으로 묶어 두었다가 기회를 봐서 처리하시겠다고."

"……."

"박 보좌관의 충성심이 방향을 잘못 잡은 거요. 이동천에게 조직을 맡겼다가 그의 손에 의해서 조직이 차곡차곡 절단 나야 하겠소?"

그러자 최기대가 자리에서 일어섰다.

"그건 말도 안 되는 소립니다. 그런 쓸데없는 주장으로 시간을 끌 수는 없습니다. 저는 지금 당장 거수로 결정할 것을 제의합니다."

"옳습니다."

"찬성입니다."

10여 명의 사내가 일시에 외치자 대부분 박수를 치거나 머리를 끄덕였다. 대세는 이미 결정되어 있었던 것이다. 김양호는 전부터 조직에 강한 영향력을 행사하고 있어서 양승일이 없는 이동천은 그에게 상대가 되지 않는다. 더욱이 현직 검사로서 조직을 파헤치고 있을 때 정략적으로 끌어들였다는 김양호의 말이 설득력이 있었다.

김양호가 마지못한 듯이 머리를 끄덕였다.

"좋습니다. 낯이 뜨겁지만 본인을 돌아가신 양 회장님의 대리인으로 인정해 주실 분은 손을 들어 주시오."

그러자 100여 명에 가까운 사내가 일시에 손을 들었다. 팔짱을 끼고 앉은 박철규는 주위를 둘러보았다. 손을 든 채 그의 시선을 곧장 받는 사람도 있었지만 시선을 피하는 사람이 대부분이었다. 회의실에 김양호의 말소리가 울려 퍼졌다.

"좋습니다. 한 사람을 빼고는 만장일치입니다."

아침 7시경이 되자 입관이 끝나 양승일의 시신은 관 속에 눕혀졌다. 그러나 아직 사망을 발표하지 않았으므로 저택에 모여 있는 것은 조직원들뿐이다.

시신이 안치된 응접실에 혼자 앉아 있는 양유경은 아직 어젯밤 집 안에서 입고 있던 셔츠에 바지 차림이었다. 응접실의 문이 열리더니 김양호와 가토가 들어섰다.

"사인은 심장마비로 발표하였습니다. 주치의 김 박사가 맡아서 하기로 했어요."

가토와 함께 앞쪽 자리에 앉으면서 김양호가 말했다.

"습격을 받아 살해되었다고 그대로 발표한다면 수라장이 될 겁니다. 주식 값은 말할 것도 없고, 조직과 관련된 업체들이 흔들리는 것은 물론 정부 당국에서도 어쩔 수 없이 조직을 파헤쳐야 합니다."

그는 새벽의 회의에서도 양승일의 사인은 심장마비라고 발표해 놓았다. 이해가 가는 말이었으므로 양유경은 창백한 얼굴로 잠자코 그를 바라보았다.

"그리고 조직의 관리 문제인데요."

김양호가 다시 입을 열자 양유경이 퍼뜩 눈꼬리를 세웠다.

"그건 지금 이야기하고 싶지 않아요."

"중요한 문제입니다, 아가씨."

"이동천 씨와 이야기하세요. 나는……."

"이동천 씨와 관련된 일입니다."

정색을 한 김양호가 말소리를 낮추었다.

"양 회장님이 이동천 씨를 택하신 것은 깊은 뜻이 있으셨기 때문입니다. 회장님은 후계자로 이동천 씨를 내세우고 뒤에서 지원할 생각이셨습니다."

"……."

"이동천 씨가 우리 조직에 대해서 조사하고 있었던 것은 아시지요? 그가 아가씨에게 접근한 것은 무엇 때문이라고 생각하십니까?"

"……."

"후계자가 되어 조직을 정비할 계획이었겠지요. 그가 우리 조직에 대한 인식을 바꿨다고 생각되지 않습니다. 지금, 회장님도 안 계신 마당에 그를 후계자로 세운다면 그는 자신의 이상대로 정비, 정돈할 겁니다. 회장님께서 수십 년에 걸쳐 이룩하신 것을 말입니다."

"그래서 나더러 어떡하란 말이에요?"

얼굴이 하얗게 굳어진 양유경이 그를 쏘아보았다.

"아버지가 누구에게 살해당했는지도 모르는 마당에, 아직 장례를 치르지도 않고……."

"이동천을 거부하십시오."

"……."

"그가 아가씨의 약혼자로서 장례식에 얼굴을 비치지도 못하게 하십시오. 그와 결혼하시게 되면 조직이 위험합니다. 아버지가 안 계신 마당에 저로서도 힘에 벅찹니다."

아랫입술을 깨문 양유경이 그를 노려보았다. 두 눈이 빨갛게 충혈되어 있었다.

"아저씨가 어떻게 저한테 그런 말을."

"제가 이제부터 아가씨의 보호자가 되었기 때문입니다."

"……."

"후계자는 아가씨이고, 저는 변함없는 오른팔입니다. 회장님과 저와의 관계처럼."

"……."

"유업을 위해서 결단을 내리십시오. 아가씨, 이동천과 함께라면 아버지의 유업은 위태롭게 됩니다."

서재의 창밖으로 정원이 보였다. 10여 명의 사내가 분주히 움직이고 있었지만 시간이 지날수록 정돈되어 가는 느낌이 들었다. 지휘 체계가 잡혀 가는 것이다. 살육전이 일어났던 집 안은 이제 깨끗이 치워졌고 경비원들의 시체도 어딘가로 옮겨져 습격당한 흔적이라곤 보이지 않았다. 그리고 아마 양승일의 사인은 자연사로 처리될 것이었다.

이동천은 창에서 시선을 돌려 서재를 둘러보았다. 책장에는 수천 권의 장서가 꽂혀 있었고, 윤기가 흐르는 나무 책상에 놓인 꽃병에는 싱싱한 장미와 안개꽃이 있었다.

가슴에 두 발의 총탄을 맞은 양승일의 얼굴은 평온했다. 그가 도착했을 때는 이미 시신이 깨끗이 닦여 있었고 김양호의 지시에 의해 주변이 철저히 통제되고 있었다. 이동천은 그의 시신과 상처를 보게 된 몇 사람 중 하나였는데 그를 마지막으로 관은 뚜껑이 덮이고 못이 박혔다.

열려진 서재의 문으로 양유경이 들어섰다. 지친 듯 흐느적거렸지만 두 눈꼬리는 추켜 올라갔고 입술은 꾹 닫혀 있다. 그의 뒤를 따라 어깨를 늘어뜨린 김양호가 들어서고 있었다. 자리에서 일어선 이동천이 그녀의 어깨를 잡아 소파에 앉혔다.

"이제 좀 쉬어, 집안일은 내가 알아서 할 테니까."

LA에 있다는 오빠가 오기 전까지는 상주 노릇이라도 해야 할 것이다. 혈압이 올라 누워 있는 김 여사도 걱정이 되었지만 양유경도 금방 쓰러질 것 같아 걱정되었다.

양유경이 머리를 들고 그를 똑바로 바라보았다.

"아버지는 당신을 좋아하셨어요. 자랑스럽다고 하셨습니다."

낮은 목소리였지만 조용한 방 안에서는 선명하게 들렸다. 이동천이 긴장한 얼굴로 그녀를 바라보았고 김양호는 창밖으로 머리를 돌렸다. 양유경이 말을 이었다.

"그리고 대망을 품은 사내라고도 하셨습니다."

"……."

"하지만 그것은 아버지가 살아 계셨을 때의 당신입니다. 아버지의 참모로서의 당신. 아버지는 후계자로서의 당신의 위치를 그렇게 보셨다고 믿어요."

"……."

"아버지가 돌아가신 지금, 당신에게 조직을 넘길 수가 없어요. 이제까지 보아온 제가 여기 있는 김 사장님과 같이 이끌고 갈 작정이에요."

"난 지금 조직 이야기를 듣고 싶지 않아."

이동천이 눈을 치켜뜨고 말했다.

"내가 자진해서 나선 것도 아니었는데 날 부끄럽게 하지 마라."

"약혼은 무효로 하겠어요. 따라서 당신은 이 집안과 연관이 없어요."

"……."

"돌아가 주세요, 지금."

이동천은 굳은 얼굴로 김양호를 바라보았다. 그는 아직도 창밖으로 시선을 주고 있었다.

"김 사장, 당신의 짓인가?"

김양호가 머리를 돌려 그를 바라보았다.

"그게 무슨 말이야?"

찬바람이 이는 듯한 말투였다.

"당신의 짓이라니?"

"이 사건 모두가 말이야."

"말을 삼가라!"

김양호의 얼굴이 붉게 달아올랐다.

"넌 스스로를 과대평가하고 있는 모양인데, 착각하지 마라. 그리고 더 이상 미련을 갖지도 말아. 아가씨의 말씀대로 어서 나가!"

그에게서 시선을 돌린 김양호가 자리에서 일어났다. 양유경은 앞쪽을 바라볼 뿐 석고상처럼 눈썹 한 번 움직이지 않았다. 양유경의 옆을 지나 양탄자 위를 소리 없이 걸어 문 쪽으로 다가간 이동천은 문고리를 잡고는 걸음을 멈추었다. 그러나 곧 문을 열고 밖으로 나갔다.

김양호가 힐끗 양유경을 바라보았다. 다시 문 닫히는 소리가 났는데도 양유경은 그 자세 그대로 앉아 있었다.

"식사 안 하세요?"

그에 머리를 든 박철규를 바라본 아내가 움직임을 멈추었다. 박철규의 눈에서 두 줄기의 눈물이 쏟아져 내리고 있었던 것이다.

"당신."

"시끄러."

박철규는 한동안 눈물이 흐르도록 내버려 두었다.

아침 8시 반이었다. 오랜만에 집에 들른 박철규를 맞아 아내는 정성 들여 찌개를 끓이고 반찬을 준비하느라 정신이 없었는데, 박철규가 눈물을 흘리자 가슴이 덜컥 내려앉은 모양이었다.

식탁 건너편에 앉아 석고처럼 굳어진 채 움직이지 않던 박철규가 이윽고 머리를 들었다.

"당신, 아직 미국 비자 있지?"

아내가 눈을 치켜뜨고 그를 바라보았다.

"있긴 있어요. 그런데 왜요?"

하나밖에 없는 언니의 초청으로 비자를 받았지만 차일피일 미루었던 것이다.

"오늘 당장 미국으로 떠나."

"어머나, 왜요?"

"자꾸 왜냐고 묻지 말아!"

박철규가 버럭 고함을 치자 건넌방에서 놀고 있던 세 살짜리 딸이 칭얼거리는 소리를 내었다.

"살림은 내가 알아서 정리할 테니까, 그대로 두고 오늘 당장 떠나."

이제 아내가 눈물이 글썽해진 눈으로 그를 바라보았다. 늦게 결혼을 했지만 금실이 좋았다. 무뚝뚝하긴 했지만 심지가 깊은 박철규를 아내는 따랐고, 박철규 또한 나이 차이가 열 살 가까이 나는 아내를 사랑했다.

"회사에 문제가 생겼어. 그래서 그러는 거야. 나도 곧 뒤따라갈게."

박철규가 말소리를 부드럽게 내렸다.

"제발 왜냐고 꼬치꼬치 묻지는 말아. 날 위해서라도 오늘 중으로 미국으로 가."

그는 주머니에서 봉투 하나를 꺼내 식탁에 내려놓았다.

"통장이야. 2천만 원 들어 있으니까 찾아서 달러로 바꿔. 그리고 옷가지만 간단히 챙겨서 그냥 떠나, 내 걱정은 말고."

"언제까지 미국에 있어요?"

낮고 떨리는 목소리로 그녀가 묻자 박철규는 입맛을 다셨다.

"한 달, 아니 어쩌면 두 달쯤. 글쎄, 걱정할 것 없어. 무조건 나를 믿어."

그가 얼굴에 웃음을 띠는 순간 전화벨이 울렸다.

—여보세요.

백복동은 박철규의 목소리가 들려오자 어깨의 힘을 뺐다.

"나요, 백복동이."

—웬일입니까?

그는 박철규의 목소리가 늘어져 있다고 생각했다.

"박 형, 빨리 나와. 상의할 일이 있어."

—무슨 일인데?

"놈들이 이 검사님을 데려갔어."

—아니, 누가 말이야?

박철규의 목소리가 튕겨지듯이 올라갔다.

—어디서 말이야?

"양 회장의 저택에서. 함께 간 놈은 최기대하고 열 명이 넘어.

우린 놈들을 쫓다가 놓쳤어."

—……:

"낌새가 심상치 않길래 내가 양 회장 저택에다 전화를 했어. 백 형사라고, 내 신분도 밝히고 말이오. 금방 이 검사가 끌려간 것을 보았고, 사진도 찍어 놓았다고 했어. 그랬더니 잠깐 일보러 나가셨다고 하는군. 그러면서도 놈들은 당황스러워하는 것 같았어."

—……:

"나와. 도대체 집에서 뭘 하는 거야?"

—알았어.

백복동은 전화기를 내려놓고는 옆자리에 앉아 있는 주대홍을 바라보았다.

"어이, 주 형. 일어나."

머리를 창에 기대고 잠들어 있던 주대홍이 눈을 떴다. 그러나 그뿐이다. 그는 눈만 끔벅일 뿐 몸은 움직이지 않았다.

입맛을 다신 백복동이 운전석에 앉은 손달섭을 바라보았다.

"가자. 박철규를 만나면 도대체 무슨 일인지 알 수 있을 것이다."

"어디로 말이오?"

"팔래스호텔. 그곳에서 박철규를 만나기로 했어."

주대홍이 무거운 머리를 들었다.

"젠장, 도대체 뭐 하는 거요?"

잠이 덜 깬 목소리로 그가 다시 물었다.

"뭐가 그렇게 바쁜 거요?"

＊　　　　＊　　　　＊

김양호는 정원의 잔디밭에서 가토와 마주 보고 서 있었다. 햇살이 제법 따가워지기 시작하는 10시경이었지만 그들은 아랑곳하지 않았다.

"백 형사라면 이동천이 수족으로 부리는 놈이오. 그놈이 집 앞에서 감시하고 있을 줄은 몰랐는데."

입맛을 다신 김양호가 말을 이었다.

"이동천을 처치하면 시끄러워질 것 같소. 그렇다고 풀어줄 수도 없고."

"당신은 배짱이 약해, 김 사장."

가토가 김양호를 내려다보았다.

"잘못하면 모든 것이 한순간에 허물어질 수가 있어. 이동천을 살려 두어서는 안 돼."

"……"

"놈이 바보가 아니라면 우리를 의심하고 있을 거요. 그 꼬마 계집애도 마찬가지이고."

"그렇지만."

가토가 김양호의 말을 손을 들어 막았다. 그는 김양호 앞으로 바짝 다가섰다.

"그 빌어먹을 기무라란 놈이 부산에 머물고 있기만 했어도 우에다가 기무라와 이동천 두 놈을 같이 처치했을 것이고, 그럼 깨끗해질 일이었어."

"……."

"어쨌든 굴러 들어온 놈이오. 백 아무개란 놈이 어떤 공갈을 치더라도 당분간은 버텨 봅시다."

그들에게로 사내 한 명이 다가왔다. 손에는 핸드폰을 쥐고 있었다.

"사장님, 임용현의 전화입니다."

김양호가 핸드폰을 건네받아 귀에 대었다.

"여보시오."

—사장님, 박철규가 팔래스호텔로 들어갔습니다. 그곳 뒤쪽 주차장에서 누군가와 이야기를 하고 있는데요.

"누구야?"

—그건 모르겠습니다. 나이 든 사람인데요.

한동안 두 눈을 껌벅이며 가토의 가슴을 바라보던 김양호가 이윽고 입을 열었다.

"미행해라. 그리고 만나는 놈이 누구인지 알아내."

핸드폰을 사내에게 넘겨준 김양호가 전화 내용을 말해주자 가토가 이맛살을 찌푸렸다.

"우에다에게 맡깁시다. 박철규는 지금 상황에서 제일 위험한 놈이오. 그리고 머리 회전도 보통이 넘는 놈이란 말이오."

햇살이 뜨겁게 느껴졌으므로 그들은 담장 밑의 나무 그늘로 자리를 옮겼다.

수십 명의 사내가 저택 안에서 바쁘게 움직이고 있었다. 그러나 이제 급한 일들은 대개 처리가 되었다. 사망 시간은 아침 8시로 정했으니 석간신문에 부고를 실으면 될 것이다.

"박철규 그놈은 당분간 내버려 둬야 할 거요. 회의석상에서 그런 발언을 해버렸으니 지금 친다면 조직원들의 의심을 받게 되니까."

가토의 말에 김양호가 입맛을 다셨다.

어젯밤 양승일을 습격한 것은 최기대와 야마구치조의 특공대들이었다. 양승일의 저택 구조를 손금 보듯이 알고 있는 데다 어제 오후에 담장 쪽의 감시 카메라를 못 쓰게 만들어 놓았으니 거칠 것 없는 습격이었던 것이다.

"안에 들어가 보아야겠소."

김양호가 안채를 가리키며 말했다.

"딸은 그런대로 말귀를 알아듣는데 마누라가 걱정이오. 드러누워서 헛소리를 하고 있으니 말이야."

"장례식에 참석시키지 말고 외부와의 접촉을 막으면 되겠지."

안채로 향하는 김양호에게 가토가 별일 아니라는 듯 말했다.

"아예 정신병원에 집어넣든지 말이야."

*　　　　*　　　　*

"양승일이 죽었다니."

신용수가 눈을 치켜뜨고 홍득준을 바라보았다. 그러나 반가운 기색은 없다. 놀란 듯 입까지 반쯤 벌어져 있었다.

"심장마비라고 발표가 되었는데 분위기가 심상치 않아. 놈들은 새벽 4시에 조직의 간부들을 모두 불러놓고 회의를 했고, 아침 8시에 사망 발표를 했어."

"아마 어젯밤에 죽은 모양입니다. 그래서 미리 준비를 해놓고 사망 발표를 했을 겁니다."

홍득준이 시큰둥하게 말하자 신용수가 혀를 찼다.

"후계자는 누가 될 것 같나?"

"글쎄요. 새벽의 회의에서 그것을 결정했겠지요. 하지만 아직 정보가 없습니다."

"기무라 와 있지?"

기무라를 부르라는 말이었기에 홍득준은 인터폰을 눌렀다. 아래층에 있던 기무라가 방에 들어선 것은 그로부터 5분도 되지 않아서였다. 기무라가 자리를 잡고 앉자 신용수가 말했다.

"기무라, 양승일이 죽었어."

"들었습니다."

"심장마비로 죽었다는데."

"그것도 들었습니다."

"누가 후계자가 될 것 같나?"

기무라가 머리를 갸우뚱했다.

"그건 알 수 없습니다. 다만."

"다만, 뭔가?"

"야마구치조의 권한이 강해질 것입니다."

"그렇겠지."

"김양호와 가토 노부야스는 20년 가까이 밀착된 사이입니다. 가토를 양승일에게 접근시킨 것도 김양호였지요."

"야마구치조의 권한이 강해지면 상대적으로 김양호의 세력도 강해지겠군."

"예, 사장님."

"양승일의 사위라는 이 아무개 검사 말인데."

"……"

"그자가 후계자가 되면 조금 달라질까?"

"어려울 것 같습니다."

기무라가 신용수를 찬찬히 바라보았다. 생각하는 듯한 시선이었다.

"김양호나 가토가 이 아무개가 양승일의 사위라는 이유로 의리를 지킬지가 의문입니다."

"그렇다면 김양호의 시대가 되겠군."

"어쩌면 가토 노부야스의 시대가 될지도 모릅니다, 사장님."

그러자 이번에는 신용수가 기무라의 얼굴을 찬찬히 바라보았다.

"의미심장한 말이군, 기무라."

"아이즈 고데츠는 야마구치조와는 다릅니다, 사장님."

"그렇지. 나도 양승일과는 다르지."

신용수의 얼굴에 천천히 웃음기가 번져 갔다.

"어쩌면 이것은 하늘이 내게 주신 기회일지도 모른다. 양승일의 급사는 어쨌든 한국 조직 세계의 판도를 바꿔 놓을 것이 분명하니까."

그는 화제를 바꾸려는 듯 말머리를 돌렸다.

"어때, 주대홍이 그놈은 부산에서 제 몫을 하나? 조성표 그 친구를 도와서 말이야."

＊　　　　＊　　　　＊

소파에 둘러앉아 잡담을 나누고 있던 사내들이 일제히 말을 멈추었다. 저녁 7시 뉴스 시간이었다. TV에서 아나운서의 목소리가 흘러나왔다.

"이동천 검사는 흑석동의 모 상가에 간다는 말을 남겨 놓고 연락이 끊겼다는데, 경찰은 곧 그의 소재를 찾을 수 있을 것이라고 발표했습니다."

"빌어먹을."

자리에서 서둘러 일어난 사내 한 명이 복도를 달려 응접실로 들어섰다. 응접실에 앉아 있던 김양호가 머리를 들었다. 그의 앞에도 TV가 켜져 있었으므로 사내는 잠자코 서 있었다.

양승일의 저택 안이었는데, 정원에 세워 놓은 대형 천막 아래에는 수백 명의 조문객이 모여 앉아 있었다. 그리고 아직도 안채의 빈소를 찾는 외부 손님이 끊이지 않았다.

"나도 보았어."

김양호가 짧게 말했다.

"백복동인가, 그놈이 방송국에 기사를 준 것이다. 놈은 우리에게 경고를 한 것이야."

"사장님, 그렇지만."

사내가 찌푸린 얼굴로 말을 이었다.

"놈은 우리가 이 검사를 데리고 있다는 것을 압니다. 그리고 경찰들도."

"내가 처리하겠다."

자르듯 말한 김양호가 자리에서 일어섰다.

"오늘 밤 안에 처리할 테니 걱정하지 말아."

응접실을 나선 김양호는 정원을 건너 별채로 들어섰다. 별채의 복도에 우두커니 서 있던 고대구가 다가오는 그를 바라본 채 움직이지 않았다.

"아가씨는 어디 계시냐?"

"침실에 계십니다."

"가서 모시고 와."

"주무십니다."

김양호는 팔을 휘둘러 고대구의 뺨을 쳤다. 얼굴에 손자국이 난 고대구는 잠깐 한쪽으로 기울어진 머리를 돌릴 뿐 움직이지 않았다.

"모시고 오라고 했다."

그러자 김양호를 따라온 경호원들이 앞으로 나섰다.

"너희들은 가만있어."

김양호의 말에 그들은 움직임을 멈추었다.

그 순간 앞쪽의 방문이 열리면서 양유경이 모습을 드러내었다. 흰색 치마저고리를 입은 그녀의 얼굴은 옷 색깔만큼이나 창백했다.

"무슨 일이에요?"

"말씀드릴 것이 있었습니다. 그런데."

양유경이 힐끗 고대구를 바라보았다. 무표정한 얼굴의 고대구는 머리를 든 채 김양호를 바라보고 있었다.

"이쪽으로 오세요."

양유경이 몸을 돌리며 말하자 김양호는 고대구를 밀어제치고는 그녀의 뒤를 따랐다.

"방송에 한번 나갔으니 김양호는 지금 한창 머리를 굴리고 있을 거야."

백복동이 말하자 박철규가 그를 바라보았다. 차는 한남대교를 건너가는 중이었다.

"난 아직도 믿을 수가 없어. 김양호가 회장님을 배신했다니 말이야."

"순진하기는."

백복동이 혀를 찼다.

"양승일이 기업체의 명의와 주식을 서둘러 옮기려고 했던 것이 김양호를 조급하게 만든 거야. 그리고 가토도 양승일보다는 주무르기 쉬운 김양호가 동업자로서 적당하다고 판단했고."

"……."

"더구나 이 검사님은 양승일과도 다른 성격이야. 김양호에게 야쿠자와의 교제를 추궁한 적이 있어. 아무리 양승일이 사위로 삼았다 해도 가토는 검사님을 거북하게 생각했을 거야."

"그렇다고 그 개자식이."

"이봐, 당신이 회의석상에서 떠든 건 잘한 짓이야. 잠자코 있었더라면 지금쯤 어디에선가 칼이나 총을 맞고 누워 있었을 테니까."

"재수 없는 소리."

박철규가 이맛살을 찌푸렸지만 이내 생각하는 표정이 되었다.

시계를 내려다본 백복동이 핸드폰을 들었다. 차는 화려한 네

온 사인이 반짝이는 강남대로를 달려가고 있었다.

"어디, 어떻게 나오나 두고 보자."

다이얼을 누르며 백복동이 말했다. 그의 두 눈이 번들거리고 있었다.

운전대를 잡고 있던 손달섭이 백미러로 힐끗 그를 바라보았다.

"여보시오."

백복동이 소리치듯 말하자 이제 옆자리에 앉은 주대홍도 눈을 껌벅이며 그에게로 시선을 주었다.

"거기, 김양호 사장 바꿔."

그가 전화를 한 곳은 양승일의 저택이다.

—거기, 어디십니까?

놀란 듯한 사내의 목소리가 들렸다.

"난 백복동 형사야. 어서 바꿔."

그러자 곧 다른 사내가 전화를 받았다.

—난 보좌관으로 있는 엄기백이오. 나에게 말하시오.

"보좌관? 엄기백?"

그렇게 되물은 백복동은 박철규가 머리를 끄덕이는 것을 보았다.

"좋아, 엄기백 보좌관. 당신들은 대한민국 공무원인 검사를 납치해 갔어. 당신들 조직이 보이는 것이 없는 모양인데, 김양호한테 전해. 양승일 회장의 살해 혐의에다 현직 검사 납치까지 겹쳐져 있는데 도대체 어떤 배경으로 살아날 수 있는가 궁금하다고 말이야."

—이것 보시오.

"이 씹새끼야, 내 말 아직 덜 끝났어. 거기에다 야마구치조의 가토 노부야스와 짜고 한국의 조직 세계를 일본에다 넘기려는 그 매국노 같은 행위를 국민들이 용서할 것 같냐고도 물어보란 말이다."

―이것 봐.

"한 시간 안에 풀어주지 않으면 터뜨릴 거다. 내가 이 검사하고 무슨 의리가 있는 것도 아니고, 나도 영웅 한번 되어 보겠단 말이다."

핸드폰의 스위치를 끈 백복동이 길게 숨을 내쉬었다.

"검사님이 그 소굴로 들어가는 것이 아니었어. 내가 그때 말렸어야 하는데 검사님이 너무 서두르는 바람에."

힐끗 뒤쪽을 바라본 백복동이 다시 입맛을 다셨다.

"우리 갈비나 뜯읍시다. 어이, 주 형. 갈비 어때?"

의자에 길게 늘어져 있던 주대홍이 번쩍 머리를 들었다.

"좋소, 갑시다."

앞차가 골목으로 우회전해 들어가자 임용현이 운전석에 앉은 사내의 어깨를 쳤다.

"됐다. 이제야 놈들이 차를 댈 모양이다."

그는 머리를 돌려 뒤를 따르는 또 한 대의 승용차를 바라보았다.

"이봐, 천천히. 놈들이 눈치채지 않게."

밤 9시였으므로 저녁때는 조금 지난 상황이었다. 임용현은 앞차가 들어간 골목에 어지럽게 붙어 있는 음식점 간판들을 보았다. 골목을 오가는 행인들도 많았다.

"저기, 갈비집 앞에 있는데요."

앞자리에 앉은 사내가 말했다. 쥐색 승용차는 갈비집 앞에 얌전히 주차되어 있었는데 이미 차는 비어 있었다. 모두 식당 안으로 들어간 모양이다.

"여기다 세워."

임용현이 짧게 소리치자 골목의 중간쯤에서 차는 급정거를 했다. 뒤따르던 차가 하마터면 뒤 범퍼를 받을 뻔했다.

임용현이 차에서 내리자 두 대의 차에서 사내들이 쏟아지듯 따라 내렸다.

"놓치지 마라."

소음기를 끼운 권총을 재킷에 감아 들고 앞장을 선 임용현이 말했다. 그까지 합해 사내는 모두 일곱 명이었다. 저쪽은 네 명이어서 비등비등했지만 임용현은 자신만만했다. 이쪽은 세 명이 총으로 무장을 하고 있는 것이다.

식당 밖에서 유리창을 통해 안을 들여다본 임용현이 부하들을 돌아보았다.

"저기, 안쪽에 있군."

박철규가 옆얼굴을 보이며 안쪽 구석에 앉아 있었다. 그는 이제까지 회장의 직속 보좌관으로서 김양호의 보좌관이었던 자신을 벌레 취급 해왔지만 지금은 상황이 바뀌었다.

박철규의 앞에 두 사내가 앉아 있었는데 모두 낯선 얼굴이었다.

"좋아, 들어가자."

재킷 속에서 리볼버의 총신을 움켜쥔 임용현은 앞장서서 식당 안으로 들어섰다. 연기와 열기로 가득 찬 식당 안은 빈자리가 보이지 않았고 떠들썩했다. 그들은 익숙한 동작으로 식당에 넓게 퍼졌고 박철규를 향해 거리를 좁혀 갔다.

박철규가 엽차 잔을 들다가 머리를 돌렸다.

"아니, 임용현이. 너, 웬일이야?"

찌푸린 얼굴로 박철규가 대뜸 묻자 임용현은 저도 모르게 침을 삼켰다.

"갑시다, 나하고."

식탁 앞으로 바짝 다가서며 그가 말했다. 박철규의 시선이 그가 손에 감고 있는 재킷에 머물렀다.

"그거, 총이냐?"

"잔소리 말고."

부하들이 식탁에 앉은 세 사람을 빙 둘러싸 뒤쪽에서는 보이지도 않았다.

"그리고 네놈들도."

임용현이 나란히 앉은 두 사내에게 말하자 그들은 서로 얼굴을 마주 보았다.

"우리 말이오?"

"그래, 어서 나가자. 쏴 죽이기 전에."

"여보시오."

40대의 사내가 입을 반쯤 벌리고는 임용현을 바라보았다.

"우리가 뭘 어쨌다고 이러시오?"

임용현의 시선이 그들의 앞에 놓인 냉면 그릇에 머물렀다. 반쯤 먹다 남긴 냉면 그릇에 젓가락이 담겨 있었다. 박철규 앞에는 음식 그릇이 없다.

퍼뜩 머리를 돌린 임용현이 막 몸까지 돌리는 순간 무엇인가 묵직한 것이 뒤통수를 쳤다. 그가 식탁 위에 코를 박으며 엎어지자 옆에서 있던 부하 한 명도 어깨를 움켜쥐고는 비명을 질렀다. 뒤쪽에서 세 명이 나타난 것이다.

식당 아주머니들이 자지러지는 듯한 비명을 지르자 근처의 손님들이 젓가락을 쥔 채로 달아났다.

주대홍이 숨어 있던 화장실에서 주워 온 세면기의 구부러진 쇠파이프를 휘두르고 있었다. 휘두를 때마다 바람 소리를 내는 쇠파이프에 세 명이 맞아 떨어졌다.

박철규도 사내 두 명을 주먹으로 쳐서 자빠뜨렸고, 백복동은 권총을 겨누는 사내에게 냉면 그릇을 던지고는 사타구니를 차서 거꾸러뜨렸다.

손달섭이 도망치는 사내를 다리를 걸어 넘어뜨리고는 의자를 들어 내려치는 것으로 싸움은 끝이 났다. 식당 안에는 손님이 한 사람도 남아 있지 않았으므로 자빠지고 주저앉아 있는 것은 임용현의 무리뿐이었다.

"이놈이 총을 가지고 왔어."

땅에 떨어져 있는 임용현의 리볼버를 집으면서 박철규가 혼잣소리를 했다.

"나도 이제 쫓기는 신세가 되었어."

그의 낮은 목소리에 주대홍이 힐끗 시선을 주었다.

"갈비 냄새만 맡고 가는구만."

주대홍이 임용현의 목덜미를 잡아 일으켰다.

"이놈이오, 대장이?"

박철규가 머리를 끄덕이자 그는 한 손으로 임용현을 달랑 들어 올렸다.

양유경이 방으로 들어서자 이동천이 머리를 들었다. 이곳은 천호동의 단독주택으로 찻길과는 한참이나 떨어진 곳이다. 그의 앞자리에 앉은 양유경이 주위를 둘러보았다. 다섯 평쯤 되는 응접실 안에서는 퀴퀴한 곰팡이 냄새가 풍겨져 왔다. 소파만 달랑 놓여 있었고 그 흔한 TV도 보이지 않는 이곳은 조직에서 가끔씩 합숙소로 이용하는 집이었다.

바깥에서 두런거리는 사내들의 말소리가 들리다가 곧 그쳤다. 방 안의 정적을 이동천이 먼저 깨었다.

"바쁠 텐데 여긴 왜 온 거야?"

넥타이의 매듭이 늘어져 있는 데다 머리는 헝클어져 있었지만 그의 시선은 곧았다. 낮은 목소리로 그가 다시 물었다.

"날 구해내려고 온 건가?"

"부탁하려고 왔어요. 나나 아버지, 그리고 회사에 대해서 상관하지 말아 달라고."

양유경이 그의 시선을 받았다.

"내 앞길은 내가 알아서 헤쳐 나갈 테니까."

이동천이 창밖을 바라보았다.

"김양호와 상의하고 온 모양이군."

"……"

"날 없애려고 했다가 부담이 되었겠지. 증인이 몇 명 있었으니까."

"약속해 줘요. 상관하지 않겠다고."

"혼자서 헤쳐 나간다구?"

"그래요."

"아버지의 살해범도 혼자 찾아낼 셈인가?"

"상관하지 말아요."

"협박을 당하고 있나?"

"내가 스스로 결정한 일이에요."

이동천이 손바닥을 두어 번 부딪쳐 소리를 내었다.

"머리를 끄덕이는 것은 녹음이 안 될 테니 박수를 친 것이다."

"......"

"네 조직에서 냄새가 났어. 그것을 풍기는 놈은 김양호였다. 그 놈한테서는 시체 썩는 냄새가 났다."

"......"

"내가 조직을 관리하게 되었다면 제일 먼저 정리할 놈이 그놈이었지. 그것을 그놈도 눈치챘을 것이고."

이동천은 의자에 등을 기대었다.

"그리고 네 아버지도 짐작하고 계셨을 것이다."

"아직도 미련이 있어요?"

"한 가지 있어."

이동천의 시선이 그녀의 얼굴에서 스타킹을 신은 발가락 끝까지를 훑고는 다시 올라갔다.

"하지만 그것도 끝이다."

"당신에게 조직을 맡길 수는 없어요."

"그렇겠지. 김양호는 말할 것도 없고 너도 마찬가지로 날 구속하지 못했을 거야."

"당신을 살려 주는 조건으로 약속을 해요. 이번 사건, 그리고 조직에 상관하지 않겠다고."

"그리고 너까지 말인가?"

그러자 양유경이 머리를 끄덕였으므로 이동천이 웃었다.

"상관하지 않겠다."

그는 어깨를 늘어뜨리며 길게 숨을 내쉬었다.

"나는 아무것도 모르고, 너와는 아무 관계가 없는 사람이야. 그러면 되었나?"

아침 10시가 조금 지난 시간이었다.

경부고속도로 하행선의 천안 휴게소에 먼지를 뒤집어쓴 승용차 두 대가 들어서더니 나란히 멈추어 섰다. 하행선의 여행자가 별로 많지 않은 모양인지 비어 있는 주차장의 공간 위로 아침 햇살이 하얗게 쏟아지고 있었다.

승용차의 문들이 일제히 열리면서 사내들이 쏟아지듯 내렸고 그들은 휴게소의 식당으로 들어갔다. 모두 굳어진 표정이어서 식당의 종업원들은 시선을 마주치려 하지 않았다.

"덥구만."

둘러앉은 사내들 중 가장 먼저 입을 연 것은 백복동이다. 그러나 그는 땀 한 방울 나지 않았고 더운 기색도 아니었다.

"여기 에어컨 없나?"

하고 다시 중얼거렸지만 에어컨을 찾는 눈치도 아니었다. 나머지 사내들은 모두 입을 다문 채 움직이지 않았다.

이동천은 상석에 앉아 있었다. 그가 찾아 앉은 것이 아니라 먼저 자리 잡은 그들이 그에게 자리를 만들어 주었기 때문이다. 그는 주위에 앉은 사내들을 둘러보았다.

오른쪽에 앉아 있는 것은 백복동이다. 그는 시선이 마주치자 얼굴에 웃음을 띠었는데 깎지 않은 수염에 흰 털이 드문드문 나 있다. 그 옆에 앉아 있던 손달섭은 얼른 눈을 내리깔고는 시선을 마주치려 하지 않았다.

이동천은 그 옆에 무심한 얼굴의 주대홍을 바라보고 얼굴에 희미한 웃음을 띠었다. 의자에 거구를 올려놓은 그는 두 눈을 끔벅이며 그의 시선을 받았다. 그리고 그의 옆, 이동천의 왼쪽에 앉은 사내는 박철규였다.

"조금 전에 부산 지검으로부터 연락을 받았는데."

이동천이 입을 열었다.

"난 여러 가지 이유로 직위 해제되었소. 파면이 안 된 것이 다행이라고 하더군."

그는 다시 얼굴에 웃음을 띠었다.

"조직 세계와의 밀착, 월권, 근무지 무단이탈 등이오. 아마 누군가가 권력의 상층부에 날 모함했겠지."

"……"

"미련은 없소. 양 회장의 조직에도 더 이상 연연하지 않겠고."

떠들썩하게 지껄이며 식당으로 들어선 사내 두 명이 그들의 분위기에 눌려 입을 다물고는 멀찍이 떨어져 앉았다.

"어차피 저도 조직을 떠난 몸입니다."

박철규가 입을 열었다.

"회장님은 저에게 목숨을 바쳐 검사님을 도우라고 하셨습니다. 상황이 어떻게 되든 전 상관없습니다. 홀가분하게 일하려고 가족도 미국으로 보냈습니다."

"이것 정말 황당하구만."

입을 연 것은 백복동이다. 입맛을 다신 그가 말을 이었다.

"검사님이 말씀은 안 하셨지만 아마 새로운 조직을 세우실 것 같이 보이는데, 그렇지 않습니까?"

"그렇소."

"제가 필요하십니까?"

"필요한 건 당신의 정보 수집력과 기획력이오."

"조직의 궁극적인 목표는 무엇입니까?"

"조직 세계의 통일이오."

자리를 고쳐 앉은 이동천이 그들을 둘러보았다.

"내가 기꺼이 회장님의 후계자가 되려고 한 것은 한국의 조직을 통일시키고 외국 세력들의 침투를 막기 위해서였소. 그것은 가능해 보였소."

"……"

"하지만 지금도 늦은 것이 아니오. 난 해낼 수 있소."

"하지요."

백복동이 머리를 끄덕였다.

"이 빌어먹을 경찰 노릇을 끝내고, 나도 새 인생을 살아갈랍니다."

"나도 넣어 주시오."

불쑥 나선 것은 주대홍이다.

그는 사내들의 시선이 쏟아지자 목에다 힘을 주었다.

"지가 앞으로 형님으로 모시지요. 동생을 삼아 주신다면."

이동천이 머리를 끄덕이며 웃었다.

"그럼 넌 이제부터 내 동생이다."

"보스는 형님이오."

백복동이 아는 척을 했다.

"우리도 모두 이제부터는 형님이라고 부르겠소. 검사 소리는 지 겹소."

"그렇습니다."

박철규가 맞장구를 쳤고 입을 다물고 있던 손달섭도 이를 드러내며 웃었다.

배장근은 이제 일곱 개의 유흥업소와 여행사 하나, 무역 회사 하나를 소유하게 되었는데, 물론 대표는 전문 경영인이거나 이름만 빌린 인물들이었다. 그는 또한 전차섭이 살해된 이후로 밀수 조직의 양대 거물인 서동팔과 김억수를 장악해서 그들을 통해 밀로체프가 보낸 밀수품들을 처리하는 한편, 자신이 관리하는 무역 회사를 통해 갖가지의 상품을 러시아로 보내고 있었다.

밀로체프는 자금 이외에도 30명이 넘는 조선족 마피아를 훈련시켜 보내주었으므로 병력도 갖추어진 상태였다. 그리고 그들은 모두 각종 총기를 익숙하게 다룰 수 있는 인민군이나 러시아군 출신이었다. 따라서 부산의 밤의 세계는 기존의 보수 조직인 조성표 조직과 아이즈 고데츠, 그리고 요즘 들어 수시로 왕래가 잦은 야마구치조, 거기에다 러시아 마피아가 혼합된 혼돈의 시대가 되어 가고 있었다. 그러나 아직 대부분의 영지를 소유하고 있는 데다 거대한 조직력을 갖췄기에 조성표는 건재했다.

조성표는 배장근에 의해 잠시 시달림을 받았지만 아직도 여름날 밤에 모기 새끼 몇 마리가 귀찮게 한다는 정도로밖에 생각하지 않고 있었다.

수십 년에 걸쳐서 쌓아올린 조직이다. 몇 명이 피해를 입었다고 하더라도 그 자리는 금방 채워지게 되는 것이다.

식당에 앉아 있던 세 사내가 들어서는 배장근을 보고는 자리에서 일어섰다. 점심시간이 훨씬 지난 시간이어서 식당은 비어 있었다.

"형님, 이쪽이 윤경산 동무이시고, 이쪽은 조형근 동무이십니다."

김달수가 두 사내를 차례로 가리키며 말했다.

"이분은 배장근 형님이십니다."

배장근은 그들과 차례로 손을 잡고는 자리에 앉았다.

두 사람 모두 40대로 보였고 피부가 검은 데다 마른 체격이었다. 차이가 있다면 윤경산이 키가 더 크고 눈빛이 사나웠는데 아랫사람을 오래 부려온 듯한 분위기를 풍기고 있었다.

오늘 아침에 부산에 도착한 그는 밀로체프가 보낸 고문관이었다. 옆자리의 조형근은 그의 보좌관쯤 될 것이다.

김달수가 헛기침을 하고 입을 열려다가 주춤거리며 그만두었다. 평소 밝고 거침없는 성격의 그였기에 배장근은 입맛을 다셨다.

윤경산은 소련군 장교 출신으로 소련 국적을 가진 조선족이었다. 소비에트 연방이 붕괴하자 재빨리 군복을 벗고 밀로체프와 손을 잡은 그는 밀로체프 군단의 실력자로 부상했단다. 김달수는 물론이고 조선족 출신들은 모두 그의 손을 거쳐 마피아에 가입했으므로 김달수가 언 것도 무리가 아니다.

"동무의 노고를 치하하오."

윤경산이 입을 열었는데 마른 몸집에 비해 목소리가 컸다

"밀로체프 동지께서도 동무의 업적을 찬양하고 계셨소."

머리를 든 배장근이 그를 바라보며 웃었다.

"내가 왜 당신 동무요?"

"……"

"한국에서는 동무란 말이 어릴 때 고추 내놓고 어깨동무할 때 쓰는 동무밖에 없는데."

윤경산이 눈을 부릅떴으나 입을 열지는 않았다. 김달수는 침을 삼켰다.

"나에게 동무란 말 쓰지 마시오. 구역질이 나니까. 난 공산당 놈들을 보면 눈이 빙글빙글 돕니다."

배장근이 손가락으로 눈 주위에 원을 그렸다.

"그리고 내가 왜 당신의 치하를 받아야 해?"

"이보시오, 동……"

그러다가 말을 멈춘 윤경산은 얼굴이 검붉게 되어서 배장근을 노려보았다.

"난 당신의 고문관이야. 말을 삼가. 그러지 않으면……"

"그러지 않으면?"

배장근이 식탁 위로 와락 상체를 굽히고는 그를 쏘아보았다.

"날 어떻게 할 테냐, 이 개자식아?"

그가 주먹으로 식탁을 내려치자 엽차 잔이 튀어 올랐다가 떨어지면서 물이 쏟아졌다.

"내가 없으면 이 조직이 어떻게 될 것 같으냐?"

그러고는 주머니에서 선뜻 권총을 빼어 들고는 윤경산의 가슴을 겨누었다.

"널 쏘아 죽이고 밀로체프에게 다른 고문관을 보내달라고 하면 당장에 한 놈을 다시 보내줄 거야. 무슨 말인지 알아듣겠지?"

얼굴이 하얗게 질린 윤경산이 배장근을 쏘아보았으나 대답하지는 않았다.

"넌 여기 머물게 되었으니 내 지시를 받는다. 밀로체프에게 연락할 일이 있으면 내 허가를 받아야 하고, 나와 상의하지 않은 일에는 간섭할 수가 없다."

"……"

"네가 이곳 일에 대해서 무엇을 안다고 나설 것이냐? 잠자코 있는 것이 신상에 이로울 것이다."

권총을 집어넣고 자리에서 일어선 배장근이 손뼉을 치자 식당 문이 열리면서 사내 두 명이 들어섰다. 조선족 출신이 아닌 이번에 뽑은 부산 출신의 부하들이다.

"이분들을 안내해라."

그는 윤경산에게로 몸을 돌렸다.

"앞으로 나를 부를 땐 보스라고 부르도록. 난 너희들 동무가 아니야."

＊   ＊   ＊

우에다 산자에몬은 온몸에 땀을 흘리면서 다시 모래시계를 바라보았다. 5분짜리를 네 번째 뒤집었으니 20분을 채울 모양이었다.

글로리호텔 사우나는 부산에서 알아주는 1급 사우나로 쑥, 핀란드, 자외선, 증기 사우나 등이 있었는데 우에다가 즐기는 것은 핀란드 사우나였다.

흰 모래가 물처럼 떨어져 내리는 모래시계에서 시선을 뗀 우에다는 자신의 단단한 몸을 내려다보았다. 40대 후반이었지만 군살도 거의 없다. 한쪽 어깨에서부터 등까지 도쿠가와 이에야스의 부하인 혼다 헤이하치의 모습을 그린 문신이 찍혀 있었는데 그것은 그의 자랑거리 중 하나였다.

목욕탕 바깥쪽에서 두런거리는 말소리가 들렸다. 오후 5시여서 사우나에 손님이 뜸한 시간이었다. 모래시계는 반쯤 남아 있었다.

그때 사우나 문이 열리면서 거인이 들어왔다. 사우나에 앉아 있던 사내들은 모두 눈을 껌벅이며 그를 바라보았다. 사우나에는 우에다를 포함하여 세 사람이 있었는데, 두 사람은 그의 부하였다.

사내는 스모 선수처럼 체격이 좋았다. 그러나 스모 선수와 달리 이 사람은 어깨와 가슴, 그리고 두 팔이 유난히 굵다.

우에다는 힐끗 모래시계를 바라보았다. 온몸에서 물을 뒤집어쓴 것처럼 땀이 흘러내리고 있었다. 모래시계는 1분 정도의 모래가 남아 있었지만 그는 엉덩이를 일으켰다. 그가 일어서자 부하들도 따라 일어섰다. 20여 년을 싸움터에서 보낸 우에다였다. 수없이 많은 기습을 받아 보았고 이쪽도 해본 터라 그는 예감이 이상하면 식사를 하다가도 수저를 놓고 식당을 나오는 버릇이 있었다.

그가 문 앞에 앉은 거인을 막 지나갈 때였다. 잠자코 앉아 있던 사내가 불쑥 손을 뻗어 우에다의 한쪽 팔을 쥐었다. 거인은 이미 반쯤 몸을 일으킨 상태였는데, 놀란 이쪽이 잡힌 팔을 빼려고 기운을 쓰자 와락 잡아당겼다.

부하 두 명이 두 팔을 벌리며 한걸음에 달려왔다. 한 명은 수도로 거인의 어깨를 쳤고 다른 하나는 발끝으로 옆구리를 찍는다.

주대홍은 우에다의 머리를 두 손으로 감쌌다. 얼굴이 땀에 젖어 손바닥이 미끄러졌으나 곧 두 손에 우에다의 머리가 싸쥐어졌다. 부하들이 어지럽게 손발을 날리려 했으나 입구가 좁은 데다 주대홍이 우에다를 앞으로 내세워 함부로 손발을 날릴 수가 없었다.

주대홍은 우에다의 머리를 옆쪽으로 힘껏 틀었다. 그 순간 뼈가 부러지는 소리가 들리면서 얼굴이 등 쪽으로 돌아간 우에다가 버둥거리던 사지를 늘어뜨렸다.

우에다를 사내들 쪽으로 밀어 던지면서 주대홍이 아수라와 같은 모습으로 달려들었다. 한 사내의 발끝이 배를 찍었으나 발목을 두 손으로 잡고는 빙글 휘둘러 벽에 내팽개쳤다. 태질당한 개구리처럼 사내가 사지를 벽에 붙이고는 퍼들거렸다. 다른 사내 한 명이 달려들다가 주춤 물러섰다.

온몸이 땀과 열에 젖어 물을 뒤집어쓴 것처럼 보이는 주대홍이 다시 한 걸음을 내딛고는 사내가 휘두른 주먹을 어깨로 받으면서 발을 들어 그의 배를 찼다. 허리를 굽힌 사내의 뒷머리를 해머와 같은 주먹으로 내리치자 곧 사우나 안은 조용해졌다. 밖에서 욕객들의 말소리가 들렸다.

얼굴의 땀을 손바닥으로 훑어낸 주대홍이 사우나를 나갈 때 모래시계는 비어 있었다.

제11장

소탕 준비

밤의
대통령

마산의 타워호텔 스카이라운지에서는 다도해를 떠다니는 갖가지 선박들이 보였다. 여객선과 어선, 하물선과 경비정들이 남빛 바다 위를 항진해 나아가는 것을 바라보고 있던 이동천은 시계를 내려다보았다. 8시 5분 전이었다.

아침이었지만 오늘도 찌는 듯한 더위를 예고하듯 따가운 햇살이 유리창을 통해 하얗게 비쳐 들어오고 있었다. 아직 이른 시간이어서인지 라운지에는 가슴에 이름표를 단 한 쌍의 일본인 노부부밖에 보이지 않았다.

그는 앞에 놓인 커피 잔을 들어 한 모금 삼켰다. 그러자 라운지로 사내 한 명이 들어섰다. 그는 곧장 이동천에게로 다가오더니 그 앞에 멈추어 섰다.

"내려가시지요. 기다리고 계십니다."

자리에서 일어선 이동천은 사내의 뒤를 따랐다. 그가 라운지 아래층의 1401호실에 들어서자 응접실에 앉아 있던 사내가 자리에서 일어섰다. 가운을 입고 있었는데 그의 뒤에 서 있는 두 명의 사내는 신사복 차림이었다. 그중 한 명이 기무라였다.

"어서 오시오, 이 검사. 아니, 이젠 이동천 씨로군."

안도섭이 굵은 목소리로 말하며 그의 손을 잡았다.

"자, 앉으실까? 여기 있는 기무라하고는 안면이 있지요? 그리고 이쪽은 서규호."

인사를 마친 그들은 자리에 앉았다. 안도섭은 의자에 깊게 등을 기댄 채로 한동안 이동천을 바라보았다.

"이야기는 모두 들었습니다."

이윽고 그가 입을 열었다.

"양 회장의 사건도, 그리고 당신의 입장도 알고 있습니다."

"……."

"우에다 산자에몬을 제거한 것은 나에게 신호를 보낸 것이라고 기무라가 말해주던데요, 맞습니까?"

이동천이 머리를 끄덕였다.

"그렇습니다."

"양 회장 딸과는 이제 관계가 끝났겠군요."

"그렇다고 볼 수 있지요."

방은 특실이어서 응접실이 넓었고 안쪽엔 주방까지 갖추어져 있었다. 주방에서 다가온 사내가 그들 앞에 찻잔을 내려놓고 물러갔다.

"우리가 조성표에게 투자한 돈은 500억 엔이 조금 넘어요. 한

화로 계산하면 4천억 원이 넘는 금액인데."

안도섭이 말을 이었다.

"조성표는 야마구치조에게 추파를 던지고 있단 말이오."

"아마 아이즈 고데츠와 인연을 끊고 싶겠지요. 그렇게 되면 4천억이 고스란히 제 몫이 되니까."

이동천의 말에 안도섭이 웃었다.

"이젠 자본이 증식을 해서 두 배 정도가 되었소. 8천억으로."

"야마구치조는 곧 적극적으로 조성표를 포섭하려고 할 겁니다. 부산을 장악하려는 의도요. 그러면 자연히 아이즈 고데츠는 한국에서 설 곳이 없습니다."

"……."

"나와 손을 잡읍시다."

어깨를 펴며 이동천이 말하자 안도섭은 힐끗 기무라를 바라보더니 물었다.

"조직은 어떻게 갖추고 있소?"

"필요한 건 자금이오. 조직은 얼마든지 활용할 수가 있으니까."

"……."

"양 회장님 조직에서 이탈해 온 보좌관이 있소. 그가 조직을 맡을 거요. 신용수 회장 조직에서 넘어온 주대홍이도 있고."

그러자 안도섭이 입맛을 다셨으나 잠자코 이동천의 다음 말을 기다렸다.

"정보 수집에 베테랑인 수사관이 있고……."

잠시 말을 멈춘 그가 방 안의 사내들을 둘러보았다.

"러시아 조직도 이용할 생각이오."

"배장근이 말이오?"

"그렇소, 조성표를 치기 위해선 그의 힘이 필요할지도 모릅니다."

"만나 보셨다고 들었는데."

"그렇습니다. 말이 통하는 사내였습니다."

안도섭이 옆에 앉은 기무라와 서규호를 돌아보았다. 그들은 제 각기 시선만 마주치면서 입을 열지는 않는다.

이윽고 안도섭이 이동천을 바라보았다.

"좋소. 협정을 맺읍시다, 이동천 씨."

"……."

"한국에서 두 번째이자 마지막 협정이기를 바라겠소."

"난 이것이 마지막 협정이오."

이동천이 얼굴을 펴고 웃자 한동안 그를 바라보던 안도섭이 따라 웃었고 기무라와 서규호도 웃었다.

우에다 산자에몬과 그의 경호원 한 명이 죽고 다른 한 명이 중상을 입은 사건은 신문과 방송에 떠들썩하게 보도되었다. 거기에다 재수 없게도 지방 신문의 기자가 우에다에 대한 경찰 자료를 보고는 '야쿠자 피살'이라는 그럴듯한 제목을 붙여 보도하는 바람에 한동안 전국이 떠들썩했다. 부산 지역이어서 언론기관에 제때 손이 닿지 못한 데다 믿고 있었던 조성표마저 꽁무니를 감추려고 했기 때문이다.

범인의 윤곽에 대해서는 중상을 입은 피해자가 아직 인사불성이어서 드러나지 않았지만 사우나 종업원이나 욕객의 증언은 가지각색이었다.

야쿠자같이 문신을 한 사내가 사우나에서 나오는 것을 보았다는 사람도 있었고, 외국인이 나왔다고도 했다. 그러나 가토는 그것이 아이즈 고데츠 측의 도전이라고 믿고 있었다. 그래서 오늘 회의를 소집한 것이다.

국제호텔 특실의 응접실 안에는 10여 명의 사내가 둘러앉아 있었다. 상석에 앉아 있는 것은 가토 노부야스였고, 좌우는 모두 일본에서 날아온 야마구치조의 간부급 보스였다. 이것은 한국에서 열리는 야마구치조 최초의 간부급 회의인 데다 조장인 우에다 신기치가 보낸 아베 스스무가 참관자로서 가토 옆에 앉아 회의의 무게를 더해 주고 있었다.

이윽고 가토가 입을 열었다.

"어차피 아이즈하고는 부딪치게 되어 있었고 놈들이 선수를 친 것뿐이다. 우에다는 안됐지만 이것을 계기로 아이즈를 밀어붙여 버리겠다."

그의 목소리는 낮았지만 방 안의 사내들은 격한 분위기를 느낄 수 있었다.

"그렇다고 우리의 손을 빌릴 것도 없다. 김양호에게 말해서 특공대를 뽑아 부산으로 보내면 된다."

양승일이 있었다면 어림없는 수작이었다. 그는 김양호를 부하처럼 다루는 것을 일본에서 건너온 부하들에게 보이려고 했는데 실제로도 김양호는 그가 장악하고 있었다.

말석에 앉은 부하가 헛기침을 했다.

"가토 님, 아이즈를 치기 전에 미리 조성표와 비밀 협의라도 해 두는 것이 낫지 않겠습니까? 아직까지는 조성표와 아이즈가 동맹 관계로 되어 있으니까."

"알고 있어."

가토가 웃음 띤 얼굴로 그를 바라보았다.

"아이즈에 대한 정보는 조성표 쪽에서 나온다. 조성표는 이미 우리에게 매달리고 있어."

"서울 진출 때문입니까?"

누군가가 묻자 가토가 머리를 끄덕였다.

"그렇다. 이제 조성표가 우리와 제휴하면 신용수가 당장에 곤란해질 것이다."

그는 붉은 입안을 보이면서 소리 없이 웃었다.

"조성표와 신용수가 서울에서 싸우게 되고, 두 놈이 힘이 약해질 때쯤이면 부산과 서울의 나머지 영역도 모두 우리가 장악하게 될 것이다."

그러자 아베 스스무가 상체를 세웠다. 머리가 희끗한 50대 중반의 조그만 사내였다.

"가토 씨, 양 회장의 사위는 지금 어디에 있소?"

그의 목소리는 가늘고 낮았지만 모두들 똑똑히 들었다. 주의 깊게 들었기 때문일 것이다. 그는 조장에게 영향력을 행사할 수 있는 인물이었다. 직접 부하를 거느리고 사업을 맡는 보스는 아니었지만 모든 일에 상관을 하는 조정자인 것이다.

"놈은 부산으로 내려갔소, 아베 씨."

가토가 말했다.

"지검에서 직위 해제까지 당했으니 아마 실의에 빠져 있을 거요."

"양 회장의 딸과 그의 관계는 어떻소?"

"끝난 상태요."

아베는 머리를 끄덕이며 의자에 등을 기대었다.

가토는 김이 빠진 느낌에다가 어딘가 찜찜한 모양이었다. 그래서인지 아베에게로 몸을 돌렸다.

"여자는 철저히 감시하고 있소. 아직은 말썽도 부리지 않고 협조적이지만 우린 마음을 놓지 않소."

"조장께서는 당신을 칭찬하셨습니다."

아베가 어깨를 펴고 말했다.

우에다 신기치가 가토를 신임한다는 것을 모두에게 알리는 것이다.

"그리고 나도 당신의 계획에 찬동합니다. 조장께서도 틀림없이 지지하실 겁니다."

"고맙소, 아베 씨."

가토가 아베에게 머리를 숙여 보이고는 활기찬 표정으로 주위를 둘러보았다.

"자, 계획을 세우자."

정원에 나온 양유경은 머리를 돌려 뒤에 선 고대구를 바라보았다.

"김 사장은 갔나요?"

"예, 가셨습니다."

양승일이 하던 결재가 고스란히 양유경에게 넘어온 것은 아니다. 이틀에 한 번 꼴로 그룹의 회장실에 들어가 결재를 하지만 그룹의 운영은 전적으로 김양호의 손에서 놀아나고 있었다. 그녀는 다만 형식적으로 도장만 찍을 뿐이었는데 얻은 것이 있다면 차츰 회사의 운영 실태를 파악하게 되었다는 점이다.

오늘은 집에서 쉬는 날이었는데 김양호가 찾아와 동원기획의 최기대 상무를 대표이사로 임명한다는 임명장에 사인을 해달라고 했던 것이다. 사인을 하고 그가 내미는 몇 가지의 서류에 인감도장을 찍어 주자 그는 만족한 듯한 표정으로 떠났다.

양유경은 정원 끝 쪽의 나무 그늘 밑에 놓인 의자에 앉았다. 어머니는 별채에 이모와 함께 있어서 요즘은 조금 마음이 놓였다.

"저녁때 잠깐 나갔다 오겠어요."

양유경이 뒤쪽에 서 있는 고대구를 바라보았다.

"대구 씨가 차를 준비해 두세요. 7시쯤 나갈 테니까."

"저는 밖으로 나가지 못합니다."

낮은 목소리로 그가 말하자 양유경이 움직임을 멈추었다.

"밖에 왜 못 나가요?"

"외출 금지를 당했습니다."

무표정한 얼굴의 그가 말을 이었다.

"사흘 전부텁니다."

사흘 전이라면 양유경의 심부름으로 그가 동원섬유의 강 사장을 만나러 간 날이다. 강인원 사장은 양승일의 친구이기도 한 경제 관료 출신이었다. 고대구는 동원섬유의 정문 앞에서 김양호의 부하들에게 잡혀 다섯 시간 동안 조사를 받은 다음 불려 나온 것이다.

양유경은 머리를 들어 주위를 둘러보았다. 반대쪽 정원의 담에 기대어 선 사내 두 명이 이쪽을 바라보고 있었다. 별채와 안채에는 아마 대여섯 명의 감시인이 더 있을 것이다. 양승일이 살해된 후에 오히려 경호원들이 더 는 것은 양유경을 감시하기 위해서였다. 집 안 전화는 모두 도청이 되었고 핸드폰은 없어진 지 오래였다.

"보좌관님 소식은 아직 없습니다."

고대구가 입술만을 달싹여 말했다.

"가족과 함께 미국으로 갔다는 말도 있고, 또……."

그는 한 걸음 그녀에게로 다가섰다.

"이 검사님을 따라갔다는 소문도 있습니다."

"……."

"회장님을 습격한 것은 아이즈 고데츠의 특공대라고 하더군요."

"……."

"믿을 수가 없습니다. 그건 김양호가 일부러 퍼뜨린 소문입니다."

양유경이 머리를 들어 그를 올려다보았다. 그가 이런 식으로 자신의 감정을 표현한 것은 처음이었다.

"내부 사정을 잘 아는 놈들이 들어왔습니다. 놈들이 들어왔을 때 감시 카메라는 고장이 나 있었고 담장 위의 전원도 끊겨 있었어요."

그 당시 가족들은 정원 건너편의 본채에 있었고 고대구도 그들과 함께 있었던 것이다. 습격자들은 별채에 있는 양승일만을 습격한 다음 바람처럼 사라졌다.

"밖에 나가신다면 미스터 김한테 준비를 시키겠습니다."

고대구가 그녀를 바라보고 있었으므로 양유경은 머리를 저었다.

"아네요. 나가지 않겠어요."

그녀는 자리에서 일어섰다. 김장현은 며칠 전부터 집 안에서 기거하고 있는 경비 책임자였다. 그가 김양호의 *끄나풀*이라는 것은 말할 필요도 없었다.

"아니, 오랜만이오, 기무라 씨."

천기석이 얼굴을 활짝 펴며 웃었다.

"어서 앉으시오. 기다리고 있었소."

남포동의 룸살롱 안이었다. 이미 몇 잔 마신 모양인지 천기석의 얼굴은 술기운에 달아올라 있었다.

"뭐 하냐? 너희들 어서 이 사람한테 술을 따라라!"

양옆에 앉은 아가씨들을 향해 천기석이 눈을 부라렸다.

"잘 모시란 말이다. 알았어?"

기무라는 아가씨가 건네준 술잔을 들어 한 모금에 삼켰다.

"어제 내려오셨다고?"

일본어로 천기석이 묻자 그는 머리를 *끄덕*였다.

"어젯밤에 도착했소."

"그동안 부산이 시끄러웠소. 우에다 산자에몬이 사우나에서 죽었어. 머리가 돌아가서."

"……"

"기가 막힐 일은 야마구치조 놈들이 우리를 의심하고 있다는 거요."

"당연히 우리도 의심하겠군요."

"아마 그럴지도 모르지. 하지만 당신은 그동안 부하들과 서울에 가 있었으니까 우리보다 덜할 거요."

"……."

"그런데 서울 소식 좀 자세히 들읍시다. 양승일이 심장마비로 죽은 것이 아니라고 하던데. 총에 맞았다고도 하고, 칼에 찔렸다고도 하던데, 내막을 아시오?"

"모릅니다."

다시 한 모금에 위스키를 삼킨 기무라가 여자들을 둘러보았다.

"여자들을 내보내 주시오. 말씀드릴 것이 있습니다."

"그럽시다."

천기석이 금방 여자들을 방 밖으로 내보내고 나서 자리를 고쳐 앉았다.

"무슨 이야기요?"

"천 실장이 도와주셔야겠소."

기무라의 표정이 딱딱하게 굳어졌다.

"야마구치조는 이제 양승일의 조직을 거의 흡수해 놓은 상태요. 서울의 신 회장이 남아 있지만 정치력이나 자금, 조직 면에서 열세라 우리가 도와도 놈들을 견제하기가 어렵습니다."

"……."

"그러나 놈들은 당장에 신 회장을 치지는 않을 겁니다. 지금 위

축되어 가고 있으니만큼 조금 더 기다렸다가 치는 게 낫다는 생
각을 하겠지요. 나라도 그렇게 할 테니까."

술잔을 쥔 채 천기석이 뚫어질 듯이 기무라를 바라보았다. 기
무라가 말을 이었다.

"놈들의 목표는 이곳 부산이오. 당신들과 우리란 말입니다."

"……."

"일본에서 대부대가 몰려온다는 정보를 얻었소. 부산으로 말
이오."

"으음."

천기석의 꾹 다문 입에서 신음 소리가 흘러나왔다. 그는 번쩍
눈을 치켜뜨고 기무라를 노려보았다.

"그렇다면 놈들의 목표는 우리와 당신이로군?"

"그렇소. 일차 목표는 우리지만 주목표는 당신네 조직이오."

"우리를 제거하고는 그 자리에 양승일의 부하들을 심어 놓을
거요. 그렇게 되면 당신들과 그들의 싸움이 시작되지."

"……."

"당신들은 머지않아 사라지게 될 거요."

"재수 없는 소리."

천기석이 뱉듯이 말했다.

"우리가 그렇게 호락호락할 것 같은가?"

"우리도 마찬가지요."

어깨를 편 기무라가 그를 똑바로 바라보았다.

"우리도 병사를 모으고 있소. 놈들 생각대로는 안 될 거요."

"……."

"사흘 후에 조직의 보스급들이 도착하게 됩니다. 부회장께서도 오시고. 그때 당신들과 같이 작전 계획을 세우도록 합시다. 이 말씀을 전하려고 만나자고 한 거요."

"좋소."

머리를 커다랗게 끄덕인 천기석이 술잔을 들었다.

"우리도 준비를 하겠소. 당신들이 올 때까지 말이오."

*   *   *

해운대 구청 근처에 신축된 5층 건물이 비어 있었던 것은 부동산 경기가 좋지 않기 때문이기도 했지만 임대료가 비쌌기 때문이었다. 건물주는 좋은 재료로 단단하게 지었다면서 임대료가 높은 이유를 대었지만 그런 조건에 혹할 사람은 없다. 이동천이 군소리 않고 부르는 가격대로 5층 전체를 임대하자 건물주는 기뻐서 눈물을 홀릴 것같이 보였다.

연건평이 500평이 넘는 건물이어서 처음에는 빈집에서 귀신이라도 나올 것같이 을씨년스러웠지만 이틀이 지나고 사흘이 지나자 차츰 체계가 잡혀 갔다.

우선 당장 회사를 등록하고 일을 시작할 형편이 아니었는데도 박철규와 백복동은 분주하게 들락거리면서 회의실과 사무실, 응접실을 꾸며 놓았다. 사무실만 꾸며 놓은 것이 아니다. 박철규는 믿을 만한 부하들을 서울에서 불러 모았는데 그 숫자가 스무 명이 넘었다. 박철규와 이동천, 그리고 양승일의 친정 라인을 아직까지도 믿고 있는 사내들이었다.

저녁 무렵이 되어서 외출했던 이동천이 5층 사무실로 들어서자 박철규와 백복동이 따라 들어왔다. 그들이 소파의 앞자리에 앉자 이동천이 방 안을 둘러보았다.

"이곳이 노출되지 않도록 해야 돼. 지금이 중요한 시기니까."

"걱정하지 마십시오."

백복동이 말했다.

"호텔이나 여관에 박혀 있는 것보다는 이곳이 훨씬 안전합니다. 제 경험에 비추어 말씀드리는 겁니다."

"곧 야마구치조와 아이즈 고데츠 사이에 전쟁이 일어날 거야. 도화선에는 우리가 불을 붙여 놓았지만."

그는 두 사내의 얼굴을 차분한 시선으로 둘러보았다.

"가토 노부야스와 김양호의 연합 세력을 당해낼 한국 조직은 없어. 조성표와 신용수가 연합을 한다고 해도, 거기에다 아이즈 세력을 합한다고 해도 말이야."

"놈들이 우에다를 처치한 것이 우리라는 것을 모르는 것이 다행이군."

백복동이 혼잣소리처럼 말했다.

"아이즈 고데츠도 당황하고 있겠습니다, 형님."

그의 형님 호칭은 다소 어색하게 들렸다.

"그렇지는 않아."

이동천이 머리를 저었다.

"어차피 일어날 일이었다고 했어. 주대홍이 치지 않았다면 자신들이 했을 것이라고."

"하긴 우에다는 기무라를 치기 위해 내려오려고도 했었지요."

"부산은 야쿠자 간의 전쟁터가 될 것이야. 이곳에서 승기를 잡은 자가 곧 한국을 지배하게 될 것이다."

이동천의 말소리가 방 안을 울렸다.

최기대는 서른아홉으로 박철규와 거의 비슷한 시기에 양승일을 모시게 되었었는데 그의 전력은 사제 금융 회사의 전무였다. 사제 금융회사란 아파트나 카드, 또는 자동차 등을 담보로 돈을 빌려주는 허가 없이 운영되는 회사를 말하는데 그는 그곳에서 해결사 노릇을 했던 것이다.

대학을 중퇴하고 특별한 기술도 없이 한밑천 잡겠다는 꿈에만 부풀어 있던 그가 믿을 수 있는 것은 오직 몸뿐이었다. 180센티미터의 키에 80킬로그램의 단단한 체격에다가 어렸을 때부터 유도와 태권도로 몸을 단련해 온 그는 이제까지 싸움에서 져본 적이 없다는 것이 자랑이었다.

금융 회사의 전무로 잘나가던 그에게 시련이 닥친 것은 1년쯤 지난 후였다. 그는 아파트를 담보로 3천만 원을 빌린 채무자를 그저 위협만 할 생각으로 가볍게 밀었는데 벽에 머리를 부딪친 여편네가 뇌진탕을 일으켰던 것이다. 그길로 도주한 최기대를 구해준 사람은 지금은 공동묘지에 묻힌 우길만이다.

소개장을 들고 간 최기대를 과장으로 채용하면서 우길만은 네 뜻을 펼 수 있는 곳이 이곳이라고 말해주었는데, 그것은 맞는 말이었다. 이제 최기대는 우길만이 차지하고 있던 동원기획의 대표이사 자리에 앉아 있었고 그의 미래는 활짝 열려 있는 셈이었다.

최기대가 회의실에 들어서자 자리에 앉아 있던 사내들이 일제히 일어섰다. 사내들은 스무 명이 넘었는데 모두 최기대가 고르고 고른 직속 부하였다.

그가 자리에 앉자 사내들도 따라 앉았다. 아침 9시 정각이었다. 수금 날짜를 어김없이 챙기는 옛날 버릇이 배어 최기대의 시간개념은 철저했다.

"모두 모였습니다, 사장님."

오른쪽 첫 번째 자리에 앉은 조태환이 말했다. 그는 최기대의 심복으로 이번에 동원기획의 부장이 되었는데 최기대와 함께 양승일을 친 공로 때문이었다.

최기대는 사내들을 천천히 둘러보았다. 이제 그는 동원그룹의 실질적인 이인자였다. 대여섯 명의 선배가 있었지만 그들은 로봇일 뿐이다.

"오늘 회의는 회사의 하반기 목표 달성을 위한 회의다."

최기대가 입을 열었다.

"무슨 말인지 모두 알겠지?"

굵은 목소리로 사내들이 일제히 대답하자 최기대는 말을 이었다.

"오늘 우리의 모임, 그리고 부산으로의 이동은 철저히 비밀로 해야 한단 말이다. 한 사람의 경솔한 짓으로 사업 전체가 잘못될 수도 있다."

회의실 안은 숨소리조차 들리지 않을 정도로 긴장에 싸여 있었다. 이것이 서울에서의 마지막 회의라는 것을 모두 알고 있는 것이다. 그들은 부산에서 해야 할 일이 무엇인가도 알고 있었다.

"물론 일본 친구들도 내려가겠지만 우리와는 따로 움직이게 된다. 하지만 표면에 나타나는 것은 우리들이야. 그들은 우리를 지원하는 역할을 한단 말이다. 만일의 경우에 너희들이 노출되더라도 그들과는 관계없는 것으로 해야 한다. 이 말을 명심하도록."

오늘의 회의는 전송식의 의미를 띠고 있었다. 이 기회에 최기대는 부하들에게 다시 한 번 다짐을 해놓은 것이다. 가토 노부야스가 누누이 강조한 사항이어서 가볍게 넘길 수가 없었다.

최기대가 얼굴을 펴고 부하들을 둘러보았다.

"출발은 오늘 밤이다. 나중에 무용담을 이야기하면서 한잔 근사하게 마시자. 나는 너희들의 공적을 잊지 않을 것이다."

"이만큼 만들어 놓은 것도 모두 동무의 공적이야. 동무가 돕지 않았다면 배장근이는 이미 시체가 되었을 거야."

윤경산이 부드러운 목소리로 말했다.

"지금도 마찬가지야. 우리가 손을 떼면 배장근이는 당장에 죽을 목숨이지."

아침 햇볕이 내리쪼이는 제방의 돌계단에 서 있는 그들 옆으로 어깨에 짐을 멘 사내들이 계단을 올라가고 있었다. 어젯밤에 공해상에서 받아 온 짐을 모텔로 나르는 것이다.

사내들이 지나가자 윤경산이 김달수를 바라보았다.

"밀로체프 동지는 이 사실을 알면 당장 배장근이를 처형하실 것이네. 그리고 그에게 동조하는 자들도 말이야."

"고문관 동지, 배장근 형님 없이는 부산에서 기반을 굳힐 수가 없습니다."

김달수가 조심스러운 표정으로 그를 바라보았다.

"그리고 아무도 배장근 형님처럼 이렇게 일을 해내지 못했을 겁니다."

"나에게 감시를 붙이고, 밀로체프 동지에게 연락도 하지 못하게 하는 것만으로도 배신자로 처형될 수 있어."

윤경산이 힐끗 계단 위쪽을 바라보았다. 배장근이 붙여 놓은 감시자는 모텔의 현관 쪽에 있는 모양이었다. 그리고 그가 움직이면 조형근이 미리 알려 줄 것이다.

"배장근에게 몇 번이고 말해 보았지만 소용이 없었어. 자기 식으로 조직을 운영하겠다는 거야. 이익금은 반분하고 한국의 일은 누구의 간섭도 받지 않겠다는 것인데."

입맛을 다신 윤경산이 김달수에게 한 걸음 다가섰다.

"잘 들어, 김 동무. 이대로 있다가는 밀로체프 동지가 가만있지 않을 거야."

"……."

"배장근을 따르는 놈들은 대여섯 명밖에 되지 않아. 나머지 조선족들은 모두 사할린이나 블라디보스토크에 가족이 있는 동무야, 내 말을 따를 거라구."

"전 가족이 없습네다."

"청진에 부모가 살고 있었지. 지금은 자강도의 정치범 수용소로 옮겼지만."

"……."

"동무도 잘 알겠지만, 지금도 나는 북조선 권력층과 제법 줄이

닿아 있단 말이야. 동무의 부모를 빼내 오는 것은 일도 아니야."

"지금 배장근 형님을 제거하면 안 됩니다."

"지금 하겠다는 것이 아니야, 동무."

윤경산의 두 눈에는 핏발이 서 있었다.

"그리고 동무더러 나서라는 것도 아니야. 동무는 내 간단한 심부름만 해주면 된단 말이야."

"……"

"오늘 시내에 나가거든 어젯밤 도착한 바린스크 호의 선장을 만나주게. 아마 배에 있을 텐데, 그 사람에게 이것을 밀로체프에게 전문으로 보내 달라고 하면 돼. 내 부탁이라고 말하면 두말하지 않을 거야."

그는 주머니에서 종이쪽지 하나를 꺼내 재빠르게 김달수의 주머니에 집어넣었다.

"동무가 배장근이와 친밀해진 것은 알아. 하지만 조직과 가족을 희생시키면서까지 무모한 짓을 할 사람은 아니야."

그는 김달수의 어깨를 가볍게 두드리고는 얼굴에 웃음을 띠었다.

"배장근이는 날 어떻게 하지 못해, 알겠나? 그렇게 되면 당장에 이곳은 잿더미가 되거든. 놈은 시간을 끌면서 제 위치를 굳히려고 하는 거야. 어림도 없는 수작이지."

계단에 발을 디딘 그가 김달수를 향해 머리만 돌렸다.

"동무가 배장근의 역할을 할 수 있을 거야. 나는 확신하네."

오정한 검사가 다가가자 정동재 부장이 얼굴을 펴고 웃었다.

온 얼굴이 주름으로 덮여 있어서인지 웃는 모습을 처음 보는 사람이면 그 웃음에 따라 웃지 않을 수가 없을 정도로 마음이 푸근해진다. 그러나 여러 차례 보아 온 오정한이다. 감동은커녕 어떤 배경이 깔려 있을까부터 염려가 되었다.

"부르셨습니까?"

앞자리에 앉으며 묻자 정동재가 커피 잔을 쥔 채 머리를 끄덕였다. 아직도 웃음기가 얼굴에서 지워지지 않았다. 점심시간이어서 막 식사를 마친 직원들이 커피숍 이쪽저쪽에 모여 앉아 있었다.

"이동천이가 해임되고 나서 행방을 감추었어. 엊그제 지검장 앞으로 사직서를 우송해 보냈다고 하더군."

오정한도 알고 있는 일이었다. 요즘 동료 검사들 사이에서의 화젯거리는 대부분 그에 대한 것이었다. 갑작스러운 인사였고 내용도 충격적이었기 때문이다

"그자가 죽은 양승일의 사위가 될 뻔했다는 것을 아나?"

"들었습니다."

"나도 요즘에야 들었어. 재산을 보고 딸한테 접근했다가 양승일이 죽기 전에 파약을 시켰다고 하던데. 자네도 그렇게 들었어?"

"예, 대충."

"야심이 많은 놈이었어, 그 친구."

"……."

"이런 식으로 소문이 뿌려지면 변호사 개업도 어려울 텐데. 걱정이군."

오정한이 잠자코 있자 그는 자리를 고쳐 앉았다.

"내가 자네를 보자고 한 것은 요즘 골치를 썩이는 사건 때문인데."

"……."

"일본 폭력배들 말이야."

"누구 말씀입니까?"

"아이즈 고데츠."

이제 오정한을 바라보고 있는 정동재는 전혀 다른 사람처럼 보였다.

"안기부에서 정보가 왔어. 아이즈 고데츠가 곧 부산에 집결한다고 말이야. 무엇 때문인지는 모르지만 분위기가 심상치 않아."

"지난번의 사우나 살인 사건 때문입니까?"

"글쎄, 그건 알 수 없고."

오정한이 피살자들의 신원을 일본 측에 조회했지만 아직 회신을 받지 못했고, 의식을 회복한 사내는 이쪽에서 말을 붙일 기회조차 주지 않고 일본으로 옮겨진 것이다.

정동재가 말을 이었다.

"아이즈의 조직원들이 오게 되면 안기부에서 연락을 해주기로 했어. 그때 내가 자네에게 알려 줄 테니 대기하고 있어. 그 말을 하려고 자네를 부른 거야."

"그렇다면 잡는 겁니까?"

"어설프게 건드리면 괜히 외교 문제가 되어서 시끄러워져. 그러니 보안을 유지하고."

"그건 알고 있습니다."

이제는 오정한의 얼굴도 긴장으로 굳어졌다.

"부장님, 아이즈 고데츠가 조성표와 관계가 있다는 소문이 있습니다."

"……."

"조성표도 감시 대상에 둘까요?"

"그럴 필요는 없어."

정동재가 식은 커피 잔을 들어 한 모금을 마시고는 내려놓았다.

"이제까지 조성표는 연루된 적이 한 번도 없어. 다만 소문만 있었을 뿐이야."

"형님, 다 온 모양이오."

보트가 선착장으로 다가가자 주대홍이 말했다.

벼락 밑에 배 한 척을 겨우 댈 수 있는 나무판자로 만들어진 선착장이었다. 서너 명의 사내가 서서 이쪽을 바라보고 있었는데 그들 위쪽으로 벼랑 끝까지 구불구불한 돌계단이 나 있는 것이 보였다.

"여그가 소굴인 모양이네."

주대홍이 다시 혼잣소리를 했다.

배가 닿자 보트에 타고 있던 사내 하나가 선착장에 서 있는 사내에게 로프를 던졌다.

"어서 오십시오, 검사님."

사내들 중의 한 명이 막 배에서 내리는 이동천에게로 다가와 머리를 숙였다. 김달수였다.

"난 이제 검사가 아냐."

이동천이 말하자 그는 다시 머리를 숙였다.

"알고 있습니다, 검사님."

주대홍이 못마땅한 표정으로 입맛을 다셨다. 그들은 앞장을 서서 계단을 오르는 김달수의 뒤를 따랐다.

배장근은 그들이 계단을 다 올라왔을 때 마당을 가로질러 다가왔다.

"어서 오십시오."

그는 이동천의 손을 잡으며 힐끗 주대홍을 바라보았다.

"이쪽은 배 사장, 여긴 내 동생 주대홍이오. 인사하게."

배장근과 주대홍은 얼마 전까지만 해도 서로 죽이려 들던 관계였다. 주대홍은 배장근을 죽이려고 횟집에 쳐들어가 그의 부하 두 명을 죽였고, 배장근은 주대홍의 동생인 고덕균을 죽였다. 그들은 건성으로 머리를 끄덕였다.

그들 일행은 모텔의 커피숍에 들어가 앉았다. 사내들만 있어서인지는 몰라도 분위기는 삭막했다. 배장근의 표정도 언제나처럼 굳어 있었다.

"마치 요새처럼 단단하군. 모텔 뒤쪽은 확 트인 황무지라고 들었는데. 이만하면 자리 잡고 일할 만하겠소."

이동천의 목소리는 가벼웠다. 분위기를 밝게 만들려는 의도였다.

"난 5층 빌딩을 임대해 들어갔지만 시내 한복판이야. 경찰서가 한 블록밖에 떨어져 있지 않아."

"축하드려야겠군요. 자리를 잡으셔서."

배장근이 입을 열었다.

"그전에 일어났던 일들은 화제에 올리지 않겠습니다."

"고맙소, 배 사장."

얼굴에 웃음을 띤 이동천이 배장근을 바라보았다.

"내 배경에 양 회장의 조직이 있고 없는 것에 제일 영향을 받지 않는 것이 당신이오."

"한 치 앞도 보이지 않아 먼 앞날을 생각할 여유가 없습니다."

그러면서 배장근이 옆에 앉은 김달수에게 머리를 돌렸다.

"준비한 물건을 가져와."

"예, 형님."

김달수가 일어나 서둘러 커피숍을 나갔다.

모텔의 좁은 로비와 2층의 층계 부근, 그리고 현관 쪽에서 사내들의 말소리가 들려왔는데 귀를 기울여 들으면 대부분이 이북 사투리였다. 억센 발음으로 누군가를 부르고 꾸짖고 지시를 하고 있었다.

"블라디보스토크에서 고문관이 왔습니다."

배장근의 빠른 말투에 이동천이 머리를 들었다.

"날 감시하고, 지시를 전달하는 역할을 하는 놈인데, 지금 부하들을 선동하고 있어요."

그가 서두르듯 말을 이었다.

"나도 심복을 몇 명 만들어 놓았지만 모두가 러시아에서 온 놈들이어서."

"……"

"고문관을 제거하면 당장 러시아에서 수십, 수백 명이 몰려들어 올 겁니다. 그렇다고 그놈의 지시를 받을 수도 없고."

"당연히 겪어야 할 일이야."

그때 김달수가 커다란 트렁크를 든 사내 두 명과 함께 커피숍으로 들어섰다.

"가져왔습니다, 형님."

사내들이 탁자 위에 트렁크를 겨우 내려놓자 김달수는 자물쇠를 풀고 뚜껑을 열었다. 그러자 각종 총기와 실탄 그리고 수류탄까지 가방에 가득 채워져 있는 것이 드러났다. 무기들은 기름이 잘 발라져 반질거리며 윤이 났는데 모두 새것이었다.

"주문하신 대로 모두 준비됐습니다."

배장근이 말하자 이동천의 눈짓을 받은 주대홍이 들고 온 가죽 가방을 탁자 위로 밀어 놓았다.

"약속대로 달러로 가져왔소. 5만 달러요."

배장근이 가방을 열어 안을 들여다보고는 김달수에게로 밀어 놓았다.

이동천이 자리에서 일어섰다.

"그럼 우린 가겠소."

"제가 선착장까지 모셔다드리지요."

따라 일어선 배장근이 김달수에게 말했다.

"배를 준비시켜라."

"예, 형님."

돈뭉치를 뒤적거리던 김달수가 서둘러 일어섰다. 가방을 닫은 주대홍은 가방의 손잡이를 쥐고 한 손으로 가볍게 들어 올렸다.

이동천과 배장근은 모텔의 현관을 나와 계단 쪽으로 걸어갔다.

"적진에 떨어진 형상이로군."

옆에서 걷는 배장근을 향해 이동천이 불쑥 말했다.

"하지만 전화위복의 기회가 될 수도 있지. 내가 살아가는 것처럼."

이동천을 배웅하고 2층의 방으로 들어서는 배장근에게 오세미가 다가왔다. 머리를 뒤쪽에서 묶어 올렸고 반팔 셔츠와 진 바지 차림에 발에는 농구화를 신었다. 그녀는 잠자코 배장근을 따라 방으로 들어섰다.

"윤경산이 온 후로 집안 분위기가 달라졌어요."

소파에 앉으면서 그녀가 말했다.

"모여서 수군대는 사람들이 많아요. 내가 다가가면 말을 그치고."

"놈이 편 가르기를 하고 있는 거야."

배장근이 그녀의 앞쪽에 앉으면서 웃었다.

"어느 정도 피아가 확실해지면 놈은 날 밀어내겠지. 아마……"

"아마, 뭐예요?"

"날 제거할 거야."

"우리 편은 몇 명이나 되죠?"

"글쎄, 업체 사장들하고 이곳에서 고용한 인원은 일단 내 편이라고 보아도 되겠지만 결집력이 약해서 누가 보스가 되든 따라갈 놈들이 많아."

"……"

"날 끝까지 따를 사람은 아마 네댓 명 정도."

"김달수 씨는 어때요?"

"알 수 없어."

시선을 내린 배장근이 오세미의 허리춤을 바라보았다.

"권총을 넣고 있군."

"사격 연습도 했어요."

"밀로체프는 한국 일을 나에게 일임한다고 약속했었어. 그 말을 믿은 내가 잘못이지만."

"없애요, 그 두 놈을. 그러면 분위기가 정돈될 거예요."

오세미가 눈을 치켜뜨고 그를 바라보았다.

"도무지 그자들이 마음에 걸려서 밖에 나갈 수도 없어요."

"……."

"김달수도 믿을 수 없다면 그자도 없애요. 나쁜 자식 같으니. 언제는 동생처럼 갖은 아양을 떨더니."

"그때는 전쟁이야."

배장근이 부드럽게 말했다.

"당장에 이쪽은 진정이 된다고 하더라도 밀로체프가 특공대를 보낼 거야. 그렇게 되면 여기 남아 있는 놈들 상당수가 동조할 것이고, 그럼 조직은 깨져."

"밀로체프가 그렇게 되기를 바라지는 않겠지요? 당신이 없으면 조직이……."

"김달수가 해낼 수 있다고 생각한다면 밀어붙이겠지."

"그러니까 그자까지 없애야 해요."

그러자 배장근이 웃었다.

"당신은 보기보다 잔인한 성격인 모양이야."

"적응해 가고 있어요."

오세미가 금방 대답했다.

"이젠 어설프게 감상에 젖거나 망설이지 않아요."

"조금 전에 이동천 씨에게 이야기를 했어."

"……."

"지금 믿을 수 있는 사람은 그 사람뿐이야. 물론 당신을 포함해서."

핸드폰을 귀에 댄 천기석은 창밖을 바라보았다.

밤거리의 불빛이 가장 화려하고 생기 있게 보이는 시간이었다. 밤 10시경이 되면 밤의 세계는 활짝 열린다. 아침을 맞는 것처럼 새롭게 단장한 사람들과 건물, 그리고 거리가 온통 활기를 띠는 것이다.

"여보시오."

―아, 천 실장. 납니다.

저쪽의 응답에 천기석은 의자에서 등을 떼었다. 기무라에게서 온 전화였다.

"아, 기무라 씨. 지금 어디 계시오?"

―부산에 있습니다.

"연락을 기다리고 있었어요. 나뿐만 아니라 사장님께서도."

―내일 모두 도착합니다. 그래서 그쪽과 만나야겠는데.

"우린 모두 준비하고 있어요. 그래, 언제가 좋겠소?"

―내일 저녁.

기무라가 거침없이 말했다.

—내일 저녁 8시로 시간을 정합시다. 장소는 우리가 한 시간쯤 전에 알려 드리기로 하지요.

"알겠소, 기무라 씨. 그런데 부회장께서도 오시오?"

—물론이오. 실무자급 간부들하고 같이 오십니다. 부회장께서는 내일 구체적인 작전 계획까지 말씀하시게 될 거요.

"우리도 준비를 하지요."

—그런데 참.

잊었다는 듯이 기무라가 말했다.

—야마구치조에 대해서 들어온 정보가 있습니까?

"아직 확실한 건 없소. 하지만."

—하지만 뭐요?

"그들이 당신들을 노린다는 소문은 있어요. 이건 서울 쪽에서 흘러온 이야긴데."

—그럴 테지.

기무라가 가볍게 말했다.

—당연한 일이오, 그건. 우에다의 복수를 하지 않으면 우선 체면이 서지를 않을 테니까.

"그럼 연락 기다리겠소."

—그쪽도 준비를 단단히 해주시오. 양쪽 조직의 간부급 회의가 될 테니까.

"그쪽 인원은 몇 명이오?"

—부회장님을 포함해서 간부급이 일곱, 부하가 50명가량 됩니다.

"숙소는 준비 안 해도 되겠지요?"

—서울에서 오는 사람도 있고, 오사카, 도쿄, 고베 등지에서 제각기 모이게 되니까 혼란스러울 거요. 고맙지만 사양하겠습니다.

전화가 끊기자 천기석은 길게 숨을 내쉬고는 창밖을 바라보았다. 이제까지 창밖을 보며 통화를 했지만 지금에서야 사물이 눈에 들어오고 있었다.

"내일 8시에 아이즈의 안도섭 부회장과 간부들이 이곳에 모인다."

최기대가 방 안에 모인 사내들을 둘러보았다. 모두 간부급으로 나이는 30대 초반에서 중반이었는데 공명심에 가득 차 있는 표정들이다.

"놈들이 모이는 이유는 조성표와 연합하여 우리를 치기 위해서다."

그러면서 그가 빙그레 웃자 사내들도 소리 없이 따라 웃었다.

"선수를 치겠다는 것이지. 우리가 우에다의 복수를 하기 전에 말이야."

사내들의 얼굴을 둘러본 최기대가 헛기침을 했다.

이들 중 우에다의 얼굴을 아는 사람은 조태환밖에 없을 것이다. 야마구치조와의 동맹 관계는 윗대가리들이 정책적으로 맺은 것이어서 중간 간부급들조차도 그들과 접촉해 본 경험이 거의 없었다. 따라서 형제라는 개념이 없었고, 복수 운운하는 것도 스스로 어색하게 느껴진 것이다.

"싹 쓸어버리고 서울로 올라가자."

최기대가 말을 바꾸었다.

"이번 일로 한국의 판도가 결정되는 거다. 사장님께서도 말씀하셨어."

"조성표 쪽은 몇 명이 나옵니까?"

조태환이 재빠르게 말을 받았으므로 최기대는 탁자 위에 놓인 종이를 내려다보았다. 그가 백지 위에 어지럽게 갈겨쓴 것이 보였는데 다른 사내들은 보면서도 무슨 내용인지 알 수 없었다.

"조성표는 늦게 나온다고 해놓고는 안 나올 것이고."

그가 종이를 보면서 말했다.

"천기석과 네 명의 보스급 부하가 회의에 나간다. 그들은 회의 장소에서 적절하게 우리를 도와주도록 되어 있어."

"회의 장소를 한 시간 전에 아이즈 측에서 알려 주기로 했다는데, 장소가 특별하면 어떻게 합니까? 예를 들어 배에서 한다든가."

부하 한 명이 묻자 최기대가 머리를 끄덕였다.

"그럴 경우도 생각해 두었어. 하지만 우리가 침투하지 못할 경우는 없을 것이다. 모든 상황은 우리 편이야."

"……."

"보스급은 한 명도 놓치지 않고 없애야 한다. 실수하지 않도록."

최기대가 다짐하듯 말하고는 자리에서 일어섰다. 벽시계가 저녁 10시를 가리키고 있었다.

그 시간, 바닷가의 모텔 안에서는 윤경산과 김달수가 식당에 마주 앉아 있었다. 식사 시간이 지났기 때문에 식당 안에는 안쪽에 있는 그들과 입구 쪽에서 그들을 힐끗거리며 앉아 있는 사내까지 세 사람이 전부였다.

"저놈은 이제 러시아에 돌아갈 생각이 없는 모양이군."

윤경산이 사내를 눈으로 가리키며 낮게 말했다.

"러시아에 가족이 없는 놈은 앞으로 이쪽에 보내지 말아야겠어."

"배 사장의 심복입네다, 고문관 동지."

"흥, 동무도 심복 아니었나?"

입술을 찌푸린 윤경산이 김달수를 똑바로 바라보았다.

"전문은 분명히 전했지?"

"예, 고문관 동지. 선장인 파스킨에게 전했습니다."

"좋아, 앞으로 일주일 후면 특공대가 온다."

"……."

"해야 할 일이 많아. 북한에서 구입한 마약이 15톤이나 있어. 한국에서 소비를 시키고 이곳을 기점으로 일본과 미국, 유럽까지 시장을 넓혀야 돼."

"……."

"배장근이가 고용한 업체 대표들은 동무가 설득시키도록 해, 다른 변화는 없을 것이라고 말이야. 하지만 놈을 따르는 심복 몇 명은 처치해야겠어. 배장근의 정부까지."

"여자까지 말입니까?"

"당연하지. 화근은 없애야 돼."

"……."

"놈이 마약 판매는 위험하다면서 한사코 마약을 들여놓으려고 하지 않기에 내가 온 거야. 그런데 오길 잘했어. 조금만 더 시간을 끌었다가는 이곳이 완전히 배장근의 소굴이 될 뻔했어. 우리는 돈과 인력만 날리고."

말을 그친 윤경산이 생각난 듯 물었다.

"그런데 배장근이는 밤에 어딜 간 거야?"

"밀수 조직 보스들을 만나러 갔습니다."

"소문은 이미 들었어. 돈 생기는 일이라면 무슨 짓이든 한다는 놈들 아닌가?"

"그렇습니다, 고문관 동지."

"그런 놈들은 다루기 쉽지."

입구 쪽에 앉아 있던 이명오가 헛기침을 했다.

김달수가 한국 조직의 이인자였기에 섣불리 나서지는 않았지만 얼굴이 찌푸려져 있는 것을 보면 초조한 모양이었다. 이명오는 배장근에게서 윤경산과 김달수가 이야기를 나누지 못하게 하라는 지시를 받지는 않은 것이다.

"일주일만 기다리자구."

웃음 띤 얼굴로 낮게 말한 윤경산이 자리에서 일어섰다.

"날 이렇게 감시하는 것만으로도 저놈은 처형감이야."

주대홍은 손을 뻗어 손달섭의 목덜미를 쥐었다. 그러자 막 도망치려던 손달섭은 머리와 하체만 앞쪽으로 뻗어져 몸이 둥글게 휘었다.

"이 쌍노무 시키."

얼굴이 대춧빛이 된 주대홍이 와락 한 손을 휘두르자 손달섭의 몸이 날아 소파 위로 떨어졌다. 창밖으로 던졌다면 유리창을 깨고 5층 아래의 콘크리트 바닥에 떨어졌을 것이다.

소파와 함께 넘어진 손달섭이 겨우 상반신을 세우자 주대홍이 그의 머리칼을 움켜쥐었다.

"이 도적놈의 시키."

그가 냄비만 한 주먹을 불끈 쥐고 쳐들었을 때 방문이 열리더니 박철규가 들어섰다.

"이봐, 대홍이. 멈춰!"

그가 소리치자 주대홍이 머리만 돌려 그를 바라보았다.

"왜 그러는 거여?"

"무슨 일로 그러는 거야?"

밖에서 소동을 듣고 들어온 박철규도 눈을 치켜뜨고 있었다.

"왜 사람을 죽이려고 그래?"

"상관허지 말어."

그는 아직도 손달섭의 머리칼을 움켜쥐고 있었다.

"이건 내 일이여. 넌 빠져."

"너라니? 이 자식이."

박철규가 어깨를 펴고 주대홍에게로 다가갔다.

"보자 보자 하니까 이 자식이 위아래도 몰라보고. 야, 인마. 너, 나이가 몇이야?"

"서른 살이다, 이 자식아."

머리칼에서 손을 뗀 주대홍이 발끝으로 손달섭의 허리를 가볍게 차자 자지러지는 듯한 비명 소리가 났다. 주대홍은 박철규의 앞에 버티고 섰다. 박철규도 당당한 체격이지만 주대홍 앞에 서자 머리끝이 턱에 닿는다.

"너 이 새끼, 마침 잘되었다. 이참에 분명히 해둬야겠어."

박철규가 눈을 번쩍이며 말했다.

"나이도 열 살이나 어린 놈이 기어오르는 꼴은 못 보겠어. 너이 새끼, 내가 누군 줄 알고."

"벼엉신."

입맛을 다신 주대홍이 말했다.

"위아래 따지고 살 거였으면 여기로 기어오지도 않았어, 이 씨발 놈아."

"뭐라고?"

"나한테 형님은 딱 한 명이여. 개소리 말고 꺼져, 이 새끼야."

"이 새끼."

다음 순간 번쩍 몸을 날린 박철규가 발을 뻗어 주대홍의 옆구리를 찼다. 제아무리 체격이 크다고 하더라도 쇠뭉치로 치는 것 같은 충격이라 주대홍은 두 발짝 옆으로 비켜날 수밖에 없었다.

다시 빙글 몸을 돌린 박철규가 발을 뻗었다. 이제는 주대홍의 턱을 노리고 연속으로 차올렸으나 성큼 몸을 뺀 주대홍의 얼굴 앞에서 바람만 일으키고 떨어졌다.

"지랄을 하는구만."

주대홍이 두 손을 두어 번 털고는 어깨의 힘을 풀면서 한 걸음 앞으로 나아갔다. 그때 뒤에서 백복동이 들어섰다.

"그만둬!"

그의 고함 소리에 그들은 움직임을 멈추었다. 그러자 한쪽 구석에 박혀 있던 손달섭이 비틀거리며 일어섰다.

"형님, 제가……."

그러자 주대홍이 머리를 돌려 그를 노려보았다.

"왜 이러는 거야?"

대머리의 끝부분까지 붉게 달아오른 백복동이 소리치듯 묻자 손달섭이 앞쪽으로 한 걸음 나섰다.

"형님, 저 때문에……;."

"글쎄, 왜 그러냔 말이야! 빨리 말해!"

"제가 주 형님의 돈 가방을……."

백복동은 형사 출신이다. 그리고 손달섭에 대해서 제일 잘 알고 있는 사람이었다. 그의 입에서 억눌린 신음 소리가 흘러나왔다.

"이 망할 자식 같으니."

"돈 문제는 둘째여."

주대홍이 박철규를 쏘아보았다.

"본래 이 시키 회사 돈이었으니까."

그는 박철규의 앞으로 바짝 다가가 섰다.

"니 실력 알았다. 다음번에는 내가 보여줄 테여."

제12장

그림자 전쟁

밤의
대통령

마산의 오리엔트호텔은 별 세 개짜리 중급 호텔이지만 바다로 뻗어져 나온 만 끝에 자리 잡고 있어서 삼면이 바다로 둘러싸인 수려한 전망을 자랑하고 있었다.

인공과 자연이 조화된, 300미터쯤 길게 뻗은 이름 없는 만은 부두로는 쓰일 수 없을 만큼 암초투성이였다. 소형 목선도 만의 안쪽으로 대기를 겁내는 곳이라 낚시꾼도 찾지 않았는데 끝 쪽에 호텔이 들어선 것이다. 그러자 길기만 하고 쓸모없어 보였던 만은 빛을 발하기 시작했다. 호텔을 위해 만이 존재하는 것처럼도 보였다.

그만큼 풍광이 좋은 호텔이 세워졌는데 선견지명을 가졌던 건립자는 곧 보증을 잘못 서준 바람에 호텔을 잃었다. 그 후로 10여 차례 주인이 바뀌었지만 오리엔트호텔은 마산의 명물로 남게 되었다. 비바람에 칠이 많이 벗겨졌지만 1층의 원통형 건물에서는 다도해 삼면이 훤히 내려다보였다.

천기석과 그의 부하들을 태운 다섯 대의 승용차가 호텔로 향하는 만 위의 길로 들어선 시간은 저녁 7시 40분이었다.

부산 번호판을 붙인 국산 대형 승용차들은 꽤 세차게 불어오는 바닷바람을 맞으며 호텔의 현관 앞으로 다가가 멈춰 섰다. 차들의 문이 일제히 열리자 현관에서 기다리고 있던 서너 명의 사내가 그들을 맞았다.

차에서 내리던 천기석은 자신의 부하와 안도섭의 부하들이 섞여 있는 것을 보았다. 로비로 들어서자 기다리고 서 있던 기무라가 웃는 얼굴로 다가왔다.

"어서 오십시오, 천 실장. 그런데 조 사장님은?"

그의 시선이 천기석의 뒤쪽으로 향했다.

"곧 오실 거요. 집안에 일이 생겨서."

"그렇습니까?"

기무라는 더 이상 묻지 않고 몸을 돌렸다. 그들은 엘리베이터 앞으로 다가갔다.

이쪽은 기무라 한 사람인데 천기석 일행은 10여 명이 된다. 엘리베이터 앞에 서자 천기석이 뒤쪽을 돌아다보았다. 로비는 물론이고 커피숍에도 손님이 보이지 않는다.

"호텔 빌리시느라고 애쓰셨군요."

그의 말에 기무라가 빙긋 웃었다.

"돈이 조금 들었지요. 투숙객들을 다른 곳으로 옮기게 하고 숙박비를 지불했지요. 호텔에도 사용료를 주고요."

그들은 엘리베이터를 타고 1층의 라운지로 올라갔다. 회의장으로 정해진 곳이다. 라운지의 입구에 정렬해 있던 이쪽과 저쪽의 부하들이 일제히 머리를 숙였다.

앞장선 기무라가 라운지의 문을 열었다. 회의실로 개조된 라운지에는 이미 아이즈 고데츠의 간부들이 자리를 잡고 있었다. 상석에 앉아 있는 것은 부회장인 안도섭이다.

천기석과 그의 일행이 일제히 머리를 숙이자 그는 웃음 띤 얼굴로 머리를 끄덕였다.

좌석 배치는 디귿 자로 되어 있었는데, 한쪽 끝에 앉은 안도섭의 앞으로 그의 부하들이 길게 앉아 있었고, 그들과 마주 보며 천기석과 그의 부하들이 앉았다.

안도섭이 옆의 빈자리를 바라보았다.

"조 사장은 조금 늦으시는가?"

"예, 부회장님. 곧 오실 겁니다."

"그럼 우리끼리 시작해도 되겠군. 기다리면 조 사장이 미안해할 테니."

"예, 그렇게 하는 것이 좋겠습니다."

오리엔트호텔은 1층에서 6층까지가 객실이었는데 지금은 객실 전체가 정적에 뒤덮여 있었다. 종업원들도 1층의 종업원 대기실에서 나오지 말도록 요구를 받았고 호텔의 전화 교환실에는 기무라의 부하가 교환원 뒤에 앉아 있었다. 가끔 저녁의 데이트를 즐기려는 남녀가 들어서기도 했지만 내부 수리 중이라는 표찰을 보고는 돌아갔다.

회의가 시작된 지 10분쯤 지나자 라운지 밖이나 복도, 로비와 현관 앞에서 대기하고 있던 양측 경호원들은 처음의 긴장이 풀린 모양이었다. 서로 담배를 나누어 피우고 끼리끼리 모여서 잡담을 하기 시작했는데 가끔씩 웃음소리도 들렸다. 동맹 관계의 조직인 것이다.

20분쯤 되었을 때였다. 호텔의 현관 앞에 서 있던 조성표의 부하 한 사람이 시내 쪽에서 만으로 들어서는 차량의 불빛을 보았다. 그것은 보통 차량이 아니다. 경고등을 번쩍이는 경찰차였다. 그 경찰차를 선두로 서너 대의 차량이 뒤를 따르고 있다.

"빌어먹을, 경찰이다."

그의 외침에 주위의 사내들 모두 그것을 보았다. 서너 명이 로비 안으로 뛰쳐 들어갔고, 나머지는 무전기를 입에 대고 어지럽게 소리를 질러댔다.

라운지에 있던 안도섭과 천기석이 뛰쳐 들어온 부하들로부터 보고를 받고는 서로 얼굴을 마주 보았다.

"누군가 신고를 한 모양인데요."

찌푸린 얼굴로 천기석이 말했다.

"회의는 이만 중단하는 것이 좋겠습니다."

"대충 이야기는 되었으니 다시 회의를 할 필요는 없겠군."

안도섭이 가벼운 투로 말했다.

"부산의 조직에서 50명을 선발해 주는 것을 합의한 것으로 믿어도 되겠소?"

"사장님의 생각이셨습니다. 믿어 주십시오."

"그럼 사흘 안에 기무라에게 연락해 주시오."

안도섭이 자리에서 일어서자 양쪽의 보스들도 모두 일어섰다.

"한국의 경찰도 재빠른 데가 있군."

안도섭이 천기석을 바라보며 웃었다.

"우리가 그들 눈에 띄면 입장이 곤란한데, 천 실장 당신이 나가서 해결해 주지 않겠소?"

"그래야지요. 일본에서 오신 분들은 모두 객실로 피하도록 해 주십시오."

이맛살을 잔뜩 찌푸린 천기석이 말했다.

"차가 여러 대 왔다는 걸 보면, 조금 골치 아파질 것 같습니다."

그러자 무전기를 귀에 대고 있던 부하가 천기석에게 말했다.

"경찰들이 현관 앞에 멈추었습니다."

"우리 애들을 객실로 모아라! 어서!"

안도섭이 낮게 소리치자 부하가 무전기에 대고 다급하게 그의 지시를 전했다.

"그럼 우리는 먼저 내려가 보겠습니다."

"부탁하오, 천 실장."

몸을 돌린 안도섭이 한쪽에 서 있는 기무라를 바라보았다.

"기무라, 자네가 따라가 봐."

머리를 숙여 보인 천기석이 부하들을 이끌고 서둘러 빠져나가자 라운지는 갑자기 썰렁해졌다.

"이제 우리만 남았군."

안도섭의 말소리가 라운지를 울렸다.

"자, 우리도 가볼까?"

오정한 검사는 앞에 선 천기석을 노려보았다.

"이것 보시오. 할 말이 있으면 경찰에 가서 이야기합시다. 여기서 갑론을박할 일이 아냐."

그는 천기석의 뒤에 몰려서서 어지럽게 항의를 하고 있는 사내들을 죽 훑어보았다.

"난 정확한 정보를 가지고 온 사람이야. 촌스럽게 영장 찾지 말아요. 억울하다고 생각되면 날 고발하시오."

그는 옆에 선 형사를 돌아보았다.

"모두 몇 명이라고 그랬지?"

"서른네 명입니다."

"흥, 서른네 명씩이나 모여서."

오정한이 얼굴에 쓴웃음을 지었다.

"당신들, 조직 결성하려는 거지?"

천기석이 기가 막힌다는 표정을 지으며 머리를 옆쪽으로 돌렸다. 그의 시선이 한쪽 구석에 서 있는 기무라에게 닿자 그는 슬쩍 한쪽 눈을 감았다.

"이것 보시오, 검사님. 나는 항도실업의 기획실장이오. 우리는 사원 단합 대회를 하고 있었단 말이오."

그러자 뒤쪽에 서 있던 부하들이 다시 떠들썩하게 항의를 했다. 둘러선 형사들을 밀치고 삿대질을 하는 소란이 일어났는데 오정한이 버럭 고함을 치자 조금 조용해졌다.

"어쨌든 가서 이야기합시다. 가서 죄 없으면 날 고발해요."

"좋습니다. 갑시다. 세상에 이런 법이……."

그러면서 머리를 돌린 천기석의 눈에 이제 기무라의 모습은 보이지 않았다.

"김 반장, 숫자 맞아요?"

실랑이에 지친 듯 오정한이 소리치자 경찰을 인솔하고 온 듯한 사복 차림이 한참을 손으로 헤아리다가 머리를 끄덕였다.

"맞습니다, 서른넷. 틀림없습니다."

"데려갑시다."

"이거 트럭을 불러야겠는데요."

"트럭은 무슨."

오정한이 천기석을 바라보았다.

"당신들 차 가져왔지요?"

"그렇소."

"경찰들이 당신네 차에 나누어 타면 되겠구만. 김 반장, 어때요?"

그는 한시라도 빨리 이 아수라장을 벗어나고 싶은 모양이었다.

"그 새끼들, 많이도 모였군."

조태환이 옆에 엎드려 있는 부하에게 말했다.

"꼭 채로 걸러서 모래는 빠지고 콩알만 남아 있는 꼴이구만."

"형님, 채가 뭐요?"

"몰라도 된다, 이 자식아."

그때 무전기의 불이 반짝였고 그는 서둘러 스위치를 켰다.

"여보세요."

─형님, 나요.

옆쪽의 이준구였다. 그도 다섯 명의 부하를 데리고 방파제의 시멘트 블록 사이에 엎드려 있는 것이다.

─놈들이 떠납니다.

그의 목소리가 커다랗게 들렸으므로 조태환이 무의식중에 앞쪽을 바라보았다.

호텔의 정문은 50미터쯤 앞이었다. 현관을 가득 메운 사내들이 분주히 움직이면서 소리를 지르는 소동이 일어나는 중이었다. 경찰이 누구인지, 조성표의 패거리가 누구인지 구분도 되지 않는다.

"알고 있어. 모두 떠날 때까지 엎드려 있어."

그에게 이르고 난 조태환이 주위를 둘러보았다. 그들이 엎드려 있는 곳은 오른쪽 제방으로 위쪽에는 찻길이 나 있다. 바닷물이 발밑에서 철썩이다가 가끔씩 물보라를 뿌리는 바람에 옷이 흠뻑 젖어 있었다. 찻길 건너 왼쪽의 제방에 엎드려 있는 이준구네도 마찬가지일 것이다.

호텔 현관 앞에서의 소동은 조금씩 가라앉고 있었다. 차들이 이리저리 엉키고 있었지만 서너 명씩 차에 타면서 질서가 잡혀갔다.

이윽고 선도하는 경찰차가 경고등을 번쩍이며 머리를 이쪽으로 돌렸으므로 조태환은 몸을 숨겼다. 경찰과 조성표의 일당이 모두 빠져나가면 오리엔트호텔에 남는 것은 아이즈 고데츠의 무리뿐일 것이다.

그때 무전기의 불이 다시 반짝였다. 그는 시멘트 블록 사이로 상반신을 묻고는 스위치를 켰다.

"여보세요."

—나다.

최기대의 목소리였다.

—여기서는 잘 보이지 않는데, 어떻게 되었어?

"지금 막 출발합니다, 형님."

그러자 경찰차가 이쪽으로 달려왔다. 하얗게 빛나는 전조등의 빛이 찻길 위로 쏟아지고 있다.

"그쪽으로 가고 있습니다, 형님."

—아, 여기서도 보인다.

최기대가 서두르듯 말했다.

—이쪽으로 오는구만.

최기대는 두 팀을 끌고 그의 50미터쯤 뒤쪽에 엎드려 있는 것이다. 바다 쪽으로 손가락처럼 길게 뻗은 만의 끝에 호텔이 손톱처럼 붙어 있다. 암초투성이의 앞바다는 배도 다니지 못하는 곳이었으니 놈들은 제 발로 막다른 곳으로 들어온 셈이었다.

그의 머리 위로 꼬리를 문 차량의 행렬이 지나가고 있었다.

호텔은 이제 깊은 정적에 싸여 있었다. 1층과 2층, 그리고 7층의 불만 켜진 채 움직이는 것은 아무것도 보이지 않았다.

조태환은 시계를 내려다보았다. 야광침이 9시 반을 가리키고 있었다. 그는 옆에 놓인 우지 기관총을 손에 쥐고는 안전 고리를 젖혔다. 소음기를 끼워서 다소 우스꽝스럽게 보였지만 1분에 600발이 발사되는 성능 좋은 총이다.

그는 머리를 들어 호텔 앞의 주차장을 둘러보았다. 다른 곳은 비어 있었지만 왼쪽 주차장에 일곱 대의 승용차가 나란히 주차되어 있는 것이 보였다. 저것이 안도섭과 그의 부하들이 타고 온 차량이다. 차량의 숫자로 보아 30명 정도일 것이다. 천기석의 부하가 무전으로 일러 준 숫자도 대략 30명이라고 했다.

다시 무전기의 불이 번쩍였으므로 그는 스위치를 켰다.

"여보세요."

—아직 기척이 없나?

"예, 형님, 아직 나오지 않습니다."

—알았어.

최기대는 무전을 끊었다.

그로서는 조바심이 나는 모양이었다. 안도섭 일행이 나오면 만의 찻길을 가로막고 정면에서 공격할 계획이었다. 이쪽의 조태환과 이준구는 그들의 퇴로를 끊고 뒤쪽에서 치고 들어갈 것이다.

총을 움켜쥔 손에 땀이 배어 조태환은 바지에 손을 문질러 닦았다. 나오기만 하면 몰살을 시킬 자신이 있었다. 눅눅한 바람이 피부를 스치더니 얼굴에 한두 방울의 물이 떨어졌다. 파도가 부딪치면서 흩뿌린 것이 아니다. 아무래도 비가 내릴 모양이었다.

"저기, 오른쪽에 보이지요?"

하고 물은 것은 양재동이다. 그는 배장근이 데려온 특등 사수로 전차섭의 이마를 쏘아 맞힌 경험이 있다.

"모두 다섯 명입네다. 그리고 왼쪽에는 네 명, 아니 다섯 명인데요."

그가 보고 있는 것은 AK 소총에 부착된 적외선 망원경이다.

"그렇군. 모두 열 명쯤 된다."

무거워 보이는 암시장치를 눈에 댄 채 박철규가 말했다. 그들과의 거리는 약 60미터 정도였는데 모두 이쪽으로 등을 보인 채 호텔을 향해 엎드려 있었다.

박철규가 암시장치에서 눈을 떼고 옆에 놓인 무전기를 집어 들었다. 150미터쯤 앞에 검은 바다를 등지고 1, 2층과 7층에만 불이 켜진 오리엔트호텔이 괴상한 모습으로 서 있었다.

"여보시오, 기무라 씨."

신호가 가자 그가 대뜸 말했다.

"이쪽은 열 명이오. 당신들 앞쪽은 몇 명이나 됩니까?"

─제방 양쪽으로 다섯 명씩, 이쪽도 열 명이군요.

기무라의 매끄러운 한국말이 들려왔다.

─지금 개구리처럼 엎드려서 이쪽을 바라보고 있습니다.

"그럼 시작합시다."

─알겠소, 박 선생.

무전기를 내려놓은 박철규가 양재동의 어깨를 가볍게 쳤다.

"이봐, 너희들이 솜씨를 보여줄 때야."

"문제없습네다."

양재동과 그의 옆쪽의 사내가 팔꿈치로 땅을 단단히 받치더니 소총에 부착된 스트라이프 스코프에 눈을 가져다 대었다. 흐린 날씨였지만 호텔에서 흘러나온 빛 정도면 300미터 전방까지 관측이 가능하다.

박철규는 그의 옆에 엎드린 채 좌우를 둘러보았다. 제방 양쪽에는 자신을 포함하여 여덟 명이 엎드려 있었는데 그중 두 명은 배장근 쪽에서 데려온 사수였다. 그들은 야간 암시장치까지 부착된 고성능 소총을 휴대한 저격수였다.

이제 밤의 세계도 낮의 군대처럼 총기로 무장되어 가고 있었다. 화력이 센 총기를 휴대한 군대가 주도권을 잡는 것이다. 그때 옆에서 몽둥이로 모래주머니를 두드리는 소리가 연속해서 들려왔다.

상체를 반쯤 세우고 앞쪽의 호텔을 바라보고 있던 바로 옆의 부하가 땅에 엎드리면서 블록 위에 놓여 있는 무전기를 떨어뜨렸다. 그러자 그 옆에 있던 다른 사내가 상체를 번쩍 세우고는 신음 소리를 내더니 블록 위로 구겨지듯 엎어졌다.

"이봐."

이맛살을 찌푸린 최기대가 그들을 바라보았다.

"왜 그러는 거야?"

그 순간 다른 사내 한 명이 머리를 추켜올리면서 비명을 질렀다. 최기대는 갑자기 온몸에 전류가 흐르는 것 같은 느낌을 받으면서 블록 위로 엎드렸다. 다시 단말마의 신음 소리를 뱉으면서 사내 한 명이 온몸을 비틀었다. 그제야 나머지 사내들은 사태를 알아차렸다.

뒤쪽이다. 뒤쪽에서 조준 사격을 해오고 있는 것이다. 어둠 속에서 벌떡벌떡 몸을 일으킨 사내들은 최기대의 명령을 기다리지도 않고 호텔 쪽으로 달려가기 시작했다. 시멘트 블록이라 해봐야 머리통보다 조금 큰 규격으로 요철을 만들고 있었으니 몸을 숨길 데도 없는 것이다.

"서라! 그 자리에 서란 말이다!"

상체를 일으킨 최기대가 말하는 순간 제방 위의 찻길을 달리던 사내 두 명이 허공을 움켜쥐면서 쓰러졌다.

최기대는 몸을 돌렸다. 그리고는 블록 위에 똑바로 서서 뒤쪽을 노려보았다.

"잠깐, 저놈을 죽이지는 말아라."

암시장치를 눈에 대고 있던 박철규가 소리쳤다.

"저기 제방 위에 서 있는 놈 말이야."

"어떻게 할까요?"

양재동이 한쪽 눈을 적외선 렌즈에 붙인 채 물었다.

"사로잡아야겠다. 다리를 쏴."

그러자 양재동이 쥔 저격용 AK 소총에서 둔한 발사음이 두 번 들렸다.

"다리가 두 개라서 두 개 다 쐈습네다."

"이거 어떻게 된 거야?"

상체를 든 조태환이 호텔 현관을 바라보다가 무전기의 스위치를 켰다.

"여보시오."

—……

"여보시오."

잡음만 들리고 대답이 없자 조태환은 몸을 돌려 뒤쪽을 바라보았다.

"지기미, 저건 또 어떻게."

그 순간 그는 가슴을 움켜쥐고 땅바닥에 나동그라졌다.

호텔의 4층과 5층, 그리고 1층에서도 번쩍이는 불빛과 함께 총탄이 쏟아져 내렸다. 저쪽은 이곳이 훤히 내려다보이는 위치였고 총구에서 뿜어져 나오는 섬광의 숫자만 해도 열 개가 넘는다. 서너 명의 사내가 호텔을 향해 응사해 보았지만 엄폐물도 마땅치 않은 곳이었다. 3분도 지나지 않아 조태환과 이준구를 포함한 두 팀의 특공대 중에서 움직이는 사람은 보이지 않았다.

기무라가 6층의 객실로 들어섰을 때 안도섭은 소파에 앉아 위스키 잔을 들고 있었다.

"부회장님, 끝냈습니다."

기무라가 말하자 안도섭이 잔을 든 채 자리에서 일어섰다.

"끝난 게 아니야, 기무라. 이제 시작이다."

그들이 방을 나오자 소총으로 무장한 부하들이 일제히 비켜섰다.

"시체를 확실하게 처리해야 돼."

로비를 빠져나가면서 안도섭이 말했다.

"10년 전 다카다가 다 이긴 싸움을 시체 한 구 때문에 망쳐 버렸다."

"준비해 두고 있습니다."

그들은 현관 앞에 대기시켜 놓은 차에 올랐다. 조태환이 고대하던 순간이었으나 그는 이제 시체가 되어 트럭의 짐칸에 쓰레기처럼 던져 올려지게 될 것이다.

제방을 달리면서 안도섭이 기무라를 바라보았다.

"시내에서는 아직 소식이 없나?"

"곧 올 겁니다, 부회장님."

"이동천이 멋지게 해내었군."

그들이 탄 차는 제방의 양쪽에서 시체들을 들어 올리는 사내들 때문에 속력을 늦추었다. 트럭 한 대가 길가에 세워져 있었는데 사내들은 시체를 짐짝처럼 짐칸에 던져 올리는 중이었다.

안도섭은 시선이 부딪친 사내들을 향해 차 안에서 손을 들어 보였다.

"전에는 같은 조직이었는데 이제는 서로 죽이고 죽는군."

안도섭이 다시 손을 들어 보이며 혼잣말을 했다.

"비가 내려야 할 텐데. 그래야 차도의 핏자국이 지워지는데."

＊　　　　＊　　　　＊

승용차 두 대에 나누어 탄 안도 시고쿠와 부하들은 해안 도로를 달리고 있었다. 빗발이 뿌려지기 시작해서 시야가 흐렸다. 전조등의 불빛도 멀리 뻗어 나가지 못하고 앞쪽만 흐리게 비추었다.

"서둘러라. 지금쯤 상황이 끝났을 것이다."

시계를 내려다본 안도가 말하자 승용차는 불쑥 속력을 내었다. 9시 50분이었다.

"안도, 서두를 것 없어. 우린 확인만 하면 되니까."

옆에 앉은 구와베가 심드렁한 얼굴로 말했다. 그는 암살 전문가로 가토 노부야스의 신임을 받는 인물이었으나 이번 작전에서 일본 측이 참관인 역할만 하게 되자 의욕을 잃고 있었다.

"교토에서 날아와 시체 확인이나 하고 가다니, 쳇."

"닥쳐, 구와베. 네놈이 뭔데 일을 가린단 말이냐?"

안도가 쏘아붙이자 구와베는 코웃음을 쳤다.

승용차는 갑자기 속력을 줄이더니 만의 입구에서 멈추어 섰다. 사거리에서 붉은 신호를 받은 것이다.

빗발이 점점 거칠어지고 있었다. 바람에 날리는 굵은 빗발은 후둑후둑 떨어지면서 유리창에 넓게 물 자국을 내었다.

만으로 들어가는 입구에서 좌회전 신호를 받아야 했으므로 운전자는 좌측 깜빡이등을 켰다. 좌측의 어둠 속에 불을 밝히고 있는 오리엔트호텔이 보였다.

"저건 뭐야? 벌써 나오는 건가?"

구와베가 만의 입구를 가리켰으므로 안도는 머리를 돌렸다. 앞차에 가려 그의 자리에서는 보이지 않았으나 운전석 뒷자리에 앉은 구와베는 만의 찻길에서 우회전해 나오는 차량을 볼 수 있었던 것이다. 이쪽은 아직 좌회전 신호를 받지 못했지만 저쪽은 우회전이다. 그가 보고 있는 사이에도 네 대, 다섯 대, 여섯 대의 차량이 꼬리를 물고 만에서 빠져나와 그의 옆을 지나고 있었다. 어둠 속이고 룸 라이트를 켜지 않아서 차 안은 보이지 않는다.

"야, 경적을 울려 봐라."

구와베가 운전자에게 말했다.

"일 끝났나 물어보게."

"그만둬."

안도가 짜증 난 듯 말했을 때 좌측 화살표가 커졌다. 앞에 멈추어 선 차는 두 대였는데 그들도 오리엔트호텔로 가는 모양이었다.

좌회전해서 만의 입구로 들어서던 안도의 승용차는 앞을 달리던 두 대의 승용차가 급정거를 하는 바람에 하마터면 앞차의 후미를 들이받을 뻔했다. 요란한 브레이크의 마찰음이 났다.

"이런, 제기."

운전자가 투덜거렸다.

앞차는 두 명의 사내에게 제지당하고 있었다. 그들은 신사복 차림으로 온몸이 비에 젖어 후줄근했다.

"아직 덜 끝난 모양이야. 저렇게 통제하고 있는 걸 보면."

구와베가 앞쪽을 바라보며 말했다.

"저런 것들이 골칫거리라고."

앞쪽의 차량들에게 하는 소리다.

"내가 나가 봐야겠군."

문을 열고 밖으로 나가면서 구와베가 말했다. 심드렁해 있던 그는 사건 현장에 오자, 비를 맞은 개구리처럼 생기가 돌았다.

"저놈들처럼 쫓겨나지 않으려면 말이야."

사내들과 앞차에 탄 사람들과는 이야기가 끝난 모양이었다. 앞차의 후진등이 하얗게 켜지더니 후진해 왔으므로 이쪽 차량들도 우선 뒤쪽으로 물러나면서 그들에게 길을 내주었다.

"내부 수리 중이래요!"

그들을 지나치던 차 조수석의 사내가 소리쳤다.

"고맙습니다!"

운전석의 부하는 한국어에 능통했다. 안도는 머리를 들어 구와베를 바라보았다.

사내들에게 다가간 구와베는 얼굴에 웃음을 띠었다.

"다 끝났소?"

능숙하지는 않지만 정확한 한국말이다. 한국에 파견된 부하들은 의무적으로 한국어 교습을 받아야 했기에 구와베도 의사소통은 되었다.

"누구십니까?"

사내 한 명이 얼굴의 빗물을 손바닥으로 훔치며 물었다.

"우린 야마구치조요. 최기대 씨가 저기 안에 있습니까?"

구와베가 턱으로 제방 길을 가리켰다.

"잠깐만요. 보고 가기만 하면 돼요."

"……"

"우리는 검사만 하면 되니까."

사내들이 서로 얼굴을 마주 보았고 그것을 승낙으로 여긴 구와베가 이쪽으로 머리를 돌리더니 오라는 손짓을 했다.

운전자가 사이드브레이크를 풀었을 때 빗발이 비치는 전조등에 사내 한 명이 주머니에서 무엇인가를 꺼내는 것이 보였다. 권총이다.

입을 쩍 벌린 안도가 불끈 몸을 세웠을 때 구와베도 몸을 돌려 그것을 보았다. 그러나 다음 순간 총구에서 흰 빛이 뿜어져 나왔고, 구와베는 두 손을 휘저으며 쓰러졌다. 그리고 곧장 총구는 옆쪽으로 돌려졌다.

"뒤로!"

안도가 악을 썼다. 이제 섬광을 뿜어내는 총구는 두 개가 되었다.

운전자가 급작스럽게 차를 뒤로 빼자 뒤의 차와 세차게 부딪치면서 차체가 옆쪽으로 뒤틀려졌다. 차창을 뚫고 총탄이 쏟아져 들어왔다.

"으윽!"

운전자가 짧은 신음 소리를 뱉더니 핸들 위에 머리를 떨구었다. 그러자 경적이 크게 울렸다.

안도는 차의 문을 열고 뛰쳐나가면서 사내들을 향해 권총의 방아쇠를 당겼다.

타앙! 타앙!

어둠 속에 요란한 총성이 울려 퍼졌다. 앞차에 타고 있던 네 명 중 살아 있는 것은 안도뿐이었다.

뒤쪽의 차에서 부하들이 쏟아져 나왔다. 그들은 사내들을 겨누고 무작정 쏘아 대기 시작했다. 그러자 제방 쪽에서 번쩍이는 불빛이 달려오는 것이 보였다.

"안 되겠다. 가자!"

안도가 부하들에게 소리쳤다.

"어서!"

그 순간 차 뒤에 엎드려 있던 부하 한 명이 신음 소리를 내며 쓰러졌다.

"어서 가자!"

안도는 절규하듯 외치며 몸을 돌렸다.

제방에서 살아난 사람이 한 명 있었는데 그는 조태환의 부하였다.

호텔에서 빗발처럼 쏟아지는 총탄을 피하려고 다른 사람들이 우왕좌왕하면서 아수라장이 되었을 때 그는 죽은 듯이 엎드려 있다가 물속으로 들어갔다. 그러나 암초에 걸려 멀리 나갈 수는 없었다. 그는 제방에서 20여 미터 떨어진 암초를 잡고 바다 위에 떠 있었다. 그는 사람들이 오락가락하면서 죽은 동료의 시체를 트럭에 던져 싣는 것을 보았다.

만의 입구에서 수십 발의 총성이 울린 후에 제방 위의 사내들은 서두르듯 만을 빠져나갔다. 이제 눈앞의 만에서는 사람의 그림자 하나 보이지 않았지만 그는 파도에 흔들리면서도 뭍으로 나가려 들지 않았다.

천기석이 조성표와 만나기로 한 해운대의 더치클럽에 도착한 것은 밤 11시 10분 전이었다.

더치클럽은 조성표가 투자한 업소 중의 하나지만 명의는 다른 사람으로 해놓은 것이다. 고급 룸살롱으로 술값이 비싸기로 소문난 곳이었지만 예약하지 않으면 술을 마실 수가 없을 정도로 손님이 몰렸다.

그것은 수준급 이상의 미모와 교양을 갖춘 아가씨들이 철저한 프로 정신으로 손님에게 봉사하기 때문이었다. 그들은 손님이 원하는 것은 무엇이건 했고 결코 싫은 내색을 하지 않았다. 아무리 취하고 괴팍한 성격의 남자라도 자신이 어떤 행동을 했고 상대방이 어떻게 받아들였는가는 기억하고 있는 법이다. 그에 더치클럽은 명성을 더해 갔고 그것은 곧 조성표의 자랑이기도 했다.

더치클럽은 해운대 호텔 옆쪽 담을 따라 100미터쯤 들어간 곳에 있는 3층 빌딩 전체를 사용하고 있었다.

현관 양옆에 나란히 서 있던 사내들이 천기석을 향해 일제히 머리를 숙였다. 조성표의 경호원이다. 그가 클럽의 로비에 들어서자 오정기가 다가왔다.

"기다리고 계십니다."

그의 안내를 받아 안쪽의 밀실로 들어서자 방에 혼자 앉아 있던 조성표가 벌게진 얼굴로 웃음을 띠었다.

"오 검사가 꽤 깐깐하지?"

"아닙니다, 경찰서에 들어가자 곧 착오가 있었다면서 보내 주었습니다."

"그 친구는 조금 실망했을 거야. 한 건 한 것으로 생각을 했을 테니까."

조성표가 천기석에게 잔을 건네주었다.

"최기대한테서 아직 연락이 없어. 하긴 우리에게 보고할 의무도 없지마는."

"밥상까지 차려 주었으니 먹기만 하면 되는 일 아닙니까?"

"그렇지. 그러니 인사라도 해야 할 것 아닌가?"

그러나 조성표도, 천기석도 모두 기분 나쁜 기색은 아니었다. 그들은 술잔을 들어 한 번에 술을 삼키고는 더운 입김을 내뿜었다.

"안도섭이 없어지면 아이즈는 끝장이야. 강외수 회장은 침대에서 일어나지도 못하는 병자라 조직을 이끌 사람이 없어."

조성표가 잔에 술을 따르며 말했다.

"간부가 몇 명이나 되었지?"

"가토, 혼다, 시마루라, 다카다에다 기무라까지 간부급만 7, 8명이 되었습니다."

"모두 모였군. 역사적인 날이야."

조성표는 오늘따라 빠르게 마셔 대고 있었다. 다시 잔을 비운 그가 빈 잔을 천기석에게 건네주었다.

"자, 아이즈가 궤멸당한 기념이다."

"인원이 30명 가까이 되었습니다. 시체의 처리도 보통 일이 아닐 것입니다."

"최기대와 야마구치 패거리가 알아서 했겠지. 내가 알기로는 시체들을 바다에다 버릴 것 같던데. 공해상에 말이야."

이제는 천기석이 스스로 잔에 위스키를 채우고는 입안으로 털어 넣었다.

"이제 계약서는 무효가 되었어. 그리고 안도섭이와 그자의 대리인 명의로 되어 있는 지분에 대한 소송을 시작해야 돼. 이미 말을 해놓았으니 금방 끝나겠지만."

국제호텔의 특실 안이다. 벽에 걸린 시계는 밤 11시 반을 가리키고 있었다.

응접실의 소파에 육중한 몸을 파묻고 있는 가토 노부야스의 얼굴은 검붉은색이었다. 아베 스스무는 무표정한 얼굴로 그를 바라보고 있었는데 가끔씩 잔기침을 했다. 넓은 응접실에 마주 앉아 있던 대조적인 두 사내 중에서 먼저 입을 연 것은 아베였다.

"가토 씨, 아무래도 아이즈 고데츠 놈들에게 정보가 샌 것 같소."

헛기침을 한 그가 말을 이었다.

"조성표가 부주의했는지, 아니면 최기대가 경솔하게 움직였는지는 모르지만."

"어쨌든 서전에서는 우리가 졌소."

가토가 어깨를 늘어뜨렸다.

"최기대까지 포함해서 스무 명이 실종되었소. 아이즈 고데츠의 세력이 기세를 올리겠어."

"천만에."

조그만 머리를 흔든 아베가 말을 이었다.

"이번 싸움은 대리전에다가 기습과 역습이라, 세상 사람들은 알지도 못할 거요."

"……"

"아이즈 고데츠가 내가 최기대를 쳤노라 하고 기세를 올린다면 그 순간 한국 경찰의 표적이 되지."

아베가 주름진 얼굴을 펴며 웃었다.

"그저 자기방어를 한 것뿐이오, 가토 씨. 물론 스무 명은 지금쯤 콘크리트에 잠기고 있거나, 바다에 묻히고 있겠지만."

"조금 전에 김양호한테서 전화가 왔소. 불안한 모양이야."

이제 가토도 조금 진정이 되는지 얼굴색이 정상으로 돌아가 있었다. 그러나 여전히 이맛살을 찌푸린 채였다.

"나도 김양호한테 체면이 말이 아니오."

"체면 같은 것은 도시락 싼 종이 같은 것이지."

아베가 소파에 등을 묻었다.

"얼마든지 새로 쌀 수가 있어요, 가토 씨."

"어쨌든 아이즈 고데츠의 기반은 단단해졌소."

"그 대신 김양호의 세력은 약해졌겠고."

"……"

"그렇게 되면 우리에게 더욱 의존하게 되겠지. 그렇지 않소? 당신 말대로 체면은 조금 구겼지만 말이오."

"그야, 우리는 별로."

"아이즈가 조성표의 배신을 알고 있는가가 궁금한데, 만일 알고 있다면 조성표가 위험해요."

"구와베와 몇 명이 당했지만 병력은 많아. 하지만 지금 우리가 움직일 순 없소."

"물론이오. 그러니 안도섭에게 전갈만 보내자는 거요."

아베가 가볍게 몸을 일으켜 똑바로 앉았다.

"김양호 일당이 당한 것에 대해서 우리는 상관하지 않겠다는 의사를 알려 주기만 합시다. 그것으로 안도섭은 진정될 거요."

"……"

"한국에서야 그림자 전쟁이지만, 일본에서는 명성이 올라갈 테니까. 수입도 늘 것이고."

*　　　　*　　　　*

"아니, 뭐라구?"

조성표는 술잔을 내려놓았다. 두 눈을 치켜뜬 그는 앞에 선 오정기를 노려보았다.

"서울 애들이 모두? 그게 정말이냐?"

"예, 방금 제가 안도 시고쿠한테서 연락을 받았습니다."

안도 시고쿠라면 이번에 가토가 내려보낸 야마구치조의 보스로 조성표도 만난 적이 있다. 조성표가 역시 얼굴이 굳어져 있는 천기석에게로 머리를 돌렸다.

"천 실장, 어떻게 된 거야?"

다그치듯 물었으나 천기석의 입에서 뾰족한 대답이 나올 리 없었다.

"스무 명이 한 놈도 남김없이… 그럴 리가 없어."

조성표가 어금니를 물었다.

"그렇다면 안도섭이가 역습을 했다는 말인데."

"……."

"천 실장."

"예, 사장님."

"정보가 샌 것이다."

"그렇게밖에 생각 안 됩니다."

"이런, 빌어먹을."

조성표가 무의식적으로 방 안을 둘러보았다. 불안한 것이다.

그가 머리를 돌려 오정기를 바라보았다.

"안도섭은 지금 어디에 있다더냐?"

"그건 모릅니다, 사장님."

술이 다 깨어 버린 조성표가 자리에서 일어설 채비를 했다. 그러자 문이 열리더니 종업원 한 명이 들어섰다. 그는 손에 전화기를 쥐고 있었다.

"사장님, 전화가 왔습니다."

방 안의 세 사내가 일제히 시선을 주자 그는 당황했다.

"안도섭 부회장님이십니다. 말씀드릴 것이 있다고 하셔서."

얼굴이 굳어진 조성표가 천기석을 바라보았다. 천기석이 잠자코 있었으므로 그는 손을 뻗어 전화기를 낚아챘다.

"여보세요."

그의 목소리도 뻣뻣하게 굳어 있었다.

―아, 조 사장. 저녁때 호텔에서 못 봤소.

안도섭이 말했다.

―하지만 늦길 다행이오. 경찰이 몰려와서 천 실장 이하 한국 사람들을 모두 연행해 갔으니까.

"그렇습니다. 착오가 있었다고."

―천 실장은 곧 풀려나왔다고 들었소. 다행이오.

"아아, 예."

―그런데 조 사장.

"예, 말씀하십시오."

―아무래도 난 사업 기반이 일본이어서 말이오. 한국에서 벌여 놓은 사업에 몰두할 수가 없어. 그런데 조 사장은 조 사장대로 바쁜 것 같고.

"……."

―그래서 내 지분으로 명의를 분산시켜 놓은 것을 모두 옮길 작정이오. 새로운 대표자에게 말이오. 물론 조 사장에게 투자한

금액에 대한 계약서도 그 사람에게 이전시켜야겠고.

"다른 사람에게 말입니까?"

—상관없겠지요?

"물론입니다. 그런데 그 사람이……."

—이동천이란 사람이오. 아마 이름은 들으셨을 것 같은데.

"아아."

—아마 그 사람하고 같이 일하시는 것이 나보다 수월할 거요. 능력은 있는 사람이니.

"그렇다면."

—아니, 난 한국을 떠나는 것이 아니오. 난 예전처럼 일합니다. 다만 이동천이 내 얼굴이 되는 것이지요. 가토의 얼굴이 김양호인 것처럼 말이오.

그러면서 안도섭은 웃음소리를 내었다.

—그럼 합의한 것으로 알겠소.

통화가 끝난 전화기를 든 조성표가 초점 없는 눈으로 천기석을 바라보았다.

"이동천."

혼잣소리처럼 그가 낮게 말했다.

이동천이 창고 안으로 들어서자 사내들의 말소리가 뚝 그쳤다.

광안리 해수욕장 위쪽의 어구용 창고여서 비린내가 풍겨 나왔지만 안은 넓었다. 그리고 천장에 매달린 100와트 전구가 주위를 환하게 비추고 있었다.

사내들 사이에서 박철규가 다가왔다.

"형님, 자백을 했습니다."

그는 번들거리는 눈으로 이동천을 바라보았다.

"제가 했다고 합니다. 네 명을 데리고."

이동천은 그와 함께 의자에 앉혀진 최기대에게로 다가갔다. 최기대는 양재동의 총에 양쪽 다리를 맞아 양다리에 붕대를 두껍게 감고 있었다. 피를 많이 흘려서인지 얼굴이 창백했다.

이동천을 따라온 백복동이 최기대에게로 다가가 그의 어깨 위에 손을 얹었다.

"어차피 죽을 목숨, 깨끗이 털어놓아주어서 고맙다."

그는 힐끗 이동천을 바라보았다.

"자, 그럼 우리 형님을 위해 다시 한 번 이야기해 줄래?"

"이야기할 것도 없어. 내가 했다는 것밖엔. 내가 직접 쏘았어."

최기대가 뱉듯이 말했다. 그의 시선이 이동천과 부딪쳤다.

"나머지는 너희들이 알아서 생각해라."

"배은망덕한 놈."

다시 듣는 말일 텐데도 박철규가 어금니를 악물었다.

"널 갈가리 찢어 죽일 테니까, 조금만 기다려."

"마음대로."

최기대가 입술을 비틀며 웃었다.

"구차하게 살지는 않아. 네놈처럼 감상에 젖지도 않고."

이동천이 잠자코 바라보자 최기대가 다시 웃었다.

"무슨 말라비틀어진 신의냐? 의리가 무슨 필요가 있어? 난 신의를 지킬 놈도 없고 부담을 느낄 놈도 없다. 모두 날 이용했고, 나도 내 몫을 받은 것뿐이다."

이동천이 머리를 끄덕였다.

"쓸 만한 놈이다."

그러자 주위의 시선이 일제히 그에게로 쏠렸다. 박철규는 물론 백복동과 20여 명의 부하, 그리고 구석에 서 있는 주대홍까지 그를 바라보았다.

"대홍이 어디 있냐?"

이동천이 주위를 돌아보자 주대홍이 사내들을 헤치고 다가왔다.

"왜요, 형님?"

"이놈을 들어라."

"그런 일 시킬라고 부른 거요?"

노크 소리에 눈을 뜨자마자 배장근은 침대 밑으로 손을 넣어 권총을 쥐었다. 옆에서 자고 있던 오세미도 상반신을 일으키고 있었다.

다시 노크 소리가 났다.

"누구요?"

"접니다."

그의 심복인 이명오였다. 오세미가 긴장이 풀린 듯 침대 머리에 등을 기대고 앉아 그를 바라보았다.

"웬일이냐?"

바지를 입으며 그가 물었다. 새벽 2시가 넘은 시간이어서 불안해진 것이다. 요즘 들어 다리 쭉 뻗고 마음 편하게 자본 적이 없다.

"손님이 오셨습니다."

이명오가 문밖에서 말했다.

"이동천 씨가, 마을 입구에서 들어가도 좋으냐고 하시는데요."

"들어오시라고 해."

이동천이 마을 입구에 와 있는 모양이었다.

"그런데 사장님."

이명오가 다시 말했다.

"사람들이 많답니다. 7, 8명이 된다는데요."

셔츠를 걸친 배장근은 혁대에 권총을 찔러 넣고 셔츠를 내렸다.

"7, 8명?"

그러면서 방문을 열자 이명오가 눈을 깜박이며 그를 바라보았다. 사할린 태생 조선족으로 고아 출신이었다.

"예. 다친 사람도 있고, 양재동이하고 고대철이도 같이 있답니다."

이명오를 보내고 계단을 내려오는데 로비에 서 있던 김달수가 그를 올려다보았다.

"형님, 이동천 씨가 새벽에 웬일일까요?"

"글쎄."

"혹시 도망쳐 오는 것 아닙니까, 싸우다가 밀려서?"

김달수는 양재동과 고대철을 이동천이 데려갔을 때 무척 궁금해하였다. 그들은 모텔의 옆으로 나와 황무지 쪽을 바라보고 섰다. 바람 한 점 없는 칠흑같이 어두운 밤이었다. 그러자 곧 이쪽으로 다가오는 차량 두 대의 불이 보였다.

"이런 시간에 찾아와서 미안하네."

차에서 내린 이동천의 표정은 밝았다. 그는 배장근의 안내를 받아 사내들을 데리고 식당으로 들어가 앉았다.

"형님, 저 사람은 누굽니까?"

배장근이 눈으로 최기대를 가리켰다. 최기대는 막 주대홍에 의해 의자에 앉혀지는 참이었다.

"대홍이 이리 와 봐라."

대답 대신 이동천이 주대홍을 불렀다. 주대홍이 옆자리에 앉자 그는 배장근과 김달수를 번갈아 바라보았다.

"저기 다친 놈은 양승일 회장의 살해범이야. 내가 당분간 잡아 둬야 하는데, 장소가 마땅치 않아."

"……."

"여기 있는 주대홍이 하고 부하 다섯 명을 두고 가겠네. 저놈도 감시할 겸 해서 말이야. 그런데 대홍이."

이동천이 주대홍을 바라보았다.

"넌 나이도 배 사장보다 어리니까, 앞으로 배 사장을 형님으로 모셔라."

"나이로만 따지면 대통령 선거 할 필요도……."

"이놈아, 그만해."

그의 말을 자른 이동천이 배장근을 바라보았다.

"서로 그전의 감정은 풀도록 해. 자네는 부하를 잃었지만 대홍이는 그곳에서 동생을 잃었네."

"……."

"내가 여기 오면서 이야기해 두었는데 막상 대면시키니까 딴소리군. 그냥 심통을 부리는 거야."

"고맙습니다, 형님."

배장근이 머리를 숙였다.

"여러 가지로 신세를 끼칩니다."

턱을 든 주대홍은 딴전을 피웠고, 김달수는 눈을 깜박이며 잠자코 앉아 있었다.

"어쨌든 이동천이 아이즈 고데츠의 동업자로 등장한 거요."

커피 잔을 내려놓은 가토가 쓴웃음을 지었다. 국제호텔의 사장실 안이었는데 호화로운 내부 장식과는 어울리지 않게 분위기는 가라앉아 있었다.

"그놈이 어떻게 해서 안도섭과 손을 잡았는지는 곧 알게 되겠지."

"이봐요, 가토 씨."

김양호가 찌푸린 얼굴을 들었다.

"이동천과 박철규가 뭉쳐 있다는 소문이 조직 안에 퍼져 있습니다. 놈이 우리한테 어떤 감정을 품고 있으리라는 건 당신도 잘 알 텐데."

"증오하고 있겠지. 양승일의 후계자로 대권을 이어받으려다가 쫓겨났으니."

"그 정도면 다행이오. 놈은 권토중래를 노리는지도 모른단 말이오."

"초조해할 것 없어요. 당신보다 급한 건 조성표니까. 그는 안도섭의 통보를 받고는 반쯤 정신이 나갔던 모양이야."

"……."

"당신 부하들이 그렇게 될 줄은 생각지도 못했던 모양이고. 그래서 지금 잔뜩 불안해 있소."

입맛을 다신 김양호가 의자에 등을 기대고는 팔짱을 끼었다. 두 눈은 똑바로 가토를 쳐다보고 있었으나 초점은 멀다.

"어쩌면 차라리 잘된 일인지도 모르지. 놈이 얼굴을 내민 것이 말이오."

김양호가 혼잣소리처럼 말했다.

"안도섭의 동업자로 명함을 내밀었다니. 어쨌든 실체는 드러낸 셈이군."

주스 잔을 든 양유경은 정원의 나무 그늘 밑에 놓인 의자에 앉아 있었다. 저녁이었지만 햇살은 아직도 뜨겁다. 그녀의 앞에서는 이제 막 도착한 김양호가 손수건을 꺼내 이마의 땀을 닦는 중이었다. 그는 며칠 전에 그룹의 총괄 부회장으로 승격이 되었으므로 명실상부한 실권자였다.

"동원섬유의 강 사장이 어제 날짜로 사표를 내었습니다. 건강이 좋지 않다는군요."

김양호가 입을 열었다.

"그래서 외부에서 사람을 하나 데려오려고 합니다만. 전에 경제기획원에 국장으로 있던 사람입니다."

"……."

"이용덕 총장이 추천한 사람입니다."

"알아서 하세요."

미지근해진 주스 잔을 내려놓은 양유경이 한쪽 다리를 꼬고 앉았다. 흰색의 원피스 자락 밑으로 그녀의 무릎이 드러났고 샌들이 맨발 끝에 겨우 걸려 있었다.

"그런데 부회장님."

양유경이 똑바로 김양호를 바라보았다.

"이 동원그룹을 끌고 가려면 아무래도 내가 남아 있는 것이 여러모로 유리하겠죠?"

"그게 무슨 말씀입니까?"

눈을 껌벅이며 김양호가 바보 같은 표정으로 물었다

"그것을 말씀이라고 하십니까? 회장님이 안 계시면 그룹을 누가 이끌어 간단 말입니까?"

"그럴 거예요. 난 동원그룹의 명백한 상속자이고, 그 그늘에서 조직과 관련된 업체들이 사업을 하고 있으니까. 내가 동원그룹을 떠나면 혼란이 오겠지요."

"……"

"부회장님은 지금처럼 조직과 관련된 업체들을 관리하시기도 힘들 거예요. 그때는 동원그룹의 주인이 바뀌었거나, 아니면 회사별로 다른 회사에 매각이 되었을 테니까."

"아니, 회장님."

김양호가 정색을 하였으나 양유경은 말을 이었다.

"그렇게 되면 부회장님은 동원그룹의 부회장이 아니라 김양호 조직의 보스로 불리실지도 모르겠네요. 뭐, 지금도 그렇게 부르는 사람들이 있다고 들었지만."

"회장님, 저는 영문을 모르겠습니다. 잡자기 왜 그런 말씀을 하시는지."

긴장한 얼굴로 김양호가 그녀를 바라보았다.

"무슨 오해가 있으신 것 같습니다."

"고집을 부려 이동천 씨와 결혼할 수도 있었어요. 그를 좋아했으니까……."

"……."

"난 내 의지로 그를 버렸습니다. 그룹을 위해서요. 조직을 위해서라고 해도 되겠군요. 아버지도 안 계셔서 그를 통제할 자신이 없었습니다. 살을 비비고 같이 살면서 그의 이상대로 조직이 정비되는 것을 참을 수가 없을 것 같았어요."

김양호가 천천히 머리를 끄덕이고 있었다.

"아버지가 계실 때의 남편이고 후계자라는 것을 깨닫게 된 거예요. 갑작스러운 일이었지만 그건 금방 깨달을 수 있었습니다."

"그렇습니다, 회장님."

정색을 한 김양호가 입을 열었다.

"잘 보셨습니다, 회장님."

"나에 대해서 신경 쓰실 것이 없다는 말씀을 드리려고 이전 이야기를 했어요."

그러면서 양유경이 얼굴에 웃음을 띠었다.

"난 아버지만큼은 안 되지만 그 피를 이어받은 딸이에요. 아버지를 사랑한 만큼 당신이 이룩한 모든 것에 애착이 있습니다."

"그러시겠지요."

"돌아가시기 직전에 아버지가 말씀하셨어요. 그는 조직 세계를 부정했던 자라고. 지금도 그것이 남아 있다고."

"……."

"그리고 정책적으로 너에게 접근했을 것이라고."

양유경이 이를 드러내며 다시 웃었다.

"그리고 아버지하고 손발이 맞는다고도 하셨어요. 그런데 한쪽
이 없어진 지금 그는 우리에게 위험한 존재가 되겠지요."

"그렇습니다, 회장님."

김양호가 커다랗게 머리를 끄덕였다.

"그자는 부산에서 두각을 나타내었습니다. 아이즈 고데츠와
손을 잡고서."

"……."

"그자의 목표가 우리라는 것도 드러났습니다."

이동천이 회의실로 들어서자 원탁에 앉아 있던 사내들이 일어
섰다. 박철규와 백복동, 그리고 이동천의 정면에 서 있는 것은 기
무라였다.

"오늘부터 제가 옆에서 모시게 되었습니다."

기무라가 창백한 얼굴에 웃음을 띠며 말했다. 물론 이제는 한
국어를 쓴다.

"우선 투자 금액과 업체의 현황에 대해서 말씀드리지요. 말씀
드릴 것이 많습니다."

"그보다도 가토 노부야스의 부하들이 부산에 남아 있어요, 기
무라 씨."

박철규가 그의 말을 잘랐다.

"어젯밤에 만의 입구에서 우리가 세 명을 쏘아 죽였소. 내 부하

도 한 명 당했고. 가토는 가만있지 않을 겁니다."

"이제 걱정하실 필요가 없습니다."

기무라가 이동천을 바라보며 말했다.

"오늘 아침 일찍 가토 노부야스가 우리 부회장님께 전화를 해 왔습니다."

"······."

"그저 안부 전화였지요. 하지만 이것은 7년 만에 걸려온 전화 였습니다."

"······."

"7년 전에 오사카에서 우리가 야마구치조와 싸움을 했었습니 다. 그때는 부회장님께서 안부 전화를 했었습니다."

"휴전하자는 의미인가?"

이동천이 묻자 기무라가 머리를 끄덕였다.

"예, 형님. 가토는 휴전을 제의해 온 겁니다."

"하긴 그자는 별로 손해가 없지."

이동천이 기무라를 바라보며 웃었다.

"대리전쟁이었으니까. 아니, 그림자 전쟁이란 말이 맞겠다."

제13장
영역 확보

밤의
대통
령

유리 밀로체프는 소비에트 연방 시절에 블라디보스토크의 KGB 간부를 지낸 사내였다. 50대 후반의 나이였지만 아직도 보드카 한 병을 앉은 채로 병나발을 부는 주력과 체력을 겸비했다. 그는 또한 일본어와 영어를 막힘없이 구사할 수 있는 데다 아마추어 수준 이상의 바이올리니스트이기도 했다.

소비에트 연방이 붕괴되기 전부터 그는 세력을 규합하여 블라디보스토크를 중심으로 영역을 장악하기 시작했는데 블라디보스토크가 극동의 교통 운송의 중심지라는 것을 알고 있었기 때문이다.

동남아와 일본, 그리고 미국의 상품 대부분이 블라디보스토크에 하역되어 시베리아 철도를 타거나 트럭에 실린다.

그는 모든 운송 수단을 장악하고 있었으므로 마음만 먹으면 어떤 상품이든 가격을 폭등 또는 폭락시킬 수가 있었다. 밀수와 운송에서 챙기는 거대한 이익과 외국 투자, 진출 기업에서 받는 매출액의 10퍼센트인 보호비에다 때로는 각 공화국 정부와 합동으로 사업을 벌여 이익을 나누는 경우도 있는 터라 밀로체프는 거대한 부를 소유하게 되었다.

그러나 블라디보스토크 교외의 흐루시초프 수상이 별장으로 사용했던 대저택에서 살고 있는 밀로체프의 별명은 '백정'이었다. 또 다른 별명으로는 '머리 떼기'가 있는데 그것은 몇 년 전만 해도 그가 수없이 많은 사람의 머리에 총을 쏘았기 때문이다.

그날도 밀로체프는 2층의 응접실에서 커피와 보드카를 반씩 섞은 아침 차를 마시고 있었다. 알몸에 일본산 실크 가운을 걸치고 한 손에는 하바나산 시거를 들고 있던 그는 2층 계단을 올라오는 부하에게 시선을 주었다. KGB 출신인 그의 경호대장 알렉세이였다.

"대령 동지, 곧 이노우에 씨가 도착할 텐데, 준비를 하셔야⋯⋯."

알렉세이와 그는 KGB 시절에도 상하 관계였다. 알렉세이가 지휘하는 그의 경호부대는 최신에 무기로 무장되어서 크렘린 궁의 경호대보다도 더 위력적이라고 소문이 났다. 더욱이 그들보다 수십 배의 수당을 받고 있으니 사기는 말할 것도 없다.

"좋아. 곧 내려가겠다, 알렉세이."

커피를 단숨에 마신 밀로체프가 더운 숨을 뱉으면서 일어섰다.

"이노우에에게 열병을 시켜라."

"준비하고 있습니다, 대령 동지."

마른 얼굴의 알렉세이가 이를 드러내며 웃었다.

이곳은 흐루시초프의 별장이었다가 나중엔 브레주네프까지 사용했던 이름난 곳이다. 그것만으로도 방문자들을 위축시키기에 충분했지만 가끔 밀로체프는 정문에서 저택의 현관까지 1킬로미터가 넘는 길에 무장한 경호부대를 도열시켜 자신의 위세를 내보였다. 오늘 방문하는 일본 자민당의 실력자인 이노우에 간사장에게도 그것을 보일 필요성을 느낀 것이다.

30분쯤 후 이노우에 일행이 아래층으로 들어서는 기척이 나자 밀로체프는 계단을 내려갔다. 이제 육중한 몸에 산뜻한 분위기의 양복을 걸치고 있었다.

이노우에는 일흔이 넘은 노인이었지만 눈동자에 총기가 있었고 몸놀림이 날렵했다. 밀로체프와 인사를 나눌 때도 악력이 세었다. 그는 일본 여당의 간사장이어서 여당뿐만이 아니라 정부에도 영향력을 행사하는 인물이었다.

응접실에 들어간 그들은 장방형의 테이블에 나뉘어 앉았다. 밀로체프 옆에는 보좌관인 포보비치가 앉았고 이노우에는 좌우의 두 사내와 함께였다.

밀로체프가 입을 열었다.

"시장을 만나신 것으로 알고 있는데, 일은 잘되셨습니까?"

"예, 그것이."

옆에 앉은 사내를 힐끗 바라본 이노우에가 말을 이었다.

"아직 결정되지 않았습니다. 검토해 보겠다고는 했습니다만."

"그럼 기다려 보셔야겠군요, 이노우에 씨."

웃음 띤 얼굴로 밀로체프가 말하자 이노우에가 헛기침을

했다.

"그것 때문에 내가 찾아온 겁니다. 시장은 허가하는 데 의의가 없었습니다. 다만……."

"다만, 뭡니까?"

"밀로체프 동지하고 상의를 하라고 합디다."

이노우에의 얼굴에 웃음기가 번져 나갔다. 산전수전을 모두 겪은 정객답게 노회한 처신이었다. 그의 옆에 앉은 마쓰다해운의 관계자가 아직 긴장을 풀지 않고 있는 것과는 대조적이었다.

마쓰다해운은 블라디보스토크 항구 근처의 땅 10만 제곱미터를 시로부터 빌려 선착장과 창고를 만들 계획이었다. 그들은 시장과 시 간부 모두에게 막대한 뇌물을 주었고 주 정부의 관리들도 이미 구워삶아 놓았던 것이다.

"허어, 나에게? 시장 동지가 왜?"

밀로체프가 옆에 앉은 사내에게로 머리를 돌렸다.

"포보비치, 시장이 왜 그러는지 자네는 아나?"

"목숨이 아깝기 때문입니다, 대령 동지."

코사크 종족은 호전적인 성격이다. 그래서 그들은 소비에트 연방 정부로부터 끊임없는 견제를 받아왔다. 제정 러시아 시대에 유명했던 코사크 기병단 대부분은 황제에게 충성했었기 때문에 공산주의자들로부터 배척을 받았던 것이다.

코사크인 포보비치가 일본인들을 둘러보았다.

"뇌물을 잔뜩 먹어서 허가를 내주고 싶지만, 그렇게 되면 며칠 안에 시체가 된다는 것을 알고 있기 때문이지요."

"그렇다면 우리는 어떻게 해야 하나?"

그들은 가볍게 말을 주고받았는데 시선은 앞쪽의 일본인들을 향하고 있었다.

"그동안 정부 쪽에서 여러 번 연락이 왔었습니다. 마쓰다 측에서 무슨 이야기가 없었느냐고 묻는 내용이었지요."

포보비치의 낮은 목소리가 방을 울렸다.

"마쓰다 측은 우리를 무시하고 정부만 상대하면 되는 것으로 알고 있습니다."

"아니, 그것은."

옆에 앉은 통역의 말을 들은 이노우에가 재빨리 나섰다.

"그런 뜻은 아닙니다. 이것은 국가 간의 사업이라, 마쓰다해운은 그런 일을 할 능력이 없습니다. 그래서 내가 이렇게 온 것이지요."

"국가 간의 사업이라."

통역이 입을 열기도 전에 밀로체프가 포보비치에게 말했다.

"포보비치, 우리는 국가 간의 사업에 참여할 수가 없나?"

"우리가 하는 일의 대부분은 국가 업이지요, 대령 동지. 시에서 진행한 것 중 우리를 거치지 않은 사업이 없습니다."

통역을 통해 그들의 말을 전해 들은 이노우에의 얼굴이 굳어졌고, 마쓰다해운의 관계자는 이미 얼굴이 흙빛이 되어 있었다.

"그러면 포보비치, 우리 입장을 말해 보아라."

밀로체프가 말하자 포보비치는 헛기침을 했다.

"마쓰다해운은 오래전부터 시장조사를 해왔던 터라 현지 상황을 잘 알고 있습니다."

"……"

"그런데도 우리를 무시한 것은 용서할 수가 없습니다, 대령 동지. 설령 이제야 우리를 찾아왔다고 하더라도 말입니다."

"내 생각인데, 이것은 통역이 말을 잘못 전달한 것 같은데."

그러자 그들의 말을 분주히 통역하던 사할린 출신 일본인의 얼굴이 하얗게 질렸다. 그러나 더듬거리며 밀로체프의 말을 전한다.

"그렇다면 통역의 시체를 시청 앞에 던져 놓으면 우리의 체면이 좀 설까?"

통역의 떨리는 목소리를 들은 이노우에의 얼굴이 굳어졌다.

"잠깐만, 밀로체프 대령."

그가 말했으나 밀로체프는 포보비치를 돌아보았다.

"난 대가리를 쏘는 버릇이 있으니 안 되겠다. 얼굴을 보여야 할 테니까."

"예, 대령 동지."

앉은 채로 권총을 뽑은 포보비치가 통역의 가슴을 향해 두 발을 쏘았다.

요란한 총성과 함께 통역이 의자에 앉은 채로 뒤로 넘어졌지만 이노우에와 마쓰다의 관계자는 석상처럼 움직이지 않았다.

"이봐, 대홍이."

자기를 부르는 소리에 주대홍은 칼질을 멈추었다. 주방 입구에 선 배장근이 그를 바라보고 있었다. 주방에 있던 사내들이 그들을 힐끗거렸다.

"잠깐 나 좀 보자."

주대홍은 썰다 만 무를 두고 허리에 걸친 행주치마를 풀면서 잠자코 그를 따라 식당으로 나왔다. 식사 준비를 하고 있었던 것이다. 그들은 비어 있는 식당의 테이블에 마주 앉았다.

"이봐, 주방 일보다 중요한 일이 많아."

이맛살을 찌푸린 배장근이 말했다.

"여기 있는 놈들에게 체면이 서지 않는다. 더구나 네가 데려온 부하들도 그렇고."

"체면은 무슨 얼어 죽을."

주대홍이 입술을 부풀리며 웃었다.

"하는 일 없이 빈둥거리는 것보다는 낫지. 그리고 주방 일은 내 주특기여."

"네가 요리를 하지 않아도 이놈들은 아무거나 잘 먹는다. 라면이 일급 요리라니까."

"사람 무시허지 말어. 그리고 사람 입이 얼매나 간사헌지 알어? 꽁보리밥 먹던 놈도 사흘만 쌀밥 먹으면 꽁보리가 안 넘어가는 거여."

"형님은 널 주방 일이나 하라고 나에게 보내지 않았어."

"허어."

입맛을 다신 주대홍이 측은하다는 듯이 배장근을 바라보았다.

"뭘 모르는고만, 이 양반은."

"아니, 뭘."

"밥 안 먹고 사는 놈 있어? 그런 놈은 귀신이지."

"……."

"여그 사는 놈치고 세끼 처먹으러 식당에 내려오지 않는 놈

없어."

"……."

"밥 처먹을 때마다 날 보게 될 것이고, 그때마다 정신이 들 것이여."

"하긴."

배장근이 피식 웃고는 입맛을 다셨다.

"국이나 밥에 독약을 풀지나 않았나 하고 말이냐?"

"없애고 싶은 놈이 있으면 말만 해. 허지만 음식을 상하게 하면 못쓰는 법이여."

"그게 무슨 말이야?"

"목을 돌려서 쥑이든지, 하다못해 총으로 쏘아서 쥑여도 상관없지만 음식에다 무엇을 넣어서 음식을 상하게 하면 안 된단 말이여."

어깨를 늘어뜨린 배장근이 숨을 내쉬었다.

"알았다. 하여간 네 덕분에 내가 마음 놓고 일하게 되었어."

"나도 여그 와서 마음이 잡혀."

주대홍의 얼굴도 부드러워졌다.

"경치도 좋고 말여, 일헐 것도 있고."

"너, 여자 있어?"

"없어."

"여자가 있으면 더 마음이 잡힐 텐데."

"말도 안 되는 소리."

다시 주대홍의 얼굴이 찌푸려졌다.

"뭘 잘 모르는구만, 이 양반은."

"뭘 모른단 말이냐?"

"여자는 요물여. 여자가 필요하면 돈을 주고 사오면 돼."

"마누라도 살 거냐?"

"암만."

배장근이 문득 손목시계를 내려다보더니 자리에서 일어섰다. 나갈 시간이 되었던 것이다.

지금도 수배 중이었기에 배장근은 전화기를 귀에 댄 채 주위를 둘러보았다. 아직 오전이어서 피자 가게에는 손님이 없었다. 그를 따라온 부하 두 명이 입구 쪽 의자에 앉아 있을 뿐이다.

종업원들과 가게 사장인 강 씨는 냉장고 앞에서 재료를 정리하고 있었다.

이 피자 가게는 지하 1층과 함께 배장근이 임대한 건물로, 지하 1층은 나이트클럽이었다. 피자 가게는 100평이 넘었고, 장사가 잘되었다. 강 씨는 그의 아버지의 고향 사람으로 사업에 실패하고 무위도식했었다.

신호가 여러 차례 울리고 나서야 투박한 러시아어가 들렸다.

—여보세요.

"서울의 배장근이오. 밀로체프 동지를 부탁합니다."

그의 능숙한 러시아어에 종업원들이 이쪽으로 머리를 돌렸다. 전화 추적을 당하더라도 그들은 모르는 일이라고 시치미를 떼도록 교육을 받고 있었다.

—아, 배 동무. 난 포보비치요.

사내가 반가운 듯 말했다. 밀로체프의 보좌관으로 이야기만 나누었지, 얼굴을 본 적은 없다.

"안녕하시오, 포보비치 씨."

—그런데 급한 일입니까? 밀로체프 동지는 지금 식사 중이신데.

"바꿔 주지 않겠습니까? 여기선 전화하기가 어려워서."

—그럼 기다리시오, 배 동무.

대개의 러시아인들과는 달리 그는 전부터 동무 호칭을 쓰고 있었다. 잠시 후에 밀로체프가 전화를 받았다.

—그래, 배.

그의 목소리는 활기에 차 있었다.

—지난번 물건 잘 받았지?

"잘 받았습니다, 밀로체프 대령."

—가격을 잘 받을 수 있겠지?

"물론이오. 50만 달러 이상은 받을 겁니다."

—좋아, 좋아.

밀로체프가 웃음 띤 목소리로 말했다. 지난번 배에서 내린 밀수품을 말하는 것이다. 최상급의 수달피와 밍크, 그리고 어디서 긁어모았는지는 모르지만 5킬로그램 정도의 금괴는 서동팔과 김억수에 의해 금방 처분될 것이었다.

—그런데 무슨 일인가?

"윤경산 씨에 대해섭니다, 대령."

—윤? 그래, 말해 보게.

"저 혼자도 이제까지 잘 해왔는데, 왜 이제 와서 그 사람의 지시를 받아야 합니까? 그자는 도움이 안 되고 오히려 방해만 됩니다, 대령."

―…….

"목숨을 걸고 사업을 일으켰는데 왜 난데없는 자가 나타나 군림한단 말입니까? 난 대령의 지시만을 받고 직접 보고하고 싶습니다."

―배, 그자는 고문관이야. 실제로 자네에게 명령할 권한이 없어.

"그자는 자신이 대령의 명령을 받고 나에게 지시하는 체계가 되어야 한다고 합니다."

―그래서 일주일 동안 그자의 연락이 없었군, 그래서 그자를 해치웠나?

밀로체프의 말소리에 웃음기가 섞여 있었다.

―아니면 가둬 두었나?

"가둬 두지는 않았습니다, 대령."

―그러면 감시를 붙여서 변소까지 따라다니게 만들었군, 앗하하.

소리 내어 웃고 난 그가 말을 이었다.

―오해가 있었어. 윤경산은 내 대리인이 아니야. 놈이 제멋대로 제 위치를 올린 것이지. 마침 전화 잘해주었어, 배.

"대령, 그렇다면."

―그렇다고 윤경산이를 제꺽 없애지는 말게. 나에게도 필요한 놈이니까.

"그럼 돌려보낼까요?"

―아니, 그럴 필요는 없어. 내가 사람을 보내 그자의 위치를 정

확하게 바로잡아 주겠네. 그동안은 자네가 그대로 데리고 있어.

"그렇다면 그자는 제 보좌관으로……."

—그렇지. 자네의 지시를 받는 보좌관이야. 놈은 제 경력만 믿고 자네를 누르려고 했어. 그러다가 잘못 걸린 것이지.

"고맙습니다, 대령. 믿어 주셔서."

—천만에. 마침 잘 알려 주었어. 그리고 루벤스키를 보내겠네. 자네가 좋아하는 자이니까 말이야. 그럼 됐나?

"됐습니다, 대령."

전화기를 내려놓은 배장근이 어깨를 늘어뜨리며 주위를 둘러보았다. 그러나 그와 시선을 마주치는 사람은 하나도 없었다.

창고 안은 환풍도 되지 않았고 슬라브 지붕이 불판처럼 달아올라 있어서 마치 사우나탕 안에 있는 것 같았다.

윤경산은 손바닥으로 얼굴의 땀을 씻었다.

"다리에 총 맞은 놈은 포로로 잡아온 모양인데, 놈이 누군지는 알아내었나?"

"아직 모릅네다. 문 앞에서 밤낮으로 지키고 있어서."

재킷의 단추를 풀어 헤친 김달수는 박스 조각으로 바람을 부쳐 넣었다.

"하지만 큰 싸움이 벌어졌던 모양이오. 양재동이와 고대철이는 열 명 가까이 쏘아 죽였답니다."

"그놈들이 알지도 모르는데, 잡혀온 놈이 무얼 하는 놈이고 어떤 싸움이 벌어졌는지."

"놈들은 이제 배 사장 편입네다. 내가 물어도 슬슬 눈치만 보구

서리."

입맛을 다신 윤경산이 그를 바라보았다.

"그, 주방에 있는 놈은 누구야? 여섯 놈 중에서 두목 같던데."

"주대홍이라고, 본래 주방에서 일하던 놈이었습네다."

창고에는 상품이 가득 쌓여 있어서 공간이 좁았다. 다시 얼굴의 땀을 훔친 윤경산이 입을 열었다.

"배장근이가 설마 눈치챈 것은 아니겠지? 사흘 후에 러시아에서 사람들이 온다는 걸 말이야."

"알 리가 없습네다, 고문관 동지."

김달수가 자신 있게 말했다.

윤경산은 배장근에 의해 구금당하다시피 했지만 이제 동조 세력이 만들어진 상태였다. 대부분이 러시아에 가족이 있는 사내로서 수시로 모여 수군대고 있었으므로 모텔의 분위기는 어수선했다. 30여 명의 사내 중에서 반수가량인 15명 정도가 그의 세력이라고 볼 수 있을 것이다. 그들은 지금이라도 윤경산이 명령을 내리면 무기를 잡을 골수분자였다.

그다음이 관망파로, 양쪽의 눈치를 보는 7, 8명의 사내가 있었는데 김달수는 그들의 리더 격이었다. 김달수는 윤경산과 밀담을 나누면서도 배장근의 측근으로 행세하고 있었다.

배장근의 확실한 세력은 나머지 8명으로 러시아에 연고가 없거나 한국에서 기반을 굳히기로 작정한 사내들이다. 그들은 러시아로 돌아가고 싶지 않았기에 이 기회에 밀로체프와 단절하기를 바랐다.

창고를 나온 김달수가 식당으로 들어서자 낯선 사내가 그를 스치고 지나갔다. 이번에 온 주대홍의 부하였다.

주대홍과 그의 부하들까지 합하면 배장근의 세력은 이제 윤경산의 골수분자들과 비등했다. 배장근이 평온을 찾은 것도 이런 사정 때문일 것이다.

"어이, 김 동무. 마침 잘 왔어."

주방에서 불쑥 거구를 드러낸 주대홍이 그에게로 다가왔다. 주방 안에서 인기척이 들릴 뿐 식당은 비어 있었다.

"내가 동무한테 헐 이야기가 있었어."

"무신 이야기요?"

배장근을 찾아왔던 터라 김달수는 반쯤 몸을 돌린 채 물었다.

"저녁 식사 이야기여."

주대홍이 그의 앞으로 바짝 다가와 섰다.

"동무, 동무도 저녁 먹으러 올 거지?"

"동무 소린 빼라우."

눈을 치켜뜬 김달수가 말했다.

"듣기 거북해."

"이런 웃기는 동무 좀 보게."

주대홍이 바짝 다가섰다.

"넌 조선족도 아니고, 이북에서 넘어간 놈이라면서?"

"그렇다."

김달수의 목소리도 쨍쨍해졌다. 그러자 주방 안의 인기척이 뚝 그쳤다.

"북에서 러시아로 넘어갔다. 어쩔 테냐?"

"듣자 허니 공산당 놈들이 주동이 되어서 편을 가른다던디."

"……."

"너허고 그 비쩍 마른 놈이 주동자고."

김달수가 눈을 치켜떴다.

"말 삼가라우."

"너한티만 비밀을 알려 줄 테니, 잘 들어."

눈을 부릅뜬 주대홍이 그를 내려다보았다.

"내가 오늘 저녁밥하고 국에다 청산가리를 넣을 것이다. 공산당 놈들한테만."

"……."

"주방장의 특권이여. 그러니 밥 처먹다가 직사허기 싫으면 넌 방 안에 처박혀 있으란 말이다. 알았냐?"

"이런, 개자식."

몸을 돌린 주대홍이 주방으로 들어서자 주방 당번인 사내 둘이서 분주한 척 몸을 놀렸다. 아마 바깥에서의 이야기를 모두 들었을 것이다.

"쓸데없는 소리 말아."

배장근이 혀를 차고는 머리를 돌렸으므로 김달수는 그를 쏘아보았다.

"그건 정말 장난이 아니라구요, 형님. 놈은 음식에 청산가리를 넣는다고 했습네다."

"글쎄, 쓸데없는 소리 말라니까?"

이제 배장근도 정색을 했다.

"그놈은 음식에 무얼 넣을 놈이 아니란 말이다. 음식을 상하게 하는 것도 죄가 된다고 하는 놈이야."

"음식을 상하게 하다니요?"

"아, 글쎄, 그놈은 음식에 장난을 하는 놈이 아니야."

자리를 고쳐 앉은 배장근이 그를 똑바로 바라보았다.

"윤경산이 조직 안을 휘젓고 다니며 선동하는 모양인데 이제 곧 러시아에서 사람이 와서 조정해 줄 것이다."

"글쎄, 윤경산은 그 말을 믿지 않습니다. 저는 분명히 고문관이지 형님의 보좌관이 아니라고 합니다."

"놈을 가둬 둘 수도 있어, 더 이상 입을 놀리지 못하도록. 하지만 밀로체프는 죽이지만은 말라고 했다."

"도대체 언제 오는 겁니까? 루벤스키 말입네다."

"곧 온다."

"윤경산은 제가 전문을 보낸 줄로만 알고 있습네다. 그자는 그자대로 러시아에서 오는 사람들을 기다리고 있습네다."

"보내지 않았다고 말하지그래?"

그러자 김달수가 배장근을 쏘아보았다.

"저는 북에 부모님이 계십네다, 형님."

"……"

"부모님은 제가 북조선을 빠져나온 후에 자강도의 수용소로 가셨습네다."

"그런가?"

"저 때문에 부모님을 돌아가시게 할 수는 없습네다."

"윤경산이 협조하면 네 부모를 수용소에서 내보내 준다고 하더냐?"

"협조하는 시늉이라도 해줘야 합네다."

식당에서 나온 주대홍은 흐느적거리며 로비를 지나 반대쪽의 커피숍으로 들어섰다.

커피숍은 사무실로 쓰고 있었는데 그가 들어서자 순식간에 조용해졌다.

이제 모두 안면이 있는 터였지만 조선족 사내들은 그에게 경외감을 품고 있어서 쉽게 접근해 오지 않았고 주대홍도 한 번도 말을 건 적이 없었다. 그는 안쪽의 전화기로 다가갔다.

"어디에 전화하시는 겁니까?"

책상에 앉아 있던 사내가 그를 올려다보았다. 모텔에 한 대밖에 없는 전화였는데 배장근의 명령으로 통화 시에는 사전에 허락을 받아야 한다. 그를 빤히 올려다보는 이는 배장근 계열의 사내였다.

"서울에."

전화기를 든 주대홍이 무뚝뚝하게 말하자 사내는 노트에 꼼꼼히 적기 시작했다.

"서울 누구한테 거십니까?"

"집에."

다이얼을 누른 주대홍은 사내로부터 등을 돌렸다. 벽시계는 저녁 8시 반을 가리키고 있었다.

―여보세요.

신호가 떨어지자 곧 고 여사의 목소리가 들려왔다.

"접니다, 주대홍이."

—아이구, 이게 웬일인가?

고 여사가 반색을 했다.

—자네, 지금 어디에 있나?

"시골에 있어요."

—시골? 시골에 내려갔어? 거기가 어딘데?

"멉니다, 어머님."

—그래, 이 사람아. 그 돈, 우리가 염치없이 받아서는 안 되는데.

"저, 미정이 있습니까?"

그러자 고 여사가 우뚝 말을 멈추었다. 한동안 어색한 침묵이 흐르더니 고 여사의 한숨 소리가 들렸다.

—미정이는 집에 없어. 회사에 취직했는데 기숙사에서 다닌다네.

고 여사의 목소리에 기운이 없었다.

"어느 회산데요?"

—화장품 회산데, 판매 사원이라 회사로 연락이 안 돼. 기숙사에는 전화를 할 수가 없고.

"……."

—하지만 매일 전화를 해. 이틀에 한 번 꼴로 다녀가고.

"이사 가셔야지요?"

—그 돈은 못 써. 저금을 했더니 한 달 이자만으로도 두 식구가 살겠어. 이 집이 헐릴 때까지 있다가 옮길 거야.

"그럼 제가 다시 전화하지요."

—미정이 오면 꼭 전화번호 받아 놓겠네. 아이고, 참. 자네 전화

번호 알려 주게.

"저도 이쪽저쪽 옮겨 다니고 있어서요."

―그럼 꼭 전화하게, 주 서방.

전화기를 내려놓은 주대홍이 잠자코 앉아 있는 방 안의 사내들을 둘러보았다. 그러나 모두 딴전을 피우고 있어서 그와 시선을 마주친 사내는 없다. 턱을 세워 든 주대홍은 휘적이며 사무실을 나왔다.

천기석이 방 안으로 들어서자 기무라와 박철규가 자리에서 일어섰다.

"어서 오시오, 천 실장님."

기무라가 웃음 띤 얼굴로 말했는데 한국말이다.

"이분이 아까 말씀드렸던 박철규 씨요."

"아, 말씀 많이 들었습니다."

천기석은 박철규와 악수를 나누었다.

해운대의 중국 음식점 해동의 밀실 안이다. 밖에는 그들이 데려온 수행원들이 서로 소 닭 보듯 하고 있었지만 자리에 앉은 세 사내의 표정은 담담했다.

기무라가 천기석을 바라보았다.

"이제 우리가 투자한 업체는 여기 계신 박 선생께서 직접 관리하실 겁니다. 서울에서 그런 경험이 많으시니 별 지장은 없겠지요."

"잘 알고 있어요, 기무라 씨."

천기석이 박철규에게로 몸을 돌렸다.

"양 회장의 보좌관으로 계셨지요?"

"그랬지요."

"양 회장님이 갑자기 돌아가셔서 안됐습니다."

"……"

"자, 그러면 업체를 정리해 보실까요?"

천기석이 테이블에 올려놓은 서류를 그들에게 나눠 주었다.

"우리가 같이 투자한 업체하고, 그쪽이 단독으로 투자했지만 우리가 관리하고 있는 업체들 내역이오."

그들은 잠자코 서류를 펼쳤다.

"지분이 반씩 나누어진 업체들은 모두 여덟 개이고, 그쪽이 단독 투자한 업체는 다섯 곳입니다."

"……"

"업체별로 구분하면 모텔이 두 곳, 쇼핑센터가 두 곳, 전자 부품 회사가 하나, 운수 업체 하나, 빠칭코가 세 곳, 그리고 나머지 네 곳은 유흥업소지요."

박철규가 머리를 들었다.

"우리가 단독으로 투자한 빠칭코 세 곳과 쇼핑센터는 내가 직접 관리하겠습니다."

"……"

"우린 이미 관리 업체를 설립해 놓았으니 문제가 없습니다."

"그렇다면 관리자들을 바꿀 작정이군요."

"그렇습니다. 우린 모두 준비가 되어 있어요."

천기석이 기무라를 바라보았다.

"합자 회사들은 전에 계약한 대로 그쪽과 우리의 관리자를 동수로 해야 될 거요."

"그렇습니다, 천 실장님."

기무라가 머리를 끄덕였다.

"하지만 이제까지는 대부분의 관리자가 당신 측 사람이었지요. 그래서 이번에는 그것을 조정해야 할 것 같습니다."

그러자 박철규가 주머니에서 서류 한 장을 꺼내 천기석에게 건네주었다.

"이것이 우리 쪽에서 관리에 참여할 조직도요. 이대로 해주시면 고맙겠는데."

서류를 훑어본 천기석이 머리를 들었다.

"알겠소. 사장님께 보고를 드리지요."

"그리고 또 한 가지."

박철규가 그를 똑바로 바라보았다.

"조 사장께서 차용해 간 돈 말인데, 투자 비용을 제하고 200억 엔 정도가 남아 있는 것으로 되어 있더군요. 한화로 1천6백억 원 정도이지요."

"……."

"그 돈을 상환하기 어려우시면 조 사장 명의의 업체를 몇 개 넘겨받았으면 하는데."

"글쎄, 그것이."

천기석이 기무라에게로 다시 머리를 돌렸다.

"기무라 씨, 이것은 약속과 다른데. 그것은 우리 사장님과 안 부회장님이 별도로 만나 결정하실 일 같은데."

"이건 우리 부회장님의 말씀이오, 천 실장님."

"……"

"사흘 내로 결정해 달라는 말씀이셨습니다."

그러자 박철규가 서류를 덮고 말했다.

"다른 곳에 상의를 해보셔도 별로 도움이 안 될 겁니다, 천 실장님."

그 시간에 이동천은 법원 근처의 일식집에서 정동재 부장과 마주 앉아 있었다.

퇴근 시간이어서인지 술손님들의 떠들썩한 소음이 미닫이문 바깥에서 들려오고 있었다. 이동천이 정종 잔을 비우고는 정동재를 바라보았다.

"조성표 사장과는 잘 알고 지내는 사이지요?"

"아니, 그게 무슨 말이야? 잘 알고 지내다니?"

정동재가 눈을 크게 떴다.

"말에 뼈가 있는 것 같구만그래."

"내가 허튼소리하려고 만나자고 한 줄 아시오?"

그러자 정동재의 얼굴이 굳었다.

"이봐, 이 검사. 아니, 이동천이."

"잔말 말고 내 말이나 들어!"

눈을 치켜뜬 이동천이 말했다.

"넌 소신도, 지조도 없는 놈이야. 넌 조성표의 심부름꾼 노릇을 하면서 매달 1천만 원씩을 수당으로 챙겼어. 해운대와 설악산의 콘도 한 채씩을 받았고, 네 동생은 조성표의 빠칭코 한 곳의 지분을 갖고 있지. 아마 그곳에서 한 달에 2천은 나올 것이야."

"아니, 이 자식이."

사람 좋아 보이는 정동재의 얼굴이 이제 벌겋게 달아올랐다.

"너, 나에게 협박하는 거냐?"

"그렇다."

이동천이 그를 쏘아보았다.

"내가 증거도 없이 이럴 것 같으냐? 네가 아무리 용을 써도 파면 정도로 끝나지 않아. 추징금으로 먹은 걸 몽땅 토해 놓고 형을 3년쯤 살아야 될 것이다."

그는 주머니에서 서류를 꺼내 회 접시 위에 던지듯 놓았다.

"증거 서류들이다. 사진에, 등본에, 매월 네 동생의 처남 계좌로 입금되는 돈의 내역에다가 네 여편네의 쇼핑 목록까지 카피해 왔다. 한 번에 1천만 원씩 쇼핑을 하더구만."

"……."

"네 본가나 처가는 밥술이나 겨우 먹는 집안이야. 지금은 네 덕분에 호강들을 하고 살지만, 너는 사정 차원에서 시범 케이스 감이다."

"이놈, 이동천이."

정동재가 서류를 내려다본 채 이를 악물었다. 이동천은 잔에 술을 따르고는 한 번에 삼켰다.

"나는 이제 조성표의 동업자로서 일하게 되었어. 너도 이미 들어서 알겠지만."

술잔을 내려놓은 이동천이 말을 이었다.

"또다시 쓸데없는 짓을 했다가는 그길로 너는 끝장이야. 똑똑히 기억해 둬, 정동재."

"……."

"네가 오 검사를 시켜 경찰을 호텔로 보낸 것, 넌 그것만으로도 죽은 목숨이야. 그래서 그 결과가 어떻게 되었는지 모르지?"

"……."

"네 가족이 몽땅 그렇게 사라질지도 모른단 말이다."

이마에 땀방울이 맺힌 정동재가 물컵을 들었다가 내려놓았다. 그의 시선은 흔들리고 있었다.

"앞으로 조성표의 하수인 노릇은 그만할 것, 그리고 놈의 부탁이 있으면 즉각 나에게로 연락할 것. 그래야 네가 산다. 내가 조성표의 부탁을 처리할 방법을 알려 줄 테니까 말이야."

이동천의 말소리는 차츰 부드러워지고 있었지만 정동재의 표정은 풀리지 않았다.

고베의 가이간 거리에 있는 가토 노부야스의 저택에서는 메리켄 부두가 바라보였다.

본래 야마구치조는 1915년 야마구치 하루키치가 고베 항구의 부두 노동자들을 모아 결성한 조직이다. 따라서 본부는 고베에 있었고 전국에 42개 지역 본부를 두었는데 조직원 수가 2만 4천 명으로 전체 야쿠자의 30퍼센트를 차지하는 최대 조직이었다.

앞뒤의 미닫이문을 활짝 열고 반들거리는 마루방에서 가토 노부야스는 두 사내와 마주 보고 앉아 있었다. 정원의 잔디를 스친 바닷바람이 마루방을 시원하게 훑고 지나갔다.

상좌에 앉은 가토 노부야스의 하오리 왼쪽 가슴 부분에는 가

문의 문장인 벚꽃 세 개가 수놓아져 있었다.

"아이즈 고데츠 놈들에게 당한 것이 아니다. 놈들의 용병에게 우리의 용병이 당한 것이다."

가토가 부채 끝으로 마룻바닥을 가볍게 두드리며 말했다. 그의 말투는 엄격했지만 표정은 부드러웠다.

"용병끼리의 싸움이었지. 대리전이기는 했지만 우리가 졌다. 구와베와 스즈키 등 네 명이 실종되었어."

왼쪽에 앉은 사내가 상체를 세웠다. 긴 얼굴에 가느다란 눈이 추켜 올라간 사내였다.

"보스, 아이즈 고데츠의 계략에 말려든 것은 부끄러운 일입니다. 우리는 좀 더 신중해야 했습니다."

"네 말이 맞다, 사이토. 내가 너무 경솔했다."

가토가 빙그레 웃었다.

사이토 구시다는 마쓰야마 지부의 지부장으로 이번에 승격이 된 인물이다. 30대 중반의 나이에 중량급의 지부장이 된 것은 파격적인 입신이었다. 그러나 사이토를 알고 있는 사람들은 그것을 당연하게 생각할 만큼 그는 능력이 뛰어났다.

가토가 허리를 펴고 사이토를 바라보았다.

"사이토, 이제까지 우리는 양승일의 용병을 썼지만 지금부터는 우리가 직접 뛰어들기로 했다."

사이토와 그의 보좌관인 노무라가 잠자코 그를 바라보았다.

"양승일과 신용수, 그리고 조성표가 얼굴이었던 한국에 새로운 놈이 나타났어. 바로 이동천이라는 전직 검사다."

"양승일의 사위가 되려다 만 놈이지요."

"그렇다. 나도 겪어 보았지만 담이 큰 놈이다. 양승일이 눈독을 들인 놈이야."

"이번에 최기대를 친 것도 그놈 아닙니까?"

"그렇다. 그놈이 아이즈와 손을 잡고 치고 나오리라고는 생각지 못했어."

"양 회장이 죽은 후에 그놈을 잡았었다면서요? 그때 처치했어야지요."

가토가 웃음 띤 얼굴로 머리를 끄덕였다.

"너 같았으면 그렇게 했겠지. 그래서 한국에는 네가 필요하다."

사이토가 마룻바닥에 두 손을 짚고 가토를 쏘아보았다.

"보스, 마쓰야마 지부는 야마구치조의 열두 번째 지부이고, 저는 야마구치조의 서열 15위 보스올시다. 격에 맞는 대우를 해주십시오."

"넌 서울 본부의 임시 본부장이 되는 것이다."

가토가 칼로 내리치듯이 말했다.

"서울 본부는 곧 부산, 대구, 대전, 광주, 제주 등 5개 지부를 관리해야 될 것이니 네 격은 네 능력에 따라 급격히 올라가게 될 것이다."

그러자 사이토가 두 손을 짚은 채로 말했다.

"신설되는 본부이고, 아직 생기지도 않은 지부로 생색을 내시는군요, 보스."

"넌 마쓰야마로 만족할 놈이 아니야."

"히데요시가 낭인들을 조선으로 보낸 경우와는 다르겠지요, 보스?"

그러자 가토가 붉은 입안을 보이며 웃었다.

"우리는 히데요시처럼 과대망상에 사로잡히지도 않은 데다 이미 조선 정부와 조선의 최대 조직이 우리 수중에 들어와 있어. 사이토, 넌 히데요시보다는 편한 싸움을 할 수 있을 것이다."

최기대가 실종된 후로 두각을 나타낸 인물은 허대수였는데 그는 동원실업의 기획실장을 맡고 있었다.

동원실업은 무역 회사로 연간 매출액이 3천억 원이 넘었고 사장은 은행 출신인 이인재가 맡고 있었다. 그는 60대 초반의 전문경영인이어서 조직과는 전혀 관계가 없는 인물이었기에 양승일은 허대수를 기획실장 자리에 앉혀 두었다.

대부분의 회사는 양승일의 지시를 받는 엘리트 조직원이 요직에 심어져 있었던 것이다.

허대수는 40대 초반이었는데 조직의 밑바닥에서부터 올라온 사내였다. 조직에서 성장하려면 능력도 중요하지만 운이 필수적이다.

그는 기지가 뛰어난 데다 배짱이 있었다. 학력은 고졸이었지만 지기 싫어하는 성격이어서 독학으로 일본어를 깨친 그를 양승일이 높게 평가하였던 것이다.

허대수가 이제 그룹의 부회장실이 된 국제호텔의 사장실에 들어서자 김양호가 눈으로 앞쪽 의자를 가리켰다. 그는 책상에 앉아 서류를 읽고 있던 참이었다.

"이동천에 대한 소식이 양유경이한테 들어갔겠지?"

서류를 덮은 김양호가 그를 바라보았다.

"예, 부회장님. 알고 있을 겁니다."

허대수가 체격에 비하여 가늘고 높은 목소리로 대답했다.

"이제 조직 사회에서는 모르는 사람이 없습니다."

"최기대를 습격한 것도 그놈이야. 그놈과 박철규가 했어."

"……"

"당장에 잡아넣어야 되는데."

그렇게 하지 못한다는 것을 알고 있었으므로 허대수는 대답하지 않았다. 살아 나온 부하는 그들의 얼굴을 보지도 못했을 뿐만 아니라 실종된 시체들을 찾지도 못했던 것이다. 그리고 경찰에 신고를 한다고 해도 무엇하러 제방에 엎드려 있었느냐고 묻는다면 할 말이 없었다.

김양호가 입을 열었다.

"조성표가 당분간 어려워지겠어. 러시아 놈들도 골칫거리였는데 이동천이까지 명함을 내밀어서."

"합자한 업체들을 공동 경영 한다고 들었는데, 그렇게 되면 당연히 주도권 싸움이 일어납니다."

"싸움이 볼만하겠군."

김양호가 가죽 의자에서 등을 떼었다.

"아이즈가 조성표하고 갈라서니까 서울의 신용수가 긴장되는 모양이야. 요즘은 빠칭코 문제로 시비를 걸지 않아."

"하긴 아이즈가 등을 돌리면 신 회장도 큰소리칠 입장이 못 되지요."

"이번에 일본에서 코카인 4킬로그램이 왔어."

김양호의 말소리가 낮아졌다.

"콜롬비아 산인데 품질은 최고급이야. 지금 안도가 가지고 있어."

"사람을 보내지요."

"절대 우리가 관계되지 않도록 주의하라고."

"그건 염려하지 마십시오. 놈들은 우리가 누구인지도 모릅니다."

머리를 끄덕인 김양호가 입맛을 다셨다.

"마약 장사는 안 할 수가 없어. 원체 남는 것이 많아서."

"한꺼번에 많이 공급시키지만 않으면 됩니다."

마약은 당국에서 철저히 단속하고 있었으나 공급이 끊길 수는 없었다. 단속이 심할수록 가격이 폭등했기에 목숨을 걸고 들어왔다. 잘만 되면 일확천금을 거머쥐는 장사인 것이다.

"저도 실은 판매책을 모릅니다. 이제까지 거래해 왔지만 원체 위장술이 뛰어나서요."

허대수가 다시 입을 열었다.

"국제 신문의 광고란을 통해 연락을 하고 물건과 돈을 교환할 때도 얼굴을 마주쳐 본 적이 없습니다."

"이쪽은 저쪽을 모르는데 저쪽은 알고 있을지도 모르지 않나?"

"그럴 리는 없습니다, 부회장님. 저쪽도 저를 알 필요가 없을 테니까요. 저처럼 말입니다."

"하긴 그렇군."

"우리하고만 거래하는 것이 아닙니다. 다른 놈들도 그자와 거래를 하고 있습니다."

"그놈이 한국의 마약 시장을 장악하고 있는 모양이군."

"판매망이 확실한 겁니다. 우리한테서 사 간 값의 다섯 배는 받고 소매상에게 넘기겠지요. 그놈들은 다시 산값의 다섯 배를 받고."

"……."

"엄청난 이윤이 남을 겁니다."

"이봐, 그런 위험한 생각은 잊어라."

"예, 부회장님."

"우린 그저 넘기기만 하면 돼. 깊게 들어갔다가는 헤어나지 못해."

"알고 있습니다."

김양호가 책상 위의 벨을 누르자 금방 문이 열리더니 비서가 나타났다. 건장한 체격의 사내였는데 이번에 새로 증원된 경호원이었다.

"흑석동에 갈 테니까 차를 준비해."

"예, 부회장님."

사내가 몸을 돌리자 허대수도 자리에서 일어섰다. 김양호는 양유경에게 가려는 모양이었다.

창밖으로 정원이 바라보이는 응접실의 소파에 양유경이 두 사내와 마주 앉아 있었다. 김양호와 이번에 야마구치조의 한국 본부장이 된 사이토 구시다였다. 사이토는 밝은 색의 양복 차림에 가슴에는 화려한 색깔의 손수건을 꽂고 있었다.

"한국말을 잘하시는군요."

양유경이 사이토를 바라보며 말했다.

"말씀하시는 걸 보면 한국 사람으로 알겠어요."

"제 부하 중 한국계가 있었습니다. 그놈한테서 틈틈이 배웠지요."

사이토가 얼굴에 웃음을 띠었다.

"우리 야마구치조에 한국계가 20퍼센트 정도 됩니다. 의리가 있고 강한 놈들입니다."

"보스급으로도 있나요?"

"있지요. 우린 인종차별 같은 건 안 합니다."

그러자 양유경도 입술 끝을 올려 웃어 보였다. 오늘은 사이토가 서울 부임 인사차 들른 것인데, 분위기가 좋았다. 가토 노부야스는 50대로 스모 선수 같은 체격에다 무뚝뚝해서 이야기를 나눈 적도 거의 없었다. 그러나 사이토는 30대의 젊은 나이에다 인상도 깔끔했는데 무엇보다도 서툰 한국말로 열심히 말하려는 자세에 호감이 갔다.

"이젠 가토 아저씬 뵙기 힘들겠네."

혼잣소리처럼 양유경이 말하자 사이토가 머리를 저었다.

"아닙니다. 그래도 자주 오실 겁니다. 이번에도 저에게 안부를 전해달라고 하셨습니다."

"그럴 분이 아녜요."

이제는 양유경이 흰 이를 드러내며 웃었다.

"내가 잘 알아요. 그건 사이토 씨가 지어낸 말이에요."

"예, 실은 그렇습니다."

사이토가 머리를 숙이자 옆에 앉아 있던 김양호까지 턱을 괴고 웃었다.

"그런데 참, 부산은 어떻게 하실 건가요?"

양유경이 두 사내의 얼굴을 번갈아 바라보았다. 어느덧 웃음기는 가서 있었다.

"아이즈 고데츠는 내버려 두실 건가요?"

김양호와 사이토가 서로 얼굴을 마주 보았다.

"그럴 수는 없지요."

김양호가 대답했다.

"내부 정리는 끝나가고 있습니다. 실종된 직원들의 가족에겐 수당을 지급하며 정리를 끝냈습니다. 안기부와 경찰청에도 손을 써놓았으니 그 일이 드러날 리는 없습니다."

"피해를 당한 우리가 뒷수습을 하는군요."

"여론이 일어나면 안 되니까요. 그땐 어떤 힘도 먹혀 들어가지 않습니다."

"아이즈 고데츠와 이동천 씨가 손을 잡은 것이 확실한 이상 주저할 건 없다고 생각해요."

"알고 있습니다."

김양호가 얼굴에 웃음을 띠었다.

"회장님께 세부 사항은 말씀드리지 않는 것을 원칙으로 해왔습니다. 나머지는 저와 여기 있는 사이토 씨가 알아서 처리하겠습니다."

그러자 사이토가 양유경을 바라보았다.

"이젠 우리가 적극적으로 나설 겁니다. 부산에도 지부를 세울 계획이니까요."

"잘되었네요."

"동원그룹의 일은 우리 일이기도 합니다. 염려하지 마십시오."

"자주 찾아와 주세요. 가토 아저씨는 서울에 오시면 거의 매일 아버지를 만나셨어요."

사이토가 이를 드러내며 웃었다.

"저도 그러려고 생각하고 있었습니다. 아마 가토 씨보다 더 자주 뵙게 될지도 모릅니다."

"내가 최기대를 잡은 것은 김양호를 매장시키기 위해서였다. 그놈만 제거하면 동원그룹은 해방이 된다."

이동천이 말하자 박철규가 머리를 들었다.

"정상적인 방법으로는 어렵습니다. 최기대가 설령 증언을 한다고 해도 김양호는 호락호락한 놈이 아닙니다."

이동천이 머리를 끄덕이자 그가 물었다.

"해방시키고 나서는 어떡하실 생각입니까?"

그러자 백복동까지 머리를 들고 그를 바라보았다.

"이젠 내 꿈을 말할 때도 되었군그래."

"……"

"난 한국의 조직 세계를 통일하고 외세를 몰아낼 것이다. 그리고 조직 세계를 정화한다. 그것이 내 꿈이다."

"짐작하고 있었습니다."

입을 연 것은 박철규였다.

"이건 제 생각입니다만, 돌아가신 양 회장님도 알고 계셨을 것 같습니다."

"김양호가 말한 대로 난 양 회장에게 정책적으로 접근을 했어. 그것을 양 회장도, 양유경 씨도 알고 있었을 거야."

"그러셨을 겁니다. 그러고는 형님을 동화시키려고 하셨겠지요.

조직 세계는 이상만 가지고는 살아가기 힘든 곳이니까요."

그러자 잠자코 있던 백복동이 헛기침을 했다.

"문제는 양 회장의 조직을 김양호가 송두리째 틀어쥐고 있다는 거요. 놈은 이제 부회장이 되어서 전권을 장악하고 있단 말입니다."

이동천이 머리를 끄덕이자 그가 말을 이었다.

"김양호는 이제 동원그룹의 모든 업체에 심복들을 포진시켜 놓았습니다. 그리고 조직의 업무를 완전히 장악하고 있어서 양유경 씨는 조직과 관계된 사업에선 곧 손을 떼게 될 겁니다."

그는 정보망을 동원하여 동원그룹을 조사해 온 것이다. 박철규가 이동천을 바라보았다.

"당연합니다. 조직 세계는 자금만 푼다고 운영이 되지 않습니다. 힘이 있어야 됩니다. 그리고 배경이 있어야지요."

그러자 백복동이 말을 받는다.

"곧 업체들이 명의 이전될 것이고, 조직과 관계된 업체들은 완전히 김양호의 소유가 될 겁니다."

조직과 관계된 업체들은 모두 양승일이 지정한 사람들의 명의로 등록이 되어 노출시키지 않았던 것이다. 그들과 양승일은 비밀 협정이 이루어져 있었지만 지금은 양승일이 죽고 없어진 마당이다.

김양호가 그들에게 명의 이전을 명령한다면 힘의 논리에 의해 거부할 이유가 하나도 없다. 오히려 협조하는 사람들이 많을 것이다.

"제 생각은 김양호의 기반이 굳어지기 전에 서둘러야 한다는 것입니다."

백복동이 말을 멈추고는 이동천을 바라보았다. 문득 자신들의 입장을 돌이켜 본 것이다. 이제 막 아이즈 고데츠의 후원으로 조성표의 조직 일부를 넘겨받은 상황이었다. 아직 조직 내에 있는 조성표의 끄나풀들을 솎아내지 못한 데다 반발하는 자들도 있는 것이다.

벽시계가 오후 3시를 가리키고 있었다.

"당신은 뭘 하는 사람이오?"

윤경산이 묻자 최기대가 눈을 치켜뜨고는 피식 웃었다.

"꺼져, 이 머저리 같은 공산당 놈아."

"넌 우리 모두를 공산당으로 보는 모양인데, 너야말로 머저리다."

문을 반쯤 열고 밖을 바라본 윤경산은 문을 닫고 그의 옆에 앉았다.

최기대는 다리에 두 발을 맞았으나 한 발은 종아리를 스쳤고 다른 한 발이 허벅지를 관통한 상태여서 이제는 절름거리면서도 보행이 가능했다. 그러나 방 밖으로는 한 발자국도 나갈 수 없도록 감시가 붙어서 교도소보다 더 행동의 제약을 받고 있는 것이다.

"걱정 마. 밖에는 경비원 대신 내 부하가 경비를 서고 있으니까."

윤경산이 말하자 최기대는 찬찬히 그를 바라보았다.

"네 부하라니? 넌 누구야?"

"나도 네 신세하고 비슷해. 여기 있는 놈한테 배신을 당해서."

윤경산이 조금 과장을 섞어 자신의 위치와 입장을 설명하는 동안 최기대는 숨을 죽이고 그의 말을 들었다.

이윽고 말을 마친 윤경산이 그를 바라보았다.

"자, 그러면 네가 누구이고 왜 이 꼴이 되었는지 말해보아라."

"난 서울의 동원그룹 소속 사장이다."

최기대가 입을 열었다.

"이동천이와 아이즈 고데츠가 판 함정에 걸려들어서 이렇게 되었다."

"동원그룹이라면 서울의 최대 조직인데, 이동천이라니? 신흥 세력인가?"

"말 같지도 않은 소리, 피라미들이다. 내 실수였어."

"놈들을 치려다가 걸렸군."

윤경산이 힐끗 문 쪽을 바라보았다.

"한국도 어지럽군. 동원그룹이 신흥 조직과 아이즈 고데츠의 연합 조직과 싸우고, 우리 러시아 조직은 부산의 조성표 조직과 전쟁이고."

"곧 놈들을 모두 분해시킬 것이다."

"이렇게 침대에 앉아서 말인가?"

그러자 최기대가 침대에서 두 다리를 뻗고 방바닥에 발을 대었다. 그러고는 윤경산에게 한 걸음 다가섰다.

"넌 나보다 행동이 자유로운 모양인데, 나하고 같이 이곳을 빠져나가자. 서울로 가면 넌 VIP 대접을 받을 수 있고, 네가 원한다면 내 부하들로 이곳을 절단 낼 수도 있어."

"……."

"그리고 이 기회에 우리와 연합할 수가 있어. 한국에서 기반을 굳히려면 우리와 손을 잡아야 한다."

"난 안 돼."

윤경산이 머리를 저었다.

"내가 나가면 내가 포섭해 놓은 부하들이 위험하다. 난 이곳에 남아 있어야 돼."

최기대가 눈을 빛내며 그의 말을 기다리고 있었다.

"널 어떻게든 도망치게 해주겠다. 그 대신 넌 내 일을 해줘야 돼."

"좋아, 무슨 일이든 하겠다."

"블라디보스토크에 연락을 해주면 돼. 연락할 내용은 떠나기 전에 알려 줄 테니까."

"나가는 대로 연락하지."

"그 전에 네가 나에게 해줘야 할 것이 있어. 서약서, 보증서, 그리고 네가 아이즈 고데츠와 싸우다 잡혔다는 사유서 등이다. 네가 말한 그대로 쓰면 되겠지."

"……."

"서약서는 동원그룹과 우리 코사크 마피아가 손을 잡는다는 내용이고, 보증서는 네가 목숨을 걸고 보증한다는 내용이다."

"……."

"난 러시아에서 교육을 받고 살아온 사람이라 사람의 말은 믿지를 못해. 증거가 되지 않는단 말이다."

"좋아, 쓰지."

"형식과 내용은 조금 후에 알려 주지."

윤경산이 걸터앉았던 플라스틱 의자에서 일어섰다.

"서로 돕고 사는 거야. 그렇지 않나?"

『밤의 대통령』 4부 2권에 계속…